ro
ro
ro

Mia Sassen ist das Pseudonym einer deutschen Buch- und Filmautorin, die einen Teil ihrer Kindheit in der Karibik verbrachte. Sie ist viel auf Abenteuerreisen unterwegs und lässt sich auch sonst gern überraschen. Ihren Schreibtisch hat sie aber am liebsten in Hamburg.

Mehr über Mia Sassen unter www.mia-sassen.de

Mia Sassen

PLÖTZLICH MÄCHTIG

Roman

Rowohlt Taschenbuch Verlag

Veröffentlicht im Rowohlt Taschenbuch Verlag,
Reinbek bei Hamburg, Juni 2017

Redaktion Tanja Schwarz
Umschlaggestaltung Hafen Werbeagentur, Hamburg
Umschlagabbildung Image Source/Getty Images
Satz DTL Dorian ST, InDesign,
bei Pinkuin Satz und Datentechnik, Berlin
Druck und Bindung CPI books GmbH, Leck, Germany
ISBN 978 3 499 27130 4

«Willst du den Charakter eines Menschen erkennen,
so gib ihm Macht.»

ABRAHAM LINCOLN

1. Kapitel

Die Schlange ist so dick wie mein Oberarm, aber sie bewegt sich anmutiger. Was kein Wunder ist, denn meine Arme sind im Schock erstarrt. Es gibt jetzt genau drei Möglichkeiten: Nummer eins, es ist eine Würgeschlange. Zwei: Sie erledigt ihre Opfer mittels Gift. Drei: Sie will nur spielen.

Mein Herzschlag beschleunigt sich. Vorsichtig, ohne die Schlange aus den Augen zu lassen, taste ich mich nach hinten. «Jetzt keine ruckartigen Bewegungen machen, Jule!», ermahne ich mich selbst. Das ist allerdings leichter gesagt als getan, wenn man panische Angst hat. Das Blut rauscht mir in den Ohren. Ich darf auf keinen Fall ohnmächtig werden, nicht hier im Badezimmer, nicht wenn ich allein mit der Schlange bin. Ob ich sie vielleicht mit Musik beruhigen kann, wie eine Schlangenbeschwörerin? Ein Lied fällt mir ein, das ich Lotte und Louis früher immer vorgesungen habe. Leise, mit zitternder Stimme, beginne ich zu singen: «Eine lange Schlange wird früh am Morgen wach. / Sie räkelt sich und streckt sich, sagt freundlich guten Tag.»

Na bitte! Das Kriechtier hält inne. Sogar seine Zunge hat es wieder eingefahren. Mein Reden, Musik vollbringt Wunder! Ermutigt singe ich weiter: «Eine andere Schlange kommt zufällig vorbei. / Sie sieht die erste Schlange und sagt ganz einfach Hei!»

Das Ungetüm schießt so plötzlich nach vorn, dass ich einen

Satz nach hinten mache. Dabei ramme ich den Hängekorb, der an der Duschstange baumelt. Die Shampooflasche fällt aus der Vorrichtung ins Waschbecken und kippt der Schlange ihren glibberigen Inhalt über den Kopf.

Was dann passiert, bekomme ich nicht mehr mit, denn ich bin mit einem Satz draußen und knalle die Tür hinter mir zu.

Und dann sehe ich es. Die Tür reicht nicht bis zum Boden. Der Spalt dazwischen bietet so viel Platz, dass die Schlange bequem drunter durchkriechen kann!

Um mich herum drehen sich die Wände, und mir wird schwarz vor Augen. Ich muss sofort raus aus diesem Zimmer und jemanden um Hilfe bitten, nur wen? Richard ist rausgegangen, um Capoeira zu machen. Ada sitzt in einem Internetcafé, sie will einen fremden Server hacken. Und die anderen Gäste in unserer Pension möchte ich nicht unnötig auf uns aufmerksam machen. Bleibt der Junge, der an der Rezeption Wache hält. Ja, Diego wird mir helfen können. Er ist in Yucatán aufgewachsen. Ganz gewiss weiß er, wie man eine Schlange erledigt.

Ich versuche, meinen Atem unter Kontrolle zu bekommen. Es gelingt mir so halbwegs – das jahrelange Gesangstraining zahlt sich eben aus, wenn vielleicht auch nicht in puncto Schlangenbeschwörung. So sachte wie möglich schlüpfe ich in meine Flip-Flops und trete auf die Veranda hinaus. Die Palmen werfen lange Mondschatten über den Patio, irgendwo raschelt es, weiß und rund gleißt der Mond vom sternenübersäten Himmel, und aus der Ferne höre ich, wie das Meer seine Wellen über den Sandstrand wirft. Noch einmal atme ich tief ein und aus.

Diego sieht wenig amüsiert aus, als ich ihn um Mithilfe bei

der Beseitigung einer möglicherweise todbringenden Schlange bitte.

«Und sie ist jetzt in eurem Badezimmer, sagst du?», fragt er mich. «Dann ist sie wohl durch den Abfluss gekommen. Das tun Schlangen manchmal. In der Regel kehren sie dorthin auch wieder zurück.»

Ich versuche, in die respekteinflößende Haltung zurückzufinden, die ich mir in den vergangenen Wochen so erfolgreich antrainiert habe: Brust raus, hüftbreiter Stand. «Hör mal, Diego», sage ich drohend. «Ich weiß, dass ich eines Tages sterben muss. Aber ich wäre total ungehalten, wenn es hier und heute passiert!»

Diego zieht seufzend eine Schreibtischschublade auf, holt eine Machete daraus hervor und sagt etwas, das ich wie folgt deute: «Dann zerhacken wir sie halt.»

Wir wandern über den mondbeschienenen Patio zurück, und ich hoffe, dass wir keinem der anderen Gäste begegnen. Diego ist zwar klein und sieht relativ zart aus, aber die Machete, mit der er jetzt probehalber links und rechts die Luft zerteilt, verleiht ihm etwas Bedrohliches. Ich selbst sehe seit unserer Flucht natürlich auch nicht gerade aus wie Barbie.

Als wir die Badezimmertür öffnen, ist die Schlange verschwunden. Dafür aber ist der Glibber aus der Shampooflasche über den gesamten Boden verteilt.

«Was ist denn das für eine Schlange?», wundert sich Diego, die Machete noch immer in der erhobenen Hand.

Ich versuche, es ihm zu erklären. «Das kommt nicht von der Schlange, sondern von meinem Shampoo.»

Diego blickt mich an, als ob ich nicht ganz dicht wäre. «Aber du bist sicher, dass du die Schlange gesehen hast?»

«Natürlich bin ich sicher!», rufe ich. Erneut spüre ich Panik in mir aufwallen. Die Schlange könnte jetzt von überall her auftauchen, vielleicht richtet sie sich gerade in diesem Augenblick hinter uns auf, vielleicht … ich stoße einen markerschütternden Schrei aus, bemerke aber gerade noch rechtzeitig, dass es nur Diegos Hosenbein ist, das meine Haut gestreift hat. Diego sieht mich befremdet an. «Ich lasse dir die Machete hier», sagt er und drückt mir den hölzernen Griff in die Hand. «Wenn die Schlange», er betont das Wort ironisch, «hier wieder auftaucht, musst du versuchen, ihr den Kopf abzuschlagen.» Und damit geht er hinaus und lässt mich allein.

Ich versperre die Tür zum Badezimmer wieder, lasse mich auf das Bett sinken, das ich mir mit Ada teile, und lege die Machete vor mir ab. Ich kann nicht glauben, was mit meinem Leben passiert ist. Noch vor zwei Monaten war ich Jule Meyer, eine normale, deutsche, neunundvierzigjährige Frau. Eine normal geschiedene, normal alleinerziehende, normal in einem öden Job arbeitende Frau. Vor zwei Monaten war ich noch nie in Mexiko gewesen, hatte Ada und Richard noch nicht gekannt, war noch nie einem Mann wie Carlos begegnet und hatte nicht gewusst, dass man so unendlich glücklich, aber auch so wahnsinnig verzweifelt sein kann …

Ein Geräusch lässt mich hochschrecken. Und dann fällt mein Blick auf die steinernen Fliesen vor mir. Zwischen meiner Ukulele und Adas Reisetasche windet und räkelt sich die Schlange empor. Sie hebt den Kopf und sieht mir direkt in die Augen. Wieder schießt mir die Angst mit aller Macht durch den Körper, ich möchte schreien, bringe aber keinen Ton heraus. Ich will nach der Machete greifen, aber ich kann mich nicht bewegen.

In diesem Moment durchzuckt mich die Erkenntnis: Es ist eine Würgeschlange. Und ich bin so gut wie tot.

Zwei Monate zuvor

«Statistisch gesehen ist die Wahrscheinlichkeit, an einem Freitag im Straßenverkehr zu sterben, am höchsten», erkläre ich, ohne den Blick von den farbigen Balken auf meinem Monitor zu nehmen. «Vor allem, wenn man Radfahrer ist.»

Mein Chef hängt seinen Fahrradhelm an den Garderobenständer. «Ihnen auch einen fröhlichen Freitagmorgen, liebe Julia», sagt er, und in seiner Stimme schwingt leichte Irritation. Wir arbeiten jetzt seit achtzehn Jahren zusammen, und ich kann die Gefühle meines Chefs besser lesen als die von irgendjemand anderem. Lotte und Louis natürlich ausgenommen.

«Kennen Sie schon die neue Verkehrsführung an der Hallerstraße, Ecke Bogenstraße?» Ich stehe auf, um dem Chef einen Becher Kaffee einzugießen. «Die ist als Radfahrer mit niedrigem IQ nicht zu überleben, hat zumindest Sabine Knopfler aus der Buchhaltung gesagt.»

«Ja, und aus diesem Grund vermeide ich die Kreuzung immer», antwortet mein Chef, nimmt den Becher und schlendert in sein Büro.

Ich atme auf. Selbstironie beim Chef ist ein gutes Zeichen, in der Regel ist er dann entspannt und guter Laune. Mir ist natürlich klar, dass der Chef bewusst Witze erzählt und dass sie auf eine merkwürdige Weise mir gelten. Obwohl ich ihm unterstellt bin, will er mir imponieren, und dafür gibt es eine biologische Erklärung. Der Testosteronspiegel eines Mannes steigt um acht Prozent, wenn er mit einer Frau allein in einem Raum ist. Auch das ein Ergebnis der Studien, mit denen wir in der Agentur arbeiten und die in der Regel von praktischem Nutzen sind. Eine Information, mit der sich auch spätabends noch beschwingten Fußes in die U-Bahn steigen lässt, betrifft zum Beispiel die Wahrscheinlichkeit, ermordet zu werden. Die liegt nämlich hierzulande bei 1:20 000. Nur ein Lottogewinn ist noch unwahrscheinlicher – 1:14 Millionen. Nicht, dass ich Lotto spielen würde, ich bin einfach nicht der Gewinnertyp. Und spätabends bin ich auch nicht mehr oft unterwegs, denn ich werde als Musikerin nur noch selten gebucht. Das hat nichts mit mir persönlich zu tun, sondern nur mit meinem Alter. Auch hierzu gibt es phantastische Zahlen. Aus denen geht hervor, dass ich kein Einzelfall bin.

Das Großraumbüro nebenan füllt sich mit einem Schlag, das kann ich hören, es ist Punkt neun. Warum der Chef sich gegen die Gleitzeit sperrt, ist mir ein Rätsel – selbst die Freien haben immer auf die Minute pünktlich da zu sein. Es ist ja nicht so, dass die Zahlen nicht mal eine Stunde warten könnten, ehe sich jemand mit ihnen beschäftigt, aber auf mich hört der Chef nicht. Auf mich hört eigentlich niemand. Selbst Lotte und Louis haben meine mütterliche Autorität nur in einer Art Notstandsdiktatur anerkannt, das heißt, wenn ich alle anderen Hausgesetze ausgehebelt hatte, und da ich grundsätzlich ein friedliebender Mensch bin, kommt das nur selten vor. Abgesehen davon, dass ich in der Firma nichts zu sagen habe, ist mein Job hier aber ganz okay. Und zwar, weil … Ich blicke vom Monitor zum Fenster hinaus. Regen nieselt gegen die Scheibe, dahinter schieben sich Wolkenwände in unterschiedlichen Grauschattierungen ineinander. Ich versinke in mehrminütiges Nachdenken, leider ohne Ergebnis. Mir fällt kein einziger Grund ein, warum ich gern in einer Agentur für

Statistik arbeite, abgesehen von dem guten Gefühl, überhaupt einen Job zu haben. Als geschiedene Frau mit zwei Kindern ist es ja nicht unwichtig, dass am Monatsende zuverlässig Geld aufs Konto fließt.

Stickig ist es hier. Ich stehe auf und öffne das Fenster. Über den vollgestellten Parkplatz hastet eine der Freiberuflerinnen. Im Laufen hält sie ihren Bauch.

Chef reißt die Tür auf. «Haben Sie das gesehen? Marie ist SCHON WIEDER zu spät!»

«Na ja, Marie ist schwanger», verteidige ich sie. «Und es gibt hier keine Schwangerenparkplätze, da musste sie vermutlich …»

«Es WIRD hier auch keine Schwangerenparkplätze geben, Julia! Nicht solange ich hier das Sagen habe! Verstanden?» Er schleudert mir einen argwöhnischen Blick zu. «Sie machen sich für Schwangerenparklätze stark? Da ist jetzt hoffentlich kein egoistisches Motiv im Spiel?»

Ich stutze kurz, dann muss ich lachen. «Chef, das ist sehr schmeichelhaft, aber meine Bemerkung war eher allgemeiner Natur.»

«Schön, dass Sie so gute Laune haben, es wartet nämlich noch ziemlich viel Arbeit auf Sie!» Chefs gute Laune von vorhin ist augenscheinlich schon wieder verflogen. «Bis zur Mittagspause müssen Sie mir das Dossier für meine Besprechung mit Hansen zusammenstellen! Außerdem brauche ich noch die Ergebnisse von der Uni Freiburg. Und Sie müssen die Teambesprechung vorbereiten, die gleich stattfindet, Sie wissen schon, alle Zahlen und Fakten zur Wahrscheinlichkeit eines Suizids bei Frauen in den Wechseljahren, die dieses Institut für Sexualforschung herausgefunden hat! Schreiben Sie mir doch auch ein paar Stichpunkte für eine Rede, die ich über dieses Thema halten kann. Nicht wahr, Reden schreiben Sie doch immer gern!»

Ich schlucke. «Das alles in einer Stunde und zwölf Minuten?»

«Bravo, Julia, Sie können die Uhr lesen! Das dürfte helfen bei der Bewältigung Ihrer Aufgaben!» Und damit knallt er die Tür wieder hinter sich zu. Nur um sie augenblicklich wieder aufzureißen. «Und machen Sie die Rede nicht so langweilig und vorhersehbar wie beim letzten Mal!», beflügelt er mich und meine Motivation.

Ich spüre, wie etwas in mir hochsteigt, das ich nur schwer fassen kann. Meine Gefühle und ich, wir haben uns nämlich schon vor einer ganzen Weile voneinander getrennt. Ich komme einfach nicht besonders gut mit ihnen klar, schon vor der Scheidung nicht und danach noch weniger. Meine Gefühle sind mir nämlich zuweilen etwas zu negativ. Aber jetzt bewegt sich etwas in mir. Ich benötige ein paar wertvolle Minuten, um zu erkennen, was es ist: Wut. Von wegen, der Mann ist entspannt heute! Nichts da – er ist so schlecht gelaunt wie eh und je.

Während ich die Rede für ihn skizziere, stelle ich mir vor, wie ich sie selbst vortrage: hier die Stimme anheben, dort eine wirkungsvolle Pause einfügen. Das ist natürlich das Showgirl in mir. Ich liebe Publikum, doch leider komme ich nicht mehr allzu oft in Kontakt mit dieser Gattung Mensch. Ah, der Kontakt ... die Gemeinschaft ... der Zusammenhalt ... Jetzt habe ich einen Lauf. Meine Finger flitzen über die Tasten. Was würde ich darum geben, wenn ich selbst diese Rede halten könnte! Einmal war ich dabei, als der Chef eine Rede hielt, die ich ihm geschrieben hatte, und als am Ende ein geradezu stürmischer Applaus aufbrandete, hätte ich mich um ein

Haar erhoben und verbeugt. Ich muss ein bisschen grinsen, als ich wieder daran denke, und so arbeite ich einigermaßen beschwingt alles weg.

In der Mittagspause habe ich die Wut schon wieder vergessen. Sabine Knopfler aus der Buchhaltung fragt mich, ob ich meinen Sommerurlaub schon gebucht habe, und ohne die Antwort abzuwarten, erzählt sie, dass sie mit ihrem Mann nach Mallorca fährt. Dann will sie wissen, wohin ich reise. Nirgendwohin, antworte ich und finde ein paar schlappe Begründungen zum Thema Geld. In Wahrheit ist es so, dass ich nicht wüsste, mit wem ich fahren sollte. Louis macht sein Freiwilliges Soziales Jahr in Costa Rica, und Lotte fährt mit ihrem Vater und Rebecca, seiner neuen Frau, und deren Sohn in die Provence. Auch mit meinen Freundinnen kann ich in diesem Punkt nicht viel anfangen. Im Gegensatz zu mir führen sie alle ein mehr oder minder intaktes Familienleben, und die Urlaube planen sie gemeinsam mit Mann und Maus. Im vergangenen Jahr bin ich durch Hessen geradelt, alleine. Das war so ein Versuch, mir selbst zu beweisen, dass ich ohne Begleitung glücklich bin. War ich dann aber nicht, glücklich. Im Gegenteil.

Sabine ist so rücksichtsvoll, mich nicht nach einem Partner zu fragen, der mich eventuell begleiten könnte, denn sie weiß, dass es keinen gibt. Ich blicke gen Himmel, der von mittel- zu dunkelgrau gewechselt hat, während ich an der Bushaltestelle warte, um nach Hause zu fahren. Das Wichtige ist doch vielleicht, dass man weiß, wo man steht. Ich für meinen Teil kenne meine Zukunft, und jetzt, wo ich in den Bus einsteige und mich an dem Haltegriff festklammere, weiß ich auch wieder, wozu die Arbeit in einer Agentur für Statistik gut ist. Die alte Glückskeks-Weisheit von dem Unabänderlichen, in das man sich fügen muss, verliert durch die Zahlen unserer Agentur etwas von ihrer esoterischen Schwammigkeit, sodass man sich besser auf seine Zukunft einstellen kann. So bin ich mir beispielsweise recht sicher, dass ich auch in zehn Jahren noch allein leben werde, denn die Wahrscheinlichkeit, einen Singlehaushalt zu bewirtschaften, steigt bei einer Frau ab Mitte vierzig kontinuierlich mit jedem weiteren Jahr. Abstruse Wünsche, so wie ich sie früher hatte, als ich noch von einer Karriere als Musikerin träumte, konnte ich mir auf diese Weise ebenfalls abschminken. Ein Künstlerleben, so wie es meine Eltern und Schwestern führen, ist gesellschaftlich gesehen die Ausnahme, und bei mir hat es dann ja auch nicht geklappt. Mir ist auch bewusst, dass ich niemals eine Führungsposition innehaben werde, erstens weil ich nicht wüsste, wen ich führen sollte, und zweitens ist der Zug für mich abgefahren. Mein Leben wird bis zur Rente immer so weiterlaufen, und zwar hier in Hamburg, denn statistisch gesehen liegt die Wahrscheinlichkeit, meine zweite Lebenshälfte im Ausland zu verbringen, wenn ich mein Lebtag lang in meiner Heimatstadt gelebt habe, bei 0,3 Prozent. Worauf ich mich hingegen einstellen kann, ist ein Feierabend mit Lotte, wenn sie zu Hause ist, und anschließend vielleicht mit einem guten Film auf dem Sofa. Ich könnte mir auch etwas vorsingen und mich dazu auf meiner Ukulele begleiten, da bin ich recht genügsam geworden. Es gibt Menschen, denen es bedeutend schlechter geht als mir.

Ich sehe noch das Treppenhaus vor mir, in dem ich an diesem Abend nach oben gehe, die angeketteten Fahrräder am Geländer, ich rieche den Duft von gebratenem Fleisch, der das Haus durchzieht. Mein Handy klingelt, aber ich sehe mir die Nachricht noch nicht an, denn ich will erst einmal ankommen. Und dann sehe ich unsere so untypisch aufgeräumte

Wohnung; Lotte, die am Herd steht, die langen blonden Haare hochgebunden zu einem Knoten auf ihrem Kopf, ihr Lächeln und ihre Worte: «Mama – schön, dass du schon da bist! Ich hab Essen gemacht!»

Zum zweiten Mal an diesem Tag bricht sich ein Anflug eines Gefühls in mir Bahn, nur dass ich es dieses Mal sofort einordnen kann. Ich mache einen kleinen Luftsprung, so wie ich ihn früher auf der Bühne manchmal gemacht habe, wenn ich etwas allegro spielte. «Ist das wahr?», strahle ich Lotte an. «Das ist ja unglaublich! Und wie phantastisch es riecht!»

Lotte erwidert mein Lächeln, aber es erreicht nicht ihre Augen. Und in diesem Augenblick weiß ich: Das hier ist mehr als nur irgendeine Mahlzeit, die meine einundzwanzigjährige Tochter auf dem Heimweg von der Uni zu kochen beschlossen hat.

Es ist etwas passiert.

«Setz dich, Mama», sagt Lotte hastig und drückt mir ein Glas Weißwein in die Hand.

Ich habe ein schreckliches Déjà-vu. Vor sechs Jahren bin ich genauso nach Hause gekommen, nur dass damals Stefan in der Küche gestanden und mir ein Glas Wein gereicht hat. Was für ein Bild ich meiner Familie gegenüber wohl abgebe?, schießt es mir durch den Kopf. Das einer Furie, die man nur mit Rebensaft sediert?

«Also … ich habe jemanden kennengelernt.»

Das ist jetzt ein Scherz, oder? Ich starre meine Tochter an und sehe wieder nur Stefan. Mit genau diesen Worten hat er vor sechs Jahren seinen Wunsch eingeleitet, dass wir von nun an getrennter Wege gehen. Ich setze das Glas ab, um mich besser an meinem Stuhl festklammern zu können. Der Stuhl schwankt unter mir wie ein Boot in unruhiger See.

«Alles in Ordnung?», höre ich Lotte vom fernen Ufer fragen.

Ich versuche, mich zusammenzureißen. Es ist natürlich Zufall, dass Lotte diese Worte wählt. Und es macht ja auch einen gewaltigen Unterschied, ob einem der Angetraute so etwas eröffnet oder die Tochter, die in der Vergangenheit ein Händchen für Jungen mit zweifelhaftem Charakter hatte und für die ich mich jetzt vielleicht freuen kann. Ich probiere ein kleines Lächeln und nicke.

«Er heißt Fritz, es ist ein WG-Zimmer bei ihm frei geworden, und ich ziehe nächste Woche bei ihm ein!»

«Das kommt … ein bisschen plötzlich», bringe ich heraus.

Lotte wirft den Kopf in den Nacken und lacht ihr glockenhelles Lachen. «Du bist echt witzig, Mama! Ich bin einundzwanzig. Es wurde langsam mal Zeit, dass ich jemanden kennenlerne, der mehr ist als ein Mann für eine schlechte Nacht!» Sie sieht mein entsetztes Gesicht und fährt hastig fort: «Ich möchte, dass ihr euch kennenlernt, Fritz und du!»

Ich nicke langsam. Das ist gut, oder? Es beweist, dass meine Tochter normal ist. Eine normale junge Studentin, die sich in jemanden verliebt, der nett zu ihr ist, und die jetzt mit ihm zusammenzieht. Die nicht wochenlang darüber nachdenkt, wie sie das ihrer Mutter beibringen soll. Die sich nicht um mich sorgt.

«Dieser Fritz ist bestimmt süß», sage ich. «Ich meine, mit nicht süßen Menschen würdest du ja nicht zusammenleben wollen!»

Sie lächelt und greift nach meiner Hand. «Nein, ich lebe nur mit süßen Menschen zusammen, etwas anderes kommt für mich nicht in Frage!»

Ich mustere sie. Sie ist so hübsch, so lebenslustig, so klug, meine Tochter. Und sie lacht so gern. Schon jetzt kann ich sehen, wie sich winzige Lachfältchen in ihre Augenwinkel eingraben und was für ein vom Lachen gezeichnetes Gesicht sie als ältere Frau haben wird. Ich versuche, nicht daran zu denken, was es bedeutet, dass ich dieses Lachen ab kommender Woche nur noch sehen werde, wenn es mich besuchen kommt. Die Kehle schnürt sich mir zu. «Das mit dem WG-Zimmer kommt aber auch sehr plötzlich, oder?», frage ich.

«Ehrlich gesagt habe ich ein paar Wochen lang überlegt, wie ich dir das beibringen soll. Wo du doch ansonsten alleine bist.»

Ich schlucke und winke ab. «Wir Eremiten sind zu außerordentlich spirituellen Erfahrungen fähig! Sieh dir Buddha an! Den heiligen Benedikt! Oder Johannes den Täufer! Und ich kann mich glücklich schätzen – im Gegensatz zu dem muss ich mich noch nicht mal von Heuschrecken ernähren!»

Lotte lacht. «Ich werde regelmäßig zu dir pilgern – du weißt, dein Kühlschrank ist mein Wallfahrtsort!»

«Dieser Wallfahrtsort wird zukünftig sein Sortiment reduzieren. Milchschnitten sind ab nächster Woche aus!» Ich trinke hastig aus meinem Glas. Dabei rollt mir eine Träne über die Wange. Ich versuche sie so wegzuwischen, dass Lotte sie nicht sieht, aber zu spät. Sie streicht mir mit dem Finger über die Wange. Ich blicke auf und sehe, dass auch in ihren Augen Tränen stehen. «Wird es gehen?», fragt sie.

«Nein», lächele ich und jetzt fließen mir noch mehr Tränen über mein Gesicht. «Scherz. Natürlich wird es gehen, Lotti. Ich freu mich für dich. Und diesen Fritz möchte ich sehr gerne kennenlernen!»

«Das wirst du, Mama! Und ich komme jede Woche, um dir meine Wäsche zu bringen!»

«Untersteh dich!», lächele ich. «Ein Eremit weiß nicht, was er mit diesen weltlichen Dingen anfangen soll!»

Ich beschließe, nicht traurig zu sein. Ein Moment der Schwäche, und schon war es das wieder, zack! Das ist das Gute daran, wenn man mit seinen Gefühlen Schluss gemacht hat: Man kann sie zum Teufel schicken, wenn sie beschlossen haben zurückzukommen.

Die Nachricht lese ich erst, als ich gegen elf ziemlich betrunken in die Federn sinke. Sie ist von meiner Schwester und hat irgendetwas mit einer Vertretung zu tun. Ich soll für jemanden Musik machen, der es nicht selbst tun kann. Vor meinen Augen tanzen die Buchstaben, während ich an der Antwort tippe. Ich muss ein wenig in mich hineinlachen. Dieses Autokorrektur-System ist echt lustig, wenn man es nicht entschieden bewacht. Und dazu habe ich jetzt gerade nicht die Kraft. Wer bin ich auch, Jule Meyer, dass ich ein Autokorrektur-System kontrollieren wollte? Den Wunsch, etwas zu kontrollieren, habe ich schon vor einer ganzen Weile aufgegeben. Ich hoffe nur, dass Eva-Maria versteht, was ich meine.

«Hast du gestern Abend Drogen genommen?» Eva-Maria klingt sehr viel strenger als gewohnt. Und für diese Tageszeit auch viel zu laut.

Ich versuche die Augen zu öffnen. Das Zimmer ist heller, als ich es in Erinnerung hatte. Es tut ein bisschen in den Augen weh. «Evi», murmele ich. «Und selbst wenn. Ich bin neunundvierzig Jahre alt. Ich kann tun, was ich will.»

«Okay, du hast getrunken. Wie viel?»

«Aua, geht das auch tausend Dezibel leiser? Ein paar Alkopops.»

«Ein paar was?!»

«Du weißt, das, was die Jugendlichen jetzt immer trinken, ein alkoholhaltiges Süßgetränk, ich habe …»

«Ich weiß, was Alkopops sind, ich verbringe mein Leben bloß im Orchester, nicht hinterm Mond!»

«Die Alkopops, die Lotti und ich gestern hatten, waren sehr lecker, irgendwas mit Kokos und Ananas. Und vorher hatten wir noch Wein.»

«Das glaube ich jetzt nicht – du hast deine eigene Tochter zum Trinken verleitet!»

«Falsch!» Ich versuche mich aufzurichten, mit dem Ergebnis, dass der Raum kippt. «Lotti mich!»

«Ach, Jule. Manchmal mache ich mir echt Sorgen um dich!»

«Oh, das ist nicht … nötig.» Ich klaube mir die Worte mühsam zusammen. Der Pelz auf meiner Zunge verhindert, dass sie so zueinanderfinden, wie sie es normalerweise tun. «Dieser Fritz scheint echt ein total netter Junge zu sein, und Lotte ist ja auch nicht aus der Welt.»

«Ich habe nicht die leiseste Ahnung, wovon du sprichst.»

«Na, von Lotte, deiner Nichte! Sie zieht nächste Woche aus.»

«Oh.» Jetzt klingt Eva-Maria betroffen. «Das tut mir leid. Dann bist du jetzt also ganz allein.»

Ich seufze. Müssen immer alle darauf herumreiten?

Evi kichert. «Aber du hast nicht zufällig das Instrument gewechselt? Deiner Nachricht entnehme ich, dass du gestern auf anderen Sachen gespielt hast.»

«Jetzt bin ich es, große Schwester, die deinen Worten keinen Sinn zuordnen kann.»

«Ich rede von deiner SMS letzte Nacht. Du solltest deine Nachrichten besser prüfen, bevor du sie abschickst. Kannst von Glück sagen, dass du nur mir das geschickt hast. Das hast du doch, oder?»

«Was habe ich denn geschrieben?», frage ich.

«Ich lese es dir vor.» Eva-Maria versucht, meine Altstimme nachzuahmen. *«Bin gerade voll am Hoden. Aber klar kann ich auch auf der Ukraine spielen. Bin ja nicht mehr verheiratet. Gute Nacht!»*

Ich muss so plötzlich und so heftig lachen, dass ich zur Seite kippe.

«Jule?», höre ich meine Schwester durch den Hörer, der mir beim Lachen entglitten ist. «Bist du noch dran? Da muss irgendwas in der Leitung sein, da ist so ein komisches Geräusch!»

Ich versuche, nach dem Hörer zu greifen, aber der Lachflash ist so heftig, dass ich mich nicht richtig danach strecken kann. «Warte, Evi», presse ich hervor. «Es ist gleich vorbei!»

«Ich will auch mal so einen Alkopop», sagt sie, als ich mich wieder beruhigt habe. «Allerdings vielleicht nicht vor einem Konzert. Apropos. Das geht also in Ordnung für dich, dass du da einspringst? Ich weiß, die sind manchmal etwas schwierig, die Damen vom Frollein-Salon-Orchester, etwas … schlecht gelaunt.»

Endlich bin ich wieder im Film. Ich soll für die Sängerin eines Salonorchesters einspringen, die auch Einlagen mit der Ukulele hat. Prima. Das bedeutet ein paar Mehreinnahmen, die ich zurzeit bitter nötig habe. Die Stromnachzahlung hat mir fast die Schuhe ausgezogen, und dann wollte ich noch zur Krebsvorsorge, das volle Programm, bei dem man immer draufzahlen muss, denn es ist ja wichtig, sich durchchecken zu lassen, und …

Evi spricht unterdessen munter weiter. «Sie sind streng genommen ja auch gar keine Frolleins. Die Bratsche braucht schon seit einiger Zeit eine Brille, und die Geigen kommen kaum noch mit dem Färben hinterher.»

«Ich werde mit denen schon klarkommen», unterbreche ich sie. «Mit der Bratsche habe ich sogar schon mal zusammengespielt. Claudia heißt sie, wenn ich mich richtig erinnere. Sie war in der Tat etwas übellaunig. Aber so etwas kommt ja mal vor.»

«Und vierzehn Tage Tournee sind kein Problem? Und dass du nächste Woche schon losfliegen musst?»

«Nein, nein, das geht in Ordnung, ich hatte ja keinen Urlaub geplant.» Sabine Knopfler von der Buchhaltung wird Augen machen. Habe ich jetzt also doch ein Reiseziel. «Sagtest du losfliegen? Fahren wir nicht mit einem Tourbus oder so?»

Meine Schwester lacht. «Das wäre etwas schwierig, so übers Meer.»

«Übers Meer?», wundere ich mich.

«Du hast meine Nachricht überhaupt nicht richtig gelesen!», beschwert sie sich. «Das mexikanische Goethe-Institut hat euch eingeladen. Ihr tourt durch Yucatán.»

Ich liege still auf meinem Bett. Die Sonne scheint durch die Vorhänge, und ich reiße sie auf. Ein Kribbeln durchfährt mich, ich weiß nicht, ob es Furcht oder Vorfreude ist. Mexikooo, Mexikooo, der alte Schlager singt in meinem Kopf. Ich war noch nie in Mexiko. War überhaupt noch nie jenseits des Atlantiks. Muss ich mich jetzt eigentlich impfen lassen? Irgendwas beachten? Jemandem Bescheid sagen, außer meinem Chef und Louis und Lotte? Mir wird auf einmal bewusst, dass mich kaum jemand vermissen wird. Ich schalte mein Handy ein und fahre bei dem Piepen zusammen. Stefan hat mir geschrieben:

«Schön, dass du dich so amüsierst. Na, dann noch viel Spaß!» Verdammt, das kann nur eines bedeuten! Ich öffne den Ordner für gesendete Nachrichten, und ein heißer Schreck durchfährt mich. Ich habe die Antwort auf Eva-Marias Anfrage ganz offensichtlich «an alle» geschickt.

2. Kapitel

«Nie war Fliegen so sicher wie im vergangenen Jahr.» Ich blicke auf die aufgeschlagene Zeitung vor mir und runzele die Stirn. Was soll das heißen? Dass Fliegen in diesem Jahr unsicherer ist? Zum Glück gehöre ich nicht zu den Menschen, die unter Flugangst leiden – schließlich kenne ich die Zahlen! Statistisch gesehen fliegt ein Mensch 14 000 Jahre lang unfallfrei, und auch wenn ich manchmal das Gefühl habe, echt alt zu sein – so alt dann doch nicht.

Wir warten an einem Gate in Schiphol, dem Flughafen, auf dem sich die Wege der Welt kreuzen. Daran, dass wir in Amsterdam sind, erinnern die großformatigen Bilder mit Tulpen und die blau gekachelten Stände, an denen blonde Menschen Poffertjes und holländischen Käse verkaufen. Ansonsten ähnelt das Gelände einem globalen Dorf. Frauen in Saris mit punktgeschmückter Stirn schreiten die Gänge hinab, dazwischen gehen übergewichtige Europäer in ausgeleierter Freizeitkleidung, asiatisch aussehende Geschäftsreisende, braun gebrannte Hippies mit Silberschmuck, tief Verschleierte, schöne und hässliche Menschen mit dunkelbrauner, elfenbeinweißer, von der Sonne verbrannter, kaffeefarbener und sommersprossiger Haut.

Noch drei Minuten, bis unser Flug aufgerufen wird. Ich drehe mich zur Bratsche um, die ihre Brille auf die Nasenspitze geschoben hat und einen Punkt in der Ferne fixiert. Wir haben noch nicht sonderlich viel miteinander gesprochen, seitdem wir uns am Hamburger Flughafen getroffen haben, aber es ist ja auch erst sieben Uhr morgens, und vielleicht ist sie einfach nicht der Typ für diese Tageszeit. Auch die Geigen, in schimmerndem Blond und Leuchtendrot, schweigen bedächtig. Ich hoffe, dass sie auf der Bühne ein wenig mehr Stimmung zaubern als bei den Proben, aber ich habe leise Bedenken. Sollten sie jemals so unbedacht gewesen sein, Drogen zu nehmen, so tippe ich auf Morphium.

Wir sind zu fünft: Claudia, die Bratsche, die zwei Geigerinnen, eine ziemlich dicke Pianistin und ich. Die Original-Ukulele liegt mit Grippe im Bett.

«Mexiko, ja?», strahle ich in die Runde, in dem Versuch, dieses molto andante zu durchbrechen. «War eine von euch schon mal da?»

Claudia blickt weiterhin in die Ferne, die anderen schütteln müde den Kopf. «Hätte mir Mexiko jetzt auch nicht unbedingt ausgesucht», sagt die dicke Pianistin. «Aber das Goethe-Institut hat uns nun mal gebucht.»

Ich unterdrücke eine sarkastische Mitleidsbekundung. Schließlich will ich nicht, dass es schon vor unserem ersten Konzert Misstöne gibt.

Mein Herz macht einen kleinen Hüpfer, als unser Flug endlich aufgerufen wird. Meine erste Fernreise seit vierundzwanzig Jahren! Und dann auch noch nach Mexiko! Bevor ich Stefan kennenlernte und die Kinder kamen, war Mexiko mein

Traum gewesen, insbesondere Yucatán mit seinen karibischen Stränden, seinen vielen bunten Farben und der Maya-Kultur! Doch während des Studiums wurde nichts daraus – in den Semesterferien musste ich entweder proben oder arbeiten. Später mit Stefan klappte es auch wieder nicht. Meine wiederholten Vorschläge, an das Ziel meiner Träume zu fahren, tat er ebenso wiederholt mit dem Einwand ab, dass er sich die Magen-Darm-Grippe lieber in heimischen Gefilden hole. Was denn stattdessen mit der Ostsee wäre? Ich hatte nichts gegen die Ostsee, zumindest in den ersten zehn Jahren unseres Zusammenseins nicht. Ab dem elften Jahr Ostsee begann sich in mir leiser Protest zu regen, und ab dann verlor die Sache für mich an Reiz.

«Wie bitte?» Ich bin so versunken in meine Grübeleien, dass ich nicht verstehe, was die Dame am Schalter zu mir sagt.

«Ich meinte, dass es mir entsetzlich leidtut.» Die Dame blickt mich voller Mitgefühl an.

Einen irren Augenblick lang überlege ich, ob die Dame Gedanken lesen kann. «Aber wir werden selbstverständlich für alle entstehenden Unannehmlichkeiten aufkommen. Und Sie erhalten eine Übernachtung in Amsterdam!»

«Aber ich will hier nicht übernachten!», rufe ich aus und drehe mich, Bestätigung heischend, zu meinen neuen Kolleginnen um.

Doch das Phlegma hat hier erneut zugeschlagen. Nur Claudia schiebt sich ihre Brille wieder den Nasenrücken hoch und blickt die Schalterdame durchdringend an. «Wir haben heute in Mérida einen Auftritt», sagt sie. «Alle zusammen.»

Die Schalterdame knetet ihre Finger. «Ich muss mich wirklich aufrichtig entschuldigen. Aber der Flieger ist überbucht, ich kann da nichts machen!»

Ich möchte die uralte Frage aufbringen, die mich umtreibt, seitdem ich die Schule verlassen habe: WARUM IMMER ICH? Immer bin ich die Ausnahme, und das so gut wie nie im positiven Sinn! Ich habe zwar mal als Einzige von uns fünf Geschwistern den bundesweiten «Jugend musiziert»-Wettbewerb gewonnen – aber als Einzige von uns fünf bin ich nicht Profimusikerin geworden, sondern Angestellte in einem Büro. Ich suche mir die falschen Männer aus. Ich stehe immer in der falschen Schlange. Ich bin die Einzige bei uns, die Überstunden machen muss. Und ausgerechnet ich, die ich immer eine große Familie haben wollte, die ich es über alles liebe, mit anderen Menschen zusammen zu sein, mit anderen zu musizieren, mit anderen zu feiern, ausgerechnet ich bin immer allein. Und nun bin ausgerechnet ich von allen Mitgliedern des Frollein-Salon-Orchesters diejenige, die nicht mit auf den überbuchten Flieger darf. Ich weiß nicht, was ich schrecklicher finde: dass ich anfange, mich selbst zu bemitleiden. Oder dass ich nicht mit nach Mexiko fliegen kann.

Allmählich kommt Bewegung in die entschleunigten Kolleginnen. «Das ist jetzt wirklich komisch», murrt eine der Geigerinnen. «Wir fünf sind doch zusammen gebucht.»

Die Schalterdame blickt in ihre Unterlagen. «Leider nein. Frau Julia Meyer hat ihren Flug erst vor einer Woche gekauft.»

«Und was heißt das jetzt genau?», frage ich verzweifelt.

«Dass Sie leider erst morgen fliegen können», antwortet sie.

Ich verbringe den Tag in Amsterdam, einer Stadt, die ich schon immer mal kennenlernen wollte. Aber jetzt habe ich keine rechte Freude daran. Um mich herum nichts als verliebte Paare, die sich küssen und tief in die Augen schauen,

Mädchengruppen, die sich unter Lachanfällen selbst fotografieren, Mütter mit kleinen Kindern und junge Männer mit vollen Bierkrügen in bunten Bars. Aus einem Café wehen Salsaklänge zu mir herüber, ich habe Lust zu tanzen, aber mit wem? Ein Mann mit dunkelblonden, welligen Haaren bemerkt mein Zögern und winkt mich fröhlich zu sich hinüber, aber ich kenne den Mann ja gar nicht. Es ist doch merkwürdig, mit einem Wildfremden einfach so tanzen zu gehen. Zwei Straßen weiter bereue ich mein Zögern, aber jetzt ist es zu spät.

Auf einmal bin ich inmitten einer Menschenmenge, die mit jedem weiteren Schritt anzuschwellen scheint. Die Menge strömt auf einen Boulevard, der von Häusern mit hohen Glasfassaden gesäumt ist, und ich fließe einfach mit. Was für Dinge in den Auslagen zu sehen sind! Ein Kleid, das ich am liebsten sofort kaufen möchte, nicht weil es dem entspricht, was ich sonst trage, sondern im Gegenteil, weil es eine neue Jule herstellen würde, zumindest äußerlich. Eine, die elegant ist und selbstsicher, der das Geld egal ist, weil … Oh verdammt, wie kann ein Kleid bitte schön zweitausend Euro kosten? Ich versuche mir die Leute vorzustellen, die da einfach mal zugreifen würden, aber es gelingt mir nicht. Dabei weiß ich, dass es diese Leute gibt und dass sie sich vermehren, wenn auch wohl nicht im biologischen Sinn. Wir haben vor ein paar Monaten in der Agentur eine Studie zum Thema Umsatz von Luxusgütern ausgewertet, und von daher weiß ich, dass die Nachfrage nach hochwertiger Kleidung und Schuhen, nach Schmuck, Autos, Yachten und Luxusimmobilien weiter steigt. Komischerweise ist bei mir das genaue Gegenteil der Fall. Mit jedem neuen Jahr scheine ich mir weniger leisten zu können. Jeden Monat, so um den 28. herum, rutscht mein Konto ins Minus. Der Februar ist nur deshalb mein Lieblingsmonat, weil er so kurz ist. Es ist der einzige Monat, den ich durchstehe, ohne am Ende total auf dem Trockenen zu sitzen. Auf der Plus-Seite sage ich mir, dass das toll ist. Die Welt da draußen mag immer irrer werden, aber in meinem Leben gibt es eine Konstante, etwas, an dem die Jahre nichts verändern und an dem ich mich immer festhalten kann: die Finanz-Ebbe am 28. Auf der Minus-Seite ist das scheiße. Weil ich mir absolut nichts außer der Reihe leisten kann. Dabei bin ich wahrlich nicht der Typ, der das Geld zum Fenster hinauswirft. Ich färbe mir meine Haare selbst, ich habe kein Auto, und eine Pediküre gönne ich mir bloß im Sommer.

Während ich weiter vor der Auslage mit dem tollen Kleid stehe, überlege ich, ob ich den Niedergang meiner Kaufkraft mit einer Tätigkeit als Straßenmusikerin aufhalten kann. Diese stark bewanderten Grachten könnten eine Goldgrube sein, das weiß ich noch von früher, als ich mit Kommilitonen durch die Hamburger Innenstadt zog. Die meisten Passanten wissen es zu schätzen, wenn man nicht nur Popsongs, sondern Vivaldi oder Rachmaninoff spielt. Ich bleibe tatsächlich stehen, um meinen Instrumentenkoffer zu öffnen, doch dann sehe ich mich in der verspiegelten Glasfront eines Juweliergeschäfts und schüttele langsam den Kopf. Wie würde das denn aussehen!

Gut, flüstert mir eine kleine Stimme in meinem Kopf zu. Du bist immer noch eine attraktive Frau, und wenn du anfängst zu spielen, dann horchen die Leute auf!

Schlecht, widerspricht eine andere. Eine Frau kurz vor ihrem fünfzigsten Geburtstag wirkt armselig, wenn sie sich so allein an den Straßenrand stellt.

Die zweite Stimme gewinnt. Ich trete den Rückzug ins Hotel an. Es war ja auch ein langer Tag.

Die dunkelblonden Wellen wippen durch den Gang, als wäre der Airbus nach Mérida ein Tanzcafé. Ich erkenne ihn sofort wieder, vor allem an den Hüftschwüngen, und merkwürdigerweise erkennt er mich auch. Er schleudert sein Handgepäck ins Fach, lässt sich auf den Sitz neben mir fallen und strahlt mich an: «Die Schüchterne vom Grachtengürtel!»

Ich lächele vorsichtig zurück. «Ein Mann, der schon morgens um sieben gute Laune hat!»

Sein Blick fällt auf die Ukulele, die in ihrem Koffer zwischen meinen Beinen steht. «Und dann auch noch musikalisch – das sind die Frauen, mit denen man theoretisch Spaß haben könnte, hat mein Ex-Freund immer gesagt!»

«Oh, danke.» Jetzt erwidere ich sein Strahlen. «Wenn du in diesen Flieger gestiegen bist, damit ich mich besser fühle – Mission erfüllt!»

Er reicht mir seine Hand. «Richard. Freut mich, dich kennenzulernen. Und tut mir leid, dass ich so aufgedreht bin! Das ist die Flugangst. Sobald die hier wirken –», er schüttelt eine Schachtel Schlaftabletten, «bin ich wieder normal!»

«Wenn du die alle schluckst, bist du nicht normal, sondern tot. Jule. Mich freut es auch.»

Richard lacht. «Und dann bist du auch noch witzig! Musstest du das werden? Warst du als Kind hässlich?»

«Ich war nicht ...» Jetzt muss ich auch lachen. «Danke für das Kompliment!»

«Keine Ursache!» Richard fächelt sich Luft zu. «Ganz schön heiß hier drinnen! Oder bin ich schon in den Wechseljahren?»

«Keine Ahnung. Wie alt bist du denn?»

«Hey – das ist keine Frage, die man einfach so stellt! Aber du kannst ja mal schätzen!» Richard zwinkert kokett. Ich nehme ihn näher in Augenschein. Soweit ich das unter seinem T-Shirt und seiner Jeans erkennen kann, hat er einen muskulösen, durchtrainierten Körper. Im Gesicht hat er ein paar Falten, vor allem aber wohl vom Lachen. Und seine dunkelblonden Wellen wirken noch ziemlich voll.

«Fünfunddreißig?», frage ich und bete zugleich innigst, dass ich ihn damit nicht beleidigt habe. Ich bin im Schätzen nicht sehr gut.

Doch Richard wirkt erfreut. «Schätzchen, jetzt hast du mir aber den Tag gerettet. Ich gehe ganz stark auf die vierundvierzig zu!»

«Verzeihung?» Eine zarte Person steht fragend vor uns. «Es tut mir sehr leid, aber ich müsste da einmal durch. Ich habe den Fensterplatz.»

«Keine Ursache.» Richard springt eilfertig auf. Ich quetsche mich ihm hinterher und lasse die junge Frau an mir vorbei. Sie lächelt noch einmal entschuldigend.

«Boarding completed.» Die Stimme der Flugbegleiterin dringt aus Lautsprechern zu uns. Ich kann die Frau nicht sehen, dazu ist der Airbus zu groß.

Ich blicke an meiner Sitznachbarin vorbei nach draußen. Der Himmel ist noch immer grau. Durch den Morgennebel schimmern die Lichter auf dem Rollfeld. Ich versuche mir meine Ankunft in Mexiko vorzustellen. Ich weiß, dass das Goethe-Institut jemanden schicken wollte, um uns vom Flughafen abzuholen, aber holen die auch eine einsame Ukulele ab?

«Wir zeigen Ihnen jetzt, wie Sie den Gurt öffnen und schließen …», tönt es aus dem Lautsprecher.

Neben mir krampfen sich Richards Hände zusammen.

«Du musst keine Angst haben», tröste ich ihn. «Mindestens einhundertundeine Airline haben in ihrer Geschichte noch nie einen Absturz hinnehmen müssen, und dazu zählt diese hier!»

«Prägen Sie sich besonders die Lage der Notausgänge ein», tönt es weiter.

«Ach ja?» Richards Atem geht jetzt deutlich schneller. «Und warum sagt die Frau dann das?»

«Die Lage der Notausgänge zu kennen gehört einfach zur Allgemeinbildung.»

«Schätzchen, in puncto Notausgänge und Fluchtwege bin ich so was von gebildet, ich könnte eine Doktorarbeit drüber schreiben!»

Aus den Augenwinkeln bemerke ich, dass unsere Sitznachbarin zu lächeln beginnt. Auf einmal kommt es mir nicht richtig vor, dass wir uns einander nicht vorgestellt haben und dass sie sich Richards und meinen Albernheiten nicht anschließen kann. «Wir reden gerade über Flugangst», sage ich zu ihr. «Ich heiße übrigens Jule. Und du?»

Wenn es sie überrascht, dass ich sie so einfach duze, dann zeigt sie es nicht. Stattdessen wird sie einfach nur dunkelrot. «Ada», sagt sie leise. «Das ist so freundlich, dass du … also ihr …»

«Machst du Urlaub in Mexiko?»

«Äh, nein.» Sie nestelt mit einem Kopfhörer herum, dann sieht sie mich an. Sie hat blaue Augen und dünne braune Haare. Nicht hübsch im klassischen Sinne, eigentlich eher unscheinbar, aber auf eine Weise sehr zart und irgendwie rührend. Ich schätze sie auf irgendetwas in den Dreißigern, aber gleichzeitig sieht sie fast kindlich aus.

«Ich mache übrigens auch keinen Urlaub», mischt sich Richard von der anderen Seite ein.

«Toll, dann hat die ganze Sitzreihe ja was gemeinsam. Ich nämlich auch nicht», erkläre ich.

In diesem Augenblick setzt sich der Flieger in Bewegung. Richard wird bleich. «Ich glaube, ich schlucke die jetzt trocken runter», sagt er und wedelt erneut mit der Packung Schlaftabletten. «Das dauert ja noch eine Ewigkeit, bis die mit den Getränken kommen!»

«Oder du versuchst, dich jetzt zu entspannen.» Ich rede mit ihm wie früher mit Lotte und Louis vor Klassenarbeiten. «Weißt du, zwölf Prozent aller Unglücke ereignen sich schon auf dem Rollfeld. Und jetzt starten wir. Das heißt, dass sich unsere Chancen zu verunglücken um zwölf Prozent verringert haben. Wenn das nicht eine gute Nachricht ist!»

Richard bewegt leise die Lippen. Seine Hände umschließen die Packung mit den Schlaftabletten wie im Gebet. Wir rollen jetzt immer schneller, nehmen Fahrt auf, draußen wischen die Lichter auf dem Rollfeld vorbei. Und dann durchfährt ein kleiner Ruck die Maschine. Wir heben ab.

In diesem Moment spüre ich ein Gefühl in mir. Ein ganz kleines zwar, aber es ist da. Und wieder brauche ich ein paar Sekunden, um es zu lesen: Es ist Glück! Oh, wie schön es ist, die Welt unter mir zurückzulassen! Wie leicht ich mich auf einmal fühle, wie frei!

«Und jetzt?» Richard dreht sich zu mir um. Schweißtropfen stehen ihm auf der Stirn. Immer weiter fliegen wir nach oben, ziemlich senkrecht, wie mir scheint.

«Ab jetzt ist alles gut», lächele ich ihn an.

«Das ist doch gelogen!», stößt er hervor.

Ich sehe ihn an. Er tut mir wirklich leid. «Würde es dir helfen, wenn ich dir etwas vorsingen würde?»

Er lässt die Tablettenschachtel los und ergreift meine Hände. «Würdest du das wirklich für mich tun?»

Mein Herz klopft ein bisschen schneller. So etwas habe ich noch nie getan. Einfach so im Flieger anfangen zu singen. Ob so etwas vielleicht sogar verboten ist? Schon bereue ich meinen Vorschlag. Aber dann sehe ich Richards erwartungsvollen Blick.

Ich schließe die Augen und fange an.

«Selig sind, die da Leid tragen, denn sie sollen getröstet werden.»

Meine Stimme trägt durch den Flugzeugraum. Sie übertönt das Dröhnen und das Stimmengewirr. Um mich herum wird alles still. Ich weiß nicht, warum ich jetzt ausgerechnet das Deutsche Requiem singe, es klingt ja so traurig, wie ein Requiem klingen soll, aber seine Worte sind so tröstlich.

«Die mit Tränen säen, werden mit Freuden ernten.»

Ich singe die ersten beiden Verse durch und dann springe ich zum sechsten Vers, meinem liebsten, und schmettere vivace in C-Dur: «Tod, wo ist dein Stachel? Hölle, wo ist dein Sieg?»

Als ich die Augen wieder öffne, sehe ich, wie Richard mich anstarrt. Und nicht nur Richard. Die Menschen aus den umliegenden Sitzreihen haben sich ebenfalls zu mir umgedreht.

«Ich habe Gänsehaut», bringt Richard endlich hervor.

«Das war wunderschön», wispert jetzt auch Ada. «Würdest du … würde es dir etwas ausmachen weiterzusingen?»

Ich sehe mich um. Nicht alle hier sehen begeistert aus. Ein Mann mit kahlrasiertem Schädel in der Reihe schräg vor mir schüttelt den Kopf und zeigt mir einen Vogel. Richard kichert.

Jetzt tritt eine Flugbegleiterin auf mich zu und mustert mich streng. «Ich muss Sie leider bitten, Ihre Rufe jetzt einzustellen.»

«Meine … was?»

«Wir wollen hier nichts von Hölle oder Tod hören. Außerdem haben Sie eben unsere Lautsprecherdurchsage übertönt!»

«Sie hat es für mich getan!», fällt Richard ein. «Weil ich doch solche Flugangst habe! Und ich konnte meine Schlaftablette nicht nehmen, weil Sie ja mit den Getränken nicht vorbeikamen. Und das eben war auch nicht die Hölle, sondern Brahms!»

Die Flugbegleiterin mustert ihn mit einer erhobenen Braue. «Wenn Sie Wasser für Ihre Tablette brauchen, müssen Sie mir nur Bescheid sagen! Dafür sind wir schließlich da.» Und damit rauscht sie davon.

Wir bleiben sprachlos zurück.

«So ist es irgendwie immer», sagt Ada leise.

Ich drehe mich zu ihr um. «Wie meinst du das?»

Ada wird rot. «Ich … ich weiß nicht. Dass einem die anderen die Regeln diktieren.»

Richard zerdrückt die Schachtel mit den Schlaftabletten zwischen seinen Fingern. Die Angst ist aus seinem Gesicht verschwunden. Er sieht verwirrt und wütend aus.

Ich blicke zwischen den beiden hin und her. Tausend Fragen schwirren mir durch den Kopf. Aber ich beschließe, sie nicht zu stellen. Ich kenne die beiden ja gar nicht. Auf einmal strahlt helles Sonnenlicht zu uns herein. Wir haben die Wolkendecke durchstoßen und fliegen einem endlos blauen Himmel entgegen. Wieder spüre ich dieses Glücksgefühl. Ich denke daran, wie ich das Deutsche Requiem im Chor der Hochschule gesungen habe, damals vor fast dreißig Jahren, und wie ich bei unserer Aufführung kaum aussingen konnte, so sehr war mir die Kehle vor Rührung eng. Ich denke an das Blau um mich herum und unter mir im Ozean und daran, wie sehr mich Musik immer verändert. Aber dann sehe ich mich wieder als

Neunzehnjährige bei der Aufnahmeprüfung zum Dirigentenstudium und wie ich damals die einzige Frau war und dann nicht genommen wurde und wie ich stattdessen Gesang im Hauptfach studiert habe und wie mein Leben eine Aneinanderreihung von zweiten Wahlen geworden ist.

«Glaubt ihr an Schicksal?», reißt mich Richard plötzlich aus meinen Gedanken.

«Nein», antworten Ada und ich wie aus einem Mund. Wir lächeln uns an.

«Nein?», wiederholt Richard ungläubig.

«Nein», wiederholen wir.

«Mann, was seid ihr denn für Frauen?»

Ada und ich sehen uns an. «Keine Ahnung», sage ich.

Ada wird wieder rot. «Kommt vielleicht darauf an, was du unter Schicksal verstehst.»

«Na, dass ausgerechnet wir drei in einem Flugzeug nach Mexiko unterwegs sind. Und auch noch in einer Sitzreihe! Das Schicksal hat uns zusammengeführt! Uns drei verbindet doch etwas! Spürt ihr das nicht?»

«Was möchten Sie trinken?» Die Flugbegleiterin steht wieder vor uns, ihr Gesicht ist immer noch streng.

«Champagner», sagt Richard.

«Der kostet extra.»

«Der? Na, das erleichtert die Auswahl. Den nehme ich dann. Und für meine Nachbarin, die phantastische Sängerin, bitte auch ein Glas. Und für meine andere charmante Nachbarin bitte auch.»

Ich strahle. Champagner um acht Uhr morgens trinken? Das habe ich in meinem ganzen Leben noch nicht getan!

«Auf uns!», strahlt Richard, als wir einen gefüllten Plastikbecher in den Händen halten.

Ich strahle zurück, und auch Ada lacht. Ihr kleines Gesicht leuchtet richtig. Es ist ein schöner Moment, der schönste seit Jahren, eine Glücksmoment-Insel in einem Meer von immer gleichen Tagen und Einsamkeit.

«Und darauf, dass uns die anderen nicht mehr die Regeln diktieren!», ruft Richard und nimmt einen kräftigen Schluck.

Der Typ aus der Sitzreihe schräg neben uns wirft uns einen verächtlichen Blick zu und schüttelt wieder den Kopf.

3. Kapitel

«Ich bin Zahnarzthelfer aus Leidenschaft», antwortet Richard auf meine Frage, was er denn beruflich mache. Es duftet nach Kaffee. Die Flugbegleiter händigen die Boxen mit dem Frühstück aus. Wir klappen unsere Tabletts herunter.

«Es ist mein Traumberuf! Und zwar schon seit ich sechs Jahre alt war! Danke schön!» Er lächelt die Flugbegleiterin an, nimmt seine Box entgegen und reißt sie auf.

«Weil du damals beim Zahnarzt warst, nehme ich an. Oh, vielen Dank!»

Neben mir nimmt Ada nun ihre Box entgegen. Ich sehe, wie sie einen Blick drauf wirft und dann die Box zurückreicht. «Es tut mir leid», sagt sie so leise, dass die Flugbegleiterin sie nicht versteht.

«Entschuldigung!», sage ich etwas lauter, an die Flugbegleiterin gewandt.

«Da ist Fleisch drin», murmelt Ada und wird rot. «Es tut mir leid, ich hatte Vegetarisch bestellt.»

Die Flugbegleiterin runzelt die Brauen und holt eine Liste hervor. Das Lächeln gefriert ihr im Gesicht. Ganz eindeutig, «Hölle» ist das Wort, das sie mit unserer Sitzreihe assoziiert. «Davon steht hier nichts», sagt sie.

«Okay, ähm ... nicht so schlimm.» Ada nimmt die Box wieder entgegen. «Entschuldige», wendet sie sich an Richard. «Ich habe dich unterbrochen. Was ist passiert, als du sechs Jahre alt warst?»

«Keine Ursache. Aber Ada, du solltest dein Recht einfordern! Wenn du Vegetarisch bestellt hast, dann steht dir das auch zu!»

«Es ist kein Problem, wirklich. Die Flugbegleiterin ist schon gestresst genug. Und es gibt ja noch einen Obstsalat hier drin.» Ada beugt sich errötend über ihre Box. Ich möchte ihr etwas sagen, um sie aufzumuntern, aber mir fallen nicht die richtigen Worte ein. Stattdessen wende ich mich an Richard: «Hast du damals eine Zahnarzthelferin kennengelernt, die du gern mochtest?»

«O ja. Die beste, liebste und kompetenteste Zahnarzthelferin, die ihr euch vorstellen könnt! Ich war so klein und verängstigt und hatte Schmerzen, und sie hat das alles weggezaubert, einfach so. Später ist mir bewusst geworden, wie sehr Menschen leiden, wenn sie zum Zahnarzt müssen, nicht nur wegen der Schmerzen, sondern weil es so demütigend ist, mit offenem Mund dazusitzen und darauf zu warten, dass jemand was mit einem macht. Und hier kommen nun die Zahnarzthelfer ins Spiel. Sie können beruhigen und trösten, den Patienten aufmuntern, den Sauger so vorsichtig in seinen Mund legen, dass er ihn nicht spürt, und sein Blut abtupfen, bevor er merkt, dass es fließt. Wir Zahnarzthelfer haben die Macht, die Welt ein bisschen besser zu machen. Und darum liebe ich meinen Beruf!» Er reißt den Plastikverschluss seines Bechers mit Nachdruck ab und trinkt das Wasser in einem Zug leer.

«Das ist wahr», sagt Ada leise. «Aber nicht jeder Zahnarzthelfer nutzt diese Macht.»

«Nein», antwortet Richard. «Weil viele auch gar nicht wissen, wie viel Macht sie haben. Wie auch? Sie werden für bessere Putzfrauen gehalten und auch so bezahlt. Und wenn du dann auch noch als Mann in dem Beruf arbeitest, ist die Verachtung besonders groß. So, als hätte man sein Medizinstudium nicht geschafft oder so. Der letzte Zahnarzt, für den ich gearbeitet habe, hat ständig Dinge in dieser Richtung gesagt.»

«Wie dumm von ihm», sage ich. «Ich meine, wie dumm es ist, seine Angestellten kleinzumachen! Wie sollen sie denn dann großartig sein?»

«Ach, ich habe mich mittlerweile dran gewöhnt.» Richard holt wieder die Schlaftabletten raus.

«Würde es dir etwas ausmachen, die Tabletten nicht zu nehmen?» Die Worte sind heraus, bevor ich darüber nachdenken kann. Der Champagner zaubert mir Leichtigkeit in den Kopf.

«Warum?» Richard runzelt die Brauen.

«Weil es mir Spaß macht, mit dir zu reden. Und weil ...»

«... du jetzt keine Angst mehr haben musst», fällt Ada lächelnd ein.

«Nicht? Warum nicht?»

«Na ja, nur ein winziges bisschen. Wenn du unbedingt Angst haben willst», sage ich.

«Das ist keine Frage des Wollens!»

«Auch nicht des Müssens. Wir haben nämlich unsere Reiseflughöhe erreicht, und in dieser Phase ereignen sich nur acht Prozent aller Unglücke. Die Wahrscheinlichkeit, dass wir jetzt sterben, ist also so niedrig wie der IQ deines letzten Chefs.»

Ein paar Sekunden lang blickt Richard mich ungläubig an, dann lacht er schallend los. Auch Ada fängt an zu kichern.

Ich weiß nicht, ob es der Anblick der beiden ist, wie sie sich gegenseitig ansehen und wie Richard beim Lachen die Nase kraus zieht. Am Champagner oder an der Leichtigkeit hier oben in der Luft. Aber in mir breitet sich eine Lachsalve ungekannten Ausmaßes aus. Richard will sich auf die Schenkel klopfen und haut dabei aus Versehen sein Tablett. Ada kichert noch lauter. Wieder drehen sich ein paar Leute nach uns um. Der Kahlrasierte schräg vor uns schleudert uns ein «Nun ist es aber mal wirklich gut!» entgegen. Woraufhin Ada sich an meinem Arm festhält, so sehr nimmt der Lachanfall sie mit.

«Wie wäre es mit einem kleinen Prosecco?», schlägt Richard endlich vor und wischt sich die Tränen vom Gesicht.

Als wir uns einen Längengrad und ein paar Gläser Prosecco später den Azoren nähern, habe ich alles erzählt. Von meinem Leben als Assistentin in einer Agentur für Statistik. Von meinem Sohn Louis, der gerade sein Soziales Jahr in Costa Rica macht. Und von Lotte, ihrem Studium und ihrem Freund. Ich erzähle ihnen sogar von meiner Angst in dunklen, engen Räumen, und bei der Beschreibung meiner Ängste greift Richard nach meiner Hand und ruft so laut, dass sich wieder alle umdrehen: «Oh, das kenne ich auch!» Dann erkläre ich den beiden, dass ich die Ukulele im Frollein-Salon-Orchester vertrete und dass ich gern eine echte Musikerin geworden wäre, eine, die von ihrer Musik lebt, oder zumindest eine, die das Leben auf eine andere Weise klangvoll macht. Die Wolkendecke ist verschwunden. Unendlich blau und glitzernd breitet sich der Atlantische Ozean unter uns aus.

«Ich finde dich sehr klangvoll!», sagt Richard und so, wie er es sagt, tönt es wie ein großes Kompliment.

«Und jetzt du», fordern wir wie aus einem Mund Ada auf.

Sie wird auf der Stelle dunkelrot.

«Du musst nichts sagen, wenn du nicht willst!», lächele ich sie an.

«Nein, doch, es ist nur ...» Sie blickt uns aus ihren großen blauen Augen an. «Über mich gibt es eigentlich nichts Interessantes zu sagen. Ich habe Informatik studiert und war an der Uni. Dann hatte ich aber keine Lust mehr und hab mich auf eine Stelle beworben. Und da flieg ich jetzt hin.»

«So, und jetzt bitte wieder in den Rückwärtsgang und noch mal ganz langsam anfahren.» Richard macht beruhigende Gesten mit seinen Händen, so als sei Ada der Fuß auf dem Gaspedal ausgerutscht. «Bist du sicher, dass du nicht gerade ein paar Stationen deines Lebens überfahren hast? Diese jungen Leute! Kennen kein Tempolimit beim Erzählen! Also erst einmal: Informatikerin! Meine Hochachtung! Das heißt, du bist mit diesen ganzen Nullen und Einsen vertraut?»

Adas Lächeln ist immer noch verlegen. «Sie sind sozusagen meine besten Freunde ... Ich weiß, das klingt fürchterlich ...»

«Es klingt bewundernswert», sage ich.

«Mehr als das!», ruft Richard aus. «Vermutlich bist du genial!»

Ada schüttelt den Kopf. «Nein, nein, es macht mir einfach nur Spaß zu rechnen ...»

«Einfach nur Spaß zu rechnen?» Richard greift über meinen Sitz hinweg nach Adas Hand. «Kindchen, du weißt ja nicht, was du sagst! Ich dagegen komme schon bei den Grundrechenarten ins Schleudern! Und Wurzeln ziehe ich nur in anderer Leute Mund!»

Ada lächelt. «Das nennt man dann wohl angewandte Mathematik.»

«Auch auf die Gefahr hin, dass ich deine Antwort gleich nicht verstehe», wende ich mich an sie. «Aber was hast du so an der Uni gemacht?»

«Ja, also, ich habe ein Verfahren entwickelt ... also, ich habe es natürlich nicht allein entwickelt, das ist klar ... ich hatte meinen Doktorvater und ein wahnsinnig gutes, engagiertes Team ...»

Richard klatscht in die Hände. «Und jetzt wieder einen Gang schneller!»

Ada lächelt. «Ja, also, es ist eine Software für Fernoperationen. Damit ein Chirurg jemanden operieren kann, der ganz woanders ist. Weil es manchmal Notfälle gibt und bestimmte Kapazitäten weit weg sind und damit der Patient schnell gerettet ...»

«Das hast DU entwickelt?!», fährt Richard dazwischen.

«Nein, also, wie gesagt, nicht ich allein ... ich hatte ein super Team ... aber es ist ein sehr gutes Verfahren. Mein Doktorvater hat sogar einen Preis dafür gekriegt.»

«Moment mal, habe ich das richtig verstanden?», frage ich. «DU hast dieses medizinische Verfahren entwickelt, das vor einiger Zeit durch sämtliche Medien ging? Die Software, die viele tausend Menschenleben rettet? Und der Typ an der Uni, dein Vorgesetzter-Vater, hat den Preis dafür eingeheimst?!»

Ada hebt die Schultern. «Das ist ganz normal an der Uni. So ist das da nun mal.»

«Aber das ist nicht gerecht!», sage ich. «Dass du nur als eine von mehreren erwähnt wirst. Wenn das doch deine Erfindung und deine Arbeit ist!»

«Ich werde nicht als eine von mehreren erwähnt.» Ada blickt auf ihre Hände, die unmerklich zittern. «Mein Name fehlt in der Liste der Entwickler.»

«Aber warum denn, Schätzchen?», will Richard wissen.

Ada blickt noch immer nicht hoch. Als sie endlich spricht, ist ihre Stimme so leise, dass wir sie nicht verstehen. «Mein Doktorvater meinte, ich hätte einen entscheidenden Fehler gemacht, deshalb hat er meinen Namen gestrichen.» Sie dreht sich zu uns um, und jetzt sehe ich, dass sie am ganzen Körper zittert. «Aber ich habe keinen Fehler gemacht. Das hat mein Doktorvater auch irgendwann anerkannt. Trotzdem hat er meinen Namen von der Liste der Entwickler getilgt.»

«Obwohl die Erfindung auf deiner wissenschaftlichen Arbeit beruht?», hake ich noch einmal nach.

Ihre Augen sind riesengroß. «Ja», sagt sie schlicht.

«Aber … aber», mir fehlen die Worte. «Du könntest jetzt vor Gericht gehen! Du könntest das erstreiten, dass du als Entwicklerin genannt wirst!»

«Das wollte ich auch», sagt sie leise. «Aber dann hat mir mein Doktorvater damit gedroht, mir die Promotion abzuerkennen. Und dann hätte ich vielleicht alles verloren. Also …» Ihre Stimme verliert sich.

Gefühle wallen in mir auf, die ich nur allzu gut kenne. Wut. Hilflosigkeit. Ich will ihr sagen, dass das ja wohl nicht angehen kann und dass sie darauf bestehen sollte, für ihre Leistungen anerkannt zu werden. Dass man sich nicht so herumschubsen lassen darf. Doch dann fallen mir die Reden ein, die ich für den Chef schreibe. Die Sätze, für die er mittlerweile in unserer

Branche bekannt ist. Es ist schon merkwürdig, denke ich, wie es mir nichts ausmacht, etwas für andere zu tun. Und wie ich mich nicht für mich selbst starkmachen kann.

«Kein Wunder, dass du dann wegwolltest!» Richard blickt zwischen Ada und mir hin und her. «Meine Güte, ich sitze mit den beiden schönsten, begabtesten und interessantesten Frauen im ganzen Airbus zusammen. Wisst ihr was? Ich kaufe uns jetzt eine Flasche Wein!» Er hebt den Finger und drückt auf einen Knopf über uns an der Deckenleiste, um nach der Flugbegleiterin zu klingeln. «Ich bin jetzt übrigens sehr froh, dass ich nicht diese Schlaftabletten genommen habe, und dafür muss ich dir, Jule, wirklich danken. Oh, hallo», wendet er sich an die Flugbegleiterin, die bei unserem Anblick einen leisen Fluch zu unterdrücken scheint. «Ich hätte gern eine Flasche Weißwein, bitte.» Und an mich gewandt: «Drogen sind ja auch irgendwie doof.»

Ich muss irgendwo über Kuba eingeschlafen sein, denn als ich erwache, sind wir bereits im Sinkflug. Richard neben mir sitzt sehr aufrecht und knetet seine Hände. Er ist leichenblass im Gesicht. Ohne nachzudenken, nehme ich seine rechte Hand in meine Hände und fange an zu singen. Ada lächelt mir vorsichtig zu. «Du hast das zweite Essen verpasst», sagt sie. «Wir wollten dich erst aufwecken, aber du hast im Schlaf so gelacht, dass wir dachten, du würdest bestimmt was Lustiges träumen, und Richard meinte, so etwas unterbricht man nicht.»

Auf einmal weiß ich, dass ich die beiden vermissen werde. Ich sehe mich in ein paar Stunden bei meinem Auftritt mit dem Frollein-Salon-Orchester und später im Hotelzimmer allein. In meinem Kopf dreht sich alles, ich bin hellwach und gleichzeitig unendlich müde, und während ich singe, dreht sich mein Leben wie eine unendliche Schleife vor mir, unterbrochen nur von diesem zweiwöchigen mexikanischen Traum.

«Wie lang wirst du in Mérida bleiben?», fragt mich Ada.

«Schätzchen, nicht unterbrechen, sie hat doch noch gar nicht zu Ende gesungen!», protestiert Richard.

«Drei Tage, dann fahren wir an die Küste. Das Goethe-Institut in Mexiko-Stadt hat ein paar Kooperationspartner da. Und du?»

«Mein Vertrag geht zunächst über ein Jahr.»

«Du, Richard?»

«Keine Ahnung.» Richard knetet immer noch seine Hände. «Das hängt von einer Sache … das hängt davon ab.»

«Von allen Orten, an die man fliehen kann», frage ich ihn, während ich gleichzeitig versuche, den Druckausgleich zu machen. «Warum eigentlich Mexiko?»

Richard sieht mich an, ohne zu lächeln. «Weil ich es jemandem versprochen habe.»

«Klingt nach einer Geschichte.»

«Ja, und wenn ihr wollt, dann erzähle ich sie euch. Wollen wir drei uns nach deinem Auftritt in der Stadt treffen?»

«Oh», sagt Ada. «Das wäre … ähm …»

Ich strahle die beiden an. «Wahnsinnig gern!»

Es herrscht dichtes Gedränge hinter der Absperrung. Kinder in bunten Kleidern hüpfen und winken, Männer halten handbeschriftete Schilder hoch, Paare laufen aufeinander zu und halten sich fest.

«Wie klein die Männer hier sind», staunt Richard. «Wow! Bis auf dieses Schnuckelchen da!»

Ich umklammere meine Ukulele, die in dem Gedränge fast zerquetscht wird. «Das ist ein Fahrer, Richard, der hält ein Schild.»

Ada stutzt. «Hey, da steht *Julia Meyer* auf dem Schild! Bist das nicht du?»

Richard fasst sich an den Kopf. «Ich fasse es nicht! Jule hat das große Fahrerlos gezogen! Bitte, bitte frag das Schnuckelchen, ob es uns mit in die Stadt nehmen kann!»

Ich kämpfe mich durch das Getümmel zu dem Mann durch. Er sieht in der Tat recht ansprechend aus. Blaue Augen, schwarze Haare, an den Schläfen ergraut. Außerdem trägt er einen sichtbar teuren Anzug. Ich habe ja nicht viel Ahnung von diesen Dingen, doch selbst ich erkenne, dass es ein Designermodell ist. Und da sagen die Leute immer, dass die Kulturinstitute sparen müssen! Wer auch immer das behauptet, war ganz offensichtlich nicht in Mexiko!

«Buenos días, me llamo Julia Meyer», kratze ich meine wenigen Spanischbrocken zusammen.

Ein Lächeln breitet sich über die Züge des Manns. Es ist ein außergewöhnlich schönes Lächeln, stelle ich fest. Er hat eine kleine Zahnlücke, und in seiner rechten Wange leuchtet ein Grübchen auf.

«Carlos Rimenez, ich bin Ihr Dolmetscher», antwortet er in akzentfreiem Deutsch. «Haben Sie eine angenehme Reise gehabt?» Er streckt die Hand aus, um mir die Ukulele abzunehmen. Unter den blütenweißen Manschetten seines Hemdes blitzt eine Rolex auf.

«Sehr angenehm, vielen Dank.» Ich drehe mich zu Richard und Ada um. Richard steht buchstäblich der Mund offen.

«Könnten Sie vielleicht meine Freunde mit in die Stadt nehmen?», frage ich meinen – äh, Dolmetscher? Wirklich? Woher in Gottes Namen nur hat das mexikanische Goethe-Institut das viele Geld?

«Ihre Freunde», lässt der Dolmetscher wieder sein Grübchen aufblitzen. Ich meine, ein Funkeln in seinen Augen zu erkennen. Macht er sich über mich lustig? «Sehr wohl.» Er streckt eine Hand aus und stellt sich den beiden vor.

Richard ergreift seine Hand und drückt sie sehr lange. Ein bisschen zu lange, wie mir scheint. Drogengeschäfte, schießt es mir durch den Sinn. Dieser sogenannte Dolmetscher hat bestimmt mit Drogengeschäften zu tun! Jeder weiß, wie tief der Norden Mexikos in Drogen verstrickt ist! Und es gibt Jahr für Jahr unfassbar viele Morde hier im Zusammenhang mit Organisierter Kriminalität. Ich erinnere mich an eine Studie, die wir im vergangenen Jahr auf dem Tisch hatten. Allein über zwölftausend Morde im Jahr 2011! Dass das mexikanische Goethe-Institut da jetzt mitmischt – kaum vorstellbar …! Ich schüttele langsam den Kopf.

Richard bemerkt meine Kopfbewegung und lässt die Hand des Dolmetschers los, als hätte er sich daran verbrannt. «Tut mir leid, Jule», zischt er mir ins Ohr, während wir uns einen Weg nach draußen bahnen. «Ich habe mich kurz vergessen. Dieser Typ ist ja wohl einfach nur schön! Auch diese Lücke zwischen dem Dreier und dem Vierer! Wahnsinnig charmant!»

«Bitte was?»

«Na, die kleine Zahnlücke. Voll süß!»

«Ich würde mich nicht mit ihm einlassen, wenn ich du wäre», funkele ich ihn an. «Denk mal an Prostitution, Koks und Mescalin!»

«Das ist das, woran DU gerade denkst? Das hätte ich jetzt aber nicht von dir erwartet, du braves Mädchen», kichert Richard. «Du hattest doch gerade erst Champagner und Wein!»

Ada schlägt die Hand vor den Mund und kichert ebenfalls in sich hinein.

Die Hitze draußen umhüllt mich wie eine dicke Wolldecke. Ich versuche, Luft zu holen, aber die Glut ist einfach überall, sie dringt mir in die Poren, und ich atme sie mit jedem Lungenzug ein. Augenblicklich fühle ich mich noch matter. Meine innere Uhr steht auf Abend, aber hier ist es Mittagszeit. Und zu allem Überfluss schlägt mein Herz noch immer schneller als normal.

Der Dolmetscher tritt auf einen schwarzen Wagen zu und lässt ihn per Fernbedienung aufklicken. Dann hält er mir die Tür auf und nimmt mir mein Gepäck ab. Ein Geruch von brandneuem Leder dringt aus dem Wageninneren.

Richards Augen weiten sich. «Jetzt weiß ich, was du meinst!»

Ich nicke bedeutungsschwanger. «Nicht wahr?!»

Richard und Ada klettern zögernd auf den Rücksitz, ich nehme vorne auf dem Beifahrersitz Platz. Seltsamerweise fühle ich mich nicht beunruhigt. Ich meine, ich weiß, dass hier was faul ist, aber ich gehe auch sehr stark davon aus, dass uns der «Dolmetscher» nicht umbringen wird. Er hat schmale, langgliedrige Finger, bemerke ich, als ich ihm dabei zusehe, wie er den Wagen startet. Er sieht nicht aus wie jemand, der die Drecksarbeit selber macht.

«Wir haben Ihren Auftritt auf vierzehn Uhr terminiert», sagt er. «Das ist in zwei Stunden und vierzig Minuten. Geht das in Ordnung für Sie? Ich bringe Sie jetzt aber zunächst einmal in Ihr Hotel.»

«Ich bin davon ausgegangen, dass ich erst heute Abend spiele!», protestiere ich schwach.

«Es tut mir leid, Frau Meyer, aber zu unser aller Bedauern

müssen wir das *Spiel* vorziehen.» Das Wort «Spiel» betont er etwas merkwürdig, wie ich finde. Aber er ist ja Mexikaner, und die Aussprache ist absolut entschuldbar, ansonsten ist sein Deutsch auch wirklich perfekt. «Unser Zeitplan musste geändert werden. Es ist uns etwas dazwischengekommen.»

«Etwas dazwischengekommen, ja?» Während der «Dolmetscher» sein Smartphone in die Halterung am Armaturenbrett steckt und darauf herumdrückt, drehe ich mich zu Richard und Ada um und mache ein paar bedeutungsvolle Bewegungen mit meinen Augenbrauen.

Richard erwidert den Ausdruck. Seine Lippen formen die Worte «Mord und Mescalin». Ich grinse zurück.

«Wo treffe ich denn meine Kolleginnen?», will ich wissen.

«Im Besprechungszimmer. Wenn Sie sich im Hotel frisch gemacht haben, bringe ich Sie dorthin.»

Ich lehne mich in den luxuriösen Polstern zurück und versuche, mich zu entspannen. Es ist angenehm kühl im Wagen, Klimaanlage sei Dank. Als wir die Autobahn verlassen und die Stadt in Sicht kommt, wird alles bunt. Die Fassaden der Häuser sind grün, blau und rot gestrichen, in den Gärten bewegen sich Palmwedel in der Brise, dazwischen ragen blütenstarrende Kakteen auf. Alte Frauen in weißen Kleidern sitzen auf Bänken an der Straße. Hitze wabert über den Asphalt. Wir biegen auf eine Avenida ein, die von Villen und Palästen gesäumt ist. Nach einer etwa halbstündigen Fahrt halten wir auf einem Platz in der Innenstadt von Mérida an.

Der Dolmetscher oder was auch immer er sein mag, geht um den Wagen herum, hält mir die Tür auf und holt mein Gepäck aus dem Kofferraum. Ada und Richard steigen ebenfalls aus. Dann sehen wir uns an.

«Ich mache jetzt keine große Verabschiedung», sage ich.

«Wir haben unsere Nummern und so weiter ausgetauscht, und nachher rufen wir uns an!»

Richard nimmt mich so heftig in den Arm, dass er mir fast den Brustkorb zerquetscht. «Ich bin so froh, dass ich dich getroffen habe! Du hast mein Leben gerettet! Und jetzt zeig diesen feinen Kulturleuten, dass du, und nur du, die erste Ukulele spielst!»

Ich lächele ihn an. «Es gibt nur eine Ukulele.»

«Genau!», strahlt Richard. «Es kann auch nur eine geben! Und das bist du!»

Ada umarmt mich ganz vorsichtig und wird dabei wieder ein bisschen rot. «Viel Glück gleich», murmelt sie.

Ich winke meinen Reisegefährten hinterher. Ein seltsames Gefühl breitet sich in mir aus, das ich nicht einordnen kann. Ich denke an meine Freundinnen, meine Geschwister, den Chef und an Sabine Knopfler aus der Buchhaltung – all die Menschen, mit denen ich daheim in Hamburg regelmäßig spreche. Keinem von ihnen habe ich mich so nah wie diesen beiden hier gefühlt.

Der Dolmetscher wechselt ein paar Sätze mit dem Mann an der Rezeption. Ich verstehe nur *Señora Meyer* und *muy importante*. In meinem Kopf krame ich nach ein paar spanischen Ausdrücken, die ich gleich ebenfalls anbringen könnte. In der Schule hatte ich zwei Jahre Spanisch, die mir viel Spaß bereitet haben. Das ist aber nun schon eine Weile her. Jetzt dreht er sich zu mir um und lächelt mir zu. Nicht schmierig oder wie man sich das bei Drogenbossen vorstellt, sondern einfach nur nett.

Auf einmal schäme ich mich, dass ich ihm eben diese ganzen Sachen angedichtet habe. Natürlich hat er nichts mit Organisierter Kriminalität zu tun! Meine Phantasie macht manchmal seltsame Sprünge! Er ist einfach nur ein sehr sympathischer, engagierter Mitarbeiter des mexikanischen Goethe-Instituts mit einer Vorliebe für teure Kleidung, und warum auch nicht? Außerdem hat Richard recht, er ist wirklich sehr gut aussehend. Nicht, dass mich das bei Männern normalerweise beeindrucken würde. Ich stehe eigentlich mehr auf die, die mich zum Lachen bringen. Wenn ich vor der Wahl stünde, ob schön oder witzig, würde ich immer witzig nehmen. Stefan war keines von beidem, aber ich war ja auch erst sechsundzwanzig, als ich ihn kennenlernte, keine Ahnung, warum ich ihn erwählt habe – meine damaligen Auswahlkriterien sind in den Schlund des Vergessens gerauscht. Ich bemerke, dass ich den Goethe-Mann immer noch ansehe, und er mich. Ach so, ja, weil er mir etwas erzählt und ich nicht darauf antworte. Anscheinend wartet er auf eine Reaktion von mir.

«Sehr schön», sage ich, weil es ja meistens das ist, was man sagt, wenn man neu irgendwo ist.

Er runzelt leicht die Stirn. «Es macht Ihnen also nichts aus, dass die Hacienda noch nicht bezugsbereit ist?»

Ich überlege kurz, ihn zu bitten, alles noch einmal zu wiederholen. Vor allem den Teil, in dem das mexikanische Goethe-Institut erwogen hatte, mich auf einer Hacienda einzuquartieren, was sicherlich sehr teuer geworden wäre, aber ich bin zu erschöpft dafür. «Nein, überhaupt nicht.» Ich deute auf den palmenbestandenen Innenhof, den blauen Himmel darüber und die gelben Arkadengänge im ersten und zweiten Stock. «Es ist hier ja alles auch sehr schön.»

Er wirkt verwundert, aber auch erleichtert. Ein Junge kommt herangelaufen und nimmt meinen Koffer. Wir gehen über gewundene Treppen nach oben und lange Wandelgänge entlang. Aus dem palmenbepflanzten Innenhof ruft ein Vogel.

Im zweiten Stock gibt es ein Schwimmbecken, von dem aus man über die Türme und Kuppeln der Stadt blicken kann. Dann stehen wir vor einem Zimmer, aus dem ein Zimmermädchen herauskommt, das vor mir knickst. Es kommt mir alles ein bisschen unwirklich vor, aber das liegt natürlich auch an meiner Müdigkeit.

«Estoy un poco casada», sage ich, nachdem der Gepäckjunge und das Zimmermädchen gegangen sind. Sind mir doch tatsächlich wieder ein paar spanische Wörter eingefallen!

Zu meiner Überraschung wirkt der Goethe-Mann auf einmal recht verlegen.

«Verdammt!», entfährt es mir. Was für eine peinliche Wortverwechslung! «Ich meinte *cansada*, nicht *casada*! Tut mir leid!» Ich raufe mir die Haare. «Also, Señor Rimenez, richtig? Ich meinte, ich bin ein bisschen müde, nicht ein bisschen verheiratet! Das kann man ja auch gar nicht, ein bisschen verheiratet sein, das geht ja nur mit Schwung und Haut und Haar … und überhaupt, verheiratet bin ich schon lange nicht mehr!» Ich merke, dass ich es immer schlimmer mache, beiße mir auf die Lippen und blicke ihn stirnrunzelnd an.

Auf einmal schleicht sich wieder dieses Lächeln mit dem Grübchen in seine Züge. Es ist, meine ich, sogar mehr als ein Lächeln. Täusche ich mich, oder kämpft er mit dem Lachen? «Ich bin mir sicher, dass Sie alles mit Schwung und Haut und Haar unternehmen, Frau Meyer.» Seine Mundwinkel biegen sich nach oben. «Sonst wären Sie ja jetzt nicht hier.»

Nachdem er gegangen ist, fällt mir ein, dass ich überhaupt nicht weiß, in welchen Zimmern die anderen vom Salonorchester untergebracht sind. Aber vermutlich bereiten sie sich schon im Konzertsaal vor. Ohnehin werde ich sie ja gleich in diesem ominösen Besprechungszimmer treffen, wo auch immer das sein mag. Gut, dass mich der Goethe-Mann gleich wieder abholt und hinbringt. Ich schalte mein Handy ein, nur um festzustellen, dass mich niemand angerufen hat. Nicht einmal Lotti aus ihrem neuen Zuhause, mit der ich seit ihrem Auszug täglich gesprochen habe. Na gut, nicht sie hat mich angerufen, sondern immer ich sie. Seltsamerweise hat sich aber auch Evi nicht gemeldet. Hätte sie doch eigentlich interessieren können, wie es sich mit den neuen Kolleginnen anlässt. Ich spüre, wie die altbekannte Traurigkeit in mir aufsteigt. Alle Menschen, die ich kenne, sind mit ihren eigenen Leben beschäftigt, und ob es mich gibt oder nicht, ist ihnen, wenn man mal ehrlich ist, egal.

Auf einmal habe ich nicht mehr die Kraft, das zu tun, was ich eigentlich tun sollte. Duschen nämlich, mein Instrument stimmen, im Geiste das Programm durchgehen. Ich lege mich auf das Bett und schließe die Augen. Alles verschwimmt in Traumbilder, die lange, lange Reise, Richard und Ada, das heiße Mexiko. Erst das Klopfen an der Tür bringt mich in die Gegenwart zurück.

Es ist wieder der Dolmetscher. «Geht es Ihnen gut, Frau Meyer?», fragt er von draußen.

Ich sehe mich selbst im Spiegel über der Kommode. Meine braunen Locken, die auf der einen Seite platt gedrückt sind. Das zerknitterte T-Shirt und das vom Schlaf nicht minder zerknitterte Gesicht.

«Geben Sie mir fünf Minuten!», sage ich und verschwinde im Badezimmer.

Vier Minuten später schlüpfe ich frisch geduscht in mein schwarzes Kleid, das ich immer zu Konzerten trage, habe meine nassen Haare zusammengebunden und bin geschminkt. Man kann mir vieles nachsagen, nicht aber dass ich langsam sei. Ich reiße den Instrumentenkasten an mich und stürme hinaus. «Kann losgehen!», rufe ich.

Der Dolmetscher sieht mich verblüfft an. «Phantastisch, aber … Wo haben Sie denn Ihre Unterlagen?»

«Brauche ich nicht», sage ich. «Habe alles hier drin!» Und damit klopfe ich mir an den Kopf. Tatsächlich ist unser musikalisches Programm nicht so wahnsinnig ambitioniert, vor allem nicht meine Einlagen. Geplant ist, dass ich den Anfang des Ungarischen Tanzes Nr. 5 spiele (auf der Ukulele klingt das wirklich charmant) und die Swingklassiker mit Gesang begleite. Alles Dinge, die ich auch zu Hause vom Sofa aus mit verbundenen Augen und gefesselten Beinen hinkriege.

«Haben wir denn noch Zeit, uns gleich einzustimmen?», frage ich, während wir die Wandelgänge hinunterhasten.

«Sie wollen sich … einstimmen?» Der Dolmetscher runzelt die Stirn. «Also, ich könnte Ihnen vorher ein Glas Champagner bringen.»

Ich lache. «Wissen Sie was? Daran könnte ich mich echt gewöhnen! Aber im Ernst, wenn Zeitnot ist, dann stimme ich meine Ukulele bei Ihnen im Wagen. Das heißt, wenn es Sie nicht stört!»

Er wirft mir einen Blick von der Seite zu, die Mundwinkel biegen sich nach oben, und das Grübchen blitzt wieder auf. «Sie sind sehr unkonventionell, Frau Meyer. Darüber haben Ihre deutschen Kollegen schon gesprochen. Wir sind uns alle sicher, dass das gut bei uns ankommen wird.»

Das gibt mir jetzt zu denken. Wirklich? Das haben Claudia, die Bratsche, und die anderen über mich gesagt? Hatten die schon einen feuchtfröhlichen Abend gestern? Unkonventionell, ich, so ein Schwachsinn. Nur weil ich anbiete, mein Instrument schon im Wagen zu stimmen. Und weil ich nicht wie sie Vollzeitmusikerin bin. «Haben die Ihnen von meiner Arbeit in Deutschland erzählt?»

Jetzt sieht der Dolmetscher eine Spur erstaunt aus. «Also, das muss man ja wohl nicht extra erwähnen! Das ist ja in Mexiko allgemein bekannt!»

Ich kratze mir nachdenklich den Kopf, wodurch ein paar nasse Strähnen aus dem Zopf fallen und die Frisur in Schieflage gerät. Dass mich der Dolmetscher so auf den Arm nimmt, geht eigentlich nicht in Ordnung, aber jetzt weiß ich nicht mehr, was ich auf seine Scherze erwidern soll. Ich bin hundemüde, habe den Jetlag des Jahrhunderts, und außerdem ist mir entsetzlich heiß. «Klar, ich glaub's auch», murmele ich irgendwann.

Das Konzerthaus ist ein recht modern wirkendes Gebäude am Rande der Stadt. Ein paar brandneue Volkswagen-Modelle stehen davor. Vermutlich die Wagen derjenigen, die sich auf ein schönes Brahms-Konzert freuen, gespielt von wackeren Germaninnen. Hier wird die deutsche Kultur noch geachtet, so viel steht fest!

Ich packe entschlossen meine Ukulele, die ich im Wagen gestimmt habe, gehe durch die Tür, die mir der Dolmetscher aufhält, und betrete das klimatisierte Foyer. Augenblicklich bricht Unruhe aus. Eine Reihe von Herren in ähnlich teuren Anzügen wie der, den der Dolmetscher trägt, treten auf mich zu, um mich zu begrüßen. Der Dolmetscher übersetzt mir alles, aber ich höre nicht richtig zu, so begeistert bin ich von diesem Empfang. Ich bin durchaus schon respektvoll behandelt worden vor meinen Auftritten, und ich bekomme auch fast immer hinterher einen Blumenstrauß. Aber ein so ehrerbietiges Verhalten wie das dieser Herren war mir bislang noch nicht vergönnt.

Das hast du dir verdient, sagt wieder die kleine Stimme in meinem Kopf. Du hast so hart dafür gearbeitet, dieses musikalische Niveau zu erreichen, und du musstest in den vergangenen fünfundzwanzig Jahren reichlich Opfer bringen!

So ein Quatsch, widerspricht jetzt wieder die andere. Die denken, du bist die Original-Ukulele, die ja in der Tat ein gewisses Renommee hat. Wenn die DICH spielen hören, ist es mit dem Respekt wieder vorbei!

Ich drücke mein Kreuz durch und richte mich auf. Nein, heute soll die negative Stimme nicht recht behalten! Heute werde ich allen zeigen, was in mir steckt!

Die Herren begleiten mich einen langen Gang hinunter auf eine geöffnete Flügeltür zu. Zweifelsohne der Konzertsaal. Ich bitte den Dolmetscher, kurz meine Ukulele zu halten, und rücke mir wieder den Zopf zurecht. Ich brauche nicht in den Spiegel zu blicken, um zu wissen, dass meine Frisur unmöglich aussieht. Die Locken kringeln sich an den unmöglichsten Stellen heraus.

Zu meiner Überraschung hat der Konzertsaal keine Bühne. Ein langer, ovaler Tisch zieht sich durch den Raum, an dem bereits ein paar andere Männer sitzen. Sie erheben sich bei meinem Eintreten, kommen mir entgegen und stellen sich vor. Es sind auch Deutsche darunter, allerdings nicht die freundlichsten, stelle ich fest. Ein grauhaariger Mann mit stechenden Augen sieht mich geradezu feindselig an. Zu meiner Überraschung kann ich nirgendwo das Frollein-Salon-Orchester erkennen. Keine Bratsche, keine Geigerinnen, keine Pianistin – nichts. «Wo sind denn meine Kolleginnen?», frage ich den Dolmetscher leise.

«Eine Kollegin kommt leider erst im Lauf des Abends an, soweit ich weiß.»

«Was? Aber wie ist denn das möglich?» In meinem Kopf dreht sich alles. «Sie sind doch vor mir losgeflogen! Das verstehe ich jetzt nicht!»

«Ich kann Ihnen die Einzelheiten hinterher berichten. Jetzt aber», er senkt seine Stimme, «warten die Herren auf Sie.»

O Gott. Und das bedeutet, dass ich jetzt ein Soloprogramm spielen muss! Darauf bin ich in keinster Weise vorbereitet! Und wo soll ich überhaupt spielen? Soweit ich sehen kann, haben die noch nicht mal einen Mikrophonständer aufgestellt. Na gut, andere Länder, andere Sitten. Mache ich es halt unplugged. Ich gehe zum Kopfende des Tisches, an dem schon ein Schild mit meinem Namen steht. Die Herren nehmen Platz, und ich bleibe stehen. So fest ich kann, behalte ich mein Showlächeln im Gesicht. Aber mein Herz beginnt jetzt mächtig zu hämmern. Was für eine absurde Situation! Du kannst das, wispert mir die gute Stimme in meinem Kopf zu.

Ich fange an zu spielen, bevor die andere Stimme widersprechen kann.

Und dann wird es doch ganz einfach. Ich fange einfach so an, wie wir es geplant hatten. Mit dem Ungarischen Tanz Nr. 5 von Johannes Brahms. Nur dass ich jetzt einfach weiterspiele, da, wo die anderen jetzt übernommen hätten. Alles ganz easy. Der Tanz ist ja nur ein paar Minuten lang. Ich muss allerdings zwischendurch ein Lachen unterdrücken, weil das hier einfach so witzig ist! Die Herren in ihren Anzügen sehen echt komisch aus, wie sie da sitzen und mir ernsthaft zuhören. Wenn ich das nachher Ada und Richard erzähle!, denke ich.

Ich spiele noch den Ungarischen Tanz Nr. 1, was sich aber nach den ersten Takten als Fehler erweist, denn dieser Tanz ist viel langsamer und getragener, und jetzt sehen die Männer noch ernster aus. Einige runzeln die Stirn und werfen sich fragende Blicke zu. Der grauhaarige Deutsche wirkt richtiggehend ungehalten. Ich kann ihn auf eine Weise verstehen. Da sitzt er den ganzen Tag bei der Arbeit und freut sich auf ein bisschen Abwechslung, und dann kommt statt eines ganzen Salonorchesters nur die Ukulele-Spielerin und spielt etwas, das ihn womöglich wieder an seine Probleme denken lässt. Nein, jetzt muss eine richtig fetzige kleine Nummer her, beschließe ich, noch während ich die letzten Takte des Tanzes spiele, etwas, worüber sich dieser griesgrämige Deutsche noch die ganze Woche freuen kann. Ich entferne mich ein bisschen vom Tisch, der Tanzschritte wegen, die ich gleich machen werde, und kneife in Richtung des Dolmetschers ein Auge zu, genau wie Marilyn Monroe in «Manche mögen's heiß», und dann spiele ich den Ukulele-Song, den die Monroe zu Anfang des Films im Zug spielt, da, wo ihr der Flachmann aus dem Strumpfhalter fällt. Ich singe, so fröhlich ich kann: «Running wild, lost control / running wild, mighty bold / feeling gay, reckless too / carefree mind, all the time, never blue!»

Endlich kommt Bewegung in die Männer am Tisch. Einigen steht sogar der Mund offen. Der Dolmetscher starrt mich aus weit aufgerissenen Augen an. Ja, damit hätten Sie jetzt wohl nicht gerechnet – eine Deutsche mit so viel Temperament!

Als ich fertig bin, füllt ein paar Sekunden lang verblüfftes Schweigen den Raum. Dann beginnen die Mexikaner zu klatschen und zu strahlen. Auch die Deutschen fallen in den Applaus mit ein. Ich lächele und verbeuge mich in alle Richtungen. Ehrlich gesagt, ich fühle mich großartig. Ich habe die Situation tatsächlich gemeistert! Habe ein Soloprogramm einfach so aus dem Hut gezaubert!

Doch dann fällt mein Blick auf den grauhaarigen Deutschen. Er ist der Einzige, der seine Hände auf dem Tisch behält.

«Ein Vorstand, der Ukulele spielt», sagt der Mann in den Beifall, der urplötzlich erstirbt. «Das hatten wir auch noch nicht in diesem Unternehmen. Sehr kreativ, ich muss schon sagen. Umso mehr bin ich jetzt auf den zweiten Teil Ihrer Präsentation gespannt.»

4. Kapitel

Ich brauche ein paar Sekunden, um zu begreifen, was dieser Mann gesagt hat. Dann schlägt die Erkenntnis wie ein Blitzschlag ein. Dies ist kein Konzert. Und ich bin nicht die Julia Meyer, für die ich hier gehalten werde. Es ist alles eine Verwechslung, ein fürchterliches Missverständnis. Eines, das es allerschnellstens aufzuklären gilt! Nur wie?

Auf einmal sehe ich es vor mir, alles, was seit meiner Ankunft war: der luxuriöse Empfang. Das ehrerbietige, leicht unterwürfige Verhalten der Männer, das nichts mit dem Respekt zu tun hat, den man einer Künstlerin entgegenbringt. Die Art, wie sich der Dolmetscher entschuldigt hat, weil die Hacienda noch nicht fertig sei ... Sein erstauntes Gesicht, weil ich ohne Unterlagen, dafür aber mit einer Ukulele aus meinem Hotelzimmer gestürmt bin ... Ich fühle, wie mir die Knie schmerzen, wie immer, wenn ich gestresst bin. O Gott, wie hatte ich denn nur so blind sein können! Es war doch alles so offensichtlich! Warum habe ich es dann nicht gesehen?

Ich sehe zum Dolmetscher hinüber. Er ist der Einzige hier im Raum, der mir ein kleines bisschen vertraut ist. In diesem Moment geht mir auf, dass sie ihn für den Fehler verantwortlich machen werden. Weil er MICH abgeholt hat anstelle der echten Vorstandsfrau. O Gott, er wird mit Sicherheit seine Stelle verlieren, und das ist dann allein mein Fehler! Weil ich so blöd war, nicht zu begreifen, dass er mich am Flughafen ganz einfach verwechselt hat!

Er fängt meinen besorgten Blick auf und lächelt. So, als wolle er mir versichern, dass ich das Ruder ja noch immer herumreißen kann.

Später denke ich, dass es nicht so sehr meine Angst davor war, von den Sicherheitskräften hinausgeschleppt und verhaftet zu werden. Nein, es war der Wunsch, dass dieser Mann sein wunderbares Lächeln behält.

Und so lege ich die Ukulele weg und fange an zu improvisieren. Zum zweiten Mal an diesem Nachmittag.

«Was haben Sie eben gedacht, als Sie mir zuhörten?» Ich lasse meinen Blick über die Herren in der Runde schweifen. Der grauhaarige Deutsche starrt mir miesepetrig in die Augen, aber ein rothaariger Mann, der ihm gegenübersitzt, zwinkert mir freundlich zu. So fühlt es sich also an, eine Rede vor einem Haufen wichtiger Leute zu halten. Eigentlich ganz einfach, wenn man weiß, was man zu sagen hat. Und ich weiß es. Es ist eine Idee, die ich schon lange mit mir herumtrage. Fast hätte ich sie dem Chef aufgeschrieben, aber dann dachte ich, dass er die Idee vielleicht für zu abgedreht hält.

«Ganz unterhaltsam, haben Sie gedacht, aber da fehlt noch etwas. War es nicht so?» Ich warte, dass Carlos Rimenez meine Worte übersetzt, dann fahre ich fort: «Nun, und genauso geht es Ihrem Unternehmen. Jeder von Ihnen ist ein Virtuose.

Jeder spielt auf der Klaviatur seines Könnens. Bringt den Zuhörer – oder Kunden – dazu, dass er ihm einen Moment lang Aufmerksamkeit schenkt. In der Theorie.»

Es ist auf einmal totenstill im Raum. Die Mexikaner wenden sich fragend dem Dolmetscher zu. Während er spricht, wird die Idee in meinem Kopf zu einem überzeugenden Bild.

«Aber nur wenn wir unsere Kräfte zu einem großen Ganzen bündeln, können wir Applaus ernten. Und ich meine Standing Ovations, einen Begeisterungssturm! Nur wenn wir mit den Kollegen gemeinsam spielen, sei es nun nach Noten oder frei, können wir Ergebnisse erzielen, die sich sehen und hören lassen! Doch Vorsicht! Genau wie bei einem großen Orchester reicht es nicht aus, dass jeder sein Instrument beherrscht. Er muss auch auf die anderen Instrumentengruppen hören können! Wenn Sie ein Sinfonieorchester aufmerksam beobachten, dann wissen Sie, dass Teamarbeit nicht gleichbedeutend ist mit Gleichberechtigung. Es gibt eine klare, unverrückbare Hierarchie im Orchester. Die ersten und die zweiten Geiger und so weiter. Die Perkussionisten im Hintergrund, die für die Idee trommeln. Den Konzertmeister. Und bei all dem dürfen wir nicht vergessen: Nur einer ist der Dirigent. Oder die Dirigentin!» Ich sehe dem Grauhaarigen fest in die Augen. Er starrt kampfeslustig zurück. «Und hier kommt jetzt mein Ton ins Spiel.»

Meine Güte, kann der Typ starren! Gibt der denn niemals auf? Langsam wird es unangenehm. Ich muss ja auch die anderen ansehen. Das sei die halbe Miete beim Redenhalten, habe ich mal irgendwo gelesen. Die ganze Rhetorik nützt rein gar nichts, wenn man dabei auf seine Fußspitzen meditiert.

Auf einmal verliere ich den Faden. Hier kommt jetzt mein Ton ins Spiel, habe ich gerade gesagt. Warum? Und vor allem:

inwiefern?! Welcher verdammte Ton? Erstens bin ich, sobald ich diese kleine Rede beendet habe, schneller draußen, als mein neuer Feind «Ich lasse dich verhaften» sagen kann. Zweitens habe ich überhaupt keinen Ton. Mir versagt nämlich die Stimme. Einfach deshalb, weil ich nicht weiß, welch bahnbrechende Idee ich als Nächstes zum Besten geben soll. Das Bild von dem Unternehmen als Orchester habe ich jetzt dargelegt. Julia, denk nach! Welchen verfluchten Ton bringe ich ins Spiel?

Wieder blickt mich der Dolmetscher mit seinem unerschütterlich freundlichen Lächeln an. Ich schließe die Augen und hole tief Luft. «Ich weiß, dass viele von Ihnen hier Visionen haben, Ideen. Außergewöhnlich gute Ideen. Ich weiß auch, dass Sie Ihre Ideen nicht immer so einbringen können, wie Sie das gerne tun würden.» Ich blicke auf Verdacht nach hinten, wo eine Gruppe kleiner, indianisch aussehender Mexikaner sitzt. «Also werde ich Ihnen zuhören, so wie Sie eben mir zugehört haben. Nicht nur den einzelnen Instrumentengruppen, Ihren Teams. Sondern jedem Einzelnen hier im Unternehmen. Und ich werde all Ihre Stimmen zu einem großartigen Ganzen zusammenfügen! Ich verspreche Ihnen, dass ich das Beste aus Ihnen herausholen kann. Niemand hier wird mehr ein Volkslied spielen, so hübsch das auch klingen mag. Von heute an spielen wir große Sinfonien!»

Der Applaus ist so überwältigend, dass ich ein bisschen zusammenzucke. Ich strahle in die Runde, und alle Gesichter strahlen zurück. Bis auf Griesgram Grauhaar natürlich. Der guckt mich an, als hätte ich ihn gerade mit einer Waffe bedroht.

Auf einmal durchfährt mich ein heißer Schreck. Was, wenn die echte Julia Meyer hier auf einmal aufschlägt? Sie wurde ganz offensichtlich heute erwartet, also kommt sie bestimmt auch gleich. Ich muss mich hier ganz schnell vom Acker machen. Außerdem sollte ich jetzt unbedingt Claudia, die Bratsche, erreichen, um herauszufinden, wo wir heute spielen und ob ich schon zu spät für den Auftritt bin. Ich habe in Hamburg etwas Geld gewechselt, das sollte ausreichen, um mir ein Taxi irgendwohin in die Stadt zu nehmen. Noch besser wäre es allerdings, wenn ich vorher aus dem Hotel auschecken würde, damit mich die echte Julia Meyer auch da nicht finden und zur Rede stellen kann. Jede Wette, dass sie mir meinen Auftritt hier nicht so einfach durchgehen lässt. Wenn sie ein Unternehmen leitet, ist sie bestimmt kein Opfertyp.

Während mir der rothaarige Herr jetzt die Hand drückt und mich zu meiner Rede beglückwünscht, frage ich mich flüchtig, was für ein Unternehmen das hier überhaupt ist. Nichts in diesem Besprechungsraum deutet auf eine bestimmte Firmengattung hin. An einer der Wände hängt das weltweit übliche abstrakte Ölgemälde, aber es gibt nirgendwo Schriftstücke. Von unseren Namensschildern einmal abgesehen, gibt es überhaupt nichts aus Papier.

Auf einmal steht der Dolmetscher wieder an meiner Seite. «Ich bringe Sie nun in Ihr Büro», sagt er.

«Das geht nicht, tut mir leid», sage ich. «Mein nächster Auftritt … äh, Termin wartet schon. Ich muss jetzt leider gehen!»

«Sind Sie sicher?» Er zieht die Brauen zusammen. «Hat Ihre Assistentin Ihnen denn schon Ihre Terminplanung durchgegeben?»

«O ja, das hat sie! Sie hat sie mir gemailt!»

«Wo ist denn dieser Termin? Bitte verstehen Sie mich nicht falsch, ich möchte nicht indiskret sein. Ich habe nur strikte Order, Sie zu fahren und Ihnen als Dolmetscher zur Verfügung zu stehen.»

«Von wem haben Sie diese Order?», frage ich und beglückwünsche mich innerlich zu meinem autoritären Ton.

«Von Dr. Kellermann, dem stellvertretenden Vorstandsvorsitzenden. Dem Sie als Letztes die Hand gedrückt haben.»

«Das war dieser Grauhaarige mit dem stechenden Blick?»

Carlos Rimenez' Mundwinkel zucken nach oben. «Genau der.»

«Er hat mich ziemlich böse angesehen, oder?», frage ich leise.

«Das ist möglich», antwortet er ebenso leise. «Ist aber auch so ein bisschen Veranlagung bei dem.»

Gegen meinen Willen breche ich in lautes Gelächter aus. Rimenez lacht zurück, wobei sich die Lachfältchen in seinen Augenwinkeln vertiefen. Sein Blick wandert von meinen Haaren über meine Augen und meinen Mund. «Das war eine sehr gute Rede, die Sie da eben gehalten haben, Frau Meyer.»

«Danke schön», sage ich und spüre zu meinem Erstaunen, dass mein Herz ziemlich schnell schlägt. «Reden und Musik sind meine Leidenschaft!»

Richard lässt um ein Haar seine Margarita fallen. «Sie haben dich für wen bitte gehalten?!»

Wir sitzen in einem Lokal unter den Arkaden an der Plaza de la Independencia. Es ist schon dunkel, obwohl die Glocke vom Turm der Kathedrale gerade erst acht Uhr geschlagen hat. Um uns herum knattern Mofas, Menschen laufen mit Einkäufen beladen an uns vorbei, fliegende Händler wollen uns etwas verkaufen, Hängematten, Armbänder und Silberschmuck. Es liegt ein Duft in der Luft, den ich nicht richtig einordnen kann, eine Mischung aus Orchideen, Gewürzen und gebratenem Fleisch.

Ich grinse. «Für den Produktionsvorstand eines multinationalen, börsennotierten Konzerns.»

«Du hast ein kleines Ukulele-Konzert gegeben, und als Nächstes haben Sie dir zu deinem Posten als neue Chefin gratuliert?!»

«Ja, das war in etwa die Reihenfolge der Ereignisse», kichere ich und rühre in den Eiswürfeln meiner Margarita. Mein Kopf fühlt sich seltsam an, angefüllt mit lauter bunten Sachen. Bilder der vergangenen Stunden wirbeln darin herum. Ich bin immer noch nicht nüchtern, und mit dem, was ich hier trinke, ist auch keine Besserung in Sicht. Eigentlich wollte ich nur etwas typisch Mexikanisches probieren, das hat Richard als Aufforderung verstanden, Margaritas zu bestellen.

«Dass Leute sich so sehr irren können ...», sagt Ada. «Ich meine ... wir irren uns alle manchmal ...» Ich sehe sie an, ihr kleines Gesicht mit den großen, blauen Augen, und denke instinktiv: Nein. Ada hätte ich nicht hinters Licht führen können. Sie ist bestimmt der Typ, der immer unterschätzt wird, aber dem man in Wahrheit nichts vormachen kann.

«Und die denken jetzt wirklich, dass du am Montag wiederkommst? Oder sogar morgen am Sonntag? Vorstände arbeiten doch angeblich jeden Tag.»

«Meine Assistentin meinte, sie hätte keine Termine für mich morgen, ich solle den Tag freinehmen, um mich zu akklimatisieren.»

Richard kichert. «Deine Assistentin!»

«Ich weiß!», lache ich. «Unglaublich absurd!»

«Und sie ahnen wirklich gar nichts?», staunt Ada. «Musstest du nicht einmal deinen Pass vorlegen oder deine Arbeitserlaubnis oder sonst irgendein offizielles Dokument?»

«Nein, das ist das Unglaublichste von allem. Ich glaube, es

gelten einfach andere Regeln, wenn man eine solche Position innehat.»

«Du wirst natürlich am Montag hingehen!», lacht Richard und kneift verschwörerisch ein Auge zu.

«Bist du wahnsinnig! Ich werde den Teufel tun!»

«Aber dann musst du dich verstecken!», sagt Ada. «Du musst sofort aus deinem Hotelzimmer raus!»

«Schon geschehen!», seufze ich.

«Und jetzt?», fragt Richard. «Wo wohnst du?»

Ich deute mit dem Daumen in Richtung Kathedrale. «In einer Seitenstraße dahinten. Habe gerade festgestellt, dass ich offensichtlich der einzige Gast dort bin – die Kakerlaken nicht mitgezählt.»

«Kakerlaken? O mein Gott, das würde ich nicht überleben!» Richard greift sich dramatisch an die Brust.

«Was ist denn mit deinen Kolleginnen?», fragt Ada. «Mit den anderen Musikerinnen? Solltest du nicht zusammen mit denen unterkommen?»

Ich nehme einen tiefen Schluck. «Das ist das nächste Rätsel. Ich erreiche sie nicht.»

«Das heißt, du hast deinen ersten Auftritt verpasst», sagt Ada mitfühlend. «O weh, das tut mir leid!»

«Ja, und so wie es aussieht, verpasse ich auch den Auftritt morgen. Wenn ich nicht weiß, wo die vier sind.»

«Das ist alles sehr merkwürdig», sinniert Ada. «Und dieses Unternehmen, in dem du heute warst? Was ist das für eins?»

«Hier.» Ich öffne meine Handtasche und ziehe die Visitenkarte daraus hervor. *Julia Meyer* steht darauf. *Chief Executive Officer* BRIS. Und darunter der Werbeslogan: *Luxus in tene-BRIS*.

«Es ist ein Unternehmen, das Luxusartikel herstellt und

vertreibt. Yachten, Uhren, hochwertige Kleidung, Designermöbel und so. Verstehe den Slogan nicht so ganz, aber ich hab mich nicht getraut zu fragen. Aus Gründen, die mit betrügerischem Einschleichen in fremde Unternehmen in Zusammenhang stehen.»

«Der Spruch bezieht sich auf den Vers aus dem Johannes-Evangelium», erklärt Ada. «*Lux in tenebris*, also Licht in der Finsternis. Von wegen, nur Luxus macht das Dunkel des menschlichen Daseins wieder hell.»

«Ist ja auch so», sagt Richard.

«Na ja, das würde ich nun nicht sagen», widerspreche ich. «Freundschaft, Liebe und Frieden machen das Dunkel des menschlichen Daseins hell.»

«Okay, Mahatma Gandhi, wenn ich dich nun aber morgen auf meine Yacht einladen würde und da gibt es eine Marmorbadewanne und ich …»

«Ausgerechnet BRIS!» Ada starrt immer noch auf meine Karte. «Produktionsvorstand von BRIS!»

«Unfassbar, oder?» Ich nehme einen kräftigen Schluck von meiner Margarita. Irgendwie habe ich jetzt das Bedürfnis, mich zu betrinken. «Und nein, Darth Vader, ich hätte immer noch lieber Freundschaft, Liebe und Frieden anstelle einer Marmorbadewanne.»

«*Ich* arbeite für BRIS.» Ada hebt langsam den Blick und sieht mich an.

«Du arbeitest für … BRIS? Seit wann?»

«Ab Montag. Deswegen bin ich hierhergeflogen. Wegen meiner neuen Stelle. Ab übermorgen arbeite ich für BRIS.»

«Ich will auch für BRIS arbeiten!», ruft Richard. «Dieses Unternehmen hört sich bunt und aufregend an!»

«Als was?», frage ich Ada.

«Ich bin … hm, das hört sich immer so …»

«Egal, Ada. Als was?»

«Ich soll mit meinem Team eine neue Software entwickeln, die es den Niederlassungen in den einzelnen Ländern erlaubt, verschlüsselt Daten auszutauschen.» Sie senkt ihre Stimme zu einem leisen Wispern. «Daten, die selbst die NSA nicht knacken kann.»

«So etwas gibt es?», frage ich.

«Bislang noch nicht. Aber ich … oder vielmehr mein Team und ich, also wir … wir arbeiten jetzt daran.»

Ein Kellner tritt zu uns an den Tisch, um die Bestellung aufzunehmen. Richard und ich radebrechen etwas von wegen, dass wir gern den gegrillten Fisch hätten, ach ja, und noch drei Margaritas. Ada hingegen bestellt fließend auf Spanisch, und als der Kellner in eine andere Sprache wechselt, die nicht nach Spanisch klingt, wechselt Ada ebenfalls.

«Was bist du?», fragt Richard und starrt Ada an. «So eine Art Asperger-Genie oder so?»

Im Schein der schwachen Restaurantbeleuchtung sehe ich, wie Ada dunkelrot wird. «N-nein.»

«Was war das für eine Sprache, die du eben mit dem Kellner gesprochen hast?»

«Ähm … das war eine Maya-Sprache.»

«Du sprichst Maya?!»

«Na ja, *eine* Maya-Sprache.»

Richard presst seinen Kopf zwischen die Hände. «Es deprimiert mich manchmal zu wissen, wie wenig ich kann und weiß. Ah, da kommen die Margaritas, die bringen Vergessen! Und schon bin ich nicht mehr deprimiert!»

«Hast du das an der Uni studiert, die Maya-Sprache?»

Ada trinkt ihre Margarita aus, und ein verlegenes Lächeln

huscht über ihre Züge. «Nein, ich kenne eine Maya. Aber das ist jetzt eine etwas vertrackte Geschichte. Erzähle ich euch ein anderes Mal.»

Richard und ich wechseln einen Blick. «Okay», sage ich. «Also du entwickelst für das Unternehmen diese Software. Dann weißt du sicherlich auch einiges über die. Wo die überall sitzen, womit die handeln, wie viel Umsatz und so?»

«Ja. Ich hab die Zahlen hier, wenn sie dich interessieren.» Ada nimmt ihre Guacamole entgegen und lächelt den Kellner freundlich an.

«Das tun sie, aber …»

«Aber?» Sie sieht mich schüchtern und irgendwie auch neugierig an.

«Aber … ich habe ja mit diesem Unternehmen überhaupt nichts zu tun, darum können wir das Thema jetzt genauso gut sein lassen.»

Ada lächelt. «Bist du sicher?»

«Ob ich sicher bin! Das fragst du doch jetzt nicht ernsthaft, oder? Sag, dass es der Tequila ist, der aus dir spricht!»

«Nein», sagt sie leise. «Nicht der Tequila. Denk doch einfach mal drüber nach.»

«Über eine Karriere als Hochstaplerin?»

Ada beißt sich auf die Lippen. «Darüber, wie es ist, wenn man nicht mehr die Regeln der anderen befolgen muss. Wenn man die Regeln selber macht.»

Der Kellner stellt die Teller vor uns ab. Die gegrillte Dorade sieht gut aus, richtig kross. Aber ich habe keinen Hunger mehr. In meinem Kopf dreht es sich jetzt noch schneller. Ein paar Meter weiter beginnt eine Mariachi-Kapelle zu spielen. Immer mehr Bilder wirbeln in meinem Kopf.

Richard spießt ein Stück Salatblatt auf. «Was ist denn jetzt überhaupt mit der echten Vorstandsfrau? Wo ist die eigentlich hin?»

«Ich habe keine Ahnung. Solange ich in den Büros war, ist sie nicht aufgetaucht. Und als ich eben aus dem Hotel ausgecheckt habe, war sie auch noch nicht da – Gott sei Dank!»

Ein dicklicher kleiner Mann geht auf die Mariachi-Kapelle zu. Er trägt eine braune Hose mit Bügelfalte, sein Bauch wirkt ziemlich kompakt, und auf dem Kopf hat er nicht mehr viele Haare, aber er hat eine wunderschöne Frau im Arm, und er kann tanzen, meine Güte, und wie er das kann! Ich ertappe mich dabei, wie ich mich am liebsten unter die Paare mischen würde. Richard bemerkt meinen Blick und lacht. Dann streckt er die Hand nach mir aus. «Darf ich bitten? Ein weiteres Mal?»

Ich blicke zwischen der krossen Dorade und Richards lachenden Augen hin und her. Die Augen gewinnen.

Wir brauchen exakt zwei Takte, dann sind wir aufeinander eingestellt. Richard führt mich auf eine leichte, völlig unaufdringliche Weise. Eine leise Bewegung mit der Schulter, mit der Hand, und wir tanzen im Einklang miteinander. Richard dreht mich, so, wie ich es liebe, und während er mich über den Platz wirbelt, kreisen meine Gedanken noch schneller, bis sie in den Nachthimmel abheben und ich befreit von ihnen bin. Neben uns dreht sich der Dicke, und ich staune darüber, wie anmutig er sich bewegt. Er hat jetzt eine andere Frau im Arm, und auch sie ist viel jünger und attraktiver als er. Ich sehe Richard an, und er erwidert mein Lächeln, während er mich erneut um meine eigene Achse schickt. Wie wunderbar es sein muss, einen Mann zu haben, der gerne tanzt! Der einen ausführt, um einen über das Parkett zu wirbeln oder mit dem man das Wohnzimmer unsicher machen kann! Eine Erinnerung aus grauer Vorzeit steigt in mir auf: Stefan, der unwillig den Mund verzieht, wenn ich laut Musik auflege, und der auf die Frage, ob er Lust hätte, mit mir zu tanzen, antwortet, er sei doch nicht schwul.

Das Lied endet, und wir kehren zu unserem Tisch zurück. Auch Ada hat ihr Essen zurückgeschoben und tippt auf ihrem Tablet herum. «Muss was nachsehen», murmelt sie.

Richard und ich wechseln einen Blick. «Asperger-Genie», macht Richard mit den Lippen.

«Kein Asperger.» Ada tippt weiter. «Bin bloß neugierig.»

Ich lache. «O Gott, Ada, du bist wirklich die unglaublichste Person, die ich je getroffen habe!»

«Da haben wir es!» Ada dreht ihr Tablet zu mir um, sodass ich den Text erkenne, den sie aufgerufen hat. «Lest euch das mal durch!»

> FLUGZEUG VOM RADAR VERSCHWUNDEN
> Über dem Golf von Mexiko ist am Freitag ein Flugzeug verschwunden. Mexikanischen Angaben zufolge ist ein US-amerikanisches Passagierflugzeug mit 168 Menschen an Bord eine Stunde vor dem Landeanflug auf Mérida vom Radar verschwunden. Die Fluggesellschaft bestätigte, den Kontakt mit der Maschine 70 Kilometer vor Mérida verloren zu haben. Von dem Flugzeug, der Besatzung und den Passagieren fehlt bislang jede Spur.

Richard wird kreidebleich. «Ich wusste es! Fliegen ist so was von gefährlich! Und genau deshalb hatte ich auch diese Angst!»

Ich spüre, wie ich auf einmal anfange zu zittern. «Die Freitagsmaschine von Amsterdam nach Mérida – da waren meine Kolleginnen drin!»

Ada nickt langsam und hält meinen Blick.

«Das heißt», fahre ich mit unsicherer Stimme fort. «Wenn die Maschine nicht überbucht gewesen wäre und ich da auch drin gesessen hätte …»

«… dann wärst du jetzt tot!», unterbricht Richard mich.

«Nein, das ist nicht gesagt», erklärt Ada. «Noch ist niemand gefunden worden. Es wäre auch möglich, dass die Maschine gekidnappt wurde und dass die Passagiere jetzt bei irgendwelchen Drogenbaronen in Kolumbien sind.»

Richard rollt mit den Augen. «Ach so, nee, dann bin ich ja jetzt beruhigt.»

Meine Hand bebt, als ich das Glas Margarita hebe. Meine armen, armen Kolleginnen! Vom Radar verschwunden …! Natürlich heißt das, dass sie jetzt tot sind, da hat Richard schon recht. Das mit der Entführung ist nämlich extrem unwahrscheinlich. 1 zu 36 Milliarden beträgt die Wahrscheinlichkeit, dass man einen Flieger besteigt, der entführt wird – auch das schon wieder so eine Zahl, die ich mir in der Agentur gemerkt habe. Meine Hände flattern immer stärker, und ich leere mein Glas in einem Zug.

«Und noch etwas ist sehr wahrscheinlich», sagt Ada, so, als hätte sie gerade meine Gedanken gelesen. «Dass auch die andere Julia Meyer in dem Flugzeug saß.»

«Du meinst, dass ich deshalb nicht mit auf den Flieger konnte in Amsterdam? Weil da schon eine andere Julia Meyer mit drin saß? Und dann dachten die, die ganze Gruppe sei komplett?»

Ada hebt vorsichtig die Schultern. «Möglich wäre es.»

«Aber woher wusste der Dolmetscher dann, dass ich am Samstag lande? Das ergibt doch alles keinen Sinn!»

«Woher er das wusste, werden wir jetzt nicht mehr herausfinden.» Sie wirkt einen Augenblick nachdenklich. «Es sei denn, ich hacke seinen E-Mail-Account.»

«Ada!»

«Wie auch immer, die andere Julia Meyer ist an Bord des verschwundenen Flugzeugs. Anders kann es überhaupt nicht sein.»

Wir sehen uns an, und eine Minute lang sind wir sprachlos. Noch schneller dreht sich mir jetzt der Kopf.

«In dem Flugzeug saß auch einer meiner Lieblingsschauspieler.» Richard hat sich Adas Tablet geschnappt und tippt auf ein Bild. «Verdammt, hat der schöne Zähne! Und die sind Natur, sag ich euch, nur eine winzige Füllung am Vierer, hab ich mal gelesen, keine Krone, kein Bleaching, kein Veneer!»

«Stimmt», sagt Ada. «Aber ein fester und heller Zahnschmelz allein bringt einen auch nicht weiter – da kann man's wieder mal sehen.»

Ich mache mir nicht mal die Mühe herauszufinden, über wen sie sprechen. Es dreht und dreht sich in meinem Kopf.

«Alles in Ordnung mit dem Essen?», fragt der Kellner auf Spanisch. Zumindest glaube ich, dass er das fragt.

«Ja, aber wir hätten gern noch drei Margaritas», antwortet Richard. «Meine Freundin hier», er deutet mit einer unsicheren Hand auf mich, «hat nämlich gerade erfahren, dass sie um ein Haar gestorben wäre. Ada, erklär das dem Kellner doch mal, mein Spanisch reicht dafür nicht aus!»

Ada sagt etwas auf Maya, wechselt dann aber doch wieder ins Spanische. Vermutlich weiß sie nicht, wie man in der antiken Indio-Sprache «Überbuchung» und «Flugzeugentführung» sagt.

Der Kellner reißt die Augen auf, dann lässt er sich auf den freien Platz neben uns fallen. Er winkt seinem Kollegen, deutet auf unsere leeren Gläser und hält drei Finger hoch. Dann blickt er mich eindringlich an. «Que suerte», sagt er. «Du hast großes Glück gehabt. Aber ansonsten bist du eine sehr unglückliche Frau.»

Ich bin nicht sicher, ob ich ihn richtig verstanden habe. Nein, ich muss mich verhört haben. So etwas sagt einem ein Kellner doch nicht!

Er dreht sich zu Ada um und fragt sie etwas.

«Er bittet mich zu übersetzen», sagt Ada. «Juan ist Schamane, und er kann in die Seelen der Menschen sehen.»

Ich stöhne auf. Auch das noch! «Ada, bitte sag ihm, dass ich nicht will!»

«Hör ihm doch einfach zu, Schätzchen», sagt Richard. «Es ist bestimmt sehr interessant!»

Der Kellner-Schamane lächelt mich an und deutet auf meine Augen.

«Er sagt, dass er deine grünen Augen sehr schön findet», übersetzt Ada. «Dazu sollte ich vielleicht sagen, dass alle Maya Grün mögen, die Farbe ist in der Maya-Kultur gleichbedeutend mit dem Zentrum der Welt. Das ist mir übrigens auch schon aufgefallen – deine Augen sind tatsächlich sehr schön!»

«Oh. Das ist sehr, sehr nett, dass du das sagst!»

«Und jetzt meint Juan, ähem … das wird jetzt sehr persönlich, Jule. Ich kann verstehen, wenn du das nicht hören willst.»

«Ich fürchte, jetzt bin ich neugierig geworden.»

«Er sagt … also er sagt, dass du in deinem Land immer viel allein bist. Und dass das viele Alleinsein nicht gut für dich ist.»

Auf einmal schießen mir Tränen in die Augen. Meine Knie tun mir wieder weh. Nein, alles. Mein ganzer Körper ist ein einziger großer Schmerz.

Es ist nicht so, dass ich richtig weine, zumindest nicht laut.

Die Tränen rollen mir nur einfach über die Wangen. Richard reicht mir eine Serviette und nimmt meine Hand.

«Du hattest einen schweren Unfall. Und du hast ein großes Herz. Du gibst sehr viel. Aber du hast immer so wenig zurückbekommen. Diese Reise hier wird das ändern», übersetzt Ada weiter. «Aber es wird einige Schwierigkeiten geben, und ...» Hier stockt sie.

«Und was?»

«Er sagt, du musst ab jetzt sehr tapfer sein.»

Es ist spät, als ich in mein Hotelzimmer zurückkehre. Von draußen dröhnt immer noch das Knattern der Mofas, vermischt mit Lachen, Stimmengewirr und Gesang. Erschöpft lasse ich mich auf mein Bett fallen, erschöpft und verwirrt. Wieso wusste dieser Juan all diese Dinge? Oder sagt er das jedem? Und was soll das heißen, ich muss sehr tapfer sein? Meiner Meinung nach bin ich schon viel zu lange tapfer.

Und außerdem bin ich schon wieder allein.

Ich habe so eine Sehnsucht nach meinen Lieben. Ich will meine kleine Lotte sehen und meinen Louis. Warum nur werden Kinder so schnell groß? So dermaßen einsam fühle ich mich in diesem Moment, dass ich sogar Sehnsucht nach meinen Schwestern habe, nach meinen Eltern, meinen Freundinnen und fast – aber auch nur fast, das muss die Macht der Gewohnheit sein – nach dem Chef. Ich schalte mein Smartphone ein, das ich zum Laden im Zimmer gelassen hatte. Aktiviere das WLAN. Und starre minutenlang ungläubig auf das Display.

Nur eine einzige Nachricht. Von Lotte, die mich nach ihren alten Inlineskates fragt. Keine E-Mail.

Nichts.

Ich könnte jetzt tot sein. Und ich bin nur deshalb noch am Leben, weil ich nicht in den Flieger eingestiegen bin, der von den Radarschirmen dieser Welt verschwunden ist. Alle zu Hause denken, dass ich in diesem Flieger war. Ich habe niemandem Bescheid gesagt, dass ich umgebucht wurde, warum auch, es hätte ja niemanden in dem Moment interessiert.

In Filmen sieht man manchmal, wie Leute, die sich über andere Leute ärgern, ihre Handys in einen Fluss oder ins Meer werfen. Das ist ziemlicher Unsinn, fand ich immer, denn ein Handy kann einem ja trotzdem noch wertvolle Dienste erweisen. Ich lösche auch nicht meine Kontakte oder so einen Quatsch. Ich stelle das Telefon nicht einmal aus. Ich beschließe einfach nur, dass mein Leben, so wie es einmal war, vorbei ist. Dass ich jetzt etwas ändere.

Ich will nie wieder bedauernswert sein.

5. Kapitel

«Okay, wir müssen jetzt herausfinden, was diese Julia Meyer zu ihren Lebzeiten für eine war.» Ada tippt auf ihrem Tablet herum. «Sie muss dir zumindest auch ein bisschen ähnlich gesehen haben, Jule, sonst hätte dich dieser Dolmetscher nicht in Empfang genommen.»

Wir sitzen auf demselben Platz wie am Vorabend, nur dass jetzt alles anders ist, denn erstens ist es Tag, zweitens herrscht munteres Markttreiben, und drittens habe ich Lust, mehr über das Unternehmen zu erfahren, das mich für seinen Produktionsvorstand hält. Warum ich das ergründen will? Keine Ahnung. Es gibt sicherlich zehntausend Fragen, die in diesem Augenblick interessanter wären. Wie es mit meinem Leben jetzt weitergehen soll, wäre so eine Frage. Oder: Warum ist es mit dem Leben meiner Kolleginnen vom Frollein-Salon-Orchester vorbei? Außerdem sollte ich mich wohl so schnell wie möglich beim hiesigen Goethe-Institut melden, um etwaige Gerüchte über meinen Tod zu zerstreuen.

Während Ada weitertippt, nippe ich an meinem Kaffee, der offenbar aufgebrüht worden ist mit dem Ziel, tote Ahnen zu wecken. Was auch immer in mir gestorben ist – für die Dauer eines Kaffeerausches ist es wiederauferstanden und da.

Richard berührt mit dem Zeigefinger der rechten Hand die Finger seiner linken. Dabei runzelt er die Stirn.

Ich lächele ihn an. «Mach dir keine Sorgen. Sieht aus, als wären sie alle noch da.»

«Das ist überhaupt nicht witzig, Jule! Ich versuche zu errechnen, wie spät es jetzt ist.»

«Da an dem Turm hängt eine Uhr.»

«Die Uhrzeit zu Hause in Deutschland. Und stell mich jetzt bitte nicht auf die Probe! Ich habe Dyskalkulie.»

«Überhaupt nichts Besonderes!», versuche ich ihn zu trösten. «Zehn Prozent aller Deutschen leiden daran.»

«Wirklich?», strahlt Richard. «Das ist echt gut zu wissen! Und so aufbauend! In meiner Schule war ich der Einzige.»

«Hier.» Ada dreht ihr Tablet zu mir herum. «So sah sie aus.»

Die Bilderreihe zeigt eine Frau in meinem Alter mit braunen Haaren und braunen Augen, die aussieht, als gehöre ihr die Welt. Auf einigen Bildern lächelt sie selbstbewusst in die Kamera, auf anderen steht sie auf einer Bühne und hält ein Mikrophon in der Hand. Auf wieder anderen schreitet sie über einen roten Teppich mit einer Art Men-in-Black-Kopien links und rechts von ihr. Ich klicke mich durch die Galerie, und je mehr ich von meiner Namensvetterin sehe, desto unbedeutender fühle ich mich selbst.

«Macht macht irgendwie sexy», sage ich kleinlaut.

«Jetzt keine Komplexe entwickeln», sagt Richard. «Stell dir die Frau in den Händen von kolumbianischen Gangstern vor, wo sie Adas Theorie nach jetzt ist. Da sieht sie mit Sicherheit nicht mehr so ehrfurchteinflößend aus.»

Ich denke an die französisch-kolumbianische Politikerin, die sechs Jahre lang von Rebellen gefangen gehalten worden war. «Das ist alles eine Frage der inneren Einstellung. Wer von sich und seiner Mission überzeugt ist, sieht überall gut aus. Denk an Ingrid Bétancourt.»

«Jule hat recht», schaltet Ada sich ein. «Wir müssen vor allem an ihrem Auftreten arbeiten, damit sie ihrer Namensvetterin ähnelt. Sie muss davon überzeugt sein, dass sie Macht hat! Dann strahlt sie die auch aus.»

«Es gibt noch ein paar andere Dinge, die Jule an sich verändern muss, damit sie dieser Frau ähnelt», sagt Richard.

«Na ja, klar, sie braucht ein paar Kenntnisse, was den Handel mit Luxusgütern anbelangt. Und sie braucht jede Menge Informationen über BRIS.»

«Ja, und sie muss zum Friseur!»

«Sie muss die Aufgaben eines Produktionsvorstands kennen. Bis ins kleinste Detail.»

«Sie braucht eine ausgedehnte Shoppingtour! Zwei, drei wirklich gut sitzende Kostüme! Und Pumps!»

«Sie sollte vielleicht nicht *immer* mit einem Ukulele-Kasten herumlaufen.»

Ich lege das Tablet auf den Tisch und räuspere mich. «Könntet ihr vielleicht aufhören, euch über mich zu unterhalten, als sei ich Luft? Außerdem ist diese Ukulele das Wertvollste, das ich besitze. Die lasse ich nicht so einfach in meinem schrottigen Hotel.»

Ada und Richard wenden sich mir gleichzeitig zu. «Du hast vollkommen recht», nickt Ada. «Wir dürfen auf keinen Fall in der dritten Person von dir sprechen, wenn du nicht dabei bist. Das ist total kontraproduktiv. Du musst dich ab jetzt ja präsent fühlen. Als ob dich niemand mehr übersehen könnte. Oder so, als ob …» Sie blickt zu einer Gruppe von Indios, die am Rande des Marktes einen Tanz aufführen. «Als ob du immer auf der Bühne stündest! Immerzu!»

Ich starre Ada an. Nonstop auf der Bühne. Klingt nach einem extrem schlechten Traum.

«Ja, du brauchst wirklich mehr Selbstvertrauen, Schätzchen!», stimmt Richard zu.

«Mehr Machtbewusstsein!», ergänzt Ada. «Und mehr Informationen. *Viel* mehr Informationen!»

Richard wedelt mit den Händen in der Luft. «Und eine Hässlichkeits-OP! Denn unsere Jule ist viel, viel hübscher als diese Vorstandsfrau! Sie ist schlanker, sie hat grüne Augen, und ihr Zahnfleisch ist noch sehr gut!»

«Du machst das sehr gut mit dem Selbstbewusstseinstraining», lobe ich ihn.

Richard lächelt. «Ich sage nur, wie es ist. Und dieser Dolmetscher denkt das auch, das habe ich ihm angesehen.»

«Jetzt ist Schluss mit dem Gesäusel!» Ich fühle zu meinem eigenen Erstaunen, wie mir die Hitze in meine Wangen steigt. «Ich habe nicht vor, ein internationales Unternehmen zu führen und dann als Hochstaplerin verhaftet zu werden, vielen

Dank! Ich wollte nur mal wissen, wo ich da gestern reingeraten bin.»

Ada und Richard sehen mich ungläubig an. In diesem Moment beginnt die Mariachi-Kapelle wieder zu spielen.

«Aber Jule», sagt Ada. «Du hast so verzweifelt ausgesehen, als wir uns eben begrüßt haben, und gleichzeitig so wild entschlossen … Ich dachte, du wolltest das wirklich tun!»

«Mich in ein Unternehmen einschmuggeln, das ich überhaupt nicht kenne? So tun, als sei ich deren neue Chefin? Obwohl ich keine Ahnung von nichts habe? Das dachtest du?»

«Jule, jetzt nicht aufregen!» Richard hebt beruhigend die Hände, als sei ich ein scheuendes Pferd. «Denk doch nur mal, wie toll es wäre, so zu tun, als ob du jemand anderes wärest! Und wie viel Spaß du mit deinen neuen Freunden hättest auf der Shoppingtour!»

Ein warmes Gefühl breitet sich in mir aus, während ich Richards Worten nachlausche. *Mit deinen neuen Freunden.* Ich blicke zwischen den beiden hin und her.

«Und meine neuen Freunde», frage ich leise. «Die wären auch meine Freunde, wenn ich nicht so tun würde, als ob ich jemand anderes wäre? Wenn ich nur ich wäre, Julia Meyer, Assistentin der Geschäftsführung in einem kleinen Hamburger Unternehmen und Hobbymusikerin?»

Richard nimmt meine Hand. «Was sind das denn für Gedanken, Schätzchen? Du hast mich gerettet gestern im Flieger. Ich bin jetzt dein.»

Ada sagt gar nichts, aber sie lächelt mich an.

«Frau Meyer!» Eine Stimme, die ich sofort zuordnen kann, klingt vom anderen Ende des Platzes zu uns herüber. Der Dolmetscher kommt schnellen Schrittes auf uns. Ich sehe, wie er sich zwischen einer Gruppe von Händlern hindurchwindet, die mit Stroh-Mariachis und Fächern winken, an einem Stand mit Churros vorbei, kurz aus meinem Blickfeld verschwindet und dann wieder auftaucht. Er bewegt sich wie eine Raubkatze, denke ich kurz und völlig zusammenhanglos. Mein Mund trocknet aus.

«Was mache ich jetzt?», wende ich mich hastig an Ada.

«Du bleibst jetzt ganz ruhig», sagt sie leise. «Setz dich aufrecht hin, leg den Ukulele-Kasten beiseite und stütz die Hände am Tisch auf. Mit etwas Abstand vom Rumpf! Ja, genau so, sehr gut! So machen das Leute, die etwas zu sagen haben!»

«Aber ich habe nichts zu sagen!», gebe ich panisch zurück.

«Frau Meyer.» Carlos Rimenez steht vor mir und funkelt mich an.

«Herr Rimenez», sage ich und versuche zurückzufunkeln. Meine Arme halte ich so weit vom Körper weg, dass ich mit den Händen Richards und Adas Untertassen berühre. Es fühlt sich ziemlich absurd an, so zu sitzen, aber wenn Ada meint?

«Wie kommt es, dass Sie nicht mehr in dem Hotel wohnen, in dem ich Sie gestern abgesetzt habe? Ich war soeben dort, um Ihnen zu sagen, dass die Hacienda bezugsfertig ist, da sagte mir der Rezeptionist, Sie hätten gestern Abend ausgecheckt!»

«Nun, ich glaube nicht, dass ich Ihnen Rechenschaft schuldig bin!» Ein Zittern durchläuft meinen Körper. Ich hasse es, bei irgendetwas erwischt zu werden. Doch wider Erwarten gibt mir diese Chefin-Pose ein beruhigendes Gefühl. Aus den Augenwinkeln sehe ich, wie Ada anerkennend nickt.

Der Dolmetscher sieht mich an. «Vielleicht klären Sie mich trotzdem auf. Es ist nämlich so, dass es in Mexiko manchmal passiert, dass Menschen verschwinden. Und zwar unfreiwillig.»

«Setzen Sie sich doch», wiegele ich ab und will dabei auf

den Tisch klopfen. Unglücklicherweise habe ich meine rechte Hand immer noch halb in Richards Untertasse, die nun kippt und die Tasse mit sich reißt. Der Kaffee ergießt sich über Richards Hose. Aus den Augenwinkeln sehe ich, wie Richard kurz zusammenzuckt und sich auf die Lippen beißt.

«Oh», macht der Dolmetscher in Richards Richtung. «Haben Sie sich verbrannt?»

«Ist überhaupt nicht schlimm.» Richard macht eine wegwerfende Bewegung in meine Richtung. «Das macht sie manchmal so.»

Rimenez mustert mich erstaunt. Ich verziehe keine Miene. Das Herz klopft mir bis zum Hals. «Möchten Sie vielleicht auch einen Kaffee trinken?», bringe ich hervor.

«Nein», antwortet Rimenez trocken. «Das möchte ich lieber nicht.»

Ich würde meine Körperhaltung jetzt gern verändern. Aber in was? Am besten, ich bleibe, wie ich bin. Schweigen breitet sich zwischen uns aus. Ich blicke, immer noch breitarmig, von einem zum anderen. Ada sieht ungerührt zu dem Händler mit den Stroh-Mariachis. Richard tupft mit einem strahlenden Lächeln den Kaffeefleck von seiner Hose. Der Dolmetscher sieht mich ungläubig an.

«Sie denken jetzt sicherlich, dass ich irgendwie merkwürdig bin», platze ich heraus.

Der Dolmetscher stößt einen langen Seufzer aus und lässt sich geschmeidig auf einem der Stühle nieder. Er trägt immer noch Schwarz – oder schon wieder. «Na ja, ich habe ja schon allerhand über Sie und Ihre Methoden gehört.»

«Ist das wahr?», frage ich. «Was denn so? Wenn ich das mal fragen darf. Ach übrigens, das sind meine Freunde Ada und Richard. Habe ich sie Ihnen gestern eigentlich vorgestellt?»

«Hallo», sagen Ada und Richard wie aus einem Mund.

«Hallo. Carlos Rimenez. Wir haben uns schon gestern am Flughafen begrüßt. Und ja, Sie dürfen fragen.» Das Grübchen blitzt in seiner Wange auf.

«Rück doch jetzt mal wieder rüber», zischt mir Richard ins Ohr. «Deine Arme nehmen ganz schön viel Platz hier weg!»

Ich tue, als hätte ich ihn nicht gehört. «Dann bin ja mal gespannt!»

Rimenez ruft dem Kellner etwas zu. Es ist ein anderer als der Schamane vom Vorabend. Irgendwie erleichtert mich das.

«Möchten Sie, dass ich ganz offen zu Ihnen spreche?»

«Ich bitte darum.»

«Es heißt, dass Sie schwierig seien. Dass Ihre Vorstellungen oft ungewöhnlich seien. Und dass sie sich nicht um Konventionen scheren.»

Ich beiße mir auf die Lippen, um nicht laut herauszulachen. Das genaue Gegenteil ist bei mir der Fall. Ich bin nämlich die perfekte Angestellte, immer pünktlich, immer verlässlich, ich tue alles, was man von mir verlangt. Das Ungewöhnlichste, das ich je über mich gehört habe, war eine Aussage von Sabine Knopfler aus der Buchhaltung. Sie meinte, dass ich unter dem Tiara-Syndrom leiden würde. Das ist das typische Krankheitsbild von Frauen, die glauben, man würde ihnen eine Tiara aufsetzen, weil sie so gute Arbeitnehmerinnen sind, und die sich darüber beschweren, dass niemand ihre Leistungen anerkennt.

«Interessant», murmele ich. «Und was ist Ihre eigene Meinung?» Irgendwo habe ich mal gelesen, dass man Untergebene fragen soll, und ein Untergebener ist dieser Carlos Rimenez in seiner Rolle als Dolmetscher wohl.

Er mustert mich ein paar Sekunden, bevor er antwortet.

Was für blaue Augen er hat! Vermutlich hat er einen deutschen Elternteil, daher vielleicht auch sein perfektes Deutsch. Wäre dies eine normale Situation, so würde ich ihn jetzt danach fragen. Aber diese Situation ist ja alles andere als normal. «Ich finde Sie sehr ungewöhnlich, Frau Meyer», lächelt er.

Jetzt schlägt mein Herz noch schneller, und mein Mund wird so trocken, dass ich kaum die Lippen auseinanderbekomme. Außerdem ist mein Hirn in diesem Moment wie leergefegt.

«Das scheint Sie zu überraschen», sagt er.

Ich schüttele den Kopf. Was um Himmels willen soll ich jetzt sagen? «Nein.»

Rimenez lächelt, und die kleine Zahnlücke hinter seinem Eckzahn blitzt auf. Ich lächele zurück. Aber dann fällt mir wieder ein, dass sein Lächeln nicht mir gilt. Nichts von alledem, was hier geschieht und was der Dolmetscher für mich tut oder tun möchte, gilt meiner Person. Es gibt jetzt drei Dinge, die ich ganz schnell tun sollte: Von hier verschwinden. Das mexikanische Goethe-Institut anrufen. Meinen Herzschlag wieder in einen normalen Frequenzbereich bringen. Ich leere in einem Zug das Glas Wasser vor mir und atme einmal tief durch.

«Die Hacienda ist also bezugsfertig», bricht Richard das Schweigen. «Darauf sind wir sehr gespannt!»

Eine Viertelstunde später sitze ich mit Ada und Richard in den tiefen Lederpolstern von Rimenez' Wagen und versuche, mich selbst zu verstehen. Ich habe doch nicht wirklich soeben zugestimmt, mich auf das luxuriöse Grundstück eines Produktionsvorstands fahren zu lassen, um dort einzuziehen? Gemeinsam mit zwei Menschen, die ich erst seit achtundvierzig Stunden kenne, die mir zwar grundsympathisch sind, aber über die ich darüber hinaus nur wenig weiß?

Und dann ist da noch etwas Seltsames mit meinen Sinnen passiert. Auf einmal nehme ich alles so deutlich wahr. Ich rieche den Duft des Dolmetschers, eine Mischung aus Zimt und Grapefruit und etwas Würzigem. Ich höre Adas leisen Atem neben mir. Und dann die Farben draußen! Das Rot an den Fassaden ist nicht einfach nur rot, es ist pulsierendes Chili. Das Gebäude, auf das wir zufahren, leuchtet gelb wie Mais. Und dazwischen blitzen die Auslagen der Geschäfte, ozeanblau, flachwassertürkis, kattunbleichenweiß. Die Straßen sind mit Wimpeln in den Nationalfarben geschmückt, grün-weiß-rot weht es im Wind. Einige Fassaden sind mit knallbunten Azulejos gekachelt, andere sind mit Sandsteinblöcken geschmückt. Mein Herz klopft immer noch wie rasend, und jetzt ist mir auch noch schwindelig. Das unwirkliche Gefühl nimmt zu. Je weiter wir fahren, desto mehr entferne ich mich von mir selbst und allem, was mir bis dato vertraut war. Auf einmal bin ich in Méridas kolonialer Vergangenheit. Auf der Avenida draußen zuckeln Pferdedroschken vor den prächtig verzierten Palästen. Die Balkone haben schmiedeeiserne Gitter, die schweren, beschlagenen Türen sind pastellbunt. Jetzt legt Rimenez eine Brahms-CD ein, zweifelsohne weil er denkt, das sei meine Lieblingsmusik. Ich bin sicher nicht der größte Brahms-Fan auf Erden, aber ich kenne und schätze das Werk des Hamburger Komponisten, es hat etwas sehr Vertrautes, und obwohl es doch Töne aus der Vergangenheit sind, bringen sie mich in die Gegenwart zurück.

«Es ist sehr freundlich, dass Sie uns auf die Hacienda bringen», sage ich zu meinem eigenen Erstaunen.

«Es ist mir ein Vergnügen», entgegnet der Dolmetscher. «Abgesehen davon, dass es auch meine Aufgabe ist. Eigentlich lautete meine Order zwar, Sie allein auf Ihr neues Anwesen zu geleiten. Aber ich sehe, dass Sie und Ihre Freunde … unzertrennlich sind.» Im Rückspiegel kann ich einen Teil seines Gesichts erkennen – nicht genug, um einschätzen zu können, wie ironisch er seine Worte meint.

Richard, der vorne neben Rimenez sitzt, wendet sich ihm strahlend zu. «Nicht wahr, es ist toll, wenn man gute Freunde hat! Ich nehme an, dass Sie auch viele Freunde haben, Herr Rimenez. Wenn man in Ihrer Branche arbeitet, lernt man bestimmt jede Menge interessanter Menschen kennen!»

«Es sind mitunter auch ein paar schräge Vögel dabei», entgegnet der Dolmetscher so ungerührt, dass ich mir die Hand vor den Mund presse, um nicht laut aufzulachen. Diesmal muss ich nicht mal sein Gesicht ansehen, um zu wissen, wen er meint.

Die Fahrwege werden schmaler. Mit jedem Kilometer dünnt sich die Stadt weiter aus. Säulenkakteen ragen wie Statuen aus dem Sand auf. Kein Windhauch draußen, keine Linderung. Es geht gegen Mittag, die Sonne kreischt ihr Licht vom Himmel. Betäubt vor Hitze, döst ein Hund am Straßenrand.

Nun hält der Dolmetscher auf einen Wald zu. Der Weg führt an Kakaobäumen und Agaven vorbei, und ich gratuliere mir innerlich zu meinem enzyklopädischen Wissen, das jahrzehntelang reifen konnte – vielen einsamen Stunden und exzessivem Konsum von öffentlich-rechtlichen Dokumentarfilmen sei Dank. Zweige peitschen unsere Fenster. Auf einmal wird es ganz dunkel. Immer tiefer fahren wir nun in den Wald hinein. Und dann stehen wir plötzlich vor einem schmiedeeisernen Tor. Rimenez lässt das Fenster hinuntersurren und beugt sich zu einer Gegensprechanlage. Das Tor geht auf.

Richard dreht sich zu mir um, kneift ein Auge zu und grinst. Meine Nerven sind so angespannt, dass ich herumfahre, als

Ada neben mir zu tippen beginnt. Sie hat ihr Tablet hervorgezogen und blickt es stirnrunzelnd an.

«Das Hacienda-System wurde während der mexikanischen Revolution 1917 abgeschafft», erklärt Rimenez, während er eine lange palmengesäumte Allee hinaufrollt. «Heute sind viele Haciendas zu Hotels umgebaut worden. Oder eben zu Wohnsitzen.»

Ich nicke, während ich das dreistöckige Gebäude mustere, auf das wir zufahren. Es ist von zwei Türmen flankiert, und die Fenster sind wie Arkaden geformt.

«Das ist ganz schön groß», staune ich. «Wie viele Menschen wohnen denn da?»

Rimenez' blaue Augen mustern mich im Rückspiegel. «Da wohnen Sie allein, Frau Meyer. So haben Sie es sich doch gewünscht.»

Ich staune. Noch so etwas an meiner Namensvetterin, das mir vollkommen fremd ist. Wie kann man sich denn bitte schön WÜNSCHEN, allein zu wohnen? Und noch dazu in einem so großen Haus? «Mhm, mhm», mache ich in Ermangelung von Worten. Neben mir tippt Ada wie wild.

Als Rimenez den Wagen vor dem Eingang abstellt, kommt ein Hausangestellter heraus. «Der Schamanen-Kellner von gestern Abend!», entfährt es Richard.

Rimenez öffnet den Schlag, geht um den Wagen herum und öffnet mir die Tür. «Sie haben bereits Bekanntschaft mit Juan gemacht?», fragt er. «Das ist gut. Juan arbeitet hier drei Tage pro Woche als Hausmeister und wird Ihnen auch mit anderen Problemlösungen zur Seite stehen.»

Ich fühle mich wie betäubt, als ich Juan die Hand schüttele und sodann dem Dolmetscher ins Innere der Hacienda folge. Und dann weiß ich überhaupt nicht mehr, was ich denken soll.

Auf dem Boden der Eingangshalle, der mit schwarzen und weißen Fliesen gekachelt ist, ruhen verzierte Säulen. Schmetterlinge aller Formen und Farben umflattern Porzellanvasen, in denen Jasmin und Orchideen blühen. Und am anderen Ende der Halle öffnet sich der Blick auf ... nein, das kann nicht sein.

Ich drehe mich orientierungsuchend nach Ada und Richard um. An ihren weit aufgerissenen Augen erkenne ich, dass sie ebenso überwältigt sind wie ich. Ein Pool von der Länge einer durchschnittlichen deutschen Stichstraße erstreckt sich vom Ende der Halle bis zum sonnenflirrenden Horizont. Das hellblaue Wasser liegt teilweise im Schatten, denn Strohdächer überspannen das Becken an ausgewählten Abschnitten. Auf halber Strecke ragen Palmen links und rechts davon auf. Zwischen ihnen hängt eine Matte. Wer auch immer hitzig darin schaukelt, braucht sich nur einmal um sich selbst zu drehen und landet – schwups! – im kühlenden Nass.

Ich sehe, wie Rimenez' Mundwinkel wieder nach oben zucken, aber dann führt er uns ohne einen weiteren Kommentar in einen überdachten Nebenraum, der die Bezeichnung «Sitzlandschaft» mit neuer Bedeutung füllt. Weiße Sofas und Sitzgruppen stehen hier zwischen Hochebenen von Tischen, munter sprudelnden Fontänen und einem Palmenwald. Landschaft? Das hier ist ein Kontinent! Das Nord-, Mittel- und Südamerika des Sitzkomforts!

«Von hier aus geht es zu den beiden Speiseräumen», erklärt der Dolmetscher. Zu den *beiden* Speiseräumen? Ich drehe mich verwundert zu Richard um, der ratlos die Schultern hebt. Wozu in Gottes Namen braucht meine Namensvetterin *zwei* Esszimmer? Ob sie sich langweilt, wenn sie zweimal am Tag im selben Raum essen muss? Ich stelle mich unauffällig neben

Ada, die jedes Detail mit ihren riesigen blauen Augen ansieht. «Ada», flüstere ich. «Was steht da noch über diese Julia Meyer? Hat sie Anhang? Einen Partner oder eine Partnerin?»

«Sie lebt allein», gibt Ada leise zurück. «Keine Partner, von denen man weiß. Sie betreibt allerdings fleißig Kontaktpflege zu Menschen mit Einfluss. Da wäre eine Gruppe von Frauen aus ihrer Zeit in Harvard, die heute allesamt als Vorstände und Berater arbeiten, sowie die Leute, mit denen sie Golf spielt und die zumeist für Regierungen tätig sind. Julia Meyer gilt übrigens als ziemlich unterkühlt, du solltest dein strahlendes Lächeln also ein bisschen herunterdimmen, wenn du nicht bald auffliegen willst.»

«Brauchen Sie Informationen zu den einzelnen Räumlichkeiten?», fragt Rimenez.

«Ja, ich hatte mich gerade gefragt, wozu es zwei Speiseräume gibt», antworte ich so grimmig wie möglich. «Und meine Freundin hatte hierzu eine Theorie.»

Rimenez wirft mir einen verwirrten Blick zu. Ich kann seine Gedanken förmlich hören: Frauen – selbst in Top-Positionen leiden sie unter Stimmungsschwankungen. «Ja, wie Sie sehen können, dient dieser Speiseraum hier», er deutet auf einen mit Kristalllüstern behangenen Saal, «eher repräsentativen Zwecken. Dieser kleine Raum hingegen …» Er gibt uns ein Zeichen, ihm in eine Küche zu folgen, die mit ihrem Industrie-Chic geradewegs dem Titelblatt eines Einrichtungsmagazins entsprungen zu sein scheint, «ist eher für private Mahlzeiten gedacht.»

Richard sagt gar nichts. Der Mann klammert sich nur an dem Kochblock fest, der in der Mitte des Raumes aufragt. Das Blut ist aus seinen Zügen gewichen.

«Alles in Ordnung mit dir?», frage ich leise.

Er sieht mich an, als käme ich aus den Tiefen des Alls. «Ich glaube, ich werde gleich ohnmächtig», wispert er.

«Ist es die Hitze? Geh dich doch schnell abkühlen. Da draußen wartet die Straße nach Nirgendwo!»

Richard schüttelt den Kopf. «Dies ist der feuchte Traum eines jeden Innenarchitekten, das ist dir doch klar, oder? Wer dieses Ambiente gebaut hat, der kann getrost das Zeitliche segnen – der hat nichts mehr zu erwarten. Der hat dann alles getan und erlebt!»

«Oh, ich bin mir sicher, dass das Leben, theoretisch gesehen, noch ein paar andere überraschende Dinge für einen bereithält. Liebe zum Beispiel. Oder eine Welt ohne Kriege. Stell dir das bitte mal vor!»

«Ja, John Lennon, aber in den Jahrmillionen bis zu diesem gesellschaftlichen Zustand nehmen Menschen wie ich gern mit einer solchen Küche vorlieb!»

«Ich würde Ihnen jetzt noch gern zeigen, wo Sie schlafen.» Rimenez macht einen geschmeidigen Schritt auf mich zu. Bevor ich begreife, was ich tue, bevor ich meinen Verstand überhaupt nur so weit aktivieren kann, dass ich Sinn von Unsinn zu filtern imstande bin, nehme ich seine Hand. «Es ist wunderschön hier!», sage ich. «Und dass Sie sich die Mühe machen, uns das alles hier zu zeigen, ist wahnsinnig lieb von Ihnen!»

Aus den Augenwinkeln sehe ich, wie Ada mir ein entsetztes NEIN mit dem Zeigefinger macht.

Ich lasse die Hand des Dolmetschers abrupt wieder fallen. «Na ja, es ist ja auch Ihre Aufgabe», brumme ich.

Rimenez hebt eine Augenbraue und sieht mich an.

«Entschuldigen Sie, ich bin …», füge ich um Worte ringend hinzu. «Es ist so … mein Herz …»

Rimenez runzelt die Brauen. «Haben Sie Beschwerden?»

Adas NEIN ähnelt jetzt den Bewegungen eines Polizisten auf einer verkehrsreichen Straße.

«Die üblichen kardiovaskulären Beeinträchtigungen nach einer Transkontinentalreise», improvisiere ich rasch. «Neunzig Prozent aller Flugreisenden leiden daran.»

«Nicht zu vergessen der erste Kontakt mit diesem Land», entgegnet Rimenez mit einem Lächeln, in dem wieder die kleine Zahnlücke aufblitzt. «Sie sind ja zum ersten Mal in Mexiko, das überwältigt alle und jeden. Einhundert Prozent!»

«Ich sehe, Sie haben ebenfalls ein Faible für Statistik», strahle ich zurück. «Also auf ins Schlafgemach!»

«Auf ins Schlafgemach?!», wiederholt Richard grinsend, nachdem wir den Dolmetscher verabschiedet haben, der nun zusammen mit Juan, dem Schamanen-Kellner-Hausangestellten, nach Mérida zurückfährt. Juan hat die Aufgabe, unser Gepäck zu holen.

«O Gott!» Ich schlage die Hände vors Gesicht und lasse mich in die weißen Kissen auf dem Sitzkontinent fallen. «Was habe ich getan?»

«Hemmungslos geflirtet.» Richard nippt an seinem eisgekühlten Zitronenwasser. «Das ist aber auch dein gutes Recht, Schätzchen. Jeder Mensch mit halbwegs intakten Sexualorganen würde das bei diesem Schätzchen tun.»

Ada legt sich neben mich auf die riesige weiße Matratze und schließt die Augen. «Ich glaube, sie meint: Was habe ich getan, als ich eingewilligt habe, diese Hacienda als meinen neuen Wohnort zu akzeptieren und im Gegenzug dafür Produktionsvorstand eines globalen, börsennotierten Unternehmens zu werden?»

«Als könntest du Gedanken lesen», murmele ich.

«Na und?» Richard legt sich auf die andere Seite. «Vielleicht hatte sie ja mal Lust auf Veränderung!»

«Veränderung kann sie aber auch haben, wenn sie zum Friseur geht.»

«Ich bin IMMER NOCH da!», flöte ich.

«Ja, und du wirst auch schön dableiben, Süße.» Richard greift nach meiner Hand. «Wir drei werden es uns nämlich ganz herrlich machen hier! Und sei es nur für ein paar Tage. Danach müssten wir unseren Urlaub natürlich an einem anderen Ort fortsetzen. Denn wenn du auffliegst, sollten wir vielleicht lieber an die Küste gehen oder so.»

Ich nicke schweigend. Das WIR klingt warm in mir nach.

«Ich nicht», sagt Ada. «Leider. Ich muss hierbleiben und arbeiten.»

«Das stimmt.» Mir schwirrt der Kopf.

«Aber was, wenn du *nicht* auffliegst?» Ada neben mir hält immer noch die Augen geschlossen. «Was, Jule, wenn du deinen Job so gut machst, dass du ebenfalls bleiben kannst?»

Ich drehe mich erstaunt zu ihr um. «Warum sollte ich den Job gut machen? Ich habe ja nicht mal eine Ahnung, worin der besteht!»

«Na ja, du könntest es aber zumindest versuchen, oder?» Sie sieht mich an, und in ihren Augen tanzt ein kleines Lächeln. «Ich meine, wenn du wirklich Veränderung willst! Außerdem: so schlecht kannst du nicht sein. Immerhin hast du sie gestern alle überzeugt!»

«Na, ich weiß nicht. Da gibt es einen, Dr. Kellermann heißt der, ich glaube, der hat geahnt, dass ich nicht die war, für die ich mich ausgegeben habe. Und vermutlich ahnt der Dolmetscher auch irgendetwas. Ich meine, ich bin alles andere als eine typische Vorstandsfrau. Der ist ja nicht dumm!»

«Der hält dich einfach nur für exzentrisch», entgegnet Ada. «Und das geht in Ordnung. Er hat ja auch gehört, dass deine Namensvetterin etwas ungewöhnlich ist. Menschen in Machtpositionen sind manchmal so.»

Richard richtet sich auf. «Du bist wirklich etwas Besonderes, Jule! Das wusste ich übrigens schon in der Minute, in der ich neben dir im Flugzeug saß!»

Ich lächele die beiden an und schließe wieder die Augen. In meinem Kopf dreht es sich jetzt immer schneller. Noch vor zwei Tagen war ich Büroassistentin, Hobbymusikerin und einsame Ex-Frau. Und nun plane ich auf einer Hacienda, deren Ausstattung gefeierte Orchesterchefs vor Neid erblassen ließe, meinen ersten Arbeitstag als Hochstaplerin. Es ist vollkommen verrückt – aber ich täte jetzt gerade nichts lieber auf der Welt!

«Okay, ich werde es versuchen!», sage ich. «Aber allerhöchstens für elf Tage. Denn dann geht mein Flug zurück.»

Ada und Richard blicken mich aufmerksam an.

Ich lächele. «Und in diesen elf Tagen darf uns niemand schlecht behandeln – dich nicht, Richard, dich nicht, Ada, und mich natürlich ebenfalls nicht!»

Und plötzlich habe ich das Gefühl, Musik machen zu müssen. Nicht für ein Publikum, sondern einfach für mich selbst. Ich springe auf und laufe zu meinem Ukulele-Kasten, der immer noch im Eingang liegt. Als ich mit dem Instrument in der Hand in den Patio zurücklaufe, sehe ich, wie Ada ihr Handy hebt und ein Foto von mir schießt. Und dann spiele ich. Ich spiele mit geschlossenen Augen, so, wie ich zuletzt als junges Mädchen gespielt habe. Ohne darüber nachzudenken, was ich tue. Einfach nur so.

«Und jetzt möchte ich endlich hören», wende ich mich an Richard, «was du ausgerechnet in Mexiko machst!»

«Ich bin hier wegen eines ... Menschen.»

«Lebt er hier in Mérida?»

Richard schüttelt langsam den Kopf.

«Willst du uns nicht von ihm erzählen?»

«Heute nicht», lächelt Richard. «Aber das werde ich vielleicht noch, wenn ihr wollt.»

«Ich würde mich sehr freuen», sage ich.

Adas Stimme neben mir klingt leise, fast zärtlich. «Ich auch.»

Dann schließe ich die Augen. Es ist ein so friedlicher Moment.

Als ich erwache, geht die Sonne unter. Es duftet intensiv nach Jasmin. Die weißen Blüten in den Beeten leuchten rosafarben, über mir schwebt Richards glühendes Gesicht.

«Gut geschlafen, Chefin?», lacht er. «Dein Dolmetscher hat das Gepäck gebracht. Und er sagt, dass er dich morgen früh um sechs Uhr wieder abholt. Mann, ich kann immer noch nicht glauben, was wir für einen Platz hier haben! Allein hier vor dem Pool kann man ja eine ganze Roda tanzen!»

«Du machst Capoeira?», fragt Ada.

Richards Augen strahlen. «Ja. Und ich liebe es!»

«Das hab ich auch mal gemacht», erklärt Ada leise. «Um mich ... besser verteidigen zu können.»

«Ich auch!», sagt Richard. «Ich wollte mich auch verteidigen können. Aber ich hatte keine Lust auf so harte Sportarten wie Boxen oder Kung Fu. Und dann habe ich Capoeira entdeckt. Ein Kampfsport, der wie Tanzen ist. Ganz weich.»

Ada lächelt ihn an.

Wir beschließen, eine Runde schwimmen zu gehen. Richard tänzelt auf die eine Seite des Pools, Ada und ich steigen am anderen Ende hinein. Die Strahler im Becken sind angesprungen und tauchen das Wasser in meerblaues Licht. Ada setzt ihre Schwimmbrille auf und beginnt zu kraulen. Ich schwimme langsam auf dem Rücken. Über mir funkelt der Himmel mit Millionen von Sternen. Nach ein paar Minuten höre ich Adas überraschten Schrei und Richards Lachen. Da haben sich zwei getroffen – in der Mitte des Pools.

«Wir müssen eine Liste machen», sage ich später, als wir auf Liegestühlen am Beckenrand liegen und Champagner trinken. «Eine Liste mit den wichtigsten Fragen und dringendsten Aufgaben. Zum Beispiel müssen wir herausfinden, weshalb dieses Flugzeug verschwunden ist und ob die andere Julia Meyer wirklich an Bord des Flugzeugs war. Und ich muss genau wissen, was für ein Mensch sie ist. Oder war.»

Ada stellt ihr Glas ab und zieht ihr Tablet hervor. «Ist, Jule. Sie lebt immer noch. Und deine Musikerkolleginnen ebenfalls. Ich habe noch ein bisschen weiterrecherchiert. Dieses Flugzeug, das vom Radar verschwunden ist, kam nicht aus Amsterdam, sondern aus Reykjavik. Der Flieger aus Amsterdam, auf den ihr alle gebucht wart, ist ordnungsgemäß gelandet.»

Richard schüttelt den Kopf. «Aber warum ist diese Julia Meyer dann nicht an ihrem Arbeitsplatz aufgetaucht? Und warum haben sich Jules Kolleginnen nicht bei ihr gemeldet?»

Ada hebt die Schultern. «Ich habe keine Ahnung. Vielleicht haben sie sich eine falsche Handynummer notiert. Vielleicht gehen sie davon aus, dass Jule im Goethe-Institut anruft. Vielleicht haben sie ihr ja auch schon längst geschrieben. Jule, hast du in den letzten Stunden mal deine E-Mails gecheckt?»

Ich bin wie vom Donner gerührt. Mehr als alles andere erleichtert mich die Erkenntnis, dass mich niemand für tot hält und dass die fehlenden Versuche meiner Familie, mit mir Kontakt aufzunehmen, nicht etwa darauf beruhen, dass ihnen mein Dahinscheiden egal wäre. Sondern dass sie mich ganz einfach nur vergessen haben, so wie sonst auch.

«Jule?»

Ich ziehe mein Handy hervor. «Hole ich gleich mal nach.»

«Was das Schicksal der anderen Julia Meyer anbelangt, da gibt es verschiedene Möglichkeiten.» Die Lichter im Becken tauchen Adas Gesicht in flirrendes Blau. «Eine Frau oder ein Mann namens Meyer saß tatsächlich im selben Flieger wie deine Kolleginnen, Jule. Ich habe die Liste der Passagiere geprüft, habe allerdings leider keine Vornamen. Dieser Fluggast Meyer war ursprünglich einen Tag später gebucht. Warum er oder sie den Flug vorgezogen hat, darüber können wir nur mutmaßen. Wenn es wirklich die Julia Meyer war, die wir suchen, wollte sie hier vielleicht unerkannt einen Tag allein verbringen. Oder sie wollte sich in Ruhe akklimatisieren. Aber was ich mir nicht erklären kann, ist, warum sie bis jetzt noch nicht aufgetaucht ist. Sie ist sicher in Mérida gelandet, sie hat das Flugzeug verlassen und ganz sicher auch den Flughafen. Aber seitdem ist sie wie vom Erdboden verschluckt.»

«Was ist mit den Krankenhäusern?», frage ich, während ich meinen Mail-Account öffne.

«Das ist ein guter Hinweis. Aber die Patientenlisten finde ich nicht im Netz. Um herauszufinden, ob eine Julia Meyer eingeliefert wurde, müssten wir die Krankenhäuser durchtelefonieren.» Ada seufzt. «Hm, ich ... ich bin nicht sicher, ob ich ... Ich mag nicht so gerne telefonieren. Vielleicht könnt ihr das übernehmen?»

«Klar», meldet sich Richard. «Mir macht das nichts aus.»

«Sehr löblich», sage ich. «Aber reicht dein Spanisch dafür?»

«Mangelnde Sprachkenntnisse ersetze ich durch meinen

Charme.» Richard hebt die Champagnerflasche hoch. «Und jetzt die noch bessere Nachricht: Diese hier ist noch nicht leer!»

«Danke, Richard, aber ich … ach, ist auch egal.»

«Mir ist es auch egal», lächele ich und halte Richard mein Glas hin.

Es sprudelt und zischt in unseren Gläsern, Champagnerperlen singen darin.

«Auf elf traumhafte Tage!», lacht Richard, und wir stoßen erneut miteinander an.

«Und, Jule?», fragt Ada, nachdem sie einen Schluck getrunken hat. «Hast du Nachricht von deinen Kolleginnen bekommen?»

«Bislang nicht.» Der Alkohol hilft mir dabei, fröhlicher zu antworten, als ich mich fühle. Ich sollte mich mit den Jahren eigentlich daran gewöhnt haben, aber dass sich meine Familie, meine Freunde und sogar Leute, die damit rechnen, dass ich gemeinsam mit ihnen auftrete, so wenig dafür interessieren, ob ich da bin oder nicht, das kränkt mich schon sehr. «Hey, wie sieht es aus, habt ihr nicht auch schrecklich Hunger?»

Richard betrachtet stirnrunzelnd seinen flachen Bauch. «Eigentlich schon. Obwohl es ja schon nach acht ist und ich dann eigentlich keine Kohlehydrate mehr zu mir nehme …»

«Haben wir Gemüse im Kühlschrank?», fragt Ada schüchtern.

«Das und eine Flasche Tequila», entgegne ich. «Hat Juan uns dagelassen. Seit gestern Abend denkt er wahrscheinlich, das sei unser Lieblingsgetränk.»

Wir setzen unser Gespräch fort, während wir Zwiebeln, Knoblauch, Tomaten und eine Gemüseart klein schneiden, die keiner von uns dreien je gesehen hat und die selbst Google nicht kennt. Während ich eine Handvoll Kräuter über das Essen streue, von denen ich hoffe, dass sie so etwas wie Kräuter der Provence sind, fällt mein Blick auf eine Kaffeedose über dem Spülbecken.

«Schaut mal, deutscher Kaffee!», rufe ich. «Das ist ja witzig – warum haben die uns denn keine einheimische Marke gekauft?» Immerhin belegt Mexiko mit seiner zwei Millionen Quadratmeter großen Fläche für Kaffeeanbau Platz vierzehn weltweit, wie ich noch aus einer Studie erinnere. Und wenn ich schon in Mexiko bin, dann hätte ich doch gern mal das Produkt aus der Region.

Richard presst die Lippen aufeinander. «Das ist meine Dose. Und ihr rührt sie bitte nicht an.»

«Äh, Richard, bist du das? Du hörst dich auf einmal so anders an!»

Seltsam, er verzieht noch immer keine Miene. «Ich meine es ernst, ihr Süßen. Das gehört zu der Geschichte, die ich euch noch erzählen werde. Aber nicht jetzt.»

Während wir unsere vollbeladenen Teller an den Pool tragen, denke ich darüber nach, was das für eine Geschichte sein könnte. Sie ist auf jeden Fall der Grund, warum Richard jetzt in Mexiko ist, und irgendetwas sagt mir auch, dass sie traurig ist.

Ich sehe ihn und Ada an, wie sie sich zuprosten, und plötzlich habe ich ein merkwürdiges Gefühl: Ich möchte die beiden beschützen. Ich möchte, dass sie glücklich sind. Sie sollen während der elf Tage auf dieser unglaublich schönen Hacienda bleiben dürfen, und ich will, dass sie keine Schuld trifft, wenn ich auffliege. Dabei sind sie ja eigentlich erwachsen und für sich selbst verantwortlich, und natürlich haben sie ja auch eigene Pläne, mit eigenen Freunden oder Kollegen …

Das haben sie nicht, wispert wieder die kleine Stimme in meinem Kopf.

Und auf einmal erkenne ich es. Plötzlich weiß ich, was uns verbindet, was uns von Anfang an geeint hat und warum wir jetzt zusammenbleiben: Richard mit seiner ganzen Fröhlichkeit und seinem Temperament ist einsam. Und Ada ist eine Einzelgängerin. Die beiden sind genau wie ich.

Ada fängt meinen Blick auf. Sekundenlang sehen wir uns an, wie zwei Menschen, die sich erkennen. Ich habe das Gefühl, als könnte ich tief in sie hineinsehen und sie in mich, aber dann verfliegt der Moment, und sie lächelt mir zu.

«Ich werde dir jetzt sagen, was du wissen musst über das Unternehmen», flüstert sie.

Ich lege Messer und Gabel beiseite, um ihr besser zuhören zu können. Ihre Stimme ist so leise, aber ihre Sätze sind kurz und klar. Sie erklärt mir, dass BRIS ein deutsch-mexikanisches Joint Venture sei und eine Kapitalgesellschaft. Außerdem Mehrheitseigentümerin anderer Luxuskonzerne – insofern also nicht gerade klein. Dass BRIS für den Innenausbau von Yachten, Villen und Vorstandsetagen verantwortlich zeichnet und Schmuck und Düfte kreiert. Der Schmuck werde vor allem in Mexiko gefertigt, erklärt sie, hier komme das Land mit seiner silberverarbeitenden Industrie ins Spiel.

Und dann erklärt sie mir noch die Arbeit eines Produktionsvorstands. Dass ich von morgens bis abends Termine haben werde, wobei die Uhrzeiten nicht eingehalten werden müssen, denn wer zu mir wolle, der müsse eben warten, bis derjenige, der vor ihm dran wäre, fertig sei. Dass mir das Thema erst einmal vorgestellt werde, bevor der Termin für die Entscheidung fällig sei. Dass ich eine Assistentin haben werde, die im Vorfeld selektiert, was mir überhaupt vorgelegt werde und was nicht. Und dass ich als Produktionsvorstand an die Basis gehe, also viele Außentermine wahrnehmen müsse. Dabei werde ich dann die Arbeit an den Produkten zu sehen bekommen.

Richard schlägt die Hände vor den Mund. «O mein Gott, Schätzchen! Das klingt nach furchtbar viel Verantwortung und Arbeit! Stehst du das denn überhaupt durch?»

Das ärgert mich jetzt fast ein bisschen. Wofür hält mich Richard? Natürlich stehe ich das durch! Meetings, Termine, Themen vorbereiten – nichts anderes habe ich während der vergangenen achtzehn Jahre getan!

«Natürlich», sage ich fast trotzig. «Ich habe sogar richtig Lust auf den Job!»

«Das ist die richtige Einstellung», lächelt Ada. Im Schein der Poolbeleuchtung schimmern ihre Augen riesengroß.

Richard lacht. «Ja, und außerdem ist es vollkommen verrückt!»

Als ich später in meinem Bett liege, das aussieht wie ein Lager aus Tausendundeiner Nacht, mit Baldachin, seidenbestickten Kissen und dem ganzen ornamentalen Rest, bin ich kein bisschen müde. Ich werde Macht haben, schießt es mir durch den Kopf. Mein Herz schlägt laut in meiner Brust. Ich werde über das Leben von Menschen bestimmen. Nicht über ihr ganzes Leben natürlich. Nur über einen kleinen Ausschnitt. Aber immerhin.

Die Aufnahmeprüfung für das Dirigentenstudium kommt mir wieder in den Sinn. Und das, was der Professor aus dem Komitee damals zu mir gesagt hat: «Sie sind zwar sehr musikalisch. Aber Sie sind außerstande, Menschen zu führen.»

Ich habe ihm geglaubt.

Und was, wenn du nicht außerstande dazu wärest?, wispert wieder die kleine Stimme in meinem Kopf. Was, wenn du das vielleicht sogar ganz gut kannst? Weil du in der Lage bist, dich in Menschen hineinzufühlen? Und zwar auch in die, die es nicht so gut haben? So wie die, zu denen du gehörst, in deinem wirklichen Leben, deinem Leben als Assistentin und Mutter und Hobbymusikerin. Ich starre in den Musselin meines Baldachins, das sich im Lufthauch, der durch das geöffnete Fenster weht, leise bewegt. Eine Entscheidung formt sich in meinem Kopf: Was auch immer ich jetzt tue, ich will meine Macht nutzen, um etwas zum Guten zu verändern. Dass mir das hier passiert ist, ist kein Zufall, es ist Schicksal. Und eines Tages werde ich meinen Enkeln davon erzählen.

Der Morgen schimmert durch die Vorhänge, als mir endlich die Augen zufallen. Da passiert etwas, womit ich nicht mehr gerechnet hätte: Der Ton einer eintreffenden Nachricht klingt durch den Raum.

Ich lese und seufze. Jetzt ist die Nachtruhe endgültig dahin.

6. Kapitel

«Also, dass diese … krch, krch … nicht tot sind, ist doch eigentlich … krch. Ich meine, für … krch.» Richards Stimme wird von komischen Geräuschen übertönt.

Ich presse den Hörer noch etwas fester an mein Ohr, während ich mich auf meinem Ledersessel so herumschwinge, dass ich aus dem Panoramafenster blicken kann. Hinter der

Glasfront meines neuen Büros breitet sich die Stadt aus, ein bunt getünchtes Würfelchaos, ein Spielzeug-Mérida. «Ja, meine Freude kennt auch keine Grenzen, obwohl diese Bratschenspielerin echt nicht besonders nett zu mir war.»

«Was genau krchch sie denn in ihrer … krch … geschrieben?»

«Richard, bist du gerade auf einer Baustelle? Ich kann dich nur ganz schwer verstehen!»

«Ja, ich bin auf der … krch … Baustelle meines Lebens, und mich zu verstehen … krch … sowieso noch niemand geschafft! Kleiner Scherz, ich habe eine Capoeira-Schule gefunden … ganz … krchchchch … Empfang!»

«Ganz hübscher Empfang für dich? An der Capoeira-Schule? Das ist aber nett!»

«*Krchter* Empfang!», brüllt Richard. «*Schlechter!* Empfang!»

«Dann würde ich da aber keine Kurse belegen», schreie ich zurück.

«Wie bitte? Lies mir die Nachricht doch mal vor!»

Ich angele das Handy von meinem funkelnden Tisch. «*Hallo, Jule, hätten wir gewusst, dass du den Freiflug nach Mexiko nutzt, um dir ein paar schöne Tage zu machen, hätten wir dich nicht gebucht. Wir sind ziemlich sauer. Aber die Auftritte gehen auch ohne dich sehr gut.*»

«Aua», sagt Richard und ich meine, ein Lächeln in seiner Stimme zu hören. «Aber die Auftritte ohne diese missgelaunten Damen laufen auch für dich ziemlich gut, also vergiss diese Nachricht wieder. Die hätten dich ja auch mal anrufen können, um zu fragen, wo du steckst, ob du vielleicht Probleme hast und wie es dir geht.»

Ich überlege kurz. Ja, das wäre sicher nett gewesen. Andererseits hätte mich so viel Mitgefühl vielleicht auch überfordert. Daran bin ich schließlich überhaupt nicht mehr gewöhnt. «Und was ist, wenn ich denen jetzt in Mérida begegne? Und was ist mit meiner Namensvetterin?»

«So wie ich das sehe, scheint dich niemand ernsthaft zu vermissen. Das heißt, du kannst weiterhin schalten und walten, wie du willst. Mach dir mal nicht solche Sorgen, Süße! Oh, jetzt kommt der Capoeira-Meister. Ich bringe dir nachher ein Bild mit! Der Mann hat Muskeln – unwahrscheinlich! Und viel zu schön, um wahr zu sein!»

Als wir auflegen, klingelt das Telefon schon wieder. Carmen, meine Assistentin, ruft mich an. «Da ist eine Ada Richter aus der IT-Abteilung am Apparat», sagt sie auf Englisch. «Ich habe ihr gesagt, dass Sie im Moment nicht zu sprechen sind, aber …»

«Stellen Sie sie bitte durch!»

Einen Augenblick später klickt es in der Leitung, und ich höre Adas mädchenhafte Stimme. Sie klingt ungewohnt empört.

«Du, Jule, ich war in der Kantine!»

«Ja, und schon bist du in der verkehrten Welt gelandet, Ada, denn du hast zu einem Telefonhörer gegriffen, obwohl du gesagt hast, dass du telefonieren nicht ausstehen kannst. Außerdem hättest du mich mal mitnehmen können, ich habe nämlich mordsmäßigen Hunger! Kein Wunder, ist ja auch schon fünfzehn Uhr. Stimmt also, was alle sagen: Wenn man Spaß bei der Arbeit hat, vergeht die Zeit wie im Flug!»

In der Tat hatte ich so weit den vergnüglichsten Tag meines gesamten Berufslebens. Natürlich muss ich jederzeit damit rechnen, enttarnt zu werden, entweder durch mein eigenes Wirken oder aber durch meine Namensvetterin. Und trotz dieses Nervenkitzels habe ich seit heute früh einfach nur Freude. Was vermutlich damit zu tun hat, dass einfach jeder Mensch hier unglaublich respektvoll und nett zu mir ist.

«Jule, diese Kantine, das ist … also, wenn es nur um mich ginge, wäre es mir egal, aber da gehen täglich Hunderte von Menschen hin!»

«Ada, bitte, ich weiß, ich klinge jetzt schon schrecklich, aber ich muss in fünf Minuten nach Tulum fliegen, kannst du dich mit dieser Kantinensache kurzfassen?»

«Okay, Massentierhaltung.»

Ich lache. «Und jetzt bitte wieder ein bisschen länger.»

«Es gibt in der Kantine nur Fleischgerichte, und die Tiere stammen aus der Massentierhaltung.»

«Das ist in allen Kantinen dieser Welt so. Glaube ich zumindest. Na ja, vielleicht nicht bei Greenpeace und Veggie Shoes.»

«Jule, das ist nicht witzig.» Ada klingt jetzt wirklich aufgebracht. «Man sollte zumindest die Wahl haben, findest du nicht? Man sollte sich entscheiden dürfen, ob man Tiere isst, die unter Qualen gehalten wurden und die mit Medikamenten vollgepumpt sind – oder ob man es bleibenlässt. Ob man für Hunger in weiten Teilen der Welt verantwortlich sein möchte. Ob man Mitschuld tragen möchte an der nächsten großen Grippeepidemie, denn die wird zwangsläufig kommen, wenn die Keime, die bei der Massentierhaltung entstehen, weiterhin ins Grundwasser gelangen …»

Ich höre Ada schweigend zu. Was mich am meisten verblüfft, ist die Leidenschaft, mit der sie ihre Argumente vorträgt. Die schüchterne, kleine Ada – ich hätte nicht gedacht, dass sie für ein Thema dermaßen brennt. Aber sie hat ja recht. Ich kenne die Zahlen zur Massentierhaltung aus einer Studie,

die wir mal auf dem Tisch hatten. Ich weiß, warum Fleisch so billig ist. Es wird künstlich billig gehalten. Aber was heißt das in der Praxis? Einer dieser humorlosen Vegetarier zu werden? Ein Mensch, den man auf keine Party, zu keinem Essen mehr einladen kann, weil er überall eine Extra-Tofuwurst gebraten bekommen will und in dessen Gegenwart sich alle moralisch minderwertig fühlen?

«Ada, ich fürchte, dass ich dagegen nichts tun kann. Ich kann doch die Kantine nicht auf vegetarische Kost umstellen lassen.»

«Das musst du auch gar nicht! Aber du könntest veranlassen, dass das Fleisch aus artgerechter Haltung stammt, von Biohöfen hier in der Umgebung und so. Ich meine, dies ist ein Luxusunternehmen, wir brauchen hier doch kein Gammelfleisch!»

«Ich bin sicher, dass die kein Ga...»

«Jule, wer kann dieses Elend beenden, wenn nicht du?»

Ich zögere. Meine Gedanken von vergangener Nacht fallen mir wieder ein. Dass ich die elf Tage hier dafür nutzen möchte, Dinge zum Besseren zu wenden. Hier wäre jetzt die Chance!

Während ich noch über Adas Worte nachdenke, stoße ich mich mit dem Fuß ab, um mich auf meinem Bürostuhl zu drehen. Leider habe ich nicht mit der hervorragenden Ölung gerechnet, die der Stuhltechniker meinem Stuhl hat angedeihen lassen. Ich drehe mich wie in einem dieser Schleudersitze für adrenalinsüchtige Jahrmarktbesucher, und dann versuche ich verzweifelt, den rasenden Schwung aufzuhalten, indem ich mich an der Tischkante festhalte, aber zu spät. Ich stürze zu Boden und reiße alles mit mir mit: Laptop, Papiere, Lampe und Telefon.

Carmen stürmt in den Raum. «Geht es Ihnen gut, Frau Meyer?», fragt sie. «Sind Sie verletzt?»

Ich fege den Stapel Papiere von meiner Bluse und winke ihr lächelnd aus meiner liegenden Position am Boden heraus zu. «Alles in Ordnung. Ich habe hier bloß ein Telefonat!»

Sie wirft mir einen etwas ungläubigen Blick zu.

«Gut, Ada. Ich werde versuchen … nein, falsche Wortwahl. Es gibt demnächst auch vegetarische Gerichte in der Kantine. Ich kümmere mich darum.»

Ein kleiner Schrei dringt aus dem Hörer. «Oh, Jule, das ist so unglaublich lieb von dir! Ich weiß ja, dass du da auch genug andere Dinge zu tun hast und dass es bestimmt auch ohne diese Angelegenheit schwer genug für dich ist.»

Ich überlege, ob das so stimmt. Was ich bislang getan habe, war eigentlich gar nicht so schwer. Ich hatte den ganzen Tag Termine, einen nach dem anderen, manchmal mit mehreren Menschen, manchmal nur mit einem. Bei Treffen mit Mexikanern war Carlos, der Dolmetscher, zugegen. Bei Treffen mit Deutschen war ich allein. Alle aber waren sie in der Lage, sich verständlich auszudrücken, sodass mir das Anliegen relativ schnell klarwurde. Einmal musste ich etwas entscheiden, was mit den Parkplätzen des Unternehmens zu tun hatte, und das war nun wirklich nicht schwer, denn die Lösung lag für mich klar auf der Hand. (Natürlich will ich, dass es Schwangerenparkplätze direkt neben dem Haupteingang gibt. Marie, wie sie an einem regengrauen Hamburger Morgen hochschwanger über den Parkplatz hastet, fällt mir in diesem Zusammenhang wieder ein.)

«Bist du noch dran, Jule? Wenn es dir weiterhilft, könnte ich dir gleich mal ein Video aus einer Massentierhaltungsfabrik schicken, da sieht man, wie …»

«Oh, danke, Ada, aber dieser Aufmunterungsversuch ist nicht nötig, ich schaffe das auch so.»

«Haha, du sagst immer so … ach, übrigens, ich muss dir nachher noch etwas erzählen, das heißt, wenn du nicht zu spät zurückkommst. Richard und ich haben nämlich heute Morgen mit ein paar Krankenhäusern telefoniert.»

«Wirklich?» Ich setze mich aufrecht hin. «Und was habt ihr herausgefunden?»

«Das kann ich dir erst sagen, wenn wir uns sehen», flüstert sie. «Für den Fall, dass jemand das Haustelefon abhört!»

«Flüstern ist noch verräterischer, Ada», lache ich. «Sprich lieber normal.»

«Äh, in Ordnung. Ein normales … Was, ähm … machst du denn gleich in Tulum?»

Ich klemme mir den Hörer zwischen Gesicht und Schulter und hebe die Tischplatte vom Boden. «Wenn ich das wüsste! Das gehört zu den Dingen, von denen ich keine Ahnung habe.»

«Das zu sagen ist aber auch irgendwie verräterisch.»

«Nö, ist es überhaupt nicht. Die wenigsten Chefs haben Ahnung von dem, was sie tun. Das weiß ich aus eigener Anschauung, hab fast zwei Jahrzehnte mit einem verbracht. Und wie läuft es bei dir?»

«Ich tue hier lauter Dinge, von denen wiederum die NSA keine Ahnung hat. Zumindest hoffe ich das.»

«Klingt geheimnisvoll und bedeutend. Erzähl mir alles nachher bei einem Cocktail am Pool!»

«Ich hab übrigens vorhin ein Bild von Richard bekommen.» Ada kichert. «Ich bin mir nicht ganz sicher, aber ich glaube, dass er Golfschläger getestet hat.»

Es klopft an der Tür, und Carmen steckt abermals den

Kopf zur Tür herein. «Es tut mir leid, Sie nochmals stören zu müssen, Frau Meyer, aber der Helikopter für Ihren Termin in Tulum steht bereit.»

Als ich mit Carmen in den Fahrstuhl steige, durchsprudelt mich ein Glücksgefühl. Weil es so seltsam ist, in ein Dachgeschoss zu fahren, um dort in einen Hubschrauber zu steigen. Weil das hier alles sowieso vollkommen wahnwitzig ist. Und weil ich jetzt gerade etwas ganz Konkretes habe, das ich zum Guten verändern kann. Es ist zwar nur das Kantinenessen, aber immerhin.

«Vereinbaren Sie bitte für morgen früh einen Termin mit der Person, die für das Kantinenessen verantwortlich ist», brülle ich Carmen über den Lärm der Rotorblätter zu. Der Wind pustet unsere Haare durch.

«Oh.» Carmen sieht auf ihr Klemmbrett. «Ich fürchte, Sie haben morgen Vormittag keinen Termin mehr frei.»

«Dann müssen Sie einen anderen Termin dafür absagen. Das Treffen mit dem Kantinenbetreiber ist von allerhöchster Priorität.»

Sie sieht mich einen Augenblick lang zweifelnd an. «Sind Sie sicher? Bislang hat noch kein Vorstand etwas an unserem Essen auszusetzen gehabt. Und Sie können auch nicht einfach jemanden von den Wirtschaftsbetrieben zu sich einladen. Wenn Sie etwas ändern wollen, müssen Sie mit dem Verbesserungsvorschlag erst einmal zum Ideenmanagement!»

«Kein Problem!», lache ich. «Ich liebe die Bürokratie, ich bin aus Deutschland! Und wer ist verantwortlich für diesen Bereich?»

«Dr. Kellermann.»

Ach du Elend, der alte Griesgram! Seine Vorstellung von

einer guten Idee besteht natürlich darin, mich so schnell wie möglich wieder zu entsorgen. Na gut, kann er ja auch bald. In elf Tagen, um genau zu sein.

In diesem Augenblick sehe ich den Dolmetscher auf das Dach treten. Er lächelt so herzlich, als wären wir alte Freunde und hätten uns schon seit Wochen nicht mehr gesehen. Dabei ist unser letztes Treffen gerade einmal drei Stunden her.

Auf einmal passiert etwas Merkwürdiges: Mein Herz beginnt zu rasen. Sicher der Schlafmangel und der damit verbundene Ausstoß von Endorphinen, der diese Reaktion in mir auslöst. Und dieses bei der Arbeit ungewohnte Spaß- und Machtgefühl.

«Hallo, Frau Meyer», lese ich die Worte von seinen Lippen ab, als er mir die Hand reicht. «Bereit für den Flug?»

«Natürlich», strahle ich ihn an. «Für ein Abenteuer bin ich immer zu haben!»

Ich beiße mir auf die Lippen, als mir klar wird, wie zweideutig das klingt. Doch der Dolmetscher lächelt jetzt nur noch breiter und bedeutet mir, ihm zu folgen.

Das Nächste, woran ich mich erinnere, ist mein Staunen, als er auf dem Pilotensitz Platz nimmt, sich die Kopfhörer aufsetzt und hochkonzentriert die Geräte bedient.

«Hat der Pilot keine Zeit heute?», frage ich verblüfft.

Der Dolmetscher sieht mich an und lacht. «Nicht so viel Zeit, wie er gerne hätte. Wir sind ein bisschen spät dran, jetzt muss ich mich beeilen. In vierzig Minuten beginnt Ihr Termin.»

Das wirft jetzt mehrere Fragen auf, und keine davon traue ich mich laut zu stellen. Erstens: Wieso arbeitet der Dolmetscher als Dolmetscher, wenn er einen Flugschein hat? Ist doch bestimmt tausendmal spannender und lukrativer. Zweitens: Was für einen Termin? Denn das habe ich komplett vergessen. Ich überlege, wie ich geschickt das Thema darauf lenken könnte, ohne ihm allzu offensichtlich zu verstehen zu geben, dass ich vollkommen ahnungslos bin. Bestimmt hat Carmen heute Morgen gesagt, warum ich an die Küste fliege. Aber sie hat auch noch so viele andere Dinge gesagt.

Ich nehme die Kopfhörer entgegen, die Rimenez mir reicht, und schnalle mich an. Das Glücksgefühl, das ich eben empfunden habe, wird jetzt noch stärker, es braust und blubbert mir durch die Adern, während der Hubschrauber abhebt. Unter uns schrumpft das bunt gewürfelte Mérida zu einer Ansammlung von Spielzeughäusern zusammen. Wir steigen höher und höher, und dann fliegt Rimenez eine Schleife, der Hubschrauber kippt dabei zur Seite, sodass mir etwas mulmig wird. Als ich zur Seite blicke, sehe ich, wie er mich anlächelt. «Alles in Ordnung?», fragt er in das Mikro vor seinem Mund, und vielleicht weil ich seine Stimme so klar und deutlich über die Kopfhörer vernehme, stelle ich fest, wie schön sie klingt. Die Angst schwindet. Dieses unwirkliche, seltsame Glücksgefühl ist wieder da.

Endlose grüne Flächen breiten sich unter uns aus, als wir die Stadt verlassen. Yucatán ähnelt dem geometrischen Muster der Felder in Norddeutschland. Hier und da sehe ich aus dem Fenster eine abgezirkelte Plantage inmitten eines Palmenwalds oder ein hellblaues Schwimmbad-Viereck. Und auch die Ortschaften bestehen aus lauter Quadraten. Das war mir schon in Mérida aufgefallen: Alle Straßen sind nach einem Raster angeordnet, das es einem sehr leichtmacht, sich zu orientieren. Aus der Luft folgen wir einer breiten Straße, die immer wieder zu Ortschaften führt. Wir fliegen und fliegen, und noch immer weiß ich nicht, wohin und warum.

Und dann taucht plötzlich eine riesige blau schimmernde Fläche am Horizont auf: die Karibik! Ich drehe mich zu Rimenez um und hebe den Daumen. Aber dann fällt mir ein, dass das schon wieder sehr unvorstandsmäßig ist, und so lasse ich ihn wieder sinken. Rimenez lächelt wieder so herzlich, dass ich die kleine Zahnlücke zwischen seinen Backenzähnen erkenne. Dann setzt er zur Landung an.

Felswände säumen die Küste. Nun erst bemerke ich, dass sich darüber eine Festung erhebt, grau vor blau-türkisfarbenem Meer. Oder nein, es ist ein Maya-Tempel mit Zinnen und Treppen! Und noch ein Tempel und noch einer! Eine ganze Anlage, ein jahrtausendealter, sakraler Ort!

Mein Puls rast. Nie zuvor in meinem Leben habe ich so viel Schönheit auf einem so kleinen Fleck gesehen. Und schon wieder sind es die Farben, die mir den Atem rauben. In wie vielen Tönen die Tempelbauten in der Sonne leuchten! Wie viele Schattierungen das Wasser hat! Wie die Wellen über den weißen Sand schäumen, wie tiefgrün sie leuchten, die bemoosten Steine am Strand! Und dann der Himmel und das Wasser weiter draußen: ein unendliches, strahlendes Blau.

Auf einmal wird mir bewusst, dass ich seit vierundzwanzig Jahren auf diesen Moment gewartet habe: einmal die Karibik zu sehen. Ein Vierteljahrhundert ist vergangen, in dem ich nicht darauf geachtet habe, was ich mir zutiefst wünsche. In dem ich vollkommen vergessen habe, wie ich eigentlich leben will.

Und plötzlich kippt das Glücksgefühl, das ich den Flug über empfunden habe, und ich fühle mich unendlich traurig. Ich hatte so viele Möglichkeiten in meinem Leben. Und ich habe nichts daraus gemacht.

Dem Tonfall nach zu urteilen, hat mich Rimenez jetzt schon

zum wiederholten Mal angesprochen. Wir sind gelandet, und er hat den Motor ausgestellt. Ganz ruhig ist es auf einmal geworden. Nur das Schlagen der Wellen dringt an mein Ohr. «Klar, ich bin bereit», sage ich hastig und löse die Schnalle meines Sicherheitsgurts. Noch immer habe ich keinen blassen Schimmer, warum wir hier sind. Aus dem Fenster erkenne ich einen Polizisten, der sein Gewehr geschultert hat und über den Strand patrouilliert.

Während wir aussteigen, sehe ich weitere Männer mit Gewehren in unserer Nähe. Sie sehen – für Bewaffnete – merkwürdig entspannt aus. Einer hebt lässig die Hand in unsere Richtung, ein anderer checkt im Schatten einer Palme die Vorgänge auf seinem Telefon. Und dann ist da noch ein Dritter, der mit gesenktem Blick durch die Wellen watet und ganz augenscheinlich nach Muscheln sucht. Sein Gewehr hält er mit der freien Hand in die Höhe – damit es nicht nass wird, nehme ich an. Nun bin ich von Haus aus nicht martialisch veranlagt, aber meines Erachtens gehen diese Jungs mit der Weisung «Verteidigt die Strandspaziergänger» auf fast sträfliche Weise nachlässig um. Da kommt mir eine Idee: Dies muss ein Test sein! Vielleicht sogar einer, den dieser Griesgram Kellermann eingefädelt hat! Bei unserem Morgenmeeting hatte er eine Bemerkung fallenlassen über das «Problem in Tulum» und mich dabei so merkwürdig angesehen. Und jetzt fällt es mir auch wieder ein! Durch Kellermanns vorwurfsvollen Blick war meine alte Angestellten-Krankheit ausgebrochen – das Schuldgefühl –, woraufhin ich gesagt habe, dass ich nach Tulum reisen würde, um mich der Sache persönlich anzunehmen. Die Sache, ja, das ist, wie ich jetzt erkenne, die etwas laxe Einstellung, mit der das Wachpersonal hier seine Arbeit versieht.

«Na, dann wollen wir es mal anpacken», sage ich und steige aus.

Rimenez sieht leicht überrascht aus. Wahrscheinlich hat er nicht damit gerechnet, dass ich das Problem so schnell anpacken würde. Aber als leitende Kraft muss ich mich schließlich behaupten können, und zwar möglichst früh. 95 Prozent aller Arbeitnehmer geben an, dass der erste Eindruck eines Kollegen am Arbeitsplatz maßgeblich die weitere Zusammenarbeit prägt. Ich schiebe mein Kinn in die Höhe und marschiere entschlossen auf den Muschelsucher zu.

«Guten Tag, mein Herr!», belle ich auf Deutsch. Ich mache mir nicht mal die Mühe, ihn auf Spanisch anzusprechen, schließlich steht der Dolmetscher jetzt direkt hinter mir.

Der Muschelsucher hebt erstaunt den Kopf. Er ist recht alt, stelle ich fest, als ich ihm gegenüberstehe. Ein Netz von Linien durchzieht sein Gesicht.

Jetzt nicht nachsichtig werden, nur weil der Mann schon alt ist, ermahne ich mich selbst. So fest ich kann, sage ich: «Sie versüßen sich also Ihre Arbeitszeit damit, die Schätze des Meeres näher in Augenschein zu nehmen?»

Rimenez übersetzt, aber sein Ton ist längst nicht so barsch wie meiner, und er lächelt dabei.

Der Polizist oder Wachmann blickt verwirrt zwischen uns beiden hin und her. Dann bleibt sein Blick auf mir ruhen, und seine Miene verfinstert sich. Natürlich, er ist ein typisch mexikanischer Macho, dem die weibliche Autorität nicht behagt.

Ich starre zurück. «Zufrieden mit Ihrer Ausbeute an Mollusken für heute? Welche Invertebraten stehen denn als Nächstes auf Ihrem Programm?» Wieder scheint es mir, als gebe Rimenez bei seiner Übersetzung etwas anderes wieder.

So freundlich, wie er mit dem Wachmann spricht, fehlt seinem Tonfall meine Ironie.

Der Wachmann blickt mich mit zusammengekniffenen Augen an, starrt aber weiter.

«Er gehört zu den Langustenfischern, die wir gleich treffen», raunt Rimenez mir zu. «Einer der Gründer der Kooperative, die die Fischerei nachhaltig betreibt.»

«Oh.» Jetzt erst erkenne ich, dass der Mann gar keine Uniform trägt, sondern einfach nur ein olivfarbenes Hemd und lange Khakihosen – keine Insignien von Staats- oder Sicherheitsfirmengewalt. «Aber warum trägt er zum Fischen ein Gewehr?»

«Sie sind so, wie ich mir eine Deutsche immer vorgestellt habe», sagt Rimenez.

«Wirklich?» Ich drehe mich überrascht zu ihm um. «Ich meine, Sie müssen sich die Deutschen doch gar nicht vorstellen! Sie kennen die doch sicher schon gut!»

Rimenez lächelt. «Das waren die Worte des alten Langustenfischers.» Er lauscht, dann schüttelt er den Kopf und sagt etwas auf Spanisch.

«Habe ich Halluzinationen, oder habe ich gerade das Wort Gestapo gehört?», will ich wissen.

Rimenez verabschiedet sich und macht mir ein Zeichen weiterzugehen. «Letzteres», lächelt er.

«Kauzig hier, die Typen», bemerke ich, während wir weiterwandern. «Aber warum die hier alle Waffen tragen, verstehe ich immer noch nicht.»

«Es gab hier in letzter Zeit ein paar Überfälle», erklärt er. «Das Dorf ist in den vergangenen drei Jahren zu Wohlstand gelangt.»

Ich versuche, die ganzen Informationen und Eindrücke zu

einem Bild zusammenzufügen, das ich in Ruhe betrachten kann. Aber Ruhe scheint der größte Luxus in meinem neuen Job zu sein.

Wir sind anscheinend in einem Dorf gelandet, in dem die Menschen Langusten fischen. Und ich schätze, dass ich hier bin, um ein Gespräch mit ihnen über ihre Methoden zu führen. Rimenez sprach von einer Kooperative. Und von Nachhaltigkeit.

Mein Handy gibt Laut. Es ist eine Nachricht meiner Assistentin: *Treffen mit Dr. Kellermann morgen früh 08.30 auf dem Golfplatz, Yucatan Country Club.*

«Ist es normal, dass man den Ideenmanager auf dem Golfplatz trifft, um mit ihm zu reden?», frage ich.

Rimenez lächelt. «Kellermann? Ja, ist normal.»

«O Gott, und ich kann überhaupt kein Golf spielen!»

«Wirklich nicht?» Rimenez mustert mich.

«Nein. Überrascht Sie das?»

«Ehrlich gesagt schon. In ihrem Lebenslauf haben Sie geschrieben, dass Golf spielen Ihr größtes Hobby sei.»

«Woher kennen Sie denn meinen Lebenslauf?»

Nun sieht mich Rimenez so lange an, dass mir etwas mulmig zumute wird. «Ihr Lebenslauf ist für jeden Menschen dieser Welt einsehbar. Er steht auf LinkedIn.»

Ich könnte mich ohrfeigen. Da habe ich meine Namensvetterin gegoogelt, als gäbe es kein Morgen – nur im größten webbasierten Netzwerk zur Pflege von Geschäftsbeziehungen habe ich nicht nachgesehen. «Ja, wissen Sie, ich schreibe das immer, weil es sich so gut macht.» Ich blinzele Rimenez verschwörerisch zu. «Aber das bleibt jetzt unter uns!»

Er verzieht keine Miene. «Sie werden ein Problem morgen haben, wenn Sie das Golfspiel nicht beherrschen.»

«Ach was», winke ich ab. «Die Grundregeln kenne ich. Und der Rest ergibt sich von allein.»

Zwanzig Minuten später rast mir der Schädel. Ich sitze mit den Fischern und Rimenez zusammen und versuche herauszufinden, worum es hier genau geht. Es ist tatsächlich das schwierigste Meeting des heutigen Tages. Das Einzige, was mir gelingt, ist, ein wissendes Gesicht zu machen. Niemand, der nicht auf Anhieb wissend gucken kann, bleibt lange auf verantwortungsvollen Positionen – so viel zumindest habe ich während meiner Zeit in der Agentur gelernt. Mein Chef kann diesen Gesichtsausdruck wie ein Magier aus dem Hut zaubern. Wissend, Simsalabim. Bei Themen, die sich seiner Kenntnis komplett entziehen, hat er sogar noch einen zweiten Ausdruck draufgehabt, und das ist der des Zweiflers. Zuhörer in Meetings werten eine zweifelnde Miene oft als ein Zeichen von Intelligenz. Und manchmal bringt es sie sogar dazu, sich zu rechtfertigen, und das ist dann für den Gegner das Ende – wie jeder weiß, der schon mal in einer eheähnlichen Beziehung war.

«Durch die Zertifizierung mit dem MSC-Siegel haben wir jetzt erstmals die Möglichkeit, Verantwortung für eine gesunde Fischerei zu übernehmen», erklärt der Mann, der mir gegenübersitzt. Es ist ein kleiner, etwas rundlich wirkender Indio-Mann mit einem Strahlenkranz rund um seine Augen und Lachfalten um den Mund. Ich finde ihn sympathisch, aber das darf mein Urteil nicht trüben, denn allmählich wird mir klar, dass ich hier bin, um zu überprüfen, wie nachhaltig er und die Männer seiner Kooperative wirklich fischen. Also, zumindest nehme ich stark an, dass das der Grund meines Hierseins ist.

«Haben Sie Zahlen vorliegen, was Ihr Fangvolumen der

letzten zwölf Monate anbelangt?», frage ich, und noch während ich die Worte ausspreche, beglückwünsche ich mich innerlich zu diesem Einwurf. Zahlen sind immer eine sichere Größe, genau wie Noten. Ein hohes C bleibt ein hohes C und eine Null eine Null.

Der Indio nimmt einen Ordner zur Hand und schiebt ihn mir über den Tisch. «412 Tonnen», sagt er.

Weil ich nicht weiß, was ich darauf erwidern soll, setze ich Chefs zweifelndes Gesicht auf. Die Kooperative hier im Süden von Tulum besteht aus dreihundert Bewohnern, Langustenfischer allesamt. Nie zuvor in meinem Leben habe ich mich mit Fischfangraten beschäftigt, aber 412 Tonnen jährlich durch die Bewohner eines einzigen Dorfes – das klingt auf jeden Fall nach einer amtlichen Zahl.

Der Indio bemerkt meinen Ausdruck, und seine Stimme wird höher. «Das sind zwanzig Prozent weniger als noch vor einem Jahr!»

Ich vertiefe die zweifelnde Miene.

«Noch weniger, und unser Dorf hat kein Auskommen mehr!»

Blick halten, Spannung ertragen. Meetings und Konzerte – wer hätte gedacht, dass die sich so ähnlich sind! «Ich will Ihnen ja auch gar nicht verbieten, so viel zu fischen. Es ist nur die Frage, ob Sie dann noch nach den Kriterien des …» Ich beuge mich unauffällig über den Ordner, «Marine Stewardship Councils fischen. Sie werden verstehen, dass wir uns persönlich von den Ökosiegel-Produkten überzeugen müssen, die wir vertreiben. Wie gehen Sie denn beim Fang genau vor?»

Jetzt wird der Indio-Mann ungehalten. «Aber das habe ich doch alles schon Ihrem Vorgänger erklärt!»

Schöner Mist, das bedeutet, dass es einen Bericht darüber

gibt, den ich gelesen haben müsste. Habe ich aber nicht. Jetzt nicht den Blick senken. Arme vom Körper spreizen. Nicht kieksen, Stimme tief und ruhig halten. «Das ist nun schon eine Weile her», improvisiere ich. «Mittlerweile sind Beschwerden über Ihre Kooperative eingegangen. Deswegen bin ich ja jetzt hier.»

Der Indio springt auf. «Kommen Sie mit!», ruft er. «Ich will Ihnen etwas zeigen!»

Ich sehe Rimenez an, der mir unmerklich zunickt.

Draußen geht die Sonne unter. Ihre schrägen Strahlen tauchen den Strand in aprikosengelbes Licht. Der Indio macht uns Zeichen, ihm zu folgen. Unten am Wasser, wo die Wellen auf den Sand schlagen, zieht eine Gruppe von Männern ein türkisfarben gestrichenes Boot an Land.

«Die Männer benutzen kein Sauerstoffgerät, wenn sie nach Langusten fischen», übersetzt Rimenez die aufgeregten Worte des Indios. «Sie tauchen immer nur so lange, wie es ihre Lungen erlauben. Das heißt, sie tauchen oft nur nach einer oder zwei Langusten. Auf diese Weise überfischen sie nichts.»

Ich sehe ihn an. Im Abendschein leuchten sein Gesicht so samten und seine Augen so hell.

Der Fischer redet weiter. Es ist offensichtlich, wie verärgert er ist. Ich würde ihn am liebsten in den Arm nehmen und ihm versichern, dass ich ihm glaube und dass ich absolut beeindruckt von seinen Tauchmethoden bin.

«Er möchte, dass Sie ihn begleiten, damit Sie sich mit eigenen Augen von seinen Fangmethoden überzeugen können», erklärt Rimenez. «Jetzt.»

Ich schiebe mir die Pumps von den Sohlen. Alles in mir ist auf einmal weich und klar.

«Aber Sie müssen es nicht jetzt tun», fügt er leise hinzu.

«Sie können ihm auch sagen, dass Sie an einem anderen Tag wiederkommen. Und wir sollten bald zurückfliegen, damit Sie morgen früh fit für den Golfplatz sind.»

Ich schüttele den Kopf. «Wenn er möchte, dass wir jetzt mit dem Boot hinausfahren, dann machen wir das eben jetzt.»

Mittlerweile ist es dunkel geworden. Im Schein eines Strahlers sitzen ein paar Männer auf einer Bank und flicken Netze. Die Palmen stehen still wie Statuen in der plötzlichen Windstille, und das Wasser, das sich dunkelblau gefärbt hat, liegt wie ein glatter Spiegel da. Ohne auf die Blicke der Männer zu achten, schiebe ich den Saum meines Kleides hoch und wate durch das Wasser. Dann steige ich in das Fischerboot. Niemand sagt ein Wort, als wir hinausfahren. Alles ist Schweigen, nur der Motor brummt eine monotone Melodie. Die Töne am Himmel wechseln von Blau zu Schwarz. Weiß und rund schimmert der Mond.

Ich drehe mich zu Rimenez, um zu sehen, ob seine Augen noch genauso leuchten. Und in diesem Moment weiß ich, was passiert ist. Mein Herz setzt ein paar Schläge lang aus. Ich weiß, warum der Wind aufgehört hat zu brausen, warum die Welt nun innehält. Ich weiß, warum ich mich so sanft fühle und gleichzeitig so lebendig und wild. Mein Herz beginnt wieder zu schlagen, und es klopft jetzt wie verrückt. Mir ist etwas passiert, das ich längst vergessen hatte, weil es zweiundzwanzig Jahre zurückliegt. Etwas, von dem ich glaubte, es würde mir nie wieder passieren.

Ich bin verliebt.

7. Kapitel

«Süße, ich kann dir einen Einführungskurs erster Güte im Golfspielen geben – aber doch nicht mitten in der Nacht!» Richard sieht seltsam verwuschelt aus, wie er so den Kopf aus den Federn steckt, gar nicht wie der gepflegte Mann, den ich im Flieger kennengelernt hatte, eher wie ein großes Kind.

«Es ist auch nicht mitten in der Nacht, es ist fünf Uhr dreißig.»

«O Gott!», jammert er. «Das meine ich ja!»

«Bitte, Richard, es ist wichtig! Ich stehe in drei Stunden auf einem Golfplatz! Du musst mir zeigen, was ich da tun muss, sonst fliegen wir heute noch aus der Hacienda – Einbauküche mit Kochblock und Straße nach Nirgendwo ade!»

«Dass du immer gleich so schwere Geschütze auffahren musst.» Richard grinst. «Okay, was genau willst du wissen?»

«Alles.»

«Wie, alles?»

«Na, alles, was man über das Spiel so wissen muss. Warum es so viele Schläger gibt – und nur einen Ball –, wie man das alles hält, wie oft man den Ball ins Loch schießen muss, um zu gewinnen …»

«Whoa, whoa!» Richard sieht auf einmal hellwach aus. «Du hast ja nicht mal den geringsten Schimmer von Golf!»

«Genau, und hier kommst du ins Spiel.» Ich drücke ihm einen dampfenden Becher Kaffee in die Hand. «Danke, dass du das für mich tust!»

Fünf Minuten später stehen wir im Patio neben dem Schwimmbad. Richard steht hinter mir und hält meinen Arm.

Ich selbst halte Richards Regenschirm. Wozu der Mann einen Regenschirm mit nach Mexiko genommen hat, ist mir schleierhaft, aber jetzt ist wohl nicht die Zeit, danach zu fragen. Richard weist mich an, den Regenschirm so von rechts nach links zu schwingen, dass er einen perfekten Halbkreis beschreibt. Wie bin ich froh, keine Zuschauer zu haben.

«Könntest du beim nächsten Mal vielleicht ein bisschen weniger brutal zuschlagen?», fragt Richard, als der Regenschirm mitten in meinem Schwung aufklappt. «Diese Eisenspitzen sind echt unangenehm im Gesicht.»

«Du hast recht.» Ich versuche, den Schirm wieder zu schließen. «Das hätte ins Auge gehen können. Blindheit zählt bei dem Spiel wohl nicht als Handicap.»

«Nein», höre ich Richard hinter mir. «Definitiv nicht.»

Es ist ein bisschen merkwürdig, ihn so dicht an meinem Körper zu spüren. Ich muss wieder an den Vorabend denken, und ein Schauer kräuselt meine Haut. An meine Bootsfahrt mit Carlos und den Langustenfischern und an die stille, blaue Nacht. Daran, wie der Indio in der Dunkelheit tauchte, wie wir dann alle zusammensaßen und tranken, mit Strohhalmen aus einer Kokosnuss, und wie Carlos und ich später durch die sternenfunkelnde Nacht flogen. Es fühlte sich so elektrisierend an, mit ihm allein im dunklen Hubschrauber zu sitzen. Mein Herz beginnt schon wieder zu rasen.

«Süße, du atmest so komisch», bemerkt Richard. «So kriegst du den perfekten Abschlag aber nicht hin!»

Ganz ruhig, versuche ich mich zu entspannen. Nicht dran denken, an dieses bezaubernde Lächeln mit der kleinen Zahnlücke, an sein strahlendes Augenpaar. Ich sammele meine inneren Kräfte und schlage erneut mit dem Regenschirm zu.

«Ich entmutige Menschen ja nur ungern, Süße, aber bei dir

sehe ich nur ganz wenig Potenzial. Vielleicht kannst du drauf bestehen, dass du ein Tee nimmst?»

«Ich muss mit dem Typen Golf spielen, nicht Tee trinken! Außerdem bin ich mehr der Kaffee-Typ, wie du vielleicht mittlerweile weißt!»

Richard lacht. «Du weißt gar nichts über Golf, oder?»

«Doch, dass eingebildete Hornochsen sich damit amüsieren. Und Vorstandsfrauen wie meine Doppelgängerin. Was sagtest du, womit ich meinen Golfpartner verwirren kann? Mit Tee?»

«Mit *einem* Tee», betont Richard. «Ein Tee ist ein Holzstift, also eine Art Erhöhung, auf die du den Golfball draufsetzt. Für den Abschlag. Das ist dann einfacher zu spielen.»

«O Gott! Das wird die absolute Katastrophe! Die nehmen mich fest!»

«Jetzt aber nicht so pessimistisch!» Richard tätschelt meinen Arm. «Wegen schlechten Golfspiels ist noch niemand ins Gefängnis gekommen! Warum musst du es denn überhaupt tun? Und warum zum Teufel», er blickt in den Himmel, auf dem sich jetzt erste Spuren von Morgenröte abzeichnen, «zu einer solchen Zeit?»

«Weil ich mit dem Ideenmanager von BRIS sprechen muss! Ich will etwas in der Kantine verändern, und dazu brauche ich die Zustimmung des Ideenmanagers.» Ich werfe Richard einen verzweifelten Blick zu. «Ein perverses Ritual erfordert, dass ich mit ihm Golf spielen muss, um seine Zustimmung zu erlangen.»

«Süße, es ist noch so früh, und ich bin mir nicht sicher, ob ich das alles richtig verstehe, aber warum befürchtest du, festgenommen zu werden, wenn du deinen Abschlag verpatzt?»

«Die echte Julia Meyer …»

Richard hebt lächelnd eine Hand. «Sag nicht immer *die echte Julia Meyer.* Du bist genauso echt, und du hast ebenso viel Recht zu existieren wie sie!»

Ich blicke in seine aufrichtigen, freundlichen Augen, und ein warmes Gefühl steigt in mir auf. Ich kann mich nicht erinnern, wann jemand zuletzt so mit mir gesprochen hat, und das ist schön und beunruhigend zugleich. «Meine Doppelgängerin», beginne ich erneut, «die hat in ihrem LinkedIn-Profil stehen, dass Golfspielen ihre große Leidenschaft ist und dass sie das Handicap Wundervoll hat! Wenn ich mich auf dem Golfplatz gleich wie eine Idiotin aufführe, fliege ich auf.»

«Verstehe.» Richard lächelt mich weiterhin an. «Ich glaube, ich hätte da eine Idee.»

Der Himmel ist kobaltblau, als ich das Auto starte, um zum Golfplatz zu fahren. Carmens Angebot, mich von einem der Fahrer chauffieren zu lassen, habe ich abgelehnt. Seit meiner Ankunft in Mérida fühle ich mich fremdgesteuert. Ich will gerade das Navigationsgerät einschalten, als mir eine Bemerkung von Carlos Rimenez über das schlechte mexikanische Kartensystem einfällt. Ich stecke also mein Smartphone in die Halterung am Armaturenbrett, rufe Google Maps auf und fühle mich dabei wie ein alter Hase.

Ich bin so damit beschäftigt, den Geruch von neuem Leder einzuatmen und das geschmeidige Gefühl zu genießen, mit dem diese Luxuskutsche über den Kies in Richtung Ausfahrt rollt, dass ich erst nach etlichen Fahrminuten feststelle, wie ich aussehe. Nämlich nicht so gut. Was um Himmels willen geht eigentlich nachts in meinem Körper vor? Am Abend ist alles noch gut, ich habe klare, große Augen, die Falten am Dekolleté sind ausgebügelt, und ganz allgemein sehe ich menschlich, ja mitunter geradezu ansehnlich aus. Dann kommt der Morgen, und meine Augen sind geschwollen, Falten haben sich wie durch ein böses Wunder in mein Gesicht gegraben, und ich frage mich, ob ich der seltsamen Alten, die mich ungläubig aus dem Spiegel zurückmustert, schon mal irgendwo begegnet bin.

Ich beschließe, mir während der Fahrt die Wimpern zu tuschen – eine Sache, die Stefan regelmäßig zur Weißglut getrieben hat. Den einzigen Unfall, den ich damit aber regelmäßig provoziere, ist ein Schminkunglück, das ich aber immer ganz gut beheben kann. Das Radio spielt jetzt mexikanische Tanzmusik, und weil das mit der Wimperntusche so weit gut geklappt hat, hole ich jetzt auch noch den Eyeliner raus. Oha, an dieser Aufmachung hätte Kleopatra ihre Freude gehabt! Nun ja, es wird hoffentlich von den Auswirkungen des nächtlichen Wandlungswunders ablenken, und mit Glück vielleicht auch von dem Rest. Eyeliner auftragen und lenken, das erfordert schon die Fingerfertigkeit einer Saitenspielerin und natürlich Übung. Doch genau die habe ich verloren. Ich habe schon seit vielen Jahren kein Fahrzeug mehr gesteuert. Nach der Scheidung hat Stefan das Auto behalten, denn Lotte und Louis waren schon so groß, dass ich mit ihnen Bus fahren konnte, während der Sohn von Rebecca, seiner neuen Freundin, noch im Kleinkindalter war. Ich fühle mich ein bisschen wie Commander Spock in Raumschiff Enterprise, überall blinkt etwas auf dem Armaturenbrett, es gibt tausend Knöpfe, und dazwischen tönt die freundliche Frauenstimme des Navigationsgeräts und das Radioprogramm. – Ups, dieser Lidstrich ist selbst für Kleopatra markant. Egal, jetzt die Frisur. Auch die wirkt heute Morgen etwas eigenwillig. Auf der einen Seite sind die Locken vollkommen geplättet, auf der anderen schießen sie seltsam in die Höhe. Ich habe den Schiefen Turm von Pisa auf dem Kopf, was ganz amüsant wäre, wenn ich nicht … ja, wenn ich nicht gerade auf dem Weg wäre, dem Ideenmanager eines internationalen Luxusunternehmens den Vorschlag schmackhaft zu machen, seine Betriebskantine auf die Bedürfnisse von Vegetariern umzustellen.

Aber warum eigentlich sollte mir das nicht gelingen? Wieder durchschießt mich ein ungewohntes Gefühl. Ich fühle mich … ja, verwegen wäre wohl das richtige Wort. Verwegen und auch ein bisschen stolz. Ich lebe mit zwei wunderbaren Menschen auf einer mexikanischen Hacienda, ich bin (zum ersten Mal seit Jahrzehnten) einem tollen Mann begegnet, ich fahre einen brandneuen Mercedes, UND ich weiß, wie ich ihn navigieren muss! Klar, das alles wird nicht von Dauer sein, genauer gesagt, in nur noch zehn Tagen ist schon wieder Schluss, aber immerhin werde ich für den Rest meines Lebens daran zurückdenken. Ich lehne mich zurück, die Hände locker auf dem Steuer, und atme tief ein. Eine kleine, bunte Tankstelle taucht zu meiner Rechten auf. Einem plötzlichen Impuls folgend, blinke ich und steuere den Platz davor an. Das Auto einer mexikanischen Großfamilie steht vor der Zapfsäule. Ein Tankwart macht sich an dem Wagen zu schaffen, während zwei Mädchen neben ihm auf und ab hüpfen, dass ihre schwarzen Zöpfe wippen. Ich nicke dem Tankwart zu und gehe in den Oxxo, den Laden, der an die Tankstelle angeschlossen ist. Dort bestelle ich mir einen Becher Kaffee und ein Stück Gebäck, das wie eine Muschel geformt ist und nach Zimt duftet. Es muss frisch aus dem Ofen gekommen sein, denn es ist noch ganz warm. Dann lehne ich mich mit dem heißen Kaffee an mein Auto und schließe die Augen. Orangefarbene Muster schimmern hinter meinen geschlossenen Lidern. Ich fühle mich so lebendig, als hätte jemand meine Sinne wachgeküsst. Das Gebäck fühlt sich weich und warm zwischen meinen Fingern an, der Kaffee ist köstlich, und als ich die Augen wieder öffne, leuchten die Farben noch intensiver als sonst. Und dann sehe ich wieder Carlos' Augen vor mir, spüre noch seine Berührung an meinem Arm. Auf einmal kann ich keinen klaren Gedanken mehr fassen, ich komme nicht weiter als: *Und wenn dies mein letzter Tag auf Erden sein sollte*, denn da ist nur noch eine Musik in meinem Kopf.

Als ich eine Viertelstunde später den Golfplatz erreiche, ist das Glücksgefühl allerdings wieder verflogen. Stattdessen habe ich Angst. Ich werfe einen prüfenden Blick auf den Verband, den Richard mir an der rechten Hand angelegt hat. Er wirkt sehr professionell – im Gegensatz zu mir. Ich überlege kurz, auf der Stelle wieder umzudrehen. Aber dann sehe ich Richards und Adas enttäuschte Gesichter vor mir, wie wir aus der Hacienda gejagt werden, spüre meine eigene Enttäuschung (schon an der ersten Hürde gescheitert!), und so nehme ich all meinen Mut zusammen und steige aus.

Ein gedrungener Typ in Polo-Shirt tritt auf mich zu. Er blickt zwischen dem Mercedes und mir hin und her. «Señora Meyer?», fragt er erstaunt.

Ich drücke mein Kreuz durch. «Ja, das bin ich. Ich habe hier eine Verabredung mit Señor Kellermann.» Innerlich beglückwünsche ich mich zu meinen Spanisch-Kenntnissen. Jetzt, wo ich sie etwas entstaubt habe, sind sie eigentlich ganz schön.

«Er ist schon auf dem Rasen. Warten Sie, ich führe Sie hin. Ich hole Ihre Tasche aus dem Kofferraum, und dann zeige ich Ihnen, wo Sie sich umziehen können.»

«Vielen Dank», sage ich und deute mit zwei Zeigefingern auf mein geblümtes Kleid. «Aber ich gehe so.»

Polo-Shirt-Mann mustert mich entsetzt. Gut, das Kleid hat schon bessere Tage gesehen, aber es ist mein absolutes Lieblingsteil. Ich habe es mir von dem Bonus gekauft, den ich für zehn Jahre Mitarbeit ohne einen Tag Krankschreibung vom Chef bekommen habe. Vielleicht ist es etwas kurz, denn es endet knapp über meinen Knien, sodass man die Narben darauf erkennen kann, aber der Rock schwingt sehr hübsch beim Gehen. «Es ist mir furchtbar unangenehm», sagt er und wendet verlegen den Blick ab. «Aber so dürfen Sie nicht gehen.»

«Wirklich? Und warum nicht, wenn ich fragen darf?»

Polo-Shirt-Mann blickt mir fest in die Augen. «Sie müssen auf unseren Golfplätzen einen Kragen tragen. Und etwas ...» Er hüstelt. «Etwas längere Kleidung.»

Ich weiß nicht, ob es an diesem schwebenden Gefühl liegt, das ich seit dem Kaffee auf der Tankstelle habe, oder daran, dass ich in der Rolle meiner Doppelgängerin selbstbewusster bin, aber ich schüttele den Kopf. «Wir müssen heute mal eine Ausnahme machen», erkläre ich und blicke Polo-Shirt-Mann fest an. Er guckt ebenso fest zurück, und sekundenlang fechten wir den Kampf der Blicke aus. Schon fühle ich, wie ein gewaltiges Lachen in mir aufsteigt, und ich fürchte, dass ich den Kampf verliere, da wendet er den Blick ab, hebt die Schultern und sagt in eisigem Ton: «Bitte schön.»

Ein Junge fährt mich in einem dieser kleinen offenen Golfautos über den Rasen. Ich erkenne Kellermann schon von weitem. Er trägt ein rosafarbenes Polo-Shirt und karierte Shorts, die schön ordnungsgemäß seine Knie bedecken. Als er uns heranrollen hört, dreht er sich um und richtet seinen stechenden Blick auf mich. Auf einmal klopft mir das Herz bis zum Hals.

«Guten Morgen!», rufe ich fröhlich, springe in meiner

Nervosität vom Wagen, bevor der richtig angehalten hat, und strecke Kellermann die linke Hand entgegen. Zu spät fällt mir ein, was Ada mir eingeschärft hat: dass ich Menschen, die mir in der Hierarchie des Unternehmens gleichgestellt sind, nicht so anstrahlen darf, weil das als Geste der Unterwerfung gedeutet werden könnte. Ich nehme mir vor, ab jetzt etwas tougher zu sein.

«Was haben Sie denn gemacht?», fragt Kellermann grimmig mit Blick auf den Verband um meine rechte Hand.

«Kleiner Unfall gestern Abend.»

«Das heißt, wir können jetzt nicht spielen?»

«Das habe ich zunächst auch befürchtet. Der behandelnde Arzt meinte, ich dürfe auf keinen Fall das Handgelenk beanspruchen. Aber so schnell lasse ich mich nicht unterkriegen. Kann allerdings sein, dass ich Sie heute gewinnen lassen muss.»

Kellermann grinst kurz, dann wandert sein Blick über mein Kleid. «In der Aufmachung? Das wäre mir aber zu leicht!»

«Was ist denn gegen meine Garderobe einzuwenden?» Ich recke das Kinn.

«Als Golfspielerin mit Ihrem Handicap muss ich Ihnen sicherlich nicht die Platzregeln erklären. Mein Vater würde sagen: Sie tragen da eine Mode spazieren, die zum Ornat von Prostituierten gehört.»

«Ich nehme an, dieses Bonmot hat er irgendwann zwischen 1933 und 1945 formuliert?»

Kellermann läuft vor Wut rot an. «Wenn Sie damit etwa andeuten wollen …»

«Ich deute gar nichts an. Eine Beleidigung verdient immer eine Erwiderung. Wollen wir?» Ich nehme einen Schläger übertrieben unbeholfen in die linke Hand.

«Sie sind wohl Rechtshänderin?», fragt Kellermann.

Ich bejahe.

«Dann können Sie ja gar nicht mehr die Ukulele spielen.»

«Nein, aber meine musikalischen Talente sind ja auch gerade nicht gefragt.»

«Wohl wahr.» Kellermann nimmt seinen Schläger und lässt ihn über den Rasen schwingen. «Zumindest ich kann ganz gut darauf verzichten.»

«Ja, es ist schwer, Musik zu genießen, wenn man kein Gefühl für Harmonien hat.»

Puh. Ich frage mich, ob das immer so geht. Ob Menschen, die Macht haben, immer so kalt und aggressiv miteinander reden müssen. Ist die Luft weiter oben einfach dünner? Das Klima rauer? Und ist das der Grund, warum ich nicht Dirigentin werden konnte? Warum ich Büro-Assistentin mit einem musikalischen Hobby geblieben bin?

Kellermann wendet sich mir zu. «Ich muss Ihnen etwas sagen, Frau Meyer. Alles, was man sich über Sie erzählt, ist wahr.»

Ich lächele ihn an. «Das begreife ich jetzt als großes Kompliment. Sie scheinen mir aber auch ein interessanter Mann zu sein. Einer, dem man nicht so leicht etwas vormachen kann.»

«Korrekt.» Kellermann schwingt seinen Golfschläger. Der Ball schießt über den Rasen. «Im Gegensatz zu Ihnen. Ich habe gehört, dass der Langustenfischer Sie gestern ganz schön um den Finger wickeln konnte.»

«Oh, Sie spionieren mir also nach? Erstaunlich. Ich hätte schwören können, dass das unter Ihrer Würde liegt.»

«Ich habe einfach meine Quellen. Ja, Verhandlungen mit Mexikanern sind eben nicht jedermanns Sache.»

Ich zermartere mir das Hirn nach einer passenden Antwort,

aber mir fällt dummerweise nichts ein. Verdammt, dieser Typ hat aber auch einen Ton am Leib!

«Aber seien Sie froh, dass Sie noch keine Verhandlungen in Finnland geführt haben. Da müssen Vorstände mit Investoren erst mal in die Sauna gehen.» Er lacht, was sein Gesicht aber nicht fröhlicher wirken lässt. «Und ich kann Ihnen sagen, das Lachen vergeht Ihnen spätestens dann, wenn Sie sich selbst ausziehen müssen.» Sein Blick streift meine Beine. Und in diesem Augenblick ärgere ich mich fürchterlich über mich selbst. Warum nur habe ich nichts Anständiges für dieses Golfspiel angezogen? Ach so, ja. Weil ich nicht wusste, dass dieser Kellermann nicht nur humorlos, sondern auch beleidigend ist.

«Da fällt mir ein», fährt er fort, während er seinen Schläger erneut schwingt. «Sie *waren* ja in Finnland. Kurz bevor es mit Nokia abwärtsging, richtig?»

Auf einmal wird mir entsetzlich heiß. Ich spüre, wie ich in eine Falle laufe. «Es ist nicht zum Saunabesuch gekommen», erkläre ich ausweichend. Tatsächlich war ich viele Male meines Lebens in einer finnischen Sauna, aber in Hamburg. Ich habe Stefan auch einmal vorgeschlagen, Finnland zu besuchen, unter dem Vorwand, er könne sich die Ostsee dann ja mal von einer anderen Seite ansehen, aber er ist nicht darauf eingegangen.

«Na, Sie scheinen ja auch einige Male in Finnland gewesen zu sein», gebe ich lockerer zurück, als ich mich fühle. «Und nun ist das Unternehmen Nokia tot.»

Kellermann wirft mir einen scheelen Seitenblick zu. «Mir persönlich tut das für die finnischen Kollegen sehr leid. Aber man gehört nicht zur Führungsriege, wenn man risikolos leben will.»

Mir wird noch heißer, aber ich reiße mich zusammen und erwidere fest seinen Blick.

«Aber Sie wollten mich in einer bestimmten Angelegenheit sprechen, Frau Meyer.»

Ich imitiere seine Haltung und gehe leicht in die Knie, wobei ich den Golfschläger locker hin- und herschwingen lasse. «Richtig. Es geht um unsere Betriebskantine.»

«Was soll damit sein? Irgendwelche Beschwerden?»

«In der Tat. Das Fleisch, das dort verwendet wird, stammt aus Massentierhaltungsbetrieben. Und es gibt keinerlei Angebote für Vegetarier.»

«Ich bitte Sie.» Kellermann lacht höhnisch auf. «Wollen Sie mir ernsthaft sagen, wir sollen fleischlose Gerichte *in einer mexikanischen Kantine* anbieten? In einem Land, in dem der Fleischkonsum von Jahr zu Jahr wächst? Das wird nicht funktionieren.»

«Da bin ich anderer Meinung.» Ich probiere einen Abschlag, und der Golfball schießt über den Boden, nicht ganz so weit wie Kellermanns Ball, aber immerhin. «Zunächst einmal haben wir vegetarische Führungskräfte im Unternehmen, die mit dem Kantinenessen sehr unzufrieden sind. Ich denke nicht, dass wir uns das leisten können.»

«Die sollen halt das Fleisch weglassen und die Beilagen essen. Von welchen Führungskräften sprechen Sie überhaupt?»

Ich ignoriere seine Frage. «Darüber hinaus haben wir als internationales Unternehmen eine moralische Verantwortung. Der UN zufolge trägt die landwirtschaftliche Nutztierhaltung sagenhafte 296-mal mehr zur globalen Erwärmung bei als CO_2. Mit unseren Produktionsstätten für Helikopter, Yachten und Autos ist unsere Klimabilanz ohnehin sehr schlecht. Hier könnten wir also etwas Positives tun.»

«Wollen Sie mich veralbern?» Kellermanns stechender Blick bohrt sich in meine Augen. «Sie glauben doch wohl nicht ernsthaft, dass wir den Planeten retten, indem wir in unserer Kantine ein paar Steaks weniger in die Pfanne hauen!»

Sekundenlang bin ich aus dem Konzept gebracht. Ich drehe den Golfschläger in den Händen. «Gut, reden wir über die krankheitsbedingten Fehlzeiten in unserer Niederlassung. Im vergangenen Jahr sind dreiundzwanzig Mitarbeiter ausgefallen, fünfzehn von ihnen wegen Durchfall und Erbrechen, mindestens neun wegen einer nachgewiesenen Campylobacter-Infektion.»

«Und was soll das mit Fleisch zu tun haben?»

Ich versuche mich an das zu erinnern, was Ada mir mit auf den Weg gegeben hat. «Der Stress und die Enge in den Ställen von Massentierhaltungsbetrieben hat zur Folge, dass sich in den Tieren vermehrt Krankheitserreger vom Typ Campylobacter bilden. Das hat eine neuere Studie ergeben. Wer also dieses Fleisch isst, wird krank.»

Kellermann setzt erneut zum Abschlag an. «Was sind Sie? Eine dieser Aktivistinnen, die Frauen im Pelz mit Farbe bewerfen?»

Ich hebe eine Augenbraue. «Und jetzt bitte noch einen qualifizierten Kommentar.»

«Was genau wollen Sie eigentlich von mir? Nur weil Sie Vegetarierin sind, sollen wir jetzt …»

«Ich bin keine Vegetarierin.»

«Und warum streiten Sie dann für eine fleischlose Kantine? Hören Sie, wenn Sie sich langweilen, könnten Sie ja vielleicht mal wieder einen netten Ausflug mit Langustenfischern machen oder ein hübsches Liedchen komponieren.» Er hebt den Golfschläger zum Abschlag, und ich sehe, dass seine Hände zittern. Auf einmal begreife ich, dass er wütend auf mich ist.

Die Entdeckung überrascht mich. Warum sperrt sich dieser Mann so sehr? Was habe ich ihm getan? Mein Gefühl sagt mir, dass es mehr ist, als der Zorn des Fleischessers auf den moralisch vermeintlich überlegenen Vegetarier.

«Wir kommen hier irgendwie nicht weiter», sage ich sanft. «Was halten Sie davon, wenn wir beide einen Kaffee trinken gehen? Haben Sie überhaupt schon gefrühstückt? Ich noch nicht so richtig. Lassen Sie uns doch ein anderes Mal Golf spielen. Meine Hand tut mir weh.»

Er dreht sich zu mir um, und ich lese unendliches Staunen in seinem Blick. «Sie haben sich sehr verändert, Frau Meyer», sagt er kalt. «Nun gut, wir haben uns ja auch schon etwa zwanzig Jahre nicht gesehen.»

Ein heißer Schreck durchschießt mich: Dr. Kellermann und Julia Meyer kennen sich von früher. Was die beiden wohl miteinander erlebt haben? Es muss irgendetwas Unangenehmes gewesen sein. Nur was? Ich probiere ein Lächeln. «Zu meinem Vorteil, hoffe ich.»

Er schüttelt grimmig den Kopf.

Mir ist ein bisschen schwindelig. Soll ich es wagen? Die Chancen stehen 50 zu 50, dass ich ins Schwarze treffe. Ich muss es probieren. «Dr. Kellermann, was damals vorgefallen ist … das tut mir von Herzen leid.»

Er starrt mich ungläubig an. «Das ist jetzt doch nicht Ihr Ernst.»

«Doch, das ist es. Mir ist bewusst, dass ich mich nicht immer korrekt verhalten habe. Und dafür möchte ich mich entschuldigen.»

«Sie sagen das jetzt nicht zufällig, weil Sie unbedingt Ihre fleischlose Kantine durchsetzen wollen?»

«Nein, ich kann Ihnen versichern, dass das nicht der Grund ist. Außerdem verlange ich ja gar keine komplett fleischlose

Kantine. Ich möchte nur, dass es für die Vegetarier ebenfalls ein Angebot gibt. Und dass das Fleisch aus artgerechter Haltung stammt. Das Unternehmen kann davon profitieren, denn die Mitarbeiter werden bei gesünderer Kost nachweislich auch weniger krank sein. Die verringerten Fehlzeiten werden sich positiv auf die Bilanz auswirken, BRIS könnte damit Einsparungen vornehmen. Außerdem können wir langfristig so etwas wie eine Vorreiterrolle in der Region einnehmen. Um attraktivster Arbeitgeber zu werden, schlage ich also vor …»

«Dass wir Fleisch von gestreichelten Hühnern auf die Teller bringen, schon klar.» Kellermann holt zu einem erneuten Abschlag aus. «Ich werde über Ihren Vorschlag nachdenken. Aber momentan brauche ich keinen Kaffee, ich möchte jetzt einfach nur meine Golfpartie zu Ende spielen. Aber wir holen das irgendwann mal nach.»

Ich strahle ihn an und will mit meiner Linken nach seiner Rechten greifen, die noch immer auf seinem Schläger ruht. Verblüffenderweise reicht er mir nun aber auch seine Linke, worüber ich lachen muss, er aber leider nicht.

«Danke!», sage ich. «Für Ihre Aufmerksamkeit.»

Die abendliche Plaza de la Independencia ist in gelbes Licht getaucht, es riecht nach gebratenem Fisch und Gewürzen, und um mich herum preisen Straßenhändler ihre Hängematten an. Ein warmes Gefühl durchströmt mich, während ich einen Schluck von meiner Margarita trinke. Obwohl ich erst zum zweiten Mal unter den Arkaden in diesem Lokal sitze, kommt mir der Platz schon richtig vertraut vor. Die Mariachi-Kapelle spielt einen Paso Doble, und jetzt betritt auch wieder der dickliche kleine Mann, der so toll tanzen kann, den Platz.

Doch etwas ist anders. Ich bin von einem Gefühl tiefster

Zufriedenheit erfüllt. An diesem Tag habe ich ziemlich viele Entscheidungen getroffen, und keine davon ist mir schwergefallen. Die Langustenfischer aus dem Dorf bei Tulum, deren Fangquote etwas zu hoch für die angeblich nachhaltigen Fangmethoden ist: Klar, die beschäftigen wir weiter, ganz egal, was Kellermann darüber denkt, ich habe mich mit eigenen Augen von dem Produktionsvorgang überzeugt. Der Zulieferer, der Möbelstoffe für die Yachten herstellt, die nachweislich von Minderjährigen gewebt werden: Nein, selbstverständlich arbeiten wir nicht mehr mit dem zusammen. Die Silberschmucklinie: ausgesprochen schön. Aber ich möchte der Silbermine einen Besuch abstatten, um mich von den Arbeitsbedingungen dort zu überzeugen. Nein, ich möchte *nicht* das Atelier des Schmuckdesigners aufsuchen, ich möchte erst in die Silbermine fahren. Der zweite Tag in dem Job als Produktionsvorstand, und mir ist so wohl bei der Arbeit, als hätte ich genau das schon immer getan!

Und dann das Allerbeste: Am Nachmittag habe ich eine Mail von Kellermann erhalten, dass er einverstanden mit meinem Vorschlag sei. Die Kantine wird eine Umstellung bei der Auswahl ihrer Gerichte vornehmen. Von nun an können die Mitarbeiter auch vegetarisch essen. Und das Fleisch stammt von einem Ökohof in der Umgebung von Mérida. Ich war so begeistert, dass ich mich sofort an die Presseabteilung gewandt habe, um eine Mitteilung an die Lokalzeitungen und Online-Medien in Yucatán rausschicken zu lassen, und hey, wenn wir schon dabei sind, auch an die Businessweek, den Economist und die New York Times. Warum sich ausgerechnet New Yorker Journalisten damit beschäftigen sollten, dass die Kantine einer mexikanischen Zweigstelle von BRIS auf Vegetarisch umstellt, weiß ich zwar selbst nicht so recht, aber egal. Es war einfach ein gutes Gefühl, dem PR-Typen in der Abteilung sagen zu können: «Ach ja, und bitte schicken Sie die Pressemitteilung auch an die New York Times!»

Eines allerdings erstaunt mich: Ich hatte immer geglaubt, dass Topmanager und Vorstände den ganzen Tag andere Leute herumkommandieren, tatsächlich ist es aber so, dass ich mich von anderen geführt fühle, insbesondere von Carmen, meiner Assistentin. Sie sagt mir, was wann anliegt, wen ich zu empfangen habe, wohin ich fahren und woran ich dabei denken muss. Dafür bin ich ihr einerseits total dankbar, und ich weiß nicht, was ich ohne sie täte, andererseits hatte ich mir diese Machtsache natürlich anders vorgestellt.

Ja, und dann ist da noch Carlos. Schon wieder schlägt mein Herz schneller bei dem Gedanken an ihn. Und ich musste ziemlich oft an ihn denken heute. Selbst wenn er gar nicht da war. In der Tat kann ich es nicht fassen, *wie* oft ich an ihn denken muss! Und mit so einem Gefühl im Bauch! Ich habe noch immer seinen Geruch in der Nase, Zitrusfrüchte und Zimt.

«Was lächelst du denn so, Süße?» Richard und Ada sind vor mir aufgetaucht. Ich stehe auf, um sie zu umarmen. Ada drückt mich ganz lange und herzlich. «Ich bin dir so dankbar», flüstert sie.

«Nicht der Rede wert», winke ich ab.

«Wirklich – du strahlst richtig!», bemerkt Richard. «Das muss der Glanz der Mächtigen sein.»

Ich schlucke. «Mir, äh … geht es einfach gut!»

«Obwohl du so wenig geschlafen hast? Ich bewundere deine Energie! *Und* deine Fertigkeiten auf dem Golfplatz! Ada hat mir erzählt, dass du den alten Knacker heute Morgen rumgekriegt hast!»

«Hmm, so zweideutig, wie das klingt, war das gar nicht.»

«Ist unser kleiner Plan also aufgegangen!» Richard tippt auf den Verband an meiner rechten Hand. «Warum trägst du den eigentlich immer noch? Hast du Angst, heute Abend noch einen von den Luxusheinis zu treffen? Oder», er nimmt mich näher in Augenschein, «wünschst du dir das vielleicht?»

Ich spüre, wie ich rot werde. Unfassbar! Das ist mir nicht mehr passiert, seit ich der Pubertät entwachsen bin. Doch zum Glück dreht Richard sich jetzt um und begrüßt Juan. Ob er und Ada auch eine Margarita haben wollen, will Juan sogleich wissen, was Richard begeistert bejaht.

«Wart ihr schon auf der Hacienda?», frage ich. Ada hat schon seit ein paar Stunden Feierabend, wie ich weiß.

«Noch nicht, Schätzchen. Ich konnte deinem Angebot nicht widerstehen, dich in der Stadt zu treffen. Außerdem ist es mir da ohne euch zu ruhig. Dem anderen Schätzchen bin ich eben zufällig über den Weg gelaufen.»

Zu meiner Überraschung wirkt Ada auf einmal noch verlegener als sonst.

«Was?», lache ich. «Hast du irgendetwas Peinliches gemacht?»

«Ja, also … ich bin mit einer Kutsche durch die Stadt gefahren», sagt sie leise. «Weil … ich mag Pferde und, äh …»

«Warum hast du uns nicht Bescheid gegeben? Wir wären mitgekommen!»

«Dafür habe ich mich aufgedrängt.» Richard lacht. «Ich wusste ja, dass du noch arbeiten würdest, Jule, und ich konnte Ada doch nicht allein in so einer romantischen Kutsche fahren lassen.»

Ich blicke zwischen den beiden hin und her. Seltsam, ich könnte schwören, dass Richard zu einhundert Prozent auf Männer steht. Und doch ist da etwas zwischen Ada und ihm, was ich nicht richtig einordnen kann, eine Art Zuneigung, ja, fast so etwas wie Anziehung.

Juan tritt an den Tisch, um zu fragen, ob wir etwas essen wollen.

Während die beiden bestellen, fällt mir wieder ein, was mir Ada vor meinem Flug nach Tulum erzählt hat. «Ihr habt also in den Krankenhäusern von Mérida angerufen», stelle ich fest, nachdem ich bei Juan etwas bestellt habe, von dem ich nicht weiß, was es ist. Noch vor einer Woche hätte ich das nicht getan, denke ich. Da wäre ich auf Nummer sicher gegangen und hätte wieder die Dorade bestellt. «Habt ihr irgendeine Spur?»

Ada hebt den Blick von ihrem Tablet, auf dem sie etwas getippt hat. «Ich bin mir nicht sicher. Also, eine Julia Meyer ist nirgendwo eingeliefert worden. Es gibt aber eine Frau hier in Mérida, die sie nicht identifizieren können, weil sie im Koma liegt.»

«Tataa!», lacht Richard und stellt sein Glas ab. «Da ist er endlich, mein großer Moment!»

Ich sehe ihn an, und eine leise Angst beschleicht mich. «Das wird keine gute Nachricht, oder?»

«Wie man es nimmt. Also, ich konnte ja nicht untätig bleiben, während ihr zwei die Brötchen verdient, also bin ich nach unserer interessanten Golfstunde heute Morgen in besagtes Krankenhaus gefahren, um nach dieser Frau zu sehen.»

«Und?» Ada beißt an einem Nagel.

«Ich habe vorgegeben, meine Cousine finden zu wollen, die auch nach Mexiko reisen wollte und hier nicht aufgetaucht ist.»

«Richard, machst du das mit Absicht? Erzähl doch *bitte*, was du über diese Frau herausgefunden hast!»

«Verzeihung, es ist nur so, dass ich ein bisschen stolz auf mich bin! Also, eine Schwester hat mich zu dem Bett der Komapatientin geführt. Und dann hat sie mir etwas erzählt, das auf deine Doppelgängerin hinweisen könnte. Die Patientin ist nämlich am Flughafeneingang angefahren worden und wurde sofort bewusstlos. Aber die entscheidende Sache war folgende: Sie kam mit dem Flieger aus Amsterdam!»

8. Kapitel

«Julia Meyer ist also in Mérida, könnte jeden Moment aufwachen und dann in die Firma marschieren. Muchas gracias.» Ich nehme den Teller entgegen, den Juan mir reicht. «Das heißt, dass ich jede Sekunde auffliegen kann.»

Ada blickt schweigend zwischen Richard und mir hin und her.

«Na ja, jede Sekunde würde ich nicht sagen. Sie sah ganz schön fertig aus, und die Schwester meinte, dass sich die Genesung noch ziemlich hinziehen kann.»

«Wie sieht sie denn aus?», fragt Ada leise.

«Also, sie ist nicht so schlank wie unsere Jule, und sie wirkt auch älter. Und diese ganzen Schläuche verzerren ja auch ein bisschen das Bild. Aber sie hat ebenfalls braune Haare, etwa Jules Körpergröße und einen sehr ähnlichen Mund. Den hatte sie leicht offen stehen, sodass ich erkennen konnte, dass auf den Einern und Zweiern Veneers lagen.»

«Bitte was?»

«Dass sie sich die Schneidezähne und die daneben hat machen lassen», übersetzt Ada rasch.

«Okay. Und was hast du zu der Schwester gesagt?»

«Ich habe erst einmal so getan, als wäre ich nicht sicher, ob die Frau meine Cousine ist. Ich meinte zu ihr, dass ich sie schon lange nicht mehr gesehen hätte. Damit sie mir noch mehr über die Frau erzählt.»

«Ja, *und?!?*» Ich muss mich zusammenreißen, um Richard nicht zu schütteln. Für meinen Geschmack genießt er es ein bisschen zu sehr, dass Ada und ich an seinen Lippen hängen.

«Also, zuerst meinte sie, dass sie mir nichts sagen dürfe, wegen Schweigepflicht und diesem ganzen Mist.»

«Und *dann?*»

«Dann habe ich sie gefragt, ob sie gerne tanzt.»

«O Gott, Richard! Ist das dein Ernst?»

Er klimpert mit den Wimpern. «Alle Frauen wollen gerne tanzen. Ich habe ihr bloß einen Gefallen getan.»

«Und welchen Gefallen hat sie *dir* dann getan?»

«Mir dann zu sagen, dass die Patientin kein Gepäck hatte, nicht einmal eine Handtasche – nichts, was auf ihre Identität hinweist.»

«Das ist sehr merkwürdig.»

«Ich schätze, dass ihr alles gestohlen wurde, während sie auf der Straße lag.»

Juan balanciert Adas und Richards Teller auf seinem Unterarm und seinen Händen. Als er sich zu mir herüberbeugt, um mir mein Gericht zu reichen, murmelt er etwas auf Maya.

«Juan sagt, dass du dich jetzt schon im Veränderungsprozess befindest», übersetzt Ada. «Das Unglück weicht dem Glück. Du sollst all deine Kraft aus diesem Glück ziehen, um dich zu wappnen. Ein Problem kommt auf dich zu.»

Wieder weiß ich nicht, was ich sagen soll. In Deutschland hätte ich dem Kellner gesagt, er solle sich mit seinen Prophezeiungen bitte zurück zu seiner Sekte scheren, aber hier in Mexiko traue ich mich das nicht. Eine Weile sitzen wir einfach nur versunken da und genießen unser Essen. Das heißt, Ada und Richard genießen ihre Tamales – gefüllter Maisteig in Pflanzenblättern –, während ich mein Essen argwöhnisch betrachte. Hähnchenfilet mit Schokosauce ist irgendwie doch nicht mein Fall.

«Iss doch mal dein Essen, Jule!», sagt Richard nach einer Weile.

Ich deute auf die Matsche. «Sieht so aus, als hätte das schon jemand getan.»

«Hat die Krankenschwester irgendwas über die Art des Komas gesagt? Irgendwas, das darauf hindeutet, wann diese Frau, die eventuell Jules Doppelgängerin ist, aufwachen wird?», will Ada wissen.

«Erst mal nicht. Ich habe aber wie beiläufig erwähnt, dass ich auch Tango kann. Daraufhin meinte sie, es *könnte* vielleicht sein, dass sie am Wochenende Zeit hätte.»

«Du bist unmöglich.»

«Nein, ich bin schlau. Übrigens kann ich wirklich Tango tanzen. Ziemlich gut sogar.»

«Hat sie noch irgendetwas gesagt?»

«Ja. Dass die Lage zwar ernst sei, aber dass ich mir keine übergroßen Sorgen machen solle. Die Frau befindet sich in einem Koma ersten Grades, das heißt, die Pupillenbewegungen sind intakt, und sie reagiert auf Schmerz. Es kann trotzdem noch Wochen dauern, bis sie aus ihrem Koma erwacht. Wenn du mich fragst, Jule, können die BRIS-Leute echt froh sein, dass du eingesprungen bist!»

Ich lächele ihn an und schüttele den Kopf. *Eingesprungen* trifft es ja nun nicht so wirklich. Eine Usurpatorin, eine Hochstaplerin, eine Betrügerin bin ich!

«Ich glaube, das sind sie wirklich», sagt Ada leise. «Die Mitarbeiter von BRIS, meine ich. Jule macht ihre Sache sehr gut. Ich habe heute ein Gespräch in der Kantine über sie mit angehört.»

«Wirklich?» Jetzt wird aber ein Traum wahr! Schon immer habe ich mir gewünscht, ich könnte hören, was die Leute so hinter meinem Rücken reden, vor allem bei der Arbeit. «Wer war es? Und was genau haben sie gesagt?»

«Ich kannte sie nicht, ich weiß auch nicht, aus welcher Abteilung sie waren. Aber sie meinten, dass du gründlich wärest und sehr schnelle Entscheidungen treffen würdest. Und dass du sehr freundlich wärst bei alledem.»

«Oh …!» Das Kompliment geht mir runter wie Butter. Wie unwahrscheinlich nett von den Leuten, so etwas Liebes über mich zu sagen!

«Kennst du das Zitat von Abraham Lincoln?», fragt Ada. «*Willst du den Charakter eines Menschen erkennen, so gib ihm Macht*. Dass du in deiner Position so bist, wie du bist, Jule, sagt viel über dich aus.»

«Oh.» Ich spüre, wie ich erneut erröte. «Jetzt weiß ich nicht, was ich sagen soll.»

«Machen wir uns also vorerst keine Sorgen!» Richard hebt sein Glas. «Die Dinge laufen besser, als wir es zu hoffen gewagt haben! Ein Hoch darauf!»

Während ich trinke, fällt mir ein, dass ich mit den beiden noch etwas besprechen wollte. Aber mittlerweile bin ich so erledigt, dass ich beim besten Willen nicht mehr weiß, was das war.

«Nicht zu fassen, wie der sich bewegen kann», bemerkt Richard und zeigt zu dem Dicken hinüber, der schon wieder auf dem kleinen Platz vor der Mariachi-Kapelle tanzt.

Und dann setzt plötzlich mein Herz aus: Vor der Mariachi-Kapelle tanzt noch jemand, den ich kenne. Er wirbelt eine junge Frau herum, deren lange Haare im Schein der Laternen wie Seide schimmern. Mitten in einer Drehung wirft sie den Kopf in den Nacken und lacht, und selbst aus dieser Entfernung sehe ich, wie Carlos' Gesicht aufleuchtet. Dann ist das Lied zu Ende, er legt den Arm um ihre Schulter, und gemeinsam schlendern sie vom Platz, ein schönes junges Paar, das die Nacht noch vor sich hat.

Meine eigene Nacht ist kurz und nicht besonders erfrischend. Noch bevor ich Zellerneuerung sagen kann, sitze ich auch schon wieder in einem Meeting, und zwar in demselben Konferenzraum, in dem ich meinen musikalischen Auftritt gehabt habe. Mir ist siedend heiß, obwohl der Raum klimagekühlt ist. Die unendliche mexikanische Hitze – ich werde sie überhaupt nicht mehr los. An den Wechseljahren kann es nicht liegen, die habe ich zum Glück hinter mir. Und zu noch größerem Glück konnte ich die allein durchstehen und nicht etwa mit einem kritischen Partner. Stefan hatte ein paar Jahre vor unserer Trennung verlauten lassen, dass er nichts so unerotisch fände wie Frauen in den Wechseljahren. Überhaupt würden ihm Frauen über vierzig nicht behagen. Ich war damals achtunddreißig und geschockt ob dieser offenen Worte. «Aber ich *werde* eines Tages in die Wechseljahre kommen, Stefan», habe ich versucht, ihn auf das Unvermeidliche vorzubereiten. «Das wird an mir als Person ja nichts ändern. Ich bin dann doch immer noch deine Frau.»

«Ja, oder auch nicht», hat er damals gemurmelt. Rebecca, sein derzeitiges Gespons, müsste mittlerweile auch schon Anfang vierzig sein, rechne ich nach, während ich versuche, dem Vortrag eines Schweizers über die Vor- und Nachteile von Teakholz in Yachten zu folgen. Der Typ spricht so langsam, als würde er ein Schlaflied singen – ein extrem langes, wie mir scheint –, und bingo, die Wirkung schlägt voll ein. Was natürlich auch daran liegt, dass ich unglaublich müde bin. Fast kann ich das Yacht-Geschaukel schon physisch nachvollziehen – mein Kopf sackt vor, ich verfalle in Sekundenschlaf, Kopf geht zurück. Tag drei im Jahr null meiner Auferstehung als Hochstaplerin, und ich bin schon vollkommen erschöpft. Da ist eine Schwere in meinem Körper, die ihresgleichen sucht. Vielleicht auch kein Wunder bei diesem Schweizer Informations-Tsunami, der langsam, aber stetig über mich hinwegflutet. Jule, du altes Schlachtschiff, jetzt wirst du untergehen …

«Ist alles in Ordnung?», höre ich Carlos' leise Stimme an meinem Ohr. Ich muss mich nicht umdrehen, um zu wissen, dass sein Mund fast meinen Hals berührt. Die Haut kräuselt sich auf meinen Armen. Mein Puls beschleunigt sich.

Ich darf nicht so auf ihn reagieren, ermahne ich mich selbst. Der Mann ist nicht zu haben! Vergiss ihn!

«Ja», flüstere ich zurück. «Vielen Dank!»

Um mich abzulenken, denke ich an die Aufgaben, die mir jetzt bevorstehen. Ich muss unbedingt etwas über den alten Kellermann herausfinden. Auf dem Golfplatz ist mir klargeworden, dass Julia Meyer und er sich schon von früher kennen. Ja, ich muss unbedingt die Lebensläufe der beiden miteinander abgleichen! Das könnte irgendwann sehr wichtig sein. Julia Meyers Vita habe ich mittlerweile auswendig gelernt.

«Wie schnell chönd mer zu einer Entscheidung kommen?

Frau Meyer?» Ob der Mann schon einmal über eine Teilnahme beim Guinnessbuch der Rekorde nachgedacht hat? Der Sieg im Zeitlupensprech wäre ihm sicher.

«Na, ich müsste mir das vor Ort ansehen», antworte ich. «Und dann geht das ruck, zuck.»

Ich weiß nicht, warum, aber die anderen Leute am Konferenztisch lachen. Auch Carlos Rimenez lächelt mich an, und sofort beginnt mein Herz wieder zu rasen. Und schon hat der Schweizer wieder etwas Entschleunigtes gesagt.

Ich runzele betont autoritär die Brauen. «Wiederholen Sie das bitte!»

«Exgüsi, ich sagte, *ruck, zuck* sei vielleicht nicht die richtige Herangehensweise bei einem solch komplexen Thema, odrr? Nichts gegen Ihre Entscheidungsfreude, Frau Meyer – Ihr Ruf eilt Ihnen voraus – aber das so *ad hoc* beschließen zu wollen, halte ich für eine Unmöglichkeit.»

«Unmögliches wird sofort erledigt, Wunder dauern etwas länger», hole ich meinen uralten Bürospruch wieder raus. Den hat der Chef immer so gern gehört.

Wieder verhaltenes Gelächter. «Guet», sagt der Schweizer etwas verdrossen. «Wenn Sie meinen. Odrr.»

Während sich die Diskussion nun um ein neues Thema dreht, rufe ich die LinkedIn-Seite von Günther Kellermann auf und scrolle die Liste seiner Tätigkeiten und Ehrungen herunter. Aber er und Julia Meyer haben nie zur selben Zeit im selben Unternehmen gearbeitet. Überhaupt finde ich keine einzige Übereinstimmung. Wie finde ich denn jetzt heraus, was Kellermanns Problem mit meiner Namensvetterin ist?

«Und Sie fahren Ihren Wagen jetzt auch mal selbst, habe ich gehört?» Carlos Rimenez ist an meiner Seite, als wir den Raum verlassen, und er geht so dicht neben mir, dass ich seinen Duft einatme, diese Mischung aus Grapefruit und Gewürz.

Ich versuche, ruhig zu atmen, aber mein Herz rast schon wieder. «Ja. Er macht mir Spaß, dieser Wagen. Und in meinem früheren Unternehmen war ein Fahrer Pflicht.»

«Bei BRIS ist ein Vorstand ebenfalls verpflichtet, einen Fahrer zu beschäftigen», sagt er.

«Oh», lüge ich. «Das wusste ich nicht.»

Wir stehen vor den Aufzügen. Ein paar Herren in todschicken Anzügen nicken mir zu.

«Aber dafür fliegen wir morgen wieder gemeinsam mit dem Hubschrauber, wenn ich das richtig verstanden habe.» Ich versuche, ihn nicht anzusehen, um mich nicht zu verraten. Verdammt – so habe ich mich zuletzt als Teenager gefühlt!

«Das ist richtig», entgegnet er, während wir in den Fahrstuhl steigen. «Ich schlage vor, dass wir um sechzehn Uhr hier starten, wenn wir rechtzeitig in Cancún sein wollen.»

«Gute Idee», nicke ich und versuche, meinen Atem zu kontrollieren. Wir sind ganz allein im Fahrstuhl. Nur wir beide. Mein Herz schlägt so laut, dass ich das Klopfen überall in meinem Körper spüre. Sogar meine Finger pulsieren. Das Blut rauscht mir in den Ohren. Gleichzeitig breitet sich ein großes Glücksgefühl in mir aus. Oh, dieser Mann darf auf keinen Fall wissen, wie es um mich steht! Ist stelle mir vor, wie er seiner Freundin (Verlobten? Ehefrau?) erzählt, dass sich eine ältere Vorgesetzte in ihn verliebt habe, und wie sich die beiden dann über mich amüsieren. Oh verdammt – worauf habe ich mich da eingelassen? Ich erkenne mich ja selbst nicht mehr!

«Darf ich Sie etwas fragen, Frau Meyer?», höre ich ihn sagen, während der Fahrstuhl weitersurrt. «Habe ich etwas getan, das Ihr Missfallen erregt hat? Sind Sie wütend auf mich?»

«Wütend auf Sie?» Überrascht drehe ich mich zu ihm um und blicke ihm in die Augen. Sehe sein Gesicht ganz dicht vor meinem, fühle mein Herzklopfen, atme seinen Duft, spüre den Schauer auf meiner Haut … So lang sollte man einen Kollegen nicht ansehen. Und schon gar nicht einen Kollegen, mit dem man sich nicht einlassen darf. Er hat sehr blaue, klare Augen. Jetzt ist unser Blick aber wirklich von ungebührlicher Länge. Ich sollte etwas sagen, schließlich bin ich die Chefin. Muss irgendetwas tun, dass diesem Moment die Vertraulichkeit nimmt.

«Nein, ich bin nicht wütend auf Sie, warum sollte ich?», antworte ich so nüchtern wie möglich. «Es ist nur so, dass ich momentan über so vieles nachdenke. Tut mir leid, wenn ich da manchmal unfreundlich bin.»

«Sie sind ganz bestimmt nicht unfreundlich», widerspricht er leise. «Im Gegenteil. Sie sind ganz …» Er macht eine Pause und sieht mich auf einmal zweifelnd an.

«Ja?» Ich warte gespannt darauf, dass er fortfährt. Doch statt einer Antwort gibt der Fahrstuhl nur ein kleines Pling! von sich, und die Türen gehen auf.

Während wir über den langen Flur in mein Büro gehen, wird das Schweigen zwischen uns drückend. Der Vorraum, in dem normalerweise Carmen sitzt, ist leer. Ein Telefon schrillt.

«Bezaubernd», sagt Carlos so leise, dass ich sicher bin, mich verhört zu haben. Ich drehe mich zu ihm um, bringe aber keinen Ton hervor. Er erwidert meinen Blick mit großer Ruhe.

«Wir sehen uns morgen um sechzehn Uhr auf dem Dach», sagt er schließlich.

Ich fühle, dass mir die Knie weich werden. «In Ordnung», bringe ich hervor.

«Du wirst doch wohl nicht etwa krank, Schätzchen?», fragt Richard und schlägt ein Rad. Ada und ich sitzen am Pool, und Richard trainiert Capoeira. Den Drink, den er mir gemixt hat, habe ich nicht angerührt, denn mir ist nicht nach Alkohol. Mir ist nicht einmal nach Essen, und das will was heißen. Mir ist eigentlich nur danach, in den lichtbepunkteten Himmel zu schauen.

Richard hat im Patio eine Reihe von bunten Windlichtern aufgestellt. Rot flackert es über die Steine, grün, blau und lila. Mein Herz rast noch immer, und diese Beleuchtung macht es nicht besser. Ich habe das Gefühl, unter Drogen zu stehen.

«Deine Augen strahlen so fiebrig.» Richard tänzelt direkt vor mir hin und her. «Bist du vielleicht verliebt?»

«Ist es so deutlich?»

«Man könnte dich auch einfach für sehr glücklich halten.»

«Das bin ich. Obwohl es gleichzeitig alles so furchtbar verworren ist!»

«Du hast einen ausgezeichneten Männergeschmack, Jule!»

Ich muss lachen. «Das sagst du, weil du meinem Ex-Mann noch nicht begegnet bist!»

Richard reißt sein Bein in die Höhe, was toll aussieht, ein bisschen wie bei einem Kung-Fu-Tritt. «Geschmack muss reifen. Das ist wie beim Käse und beim Wein.»

«Wir haben keine Chance, der Dolmetscher und ich.»

«Und warum nicht?»

«Weil er vergeben ist. Erstens. Und weil er zweitens zu klug ist, um sich mit einer Vorgesetzten einzulassen. Aber drittens und vor allem weil ich in zehn Tagen wieder in Deutschland bin.»

«Du könntest die zehn Tage auch anders nutzen.»

«Ach ja? Indem ich ihm sage: Wer auch immer die rassige

Latina sein mag, mit der du Umgang pflegst – mit mir wirst du die Erfüllung finden?»

«Na ja, vielleicht nicht mit diesen Wor…»

«Oder indem ich ihm sage: Ich bin übrigens gar nicht die, für die du mich hältst, und darum hänge ich den Vorstandsjob jetzt wieder an den Nagel, und wie wäre es jetzt mit ein bisschen Spaß unterm Baldachin?»

«Ja», lacht Richard und dreht sich noch einmal um sich selbst. «Wie wäre es damit?»

«Hör auf! Der Mann wird nicht mehr mit mir reden, wenn er erfährt, dass ich eine Hochstaplerin bin!»

«Das kannst du nur wissen, wenn du es ausprobiert hast.»

Ich schüttele den Kopf. Ich bin ganz gewiss nicht der Typ, der Dinge mal so eben ausprobiert, um zu gucken, wie sie wirken. Als Teenager habe ich nicht mal gekifft. Julia Meyer ist sehr diszipliniert, man kann sich immer auf sie verlassen – so stand es schon in meinen Schulzeugnissen. Allerdings hat sich meine Persönlichkeitsstruktur wohl in letzter Zeit ein bisschen verändert. Nach nur wenigen Tagen Mexiko habe ich eine latent kriminelle Energie entwickelt. Ich betrüge ein multinationales, börsennotiertes Unternehmen. Und ich habe mich in einen Wildfremden verliebt, der obendrein gebunden ist.

«Habe ich recht, oder habe ich nicht recht?», ruft Richard. «Ada! Sag doch auch mal etwas dazu!»

«Mhm.» Ada tippt wieder auf ihrem Tablet herum.

«Frauen!» Richard tippt sich an die Stirn. «Von wegen, sind ständig am Schnattern! Also, ehrlich, wer das behauptet, der hat euch beide noch nicht gesehen!»

Ich nehme jetzt doch einen Schluck von meiner Margarita. «Mir ist heute Abend eher nach Zuhören. Vielleicht könntest du uns jetzt deine Geschichte erzählen. Warum du ausgerechnet nach Mexiko gereist bist. Und wem du das versprochen hast.»

Ada hebt den Kopf und legt ihr Tablet weg. «O ja, bitte, Richard! Das würde mich auch mal interessieren!»

Richard setzt sein rechtes Bein ab und verbeugt sich leicht. «Obrigado meu mestre. Also, ich habe mal für einen Zahnarzt gearbeitet, den ich sehr mochte. Er war Mexikaner, hat mit mir Capoeira gespielt. Und das war's.»

Ada und ich sehen uns verblüfft an. «Äh, okay ...», sagt sie zögernd.

«Und das war jetzt die ganze geheimnisvolle Geschichte? Willst du uns veralbern?»

Richard lächelt. «Euch beide? Ganz bestimmt nicht.»

«Sagt man Capoeira *spielen*?» Ada runzelt die Stirn. «Ist das nicht ein Kampfsport?»

«Es ist eine Mischung aus Tanz und Kampfsport. Den haben sich afrikanische Sklaven in Brasilien ausgedacht. Sie sehen aus, als ob sie tanzen würden, seht ihr, so!» Er macht ein paar wiegende Schritte mit gebeugten Knien. «Aber eigentlich kämpfen sie.»

«Und du hast das richtig gelernt?»

Diesmal wirkt Richards Lächeln gequält. «Smalltown boy», sagt er und hebt die Schultern. «Schulzeit war nicht immer ganz leicht für mich. Brauchte irgendwas, womit ich mich verteidigen konnte. Und worin ich gut sein kann.»

«Also, für mich sieht es aus, als ob du sehr gut darin wärest!»

Richard sieht ehrlich erfreut aus. «Wirklich? Aber du hast mich noch gar nicht richtig in Aktion gesehen!»

«Ich sehe dich immer in Aktion! Salsa, Golf, Capoeira ...»

«Tango kann ich ja auch», fügt Richard hinzu. «Und Zahnarzthelferei!»

«Gut, ich hoffe, dass ich dich dabei *nicht* in Aktion sehen muss. Ich hasse es, wenn man mir im Mund herumfuhrwerkt.»

«Ich auch», stimmt Ada zu.

«Mädels, aber doch nicht, wenn *ich* das mache!», strahlt Richard. «Wenn ich dabei bin, wird es euch ein Vergnügen sein!»

«Das glaube ich dir gern, Richard. Auf die Erfahrung habe ich trotzdem wenig Lust.»

«Und wieso hat dein mexikanischer Chef Capoeira gespielt?», fragt Ada. «Wo das doch ein brasilianischer Volkssport ist.»

«Ja, bin ich Brasilianer?», fragt Richard zurück.

«Okay, der Punkt geht an dich. Und was war das nun für ein Versprechen, von dem du die ganze Zeit geredet hast?», will ich wissen.

«Ein Versprechen, das ich Antonio geben musste. Er wollte, dass ich nach Mexiko reise, um mir das Land seiner Eltern anzusehen.»

«Wollte? Vergangenheit?»

«Antonio ist tot. Aber ich möchte nicht darüber reden», sagt Richard und dreht sich rasch zur Seite. «Jetzt jedenfalls nicht. Ein anderes Mal.»

«Das tut mir sehr leid», sage ich leise. «Ihr standet euch … sehr nah?»

Richard hält sein Gesicht weiterhin abgewendet. «Er war der beste Chef, den ich je hatte. Grundgütig, loyal seinen Mitarbeitern gegenüber, sehr respektvoll – die Art Chef eben, die es nur selten gibt.»

Ada sieht mich an. «Das sagen sie bei BRIS über Jule auch.»

Richard lächelt. «Das kann ich mir vorstellen. Jule ist ja auch ein besonderer Mensch.»

«Nein, nein», wehre ich ab. «Das ist sehr lieb, dass ihr das sagt, aber ich mache ja gar nichts. Ich habe ja noch nicht mal die entfernteste Ahnung von dem Job!»

«Na ja, das würde ich so nicht sagen», lächelt Ada. «Aber es kann sicher nicht schaden, wenn du dich noch weiter einarbeitest. Hier.» Sie reicht mir ihr Tablet. «Ich habe dir eine Themenmappe zusammengestellt. Lies sie dir doch mal durch.»

Ich klicke mich durch die Artikel. «Die Top-Ten-Manager – Persönlichkeiten, die man sich merken sollte.» – «Fehler, die sich kein Vorstand leisten kann.» – «Der tiefe Fall des Herrn M.»

Ich hebe eine Augenbraue. «Meinst du, dass es sich lohnt für die eine Woche, die ich noch hier bin?»

«Wissen lohnt sich immer», lächelt sie.

Ich sehe sie an, wie sie da im Schneidersitz auf ihrem Liegestuhl sitzt, die dünnen braunen Haare hinter die Ohren geschoben, die Augen, die im rötlichen Schein so leuchten. Sie ist hübsch, stelle ich fest, auf eine elfenhafte und zugleich koboldartige Weise. Seltsam, dass mir das vorher noch nicht aufgefallen ist.

Ich bedanke mich bei ihr, woraufhin ihr Gesicht aufleuchtet. «Aber das habe ich doch gern getan.»

Während ich noch einen kräftigen Schluck von meiner Margarita nehme, beschließe ich, mich zunächst einmal mit dem Schicksal des armen Herrn M. zu beschäftigen. Auch mir droht ja ein tiefer Fall, zumindest wenn ich so dumm sein sollte, nicht in den Flieger zu steigen, der mich demnächst wieder nach Hause bringen wird. Herr M. war aber fast noch dümmer, denn er hat ganz schön mit Zahlen geschummelt, und zwar zu seinen Gunsten. Ob die hübschen Wohnsitze an der Azurküste und im zisalpinen Mittelgebirgsraum diesen Zahlentricksereien entstammen oder ob er sie mit seinen phantastischen Boni finanzieren konnte, wird mir bei der Lektüre nicht so recht klar. So oder so: Hut ab! Mein eigener Betrug wirkt dagegen fast harmlos, finde ich, während ich einen weiteren Schluck nehme. Gut, sich für jemand anderen auszugeben ist vielleicht nicht das, was man im Knigge-Benimmkurs lernt. Aber verglichen damit, anderen Menschen Millionenbeträge abzuknöpfen, klingt es irgendwie okay.

«Jetzt geht es mir besser!» Ich nehme noch einen kräftigen Schluck.

«Das sollte es dir auch, Süße.» Richard schlägt mehrere Räder hintereinander. «Ich habe schließlich ordentlich Tequila hineingetan.»

«Nein, nicht deswegen.» Ich stelle das Glas ab. Das Letzte, was ich morgen gebrauchen kann, ist ein Kater. Ich will fit sein, wenn ich mit Carlos nach Cancún fliege. «Ich freue mich bloß darüber, was für eine nette, ehrliche Haut ich bin. So im Vergleich zu Herrn M.»

«Süße, du bist die Allerbeste! Übrigens habe ich deine Facebook-Seite geliked!»

«Oh, das ist schon wieder eine Verwechslung. Ich habe ja nur ein Facebook-Profil!»

«Ja, dein Facebook-Profil kenne ich. Wir sind Freunde, schon vergessen? Aber jetzt hast du ja auch eine Seite.»

«Habe ich für dich erstellt», lächelt Ada. «Julia Meyer bei BRIS. Viele CEOs haben einen Auftritt bei Facebook. Es wirkt irgendwie komisch, wenn ausgerechnet du den nicht hast.»

Ich sehe zu Richard hinüber, der jetzt Liegestütze macht.

«Wenn du meinst ...?» Ich bin etwas skeptisch. Meiner Ansicht nach geraten die Dinge hier langsam außer Kontrolle. Eigentlich hatte ich gehofft, diese Sache in Mexiko einigermaßen unbemerkt zu überstehen. Und jetzt bin ich dank einer

Facebook-Seite präsenter denn je. «Aber ist es nicht peinlich, wenn nur du und Richard die Seite mit *Gefällt mir* markieren?»

Ada kichert. «Nee, da sind ja noch ein paar andere, denen die Seite gefällt.»

«Noch ein paar andere? Wie viele denn?»

«Eintausenddreihundertzweiundzwanzig.»

«Das ist nicht dein Ernst!!»

«Doch. Schau mal!» Ada nimmt ihr Tablet wieder zur Hand und tippt darauf herum. «Ach nein. Knapp eintausendsiebenhundert sind es jetzt schon.»

«Mein Gott, wer sind denn all diese Leute?»

«Angestellte bei BRIS. Menschen, die etwas von BRIS wollen. Ein paar hundert Vegetarier, die dir dankbar sind. Und Männer, denen dein Profilbild gefällt.»

«Was für ein …?»

«Ein ganz phantastisches Profilbild!» Ada schiebt sich lachend eine Strähne hinters Ohr. «Hier, schau!»

«Oh.» Das Bild einer Frau springt mir entgegen. Bin ich das? Ja, ganz unzweifelhaft, ich erkenne mein Kleid und die Ukulele in meiner Hand. Aber dieser Gesichtsausdruck – so habe ich mich in meinem ganzen Leben noch nicht gesehen! Ich strahle auf dem Bild wie tausend Sonnen! Ich sehe so glücklich aus! Und außerdem ziemlich verwegen und wild. «Woher …» Ich blicke verwirrt auf. «Wann hast du dieses Bild aufgenommen?»

«An unserem ersten Tag hier auf der Hacienda. Als du plötzlich losgelaufen bist, um deine Ukulele zu holen.»

«Oh, und … was schreibst du so auf meiner Seite?»

«Ich beschreibe deine ersten Eindrücke am neuen Arbeitsplatz, und ich lobe die Kollegen.»

«Die neue IT-Abteilung ist ein Traum», lese ich vor. «Ich

habe selten ein so kompetentes und schnell arbeitendes Team erlebt.»

Ada wird ein bisschen rot. «Na ja, wir haben uns doch vorgenommen, dass wir ein bisschen stolz auf das sein wollen, was wir leisten. Und dass wir unser Licht nicht mehr so unter den, äh … findest du das doof?»

«Nein.» Ich sehe gerade noch Adas überraschtes Gesicht, als ich sie in die Arme schließe. «Ich finde es klasse, was du getan hast! Und dein Team ist wirklich super! Als heute Vormittag das System zusammenbrach, habt ihr alles gegeben, um es wieder zum Laufen zu bringen. Eine Viertelstunde später lief alles wieder wie geschmiert.»

«Aber das war doch gar nichts.» Nun wird Ada noch dunkler im Gesicht.

«Und ob es das war! Was meinst du, wie die IT-Leute bei uns in der Agentur in Hamburg arbeiten! Wenn da mal was zusammenbricht, kann man Urlaub einreichen, so lange dauert das.»

Das seltsame Gefühl von vorhin ist verflogen. Ich fühle mich jetzt vollkommen wach. Zwar bin ich mir immer noch nicht so sicher, ob es eine gute Idee war, mein Dasein so öffentlich zu zeigen – aber was zum Teufel! Man ist ja nur einmal mitteljung! Flüchtig überlege ich, ob Carlos meine Seite schon entdeckt hat und ob sie ihm ebenfalls gefällt. Aber ich versuche den Gedanken so schnell wie möglich beiseitezuschieben.

«Du, Ada», sage ich. «Ich brauche noch mal deine Hilfe. Es geht um diesen Kellermann. Also, ich weiß jetzt, dass er und die echte … also, die *andere* Julia Meyer sich schon einmal vor langer Zeit begegnet sind. Aber irgendwas muss da vorgefallen sein. Meinst du, wir könnten herausfinden, was?»

«Das kann ich dir nicht versprechen.» Adas Augen sind

riesig im Schein der Poolbeleuchtung. «Aber ich werde es probieren!»

«Hast du schon wieder eine Idee?», fragt Richard und lässt sich endlich neben uns auf das Outdoorsofa fallen.

«Ja. Ich möchte gern ein Firmenorchester gründen. Dann könnte ich mehr Musik machen statt immer nur mit den anderen Vorständen Schwätzchen zu halten. Und fürs Betriebsklima wäre das bestimmt auch ganz toll! Aber um eine Idee durchzusetzen, muss ich wieder mit Kellermann sprechen. Und dafür wiederum müsste ich wissen, warum er immer so wütend auf mich ist. Beziehungsweise auf meine Namensvetterin.»

«Firmenorchester – das klingt nach einer Sache, die du nicht mal eben so in einer Woche anregen und umsetzen kannst», sagt Ada leise.

«Ja, da ist in der Tat Druck dahinter. Deshalb muss ich ja auch Kellermann so schnell wie möglich überzeugen! Und dafür wiederum müsste ich wissen, was zwischen ihm und Julia Meyer damals geschehen ist!»

«Bist du sicher, Schätzchen, dass du nicht vielleicht doch länger als eine Woche hierbleiben möchtest?»

«Ja, *natürlich* bin ich das!» Ich nehme einen großen Schluck aus meinem Glas. Verflixt, natürlich bin ich das *nicht*! Ich will hierbleiben, hier bei Ada und Richard, ich will diesen Job weitermachen, ich habe tausend Ideen dafür ... Ich möchte in der Nähe von Carlos bleiben ... Jeden Tag in seine blauen Augen blicken und sein strahlendes Lächeln erwidern ... Ich will Mérida kennenlernen, den Ort, an dem ich jetzt wohne und den ich immer noch nicht besichtigen konnte, weil ich ja immerzu arbeite ... Ich will das Unternehmen zu einem besseren Ort machen, ich liebe es, Ideen zu entwickeln und meine Mitarbeiter zu motivieren … Ich will nach Hause kommen und am Pool sitzen, den Duft von Jasminblüten einatmen, einen Drink in der Hand.

Und ich habe nicht die geringste Lust, in mein altes Leben zurückzukehren.

Ein flüchtiger Gedanke an Lotte und Louis streift mich. Und mit ihm die altbekannte Traurigkeit. Die beiden haben sich noch kein einziges Mal bei mir gemeldet. Dabei ist vor allem Louis ja gar nicht so weit weg. Nun gut, die beiden führen jetzt ihr eigenes Leben, so wie alle anderen um mich herum. Nur ich bin, abgesehen von dieser Woche in Mexiko, leer.

Auf einmal spüre ich Adas Hand auf meinem Arm. «Vielleicht überlegst du es dir noch einmal?», fragt sie leise. «Das mit der Abreise in einer Woche? Ich weiß, es klingt komisch, weil … wir uns ja noch nicht so lange kennen.» Sie sieht mir direkt in die Augen. «Aber du würdest mir fehlen.»

Die Sonne malt erste orangefarbene Schleier auf die Wolken, während wir im Hubschrauber auf Cancún zufliegen. Die Stadt ist ein viele Kilometer langes Betongebirge, das sich wie ein Flaschenhals in die Lagune hineinstülpt und dessen Gebäude in den seltsamsten Formen aufragen. Unter uns taucht ein Gebilde auf, das wie eine Pyramide aussieht. Funkelnde Lichter erhellen es. «Was ist denn das da für eine Pharaonen-Disco?», frage ich Carlos über das Kopfhörer-Mikrophon-Set.

In seiner Wange blitzt das Grübchen. «Das ist der perverse Traum eines US-amerikanischen Architekten. Diese Stadt wurde allein für die Gringos gemacht. Was Las Vegas in der Wüste ist, das ist Cancún im mexikanischen Dschungel, ein menschlicher Triumph über die Natur. Sehen Sie da die Ansammlung der weißen Häuser? Da hat jemand versucht, Andalusien nachzubilden. Und das dahinten soll eine Luxuslodge in einer afrikanischen Steppe darstellen. Die Kellner bedienen einen mit Tropenhelmen, und in der überdachten Schießhalle kann man mit Luftgewehren sehr echt aussehende Löwen und Elefanten abknallen.»

«Also, *mein* Geschmack ist das nicht», platze ich heraus, während ich die unterschiedlich geformten Dächer und Terrassen unter mir betrachte.

«Meiner auch nicht. Wobei ich Cancún immer noch viel lieber mag als Las Vegas.» Er lenkt den Hubschrauber in einem Bogen, bei dem sich mir der Magen umstülpt. «Hoppla, Verzeihung. Wie ist es bei Ihnen?»

«Also, noch muss ich mich nicht übergeben.»

Carlos lacht. «Ist das Ihr Kommentar zu meinen Flugkünsten oder zu Cancún?»

«Cancún», lüge ich.

«Waren Sie schon einmal in Las Vegas?»

Eine sehr gute Frage, die natürlich meiner Namensvetterin gilt. Ich war selbstredend noch nicht da. Wie auch, bei andauernder Ostsee-Zwangsbereisung und anschließendem Geldmangel?

Ich gebe meinem Ton wieder etwas Geschäftsmäßiges. «Nach Las Vegas hat mich bislang noch kein Auftrag geführt.»

Er wirft mir einen Seitenblick zu. «Na ja, es könnte ja sein, dass Sie irgendwo auch mal zum Spaß hinfahren.»

Ich schüttele den Kopf. Wie würde jetzt wohl meine Namensvetterin antworten? «Spaß – also, nein. So etwas mache ich nicht.»

«Und Humor haben Sie auch», lacht Carlos, während er auf den tiefblauen Ozean zufliegt, um sodann auf dem Dach eines

Gebäudes zu landen, das aussieht wie das Schloss von Versailles. «Aber manchmal verunsichern Sie mich auch.»

«Ich *Sie*?», frage ich ungläubig.

«Ja. Weil ich nie weiß, wann Sie mich veralbern und wann nicht.»

«Ich würde Sie *niemals* veralbern!», sage ich im Brustton der Überzeugung.

«Sehen Sie», lächelt er, als der Hubschrauber sicher gelandet ist. «Jetzt haben Sie es schon wieder getan!»

Wir sind unterwegs zur Pressekonferenz des Salón Náutico von Cancún, der großen Bootsmesse. Hier soll ich internationale Journalisten und Yachtbroker treffen und Kontakt zu einem schwierigen Kunden aufnehmen. Außerdem hat Carmen mir geraten, mir die Yacht anzusehen, die sich mein Vorgänger gekauft hat. Er möchte sie nämlich gern wieder loswerden, und zwar gern an mich. Der gute Mann weilt derzeit in Peking, wo er sein Bötchen logischerweise nicht nutzen kann.

Ich hole den Folder aus meiner Umhängetasche, um einen letzten Blick auf die Liste der Namen zu werfen, die Carmen mir mitgegeben hat.

«Hat Ihre Assistentin Ihnen noch immer keinen Aktenkoffer besorgt?», fragt Carlos mit einem Blick auf meine leicht zerfranste Tasche.

«Sie wollte, aber ich habe ihr gesagt, dass sie sich die Mühe sparen soll.» Mein Herz klopft schneller, als er beim Gehen versehentlich meinen Arm berührt. «Ich mag meine Umhängetasche. Außerdem finde ich, dass die Zeiten vorbei sind, in denen Manager … verschwenderisch mit Geldern des Konzerns umgehen.»

Carlos zieht unmerklich eine Braue in die Höhe, und ich kann seine Gedanken förmlich hören: Sagt die Frau, die auf einer Hacienda von den Ausmaßen eines Zwergstaates lebt.

«Ja, und weil ich doch schon auf einer so teuren Hacienda lebe ...», fahre ich hastig fort, verstumme aber plötzlich, weil mir aufgeht, dass ich das Ende des Satzes nicht weiß.

«... wollten Sie bei der Aktentasche sparen», nickt Carlos ernsthaft. «Das kann ich verstehen.»

«Oh, jetzt sind Sie es, der mich veralbert!»

Carlos lacht so herzlich, dass das Grübchen in seiner Wange wieder aufblitzt. «Touché.»

Mir wird auf einmal sehr heiß. O Gott, flirten wir etwa? Das darf ich mit Sicherheit nicht tun. Ich habe zwar Julia Meyers Arbeitsvertrag nicht ganz durchgelesen (mein Alkoholpegel war noch recht hoch, als Carmen ihn mir aushändigte), aber ich bin sicher, dass zärtliche Gefühle für den Dolmetscher nicht vereinbar sind mit der Arbeit eines Vorstands. Zwar haben sich schon unzählige männliche Chefs Liebesgeschichten geleistet, aber für Männer gelten andere Gesetze. Nicht, dass ich genau wüsste, was Frauen in höheren Position beachten müssen, aber ich kann mir vorstellen, dass sie irgendwie langweiliger leben sollten als Männer in ihrem Segment.

«Humpeln Sie?», fragt mich Carlos plötzlich.

«O ja, aber nur ganz leicht. Die Folgen eines Unfalls – liegt schon ein Jahr zurück, aber wenn ich gestresst bin, spüre ich manchmal noch den Schmerz.»

«Sie sind – gestresst?» In seinen Augen liegt blankes Erstaunen.

«Na ja, es sind halt viele Termine heute ...» Ich beiße mir auf die Lippen. «Nicht, dass das etwas Besonderes wäre, aber ... außerdem habe ich heute erfahren, dass ...» Denk nach, Jule, denk nach! Was hast du heute erfahren? «Ich will Sie nicht mit meinen Problemen belästigen. Ich … oh!» Vor Schreck reiße ich Carlos am Ärmel. Vor uns, am Eingang zum Yachthafen, steht das Frollein-Salon-Orchester. Die Geigen, in schimmerndem Blond und Leuchtendrot, unterhalten sich miteinander, während die dicke Pianistin im Schatten lehnt und sich Luft zufächelt. Plötzlich sehe ich die Bratsche, die mich über ihre Brille hinweg mustert. Das Erkennen dauert nur einen Sekundenbruchteil. Und dann kommt Bewegung in sie.

9. Kapitel

Bevor ich weiß, was ich tue, reiße ich Carlos, den ich immer noch am Ärmel festhalte, mit mir davon.

«Wir müssen uns gar nicht so beeilen, unser Termin ist erst in dreißig Minuten», hat er noch Zeit zu sagen, und schon bin ich mit ihm um die Ecke geflitzt. Wohin nun? Dieser Yachthafen ist schrecklich übersichtlich. Ein langer Steg ragt ins Wasser hinein. Also darauf schon mal nicht. Ich drehe mich um. O Himmel, Maria und Josef! Die Bratsche läuft hinter uns her! «Hey!», ruft sie. «Bleib sofort stehen!»

Carlos läuft neben mir einen lockeren Schritt, der sehr elegant aussieht. Vermutlich joggt er jeden Morgen. «Frau Meyer?», fragt er. «Kennen Sie diese Frau?»

«Welche Frau?», keuche ich. Die Pumps, die ich trage, sind nicht gerade Laufschuhe, der Kostümrock, den mir Richard gekauft hat, ist zu eng, um große Schritte zu machen, und mein letztes Lauftraining liegt auch schon länger zurück. Und zu allem Überfluss schmerzen meine Knie.

«Na, die Frau mit dieser seltsamen Brille, die uns verfolgt!»

«Ach so, *die* Frau meinen Sie! Nein, die verfolgt doch nicht uns!»

«Julia Meyer!», höre ich die Bratsche jetzt hinter mir brüllen. «Du sollst stehen bleiben, habe ich gesagt!!!»

«Jetzt habe ich aber doch den Eindruck.» Carlos beschleunigt seine Schritte. «Zumindest kennt sie Ihren Namen.»

«Das ist doch ein Allerweltsname», hechele ich.

So. Wohin jetzt, zum Teufel? Vielleicht da vorne zum Piratenschiff? Eine Gruppe von Männern mit weißen Rüschenhemden über imposant trainierten Brustmuskeln stehen davor und schwingen die Säbel. Einer der Männer, ein zotteliges Wesen mit Augenklappe, spuckt und flucht dabei so laut, dass die Touristen, die sich um ihn geschart haben, vor ihm zurückweichen. Definitiv weniger furchterregend als die wutschnaubende Bratsche hinter uns.

«Bleib stehen! Julia Meyer!!! Oh, wenn ich dich zu fassen kriege!!!»

«Okay, sie meint *doch* mich», sage ich hastig, nehme Carlos kurz entschlossen an die Hand und ziehe ihn über die Gangway. «Eine längere Geschichte, werde ich Ihnen gleich erklären. Wir haben noch dreißig Minuten, sagen Sie? Na, dann sollten wir die Zeit nutzen, und ich erzähle Ihnen alles bei einer Piratentour!»

Leider dauert der Trip eine Dreiviertelstunde, stelle ich fest, während ich für uns beide bezahle. Egal, einem CEO darf schon mal ein wichtiger Termin dazwischenkommen, überlege ich, während mir ein weibliches Wesen mit gutgepolsterten Brüsten in einem zerschlissenen Mieder ein Glas

Rum einschenkt. Ich kippe es auf ex, während Carlos seine Erfrischung ablehnt. Wir sind in einer Gruppe fröhlicher amerikanischer Touristen eingekeilt. Jetzt setzt sich das Segelschiff in Bewegung. Sofort findet die erste öffentliche Auspeitschung statt. Ich hoffe von Herzen, dass wir nicht auf so einer Art schwimmendem Sadomaso-Bottich gelandet sind, aber was auch immer in den nächsten fünfundvierzig Minuten passieren wird – die Bratsche ist zumindest nicht dabei.

«Die Frau ruft immer noch nach Ihnen», stellt Carlos mit Blick auf den Bootssteg fest.

«Ja, sie ist eine fürchterliche Klette», seufze ich und greife nach dem nächsten Glas Rum, das uns gereicht wird. «In meinem alten Unternehmen hat sie mich gestalkt.»

«Wirklich?», fragt Carlos und lehnt sich an die Reling. Falls es eine Steigerung von *attraktiv* gibt, jetzt hat er sie erreicht. Seine Augen sind türkisfarben, exakt die Farbe der Lagune, der oberste Knopf seines schwarzen Hemdes hat sich gelöst, sodass ich eine Spur dunkler Haare auf seiner braun gebrannten Brust erkenne, und die Zähne, die er bei seinem Lächeln entblößt, sind strahlend weiß.

«Ja, wirklich. Und ich weiß, wir hätten eben die Polizei rufen sollen, ich bin sicher, die macht in Ihrem Land mit solchen Leuten kurzen Prozess, aber diese Frau versetzt mich immer noch in Angst und Schrecken. Wenn ich sie sehe, dann weiß ich einfach nicht, was ich machen soll!»

Nun ist Carlos' Lächeln verschwunden. Stattdessen sieht er mich aufmerksam, ja sogar mitfühlend an. «Ist das auch der Grund, warum Sie vorhin so nervös waren? Weil sich diese Frau wieder bei Ihnen gemeldet hat? Haben Sie befürchtet, dass sie Sie hier findet?»

Ich schließe kurz die Augen. Es gefällt mir überhaupt nicht, ihn anzulügen, aber ich habe keine andere Wahl. «Ehrlich gesagt, ja.»

«War sie eine Mitarbeiterin in Ihrem früheren Unternehmen?» Carlos weicht knapp einem Piraten aus, der sich mit Schwung von einem der Masten herabseilt.

«Ja, sie war dort ...» Denken, Jule, denken! Die Angst hat kurzzeitig mein Gedächtnis gelöscht. Ich könnte im Moment nicht einmal sagen, in welchem Unternehmen meine Namensvetterin vor BRIS gearbeitet hat, dabei hatte ich doch ihren Lebenslauf auswendig gelernt. Und was verdammt könnte die Bratsche dort möglicherweise gewesen sein? «Die Frau war ... Musikerin.»

«Die deutsche Telekom beschäftigt Musiker?» Carlos wirkt verblüfft.

Richtig, die deutsche Telekom, dort hat Julia Meyer zuletzt gearbeitet. «Ja, äh ... für die ... Klingeltöne. Und so ...»

«Und ich hatte mich schon gewundert, warum die Frau einen Bratschenkasten mit sich herumgetragen hat beim Laufen», lächelt er.

«Sie können einen Bratschen- von einem Geigenkasten unterscheiden?», frage ich beeindruckt.

«Ja», lächelt Carlos. «Ich bin ebenfalls Musiker. Ich spiele Bajo Sexto, mexikanische Bassgitarre.»

Oh. Mein. Gott. Ich umklammere die Reling. Ein Musiker, auch das noch! Dieser Mann ist einfach zu perfekt, um wahr zu sein! «Spielen Sie in einer Band?»

«Ja, in einer Soulband.»

«Soul? Mit einem Bajo Sexto?» Ich strahle ihn an. «Das ist aber echt kreativ!»

Er lacht. «Freut mich, dass Sie das so sehen. Die meisten reagieren mit Unverständnis. Bajo Sexto ist ein Instrument für Folklore und Tex-Mex-Musik, heißt es immer …»

«Nee, Bajo Sexto ist für alles Mögliche gut, zum Beispiel auch für Rock!»

«So etwas wissen Sie?», lacht er.

«Na klar. Wie heißt der Typ noch mal, der Bajo Sexto für die Rolling Stones gespielt hat?»

«Max Baca. Woher kennen Sie den denn?» Er runzelt die Stirn.

«Na, ich habe doch Musik stu… äh, Stube. In meiner Stube daheim, da habe ich früher immer Rockmusik, äh, aufgelegt.» Das Blut schießt mir in die Wangen, aber ich lächele tapfer weiter.

Carlos lacht, dass die Zahnlücke aufblitzt. «Ich habe in meiner Stube früher auch Rockmusik aufgelegt. Sehr zum Ärger meiner Mutter.»

«So war es bei mir auch!» Vor Aufregung hüpfe ich auf und nieder. «Meine Mutter hat es auch geärgert! Und meinen Vater! Und alle meine Schwestern!» Tatsächlich war ich die Einzige in meiner Familie, die auch Popmusik gehört hat, Soul, Disco, Rock, Funk. Kein Wunder, dass nichts aus mir geworden ist. «Ja, und Soul? Warum spielen Sie ausgerechnet Soul?», frage ich ihn.

«Na, weil es in die Beine geht und die Menschen glücklich macht, die meisten jedenfalls», erklärt er, als wäre es das Selbstverständlichste von der Welt. «Wir treten übrigens demnächst in Mérida auf.»

«Oh, das würde ich mir wahnsinnig gern anhören!», rufe ich begeistert. Der Rum tut seine Wirkung. Außerdem finde ich es aufregend, mit Carlos über Musik zu reden und dabei in seine Augen zu sehen, in denen sich das türkisblaue Wasser spiegelt. Über uns bauscht der Wind die Segel. Die Wellen werfen schäumende Krönchen über das Wasser, die Touristen lachen, ein bunt gefiederter Papagei flattert mir um die Ohren, und auf einmal singen die Piraten ein Lied.

Ich schließe die Augen und spüre die Sonne im Gesicht. Das muss Glück sein. Das, was ich mein halbes Leben lang vermisst habe. Noch eine Woche, dann werde ich nach Deutschland zurückkehren. Ich werde wieder allein sein, tagsüber werde ich Statistiken ordnen, Reden für den Chef schreiben, mit Sabine Knopfler aus der Buchhaltung in die Mittagspause gehen. Aber ich werde das hier erlebt haben. Das pure Glück.

«Wann genau treten Sie auf?» Ich öffne die Augen wieder und drehe mich zu ihm um.

«In zwei Wochen. Sind Sie sicher, dass Sie sich das Konzert anhören wollen?» Seine Augen leuchten, und er lächelt. «Wenn Sie kämen – ich würde mich wahnsinnig darüber freuen!»

«Ich mich auch», höre ich mich sagen, und das ist ja nicht gelogen. Ich würde wirklich wahnsinnig gern. Nur bin ich dann schon wieder in Hamburg. Ich seufze, während ich an den Rückflug mit der Bratsche und den anderen denke. Sie werden mich mit Vorwürfen überschütten, ja vielleicht sogar verklagen wegen Vertragsbruch.

«Wir sollten dennoch Strafanzeige erstatten», durchbricht Carlos meine Gedanken. «Diese Frau darf Sie nicht mehr verfolgen. Wenn Sie wollen, helfe ich Ihnen dabei.»

«Das ist nicht nötig», sage ich, während ich beobachte, wie ein Pirat einem anderen die Leinen zuwirft. Wir sind ins Hafenbecken zurückgekehrt. Sofern ich das von meinem Platz an der Reling aus sehen kann, ist die Bratsche verschwunden. Ich nehme an, dass das Frollein-Salon-Orchester hier irgendwo einen Auftritt hatte.

«Tut mir leid, dass ich eben so die Nerven verloren habe», sage ich und ziehe meine Kostümjacke wieder an.

Carlos schüttelt den Kopf. «Das muss Ihnen nicht leidtun. Ich kann Sie gut verstehen.» Sein Handy klingelt. Er holt es aus der Tasche und blickt auf das Display. Augenblicklich erhellen sich seine Züge. «Dauert nur einen Moment», flüstert er mir zu.

«Hola querida!», höre ich ihn sagen, als er abnimmt. Dann spricht er in rasendem Spanisch weiter, und ich verstehe kein Wort.

Querida also, die Geliebte. Ich sehe die junge Frau mit den seidigen Haaren so deutlich vor mir, als stünde sie hier am Kai. Ihr hübsches, strahlendes Gesicht, den Hüftschwung, als Carlos sie drehte. Die Eifersucht schießt mir so heftig ins Herz, dass es weh tut. Ich kralle meine Finger in den weichen Stoff der Umhängetasche und versuche zu atmen. Zwischen Carlos und mir hat es nichts gegeben, und es wird auch nichts geben. Warum fühle ich mich trotzdem so enttäuscht?

«Entschuldigen Sie bitte», sagt er, während wir mehrere Minuten später an Land zurück sind und den Weg zur Pressekonferenz einschlagen. «Aber ich war ein bisschen beunruhigt, weil sich meine Kleine nicht mehr gemeldet hatte nach ihrem Abflug. Aber jetzt ist alles okay.»

Ich stutze. Irgendwie hätte ich mir Carlos nicht als jemanden vorgestellt, der seine Freundin als «Kleine» bezeichnet, schon gar nicht in Gegenwart einer Vorgesetzten. Aber gut, hier in Mexiko sind die Beziehungen zwischen Männern und Frauen sicher etwas patriarchalischer.

«Wohin ist sie denn geflogen?», frage ich und beglückwünsche mich zu dem neutralen Tonfall.

«Nach Costa Rica. Sie arbeitet in San José.»

«Oh, dann müssen Sie eine Fernbeziehung führen?»

Carlos runzelt die Brauen. «Fernbeziehung? Diesen Ausdruck würde ich in diesem Zusammenhang nicht benutzen. Aber das liegt vermutlich an meinem Deutsch.»

«Nein, Ihr Deutsch ist hervorragend», lächele ich ihn an. Unglaublich, wie sehr ich mich verstellen kann! Meine Stimme klingt fast normal, und auch das Lächeln bekomme ich ohne ein Zittern zustande. So ein bisschen Bühnenerfahrung hilft doch ungemein.

Carlos lächelt unsicher zurück. «Sie wissen, dass ich über meine Tochter spreche? Die ich heute früh zum Flughafen gebracht habe? Carmen hat Ihnen sicherlich ausgerichtet, dass ich befürchten musste, mich ein paar Minuten zu verspäten?»

«Sie haben über ihre … Tochter gesprochen?», frage ich verblüfft. Wenn es jemanden gibt, den ich mir nicht dabei vorstellen kann, wie er ein anderes Wesen mit einem Turnbeutel in die Schule schickt (oder nach Costa Rica), dann ist es dieser elegante Mann an meiner Seite. Gleichzeitig wird mir bewusst, dass die Sache mit ihm noch viel hoffnungsloser ist, als ich es mir vorgestellt hatte. Er ist verheiratet, er hat eine Tochter, er ist ein Familienmann!

«Ja», lacht er. «Ciara hat gerade einen Bauauftrag in San José ergattert. Sie ist Ingenieurin, und wenn ich das mal als Vater so bescheiden sagen darf, sie ist ziemlich gut!»

In diesem Moment passiert etwas. Wäre es nicht sowieso permanent über siebenunddreißig Grad im Schatten, würde ich sagen, das Eis sei gebrochen. Ich spüre auf einmal eine große Vertrautheit zu diesem Mann. Nicht nur weil wir uns in der letzten Dreiviertelstunde reichlich viel Persönliches anvertraut haben (gut, meins war großenteils gelogen, aber dennoch), sondern weil mir bewusst wird, dass Carlos ebenso wie ich ein erwachsenes Kind hat. Und er spricht mit so viel Liebe über diese Tochter, dass ich ihm am liebsten einen Kuss auf die Wange drücken würde. Und ihn ausfragen natürlich: Wie war es für dich, als sie ausgezogen ist? Ist es dir auch so schwergefallen? Doch alles, was ich sagen kann, ist: «Du hast … Entschuldigung! Sie! Haben schon ein so großes Kind?!»

«Ja», nickt er. «Mein Ein und Alles. Ich habe gelitten wie ein Hund, als sie vor zwei Jahren ausgezogen ist!»

Ich beiße mir auf die Lippen, um nicht laut loszuschreien: Das kenne ich! Ich habe auch zwei Kinder! Und ich habe auch gelitten! Sie sind so toll! Und jetzt brauchen sie mich nicht mehr!

Aber alles, was ich sagen kann, ist: «Und Ihre Frau? Hat sie … auch gelitten?»

Carlos blickt weg. «Ich habe Ciara allein großgezogen. Meine Ex-Frau, Ciaras Mutter, hat uns verlassen, da war Ciara vier.»

Also, das wirft jetzt wirklich eine ungeheure Zahl von Fragen auf. Erst einmal: Wie kann man einen Mann wie Carlos verlassen? Wie?! Und dann: Wie alt ist dieser Mann eigentlich? Ich hätte ihn auf Ende dreißig geschätzt. Und wie kann er dann eine Tochter haben, die schon Ingenieurin ist?

Am allerliebsten aber würde ich ihm sagen, dass mein Sohn ebenfalls in San José, Costa Rica, lebt. Aber das kann ich nicht. Meine Namensvetterin hat keine Kinder. Das Thema ist also tabu.

Die Pressekonferenz ist in vollem Gang, als wir uns ihr nähern. Gläserklirren, Gelächter und Musik wehen herüber, als wir um die Ecke biegen. Das Meer glitzert grün und blau in der Sonne, und eine ganze Flotte von strahlend weißen Schiffen dümpelt darauf herum. Der Bootssteg ist mit rotem Teppich ausgelegt, und auf diesem Steg stehen lauter gut angezogene Menschen herum. Mit ein bisschen Glück habe ich die langweiligen Ansprachen verpasst.

«Oh, es ist schon happy hour», nickt Carlos in Richtung eines riesigen Buffets, das unter einem weißen Zelt aufgebaut ist.

«Very happy hour indeed!», lache ich, als mir eine Hostess mit freundlichem Lächeln ein Glas Champagner reicht. Aber dann denke ich kurz nach und stelle das Glas wieder ab. Alkohol führt mitunter bei mir dazu, dass ich ein bisschen *zu* fröhlich werde.

Den Yachtenbroker erkenne ich daran, dass er genauso russisch aussieht, wie ich ihn mir vorgestellt habe: weißer Anzug, dunkle Sonnenbrille, goldfunkelnde Armbanduhr und als weitere Accessoires zwei Bodyguards, die mit gespreizten Beinen und vor der Brust verschränkten Armen neben ihm stehen. Er unterhält sich mit einer Gruppe von Männern, die mir vage bekannt vorkommen.

«Die BRIS-Bereichsgruppe Yachten», flüstert Carlos mir zu, der mein Zögern bemerkt.

«Wer von denen ist der Bereichsleiter?», frage ich Carlos, während ich die Gruppe mustere. Die fünf Männer sehen sich für meinen Geschmack etwas zu ähnlich: klein, dunkle, kurze Haare, schwarze Anzüge.

«Señor García ist der Zweite von rechts», gibt Carlos leise zurück. «Man kann ihn tatsächlich schlecht von den anderen unterscheiden.» Er beugt sich verschwörerisch zu mir herunter. «Bei uns im Unternehmen munkelt man, die Bereichsgruppe Yachten sei geklont.»

Ich muss lachen, presse mir aber rasch eine Hand auf den

Mund. Dann sind wir bei der Gruppe auch schon angekommen, und ich schüttele allen die Hand. Ich kann nicht umhin, mich etwas unwohl zu fühlen. Die einzigen Frauen, die außer mir hier vertreten sind, haben extrem lange Beine, tragen hohe Absätze, glänzende Haare und schenken den Gästen mit einem strahlenden Lächeln Getränke ein. Die Herren mustern mich neugierig, aber nicht feindselig. Vielleicht weil sie mich als ihresgleichen sehen.

«Ich nehme an, Sie möchten die Yacht Ihres Vorgängers besichtigen», bemerkt der Yachtenbroker in fehlerfreiem Englisch mit russischem Akzent.

«Das ist richtig!», lächele ich. Alles, was das Gespräch mit dem schwierigen Kunden hinauszögert, ist mir recht. Schwierige Gespräche sind mir ein Gräuel. Auf einmal fällt mir wieder ein, was Ada mir geraten hat: Ich solle nicht so viel lächeln. Also wiederhole ich meine Worte, diesmal aber etwas grimmiger. Den Blick des Russen kann ich nicht deuten, schließlich hat er immer noch seine Sonnenbrille auf, obwohl er im Schatten steht und die Sonne hier überhaupt nicht blendet. Vermutlich aber muss das bei Russen, die mit Millionenbeträgen hantieren, so sein.

«Dann folgen Sie mir doch bitte», sagt er, und so gehe ich mit ihm und einem der Bodyguards an Bord.

Mein Vorgänger hatte entweder eine Großfamilie, einen beachtlichen Freundeskreis, oder aber er war schlichtweg ein Angeber. Jedenfalls ist die Yacht riesig, mit breiten Zugängen und äußerst großzügigen Decks. Um einen der Pools ist tatsächlich ein weißer Sandstrand aufgeschüttet, für den nicht ganz unwahrscheinlichen Fall, dass am angepeilten Karibikstrand normale Lohnarbeiterschaft und anderes Gesindel liegt. Nein, stoppe ich mich sofort, jetzt kriege ich aber Vorurteile! Der Strand an Deck hat bestimmt einen anderen triftigen Grund. Ich schließe kurz die Augen, um mich besser in meine Rolle als potenzielle Yachtenkäuferin hineinzufinden. Vom Bootssteg dringen immer noch die Stimmen und das Gläserklirren herüber. Leise quietschen die Fender zwischen den Yachten, die Wellen glucksen, und der Wind fährt durch die Takelage der Yachten und Katamarane um mich herum. Einen Moment lang kann ich mir mich hier prächtig vorstellen: wie ich mit Ada und Richard abends an Deck sitze und auf meiner Ukulele spiele. Sonnenuntergang. Cocktail auf dem goldumfassten Tisch.

Das Schiff ist in etwa so groß wie das Haus, in dem ich mit meinen vier Schwestern aufgewachsen bin, stelle ich fest, während wir die vier Geschosse durchwandern. Es hat sogar einen Hubschrauberlandeplatz. Und einen Hubschrauber, den ich zu einem Schnäppchenpreis, wie der Russe sagt, dazuerwerben könnte. Ich frage mich, woher mein Vorgänger das Geld für den ganzen Schnickschnack hatte. Sicher, Vorstände arbeiten nicht gerade im Niedriglohnsektor, aber ein solches Schätzchen wie dieses hier spart man sich nicht so mal eben zusammen.

«Die Ausstattung ist aber nicht so ganz nach meinem Geschmack», bemerke ich, nachdem wir drei Badezimmer und vier Schlafzimmer besichtigt haben. Das ist immer noch besser, als sagen zu müssen, dass die Idee an und für sich, mir eine achtundfünfzig Meter lange Yacht zuzulegen, wahnwitzig ist.

Der Russe nimmt seine Sonnenbrille ab und mustert mich, wie ich finde, etwas bedrohlich. Er hat eisblaue, leicht schräggestellte Augen und sieht ein bisschen aus wie Putin, nur dass er keinen Überbiss hat. «Die Ausstattung stammt von Chworostowsky», sagt er mit gerunzelter Stirn.

Ich bin mir sicher, dass ich soeben in irgendein Fettnäpfchen getreten bin. Bestimmt ist dieser Chworostowsky ein sehr guter Freund vom Putin-Double, vielleicht sogar von Putin selbst, und man darf nichts gegen ihn sagen, sonst wird man mit Polonium-210 bestrahlt. Ich beschließe, mich davon nicht einschüchtern zu lassen. Schließlich bin auch ich eine Frau mit Macht.

«Ja, aber Ölgemälde von nackten Mädchen in jeder einzelnen Kammer? In … Plüschrahmen?! Armaturen in Form von Brüsten? Ein Wasserhahn, der wie eine Vulva geformt ist? Ich meine», und hier mache ich meine Stimme genauso bedrohlich, «wollen Sie mich veralbern, oder was?!» Dabei blitze ich das Putin-Double herausfordernd an. Der Mann erwidert den Blick, und so führe ich auch mit diesem Mann einen stummen Augenkampf aus. Ich werde wohl bald eine Meisterschaft darin entwickelt haben, ähnlich wie in dem Spiel, das ich früher immer mit meinen Schwestern gespielt habe. Wer zuerst lacht, hat verloren und darf durchgekitzelt werden. O Gott, jetzt spüre ich tatsächlich, wie meine Mundwinkel anfangen zu zittern. Schon steigt das Lachen vom Bauch in meine Brust, meine Lippen ziehen sich auseinander, und jetzt …

«Die Badezimmer-Ausstattung lässt sich mühelos ersetzen», gibt er schließlich zurück und dreht sich um. Puh, war das knapp!

«Was kostet denn einmal volltanken?», will ich wissen, um das Gespräch wieder in weniger lustige Bahnen zu lenken.

«Oh, das ist bei dieser Yacht relativ günstig, wenn man die Größe bedenkt. Sechshunderttausend US-Dollar, so roundabout.»

Ich greife instinktiv nach der Reling. Bitte was?! Im Kopf versuche ich auszurechnen, wie viele Jahre meines Arbeitslebens ich für diese einmalige Betankung aufwenden müsste, komme aber zu keinem Ergebnis. Mein halbes Arbeitsleben? Mein ganzes? Sabine Knopflers und mein Arbeitsleben zusammen? Ich versuche, mir meinen Schock nicht anmerken zu lassen. «Was tankt denn die?», frage ich lässig. «Flüssiges Gold?»

Zu meiner Überraschung verzieht der Russe tatsächlich den Mund. Ein Lächeln, halleluja! Vielleicht ist es aber auch so was wie Schadenfreude. Denn jetzt fängt er von den jährlichen Betriebskosten an, Reparaturen, Versicherungen, Steuern, Liege- und Marinakosten sowie das Geld für die Crew.

«Die genauen Zahlen stehen im Exposé. Haben Sie das erhalten? Sonst sende ich es Ihnen gern noch einmal zu.»

«Tun Sie das bitte», antworte ich kühl, um nach nur wenigen Sekunden herauszuplatzen: «Nur dass wir uns richtig verstehen: die fünf Millionen US-Dollar – das sind die Betriebskosten *pro Jahr*?»

Der Russe runzelt die Stirn. «Roundabout. Ja.»

Nun steigt aber doch langsam Ärger in mir auf. Was soll dieser exzessive Gebrauch des Wortes «roundabout»? Als ob es auf eine Viertelmillion mehr oder weniger nicht ankäme! Gleichzeitig ist mir klar, dass es das für eine bestimmte Spezies Mensch tatsächlich nicht tut. Also, nicht für die Sorte, die als Vorstand in Luxuskonzernen arbeitet. Menschen, die mit Millionen- oder sogar Milliardenvermögen hantieren, haben selbstverständlich einen etwas anderen buchhalterischen Hintergrund.

«Dafür müssen Sie aber keine Umsatzsteuern zahlen», fährt der Russe fort und deutet auf die Fahne, die in der lauen Brise weht. O Gott, Erdkundeunterricht – was bist du fern! Ich erinnere mich vage, mit Lotte einmal für eine Arbeit gepaukt zu haben, als sie in die siebte Klasse ging. Flaggen Europas. Diese hier gehört definitiv nicht dazu.

«Cayman Islands», erklärt der Russe gnädig. «Großer Vorteil gegenüber Europa. Sie müssen nicht ständig aus der EU raussegeln, sondern können bequem in der Karibik bleiben.» Wieder ein Lächeln. «Wo es ja sowieso am schönsten ist.»

«Nennen Sie mir bitte einen weiteren Grund, warum ich diese Yacht kaufen sollte», sage ich mit meiner neuen Geschäftsstimme.

«Diese Yacht oder überhaupt eine?», gibt er zurück. Wir stehen jetzt wieder in der Sonne, und er schiebt sich die Sonnenbrille auf die Nase zurück.

«Überhaupt eine», sage ich. Mein vermutlich erster ehrlicher Satz.

Der Russe blickt mich jetzt wieder mit seinem undeutbaren Ray-Ban-Blick an. «Hauptgrund Nummer eins: als CEO können Sie auf dem Meer in Ruhe Geschäfte machen. Sie brauchen keine Angst vor Spionage zu haben, schließlich wird die Yacht ständig bewacht, wer sollte Sie da also verwanzen? Natürlich könnten Sie rein theoretisch gekidnappt werden, zumal die Terrorbedrohungen auf See zugenommen haben, aber!» Er hebt zackig den Finger. «Hier kommt die phantastische Ausstattung ins Spiel! Die Yacht verfügt über ein außerordentliches Abwehr- und Meldesystem, und das Security-Personal an Bord ist mit den modernsten Waffen ausgerüstet. Da ist Kellermann sehr großzügig gewesen!»

«Kellermann?», frage ich irritiert.

«Ja. Ihr Vorstandskollege. Sprechen Sie ihn ruhig darauf an, er hat auch Ihrem Vorgänger geholfen. Übrigens, Sie können die Yacht auch chartern.» Er runzelt die Stirn. «Vielleicht wäre das für Sie die bessere Lösung, dann können Sie sich mit dem

Schiff erst einmal vertraut machen. Solche Entscheidungen brauchen ja auch Zeit.»

«Ja, warum haben Sie das nicht gleich gesagt!», rufe ich erleichtert aus. «Chartern, ja, das ist die *viel* bessere Lösung!» In der Tat erleichtert mich die Vorstellung, nicht auf der Stelle roundabout eine Milliarde für ein Schiff auszugeben, ungemein.

«Wenn Sie Fragen zur Finanzierung haben, ich kann Ihnen eine ausgezeichnete Bank in Mexiko empfehlen!»

«Phantastisch!», strahle ich, um mein Lächeln gleich darauf wieder herunterzudimmen. «Ich meine, okay.»

«So, und jetzt würde ich Ihnen gern noch den Panikraum zeigen, in den Sie sich zurückziehen können, sollte es tatsächlich zu einem Angriff kommen.»

Sofort spüre ich eine Welle der Angst in mir aufsteigen. Klar, ein Panikraum ist dazu da, dass man *keine* Panik bekommt. Allerdings nur wenn man nicht zu den 2,5 Prozent Menschen gehört, die unter Klaustrophobie leiden – so wie ich.

«Oh», mache ich. «Das ist ... gut.»

Es ist furchterregend. Allein der Gedanke an einen engen, dunklen Raum dörrt mir die Kehle aus vor Angst. Auf einmal sehe ich es alles wieder genau vor mir. Ich sehe den engen, dunklen Milseburgtunnel. Den Schatten, der auf mich zugerast kommt – ein anderer Radfahrer, wie ich später erfahren habe –, fühle meinen Sturz und die Schmerzen, weiß, dass ich nicht mehr aufstehen kann, dass ich dem Tunnel nicht mehr entkommen werde. Ich stöhne auf vor Angst. So ruhig ich kann, sage ich: «Ich müsste das Badezimmer jetzt bitte einmal allein benutzen.» Irgendwie bringe ich ein scherzhaftes Lächeln zustande. «Diese Wasserhähne haben es mir wohl doch angetan.»

Es ist alles viel zu viel, denke ich, während ich mich einen Augenblick später an die kühle, gekachelte Wand lehne. Und es ist vollkommen verrückt. Was mache ich hier? Das ist doch der pure Wahnsinn. Ich sollte mich stellen und das hier beenden, bevor es zu spät ist.

Aber dann denke ich an Richard und Ada und dass man sie beide beschuldigen könnte, Mitwisser in dieser Hochstaplergeschichte zu sein. Der Gedanke daran, dass sie in den nächsten Stunden ohne Vorwarnung verhaftet und verhört werden könnten, nur weil ich jetzt zusammenbreche, ist genauso schwer erträglich wie die Vorstellung, jetzt gleich in einem engen, dunklen Raum zu stehen. Minutenlang ringe ich mit mir. Verhaftung von Richard und Ada oder enger, dunkler Raum, was ist schlimmer? Richards und Adas Verhaftung natürlich. Und doch: Ich habe so schreckliche Angst …

Auf einmal fällt mir meine Lieblingsstelle aus Astrid Lindgrens Buch «Die Brüder Löwenherz» ein. Ich sehe mich wieder im Kinderzimmer, Lotte und Louis haben sich in meine Arme gekuschelt, und ich lese ihnen laut vor: «Es gibt Dinge, die man tun muss, selbst wenn es gefährlich ist, weil man sonst kein Mensch ist, sondern nur ein Häuflein Dreck.»

Dann nehme ich den vergoldeten Busen in die Hand, drehe den Wasserhahn auf und lasse das Wasser aus der vergoldeten Vulva über mein Gesicht und meine Hände laufen.

«Auf geht's!», sage ich so autoritär wie möglich, als ich wieder in den Treppenraum trete. «In den Panikraum!»

Die Anrufe, Nachrichten und E-Mails fallen wie ein Schwarm über mich her, nachdem Carlos und ich die Yacht verlassen haben. Kaum ist mein Handy wieder eingeschaltet, vibriert und piept es wie verrückt. Eine Nachricht von einer russischen Bank mit Niederlassung in Mexiko, die mir einen Kredit anbieten will – auch für größere Anschaffungen oder Charterkosten. Dann fünf Anrufe in Abwesenheit von der Bratsche. Eine satzzeichenlastige SMS von Eva-Maria: *Jule, wo bist du?! Claudia schreibt, du seist vertragsbrüchig geworden?!?! Warum bist du nicht auf Konzert-Tournee? Und was hat es mit diesem Callboy auf sich, mit dem du angeblich durch die Gegend ziehst????????????*

Und dann eine Whatsapp von Lotte: *Hallo Mama, geht es dir gut? Tante Eva schreibt, du seist mit einem Callboy in Mexiko gesichtet worden, ha, ha, die hat doch einen Sockenschuss, aber wenn es so wäre, meinen Segen hast du! ☺ Kuss.* Schließlich eine Whatsapp von Louis: *Liebste Mama, sorry, dass ich mich so lange nicht gemeldet habe, ist alles voll intensiv hier. Geht es dir gut? Dass mit dem Callboy isn Horrortrip von Tante Eva, oder? Hab dich lieb.*

Die Tränen schießen mir so plötzlich in die Augen, dass ich nichts dagegen tun kann. Ich wische mir über die Wangen, aber es kommen immer mehr. Der Hals wird mir eng, und jetzt fange ich richtig an zu weinen. Und plötzlich spüre ich eine Hand auf meinem Arm. «Ist es wieder diese Frau?», fragt Carlos leise.

Ich schüttele den Kopf, bringe kein Wort hervor. Wie soll ich das erklären, was ich in diesem Moment empfinde? Zu meinem Entsetzen weine ich jetzt noch mehr.

«Da drüben ist eine Bar», höre ich Carlos sagen. «Kommen Sie, ich führe Sie hin.»

«Aber … unser nächster Termin?», bringe ich zwischen Tränen hervor. «Müssen wir nicht gleich schon wieder in Mérida sein?»

«Wir müssen gar nichts.» Noch immer ist seine Stimme ganz sanft. «Wenn Sie wollen, rufe ich Carmen an und sage, dass es hier noch etwas länger dauert und dass sie den letzten Termin bitte streichen möge. Soll ich das tun?»

Ich kann nicht anders, nun muss ich noch mehr weinen. «Es tut mir so leid …», bringe ich hervor.

«Aber das muss es nicht», sagt Carlos und zückt sein Handy. «Ich rufe Carmen jetzt an.»

Zehn Minuten später sitzen wir zu zweit auf einer Schaukel. Ich kann es selbst nicht glauben, aber so ist es. Fast alle Plätze in dieser Bar bestehen aus Schaukeln. Es sind Zweierschaukeln, die wie halb offene Holzkisten aussehen, in die man sich vorne hineinsetzt, und es fühlt sich fast verboten intim an, Carlos so dicht neben mir zu spüren. Er bestellt Schokolade für uns, was ich ziemlich süß finde. Dann stemmt er seine glänzenden schwarzen Schuhe in den Boden, wir greifen nach den Seilen an unserer Seite und schaukeln los. Es ist ein merkwürdiges Gefühl, mit diesem fremden, schönen Mann, der mich eben noch mit dem Hubschrauber ans Meer geflogen hat, in einer Schaukel zu sitzen. Ich mustere ihn heimlich von der Seite, und auch er dreht sich in diesem Moment zu mir um, sodass wir uns etwas verlegen zulächeln. Als der Kellner die Schokolade bringt, sprechen wir noch immer kein Wort. Der Schaukelwind zerrt an meinen Haaren, vor – zurück, vor – zurück, und dann halten wir an, um unsere Schokolade zu trinken. Plötzlich fühle ich mich wie ein Kind. Die Schokolade ist dickflüssig und warm und schmeckt köstlich. Und dann denke ich an meine eigenen Kinder und an ihre Nachrichten, durch die so viel Zärtlichkeit klang. Wie konnte ich nur denken, dass sie mich vergessen haben oder dass ich nicht wichtig für sie bin? Ich will noch einen Schluck Schokolade trinken, doch der Hals schnürt sich mir zu.

«Schlimme Nachrichten eben?», fragt Carlos, nachdem ich meine Mitteilungen an Louis und Lotte abgeschickt habe.

Ich lächele unter Tränen. «Nein, gute. Ich bin nur … gerührt. Und ein bisschen beschämt.»

Mittlerweile ist es komplett dunkel geworden, doch im Schein der Lichter, die in der Bar leuchten, glänzen Carlos' Augen. Mein Herz hämmert, und ich wende mich ab.

«Wollen Sie sagen, warum?»

Ich hole tief Luft. «Meine Kinder haben mir geschrieben. Sie machen sich Sorgen um mich. Und ich, ich dachte …» Ich höre selbst, wie meine Stimme zittert.

«Sie haben … Kinder?» Seine Stimme klingt sanft und erstaunt.

«Ja.» Ich wische mir über die Augen. «Zwei. Sie sind erwachsen. Und ich liebe sie so sehr, wie ein Mensch nur lieben kann. Aber wir sehen uns nicht besonders oft, vor allem jetzt, wo Lotte ausgezogen ist. Meinen Sohn Louis habe ich schon seit einem halben Jahr nicht mehr gesehen. Er lebt übrigens auch in San José.»

«Nein, wirklich? Was macht er da?»

«Ein Soziales Jahr. Er arbeitet mit behinderten Kindern.»

«Ohne ihn zu kennen, würde ich sagen, er klingt beeindruckend, Ihr Sohn.»

«Und Ihre Tochter erst! Ingenieurin – verdient ihr eigenes Geld! Wie beeindruckend ist das?!»

Carlos lächelt so breit, dass ich wieder die kleine Zahnlücke erkenne. Und dann sieht er mich an. Diesmal dauert der Blick schon fast unanständig lange. Wir schauen und schauen. Die Schaukel schwingt nicht mehr.

«Es tut mir leid, dass ich vorhin geweint habe», sage ich leise. «Ich habe Sie in eine unangenehme Situation gebracht.»

Er wendet den Blick ab. «Wir haben alle mal unsere schwachen Momente.»

Ich betrachte die Lachfältchen, die sich in seine Augenwinkel eingegraben haben, die zarte Linie um seine Mundwinkel und kann mir diesen Mann beim besten Willen nicht schwach oder traurig vorstellen. Und doch ist da etwas, das ich nicht so recht einordnen kann. Etwas, das nicht zu diesem disziplinierten Mann passen will, der mit Vorständen arbeitet und Hubschrauber fliegt.

«Ich bewundere Sie», sagt er plötzlich und wendet sich mir wieder zu. «Karriere machen und dann noch zwei Kinder großziehen. Das kann nicht immer leicht für Sie gewesen sein.»

Auf einmal ertrage ich es nicht mehr, ihn anzulügen. Ich öffne den Mund, um ihm zu sagen, dass es da nichts zu bewundern gibt, dass ich bloß eine einfache Angestellte bin, dass meine Kinder das Einzige sind, was ich im Leben zustande gebracht und dass ich alles andere in den Sand gesetzt habe, Ehe, Freundschaften, Karriere, ein Leben als Musikerin, einfach alles, und jetzt bin ich auch noch kriminell. Mein Telefon klingelt. Carmen ist dran.

«Es tut mir furchtbar leid», höre ich sie sagen. Sie klingt außer Atem. «Ich habe gerade einen Anruf aus dem Krankenhaus erhalten.»

Mir bricht auf der Stelle der Schweiß aus. Jetzt, denke ich. Jetzt ist alles heraus. Noch bevor ich die Chance hatte, Carlos alles in Ruhe zu erklären. Jetzt ist Julia Meyer aus dem Koma erwacht.

«Meine Tochter ist angefahren worden.» Carmens Stimme zittert. «Und ich habe das Treffen mit dem Marketingvorstand morgen noch nicht zu Ende vorbereitet. Dürfte ich eventuell die Arbeit kurz unterbrechen, um für eine halbe Stunde ins Krankenhaus zu fahren? Es tut mir so leid.» Ich höre sie weinen. «Das ist mir noch nie passiert, ich habe noch nie ...»

«Carmen, ich möchte, dass Sie auf der Stelle dieses Gespräch beenden und ins Krankenhaus fahren! Nehmen Sie sich morgen frei, auch übermorgen, so lange, wie Sie wollen. Der Marketingvorstand kann uns beide mal.»

Auf einmal ist es still am anderen Ende der Leitung. «Sie machen sich über mich lustig?», fragt Carmen entsetzt.

«Carmen, bitte, warum sollte ich mich über Sie lustig machen? Jetzt fahren Sie schon los!»

«Es ist Ihr Ernst?», höre ich sie flüstern.

«Es ist mein vollster Ernst. Und jetzt fahren Sie schon.»

«Ich mache das wieder gut», sagt sie. «Ich werde Überstunden arbeiten. Ich kann auch jetzt gleich arbeiten, vom Krankenhaus aus, ich nehme ohnehin meinen Laptop mit, ich kann ...»

«Nein, ich möchte, dass Sie einfach nur für Ihre Tochter da sind. Und geben Sie mir bitte Bescheid, wie es ihr geht.»

Als ich das Gespräch beende, sehe ich, dass Carlos mich mit gerunzelter Stirn anstarrt. «Sie haben ihrer Assistentin freigegeben, weil ihre Tochter krank ist?»

«Nicht krank, ihre Tochter hatte einen Unfall! Sie ist im Krankenhaus!», rufe ich aus.

«Ja, wissen Sie denn nicht, dass Sie ohne Carmen verraten und verkauft sind?», stößt er hervor. «Carmen ist diejenige, die Sie versorgt, die die Arbeit Ihrer Referenten sortiert, die die Termine koordiniert! Carmen ist Ihre rechte Hand!»

«Ja, aber Ihr Kind wurde angefahren!», halte ich trotzig dagegen. «Soll ich ihr sagen: Pech, aber jetzt machen Sie mal schön weiter, das Leben ist kein Wunschkonzert?!»

Carlos blickt mich noch ein paar Sekunden lang an, dann bricht er in Gelächter aus. «Das wird in die Annalen eingehen! Ein Vorstand, der vor einem wichtigen Meeting seiner Assistentin freigibt, weil ihr Kind krank ist! Meine Güte, Sie sind unglaublich, wissen Sie das eigentlich?»

«Ich bin Mutter», sage ich, froh, ihn wenigstens in diesem Punkt nicht anlügen zu müssen. «Und ich habe mich in der letzten halben Stunde wieder daran erinnert, wie das ist.»

«Ja, aber wie werden Sie das morgen bewerkstelligen, das Meeting mit dem Marketingvorstand ohne Carmen?»

«Ich habe keine Ahnung», antworte ich und lüge schon wieder nicht. Dann nehme ich all meinen Mut zusammen. «Hören Sie, ich weiß, das klingt jetzt sehr merkwürdig, und Sie haben jedes Recht der Welt, nein zu sagen, aber was halten Sie davon, wenn wir jetzt nach Mérida zurückfliegen und noch etwas trinken gehen?» Ich spüre, wie mir das Blut in die Wangen schießt.

Carlos lächelt, und die Zahnlücke blitzt auf. «Das fände ich sehr schön.»

Der kleine runde Mann tanzt mit einer Blondine, als wir auf der Plaza de la Independencia eintreffen. Ihre langen Haare wirbeln durch die Luft, als er sie eine Pirouette drehen lässt. Obwohl sie die attraktivere Erscheinung ist, bleiben meine Blicke unwillkürlich an ihm hängen, denn er tanzt mit einer Anmut, die seine Partnerin in den Schatten stellt.

«Das ist Gonzo Gonzalez», sagt Carlos, der meinen Blicken folgt. «Er hat ein Barbiergeschäft bei der Iglesia de Jesus und gilt als einer der besten Tänzer der Stadt. Diese Touristin da hat Glück – Gonzo tanzt normalerweise nur mit Mexikanerinnen.»

«Unglaublich, wie sich dieser Mann bewegt.» Ich schätze Gonzo auf Ende fünfzig.

«Tanzen Sie auch?», fragt er.

«Ob ich … natürlich tanze ich! Ich tanze für mein Leben gern! Oh, aber so war das nicht … warten Sie!» Ich stolpere fast, so schnell zieht mich Carlos zur Mariachi-Kapelle. Und dann sage ich gar nichts mehr, denn er umfasst meine Taille, nimmt meine rechte Hand in seine, und wir tanzen los. Ich habe am ganzen Körper Gänsehaut. Sein Duft steigt mir in die Nase, Grapefruit und Zimt, ich spüre seine Hände und die Wärme, die von seinem Körper aufsteigt. Wir sind sofort synchron. Es ist, als würden wir nur aus einem einzigen Körper bestehen, sein Rhythmus geht in meinen über und mein Herz klopft so stark, dass es mich von Kopf bis Fuß durchpocht.

Als das Lied zu Ende ist, gehen wir zum Restaurant hinüber, in dem Juan, der Kellner-Schamane, arbeitet, und ich habe fürchterlich Angst, dass er zu mir herüberkommt und mir sagt, ah, ich sehe, Sie sind verliebt! Aber es passiert nichts dergleichen, er begrüßt uns nur und nimmt unsere Bestellungen entgegen. Doch als er mit den Margaritas wiederkommt, bedenkt er mich mit einem langen, seltsamen Blick.

«Sie tanzen sehr gut», sagt Carlos.

«Ebenso», lächele ich. «Und meinetwegen können wir das mit dem Siezen auch lassen. Meine Freunde nennen mich Jule.» Gleich darauf erschrecke ich vor mir selbst. Habe ich jetzt eine Grenze überschritten?

Aber Carlos strahlt, und seine Augen funkeln. «Meine sagen Carlos zu mir.»

Wir stoßen miteinander an. Der Alkohol schießt mir ins Blut, und mir wird klar, dass meine letzte Mahlzeit schon eine Weile zurückliegt. Auf einmal muss ich wieder an das Gerücht denken, das die Bratsche in die Welt gesetzt hat: Ich hätte mir hier in Mexiko einen Callboy genommen. Der Gedanke ist so absurd, dass ich mir auf die Lippe beiße, um nicht laut aufzulachen.

«Ich will mitlachen», grinst Carlos.

Die Hitze schießt mir erneut in die Wangen. Wenn der arme Mann wüsste, wofür er gehalten wurde! Oh, unendliche Peinlichkeit!

«Ach, ich bin … einfach nur froh.»

«Gefällt es dir hier in Mérida?»

Du gefällst mir, würde ich am liebsten sagen. «Also, von der Stadt habe ich noch nicht so viel gesehen.»

«Dann sollten wir das mal ändern.» Carlos wirft ein paar Scheine auf den Tisch und steht auf.

«Wie – jetzt sofort?»

«Ja, wann denn sonst? Morgen musst du ja wieder arbeiten. Ich weiß es, ich bin schließlich immer dabei.» Das Grübchen auf seiner Wange vertieft sich. Oh, was könnte ich diesen Mann küssen!

«Okay, ready for take-off!», rufe ich in meiner Begeisterung aus.

Er lacht. «Boarding completed. Auf geht's!»

Ich kneife die Augen zusammen. «Wir fliegen jetzt aber nicht wirklich, oder?»

Carlos wirft den Kopf in den Nacken und lacht. «Um dieses Nest Mérida anzugucken? Nein, da habe ich eine bessere Idee.»

Ich habe Mühe, ihm zu folgen, denn der Boden schwankt unter meinen Füßen. Ach nein, es sind bloß meine Knie, die unerwartet weich geworden sind. Carlos dreht sich zu mir um und streckt die Hand nach mir aus.

Auf einmal sehe ich Pferdekutschen in allen Formen und Farben vor mir stehen. Kutschen mit weißen Pferden, mit braunen, mit schwarzen, Kutschen, die mit rotem Samt ausgeschlagen sind, vergoldete Kutschen, weiße Zweispänner, einige von ihnen sind mit Blumen geschmückt. Carlos sieht mir sekundenlang in die Augen. «Hast du Lust?», fragt er mich.

10. Kapitel

Der Wind streicht über mein Gesicht. Ein Gefühl rauscht in mir, das ich nicht in Worte fassen kann. Carlos sitzt so dicht neben mir, dass unsere Arme sich berühren, wenn die Kutsche über eine Unebenheit rollt. Mein Atem geht schneller. Ich will nicht, dass Carlos merkt, wie es um mich steht, darum rücke ich ein Stück von ihm ab und sehe mir das Treiben draußen an.

Wir zuckeln an einer weißen, reich verzierten Kirche vorüber, deren Vorgarten von Palmen geschmückt ist. Die Hufe der beiden Rappen klappern auf dem Pflaster der Straße. Von einem Stand, der Churros verkauft, weht der Geruch von Bratfett und Schokolade zu uns herüber und vermischt sich mit Carlos' zitronigem Parfüm. Jetzt erst fallen mir die eigenartig geschwungenen weißen Bänke an den Straßen auf. Sie sehen wie Schachfiguren aus und sind wie ein S geformt, sodass sich die Menschen, die darauf sitzen, beim Reden ansehen können. Allerdings hat es hier keiner so richtig mit Reden, fällt mir auf, während wir an einem Platz vorüberzuckeln, auf dem ungefähr zehn solcher Bänke stehen. Paare, soweit ich blicken kann, die meisten von ihnen in den Zwanzigern. Sie blicken sich gegenseitig schweigend in die Augen, halten sich an den Händen und küssen sich.

«Die meisten Mexikaner bleiben bei ihren Eltern wohnen, bis sie verheiratet sind», erklärt Carlos. «Für viele ist es problematisch, ihre Liebsten mit nach Hause zu nehmen. Darum findet das Liebesleben für sie unter freiem Himmel statt.»

«Wie hast du es denn mit deiner Tochter gehalten?», platze ich heraus. Ich weiß, dass ich wahnsinnig indiskret bin, aber ich möchte einfach alles wissen über ihn.

«Du meinst, ob sie Freunde mit nach Hause bringen durfte?», lächelt Carlos. «Ja, das war für mich kein Problem.»

Die Kutsche biegt um eine Ecke auf einen breiten Boulevard. «Das ist der Paseo Montejo», sagt Carlos. Er muss seine Stimme erheben, um das Hufgeklapper und die Autos zu übertönen, die an uns vorüberfahren, und zum ersten Mal höre ich einen spanischen Akzent in seiner Stimme. «Wir Yucateken sind stolz darauf zu sagen, dass diese *avenida* den Champs-Élysées in Paris ähnelt. Tatsächlich wurde er nach französischem Vorbild gebaut.»

Ich betrachte die prachtvollen weißen Villen zu beiden Seiten der breiten Straßen, die hohen Bäume und den Mittelstreifen, auf dem Rasen und Blumen stehen. Die Villen sind fast alle hell erleuchtet. Hinter den Fenstern erkenne ich Kristalllüster, hohe Regalwände voller Bücher und weiße Wände. «Ich weiß nicht, wie …» O weh, beinahe hätte ich mich verraten! «Ich finde nicht, dass es hier wie auf den Champs-Élysées aussieht», verbessere ich mich schnell.

«Nicht?» Carlos sieht tatsächlich enttäuscht aus.

«Nein. Das hier gefällt mir viel besser!»

«Mir gefällt das hier auch viel besser», sagt Carlos und dreht sich zu mir um.

Diesmal ist kein Zweifel möglich. Er flirtet mit mir. Unter seinem Blick fängt meine Haut wieder an zu kribbeln.

Zum Glück dreht sich der Kutscher in diesem Moment zu uns um. «El monumento a la patria», sagt er und deutet auf ein riesiges halbrundes Denkmal vor uns, das von einer Maya-Statue geschmückt ist.

Carlos erwidert etwas, das ich nicht verstehe, und der Kutscher dreht sich schnell wieder um. Wir umfahren den Platz, auf dem das Denkmal steht, dann rollen wir auf dem Paseo wieder zurück.

«*Wir Yucateken* hast du eben gesagt», stelle ich betont beiläufig fest. «Du bist also in Yucatán aufgewachsen?»

«Unter anderem.» Carlos sieht mich wieder an, aber diesmal lese ich etwas anderes aus seinem Blick. «Mein Vater stammt ursprünglich von hier. Und meine Großmutter lebt hier immer noch. Aber als ich klein war, sind wir viel umgezogen.» Er verengt die Augen, als überlege er, wie viel er mir sagen möchte. Wie vertraut wir bereits sind.

«Ich bin auch viel umgezogen», sage ich. Das ist ein kleines bisschen gelogen, denn eigentlich sind wir nur zweimal umgezogen, einmal von Köln nach München, als mein Vater dort eine Stelle als Orchesterdirigent bekam. Und dann noch einmal nach Hamburg, als sein Engagement in München zu Ende war. Meine Mutter ist als Pianistin wesentlich mehr gereist. In meiner Erinnerung war sie eigentlich immer auf Tournee. Aber egal, ich möchte, dass Carlos sich mir öffnet. Und so merkwürdig es auch ist – immerhin bin ich eine Hochstaplerin und Lügnerin –, ich möchte, dass er mir vertraut.

Er lächelt. «Dann kennst du ja das Gefühl.»

«Wo habt ihr denn gelebt?», hake ich nach.

«Aufgewachsen bin ich in Paris», sagt er. «Aber nur die ersten fünf Jahre. Dann sind wir nach Bonn gezogen. Meine Mutter ist Deutsche, musst du wissen, obwohl das nicht der Grund war, warum wir nach Deutschland gegangen sind. Mein Vater hat dort als Diplomat gearbeitet. Später sind wir nach Los Angeles gezogen. Studiert habe ich an der Columbia in New York.» Er lächelt verlegen. «Aber nur ein Jahr – dann wurde Ciara geboren. Aber du kennst das natürlich alles selbst, mal ist man hier, mal ist man da ...»

«Jetzt nicht ausscheren!» Ich lächele ihn an.

Carlos mustert mich. «Was heißt das?»

«Dass ich gern hören würde, wie es danach für dich weiterging.»

Er hält seinen Blick weiterhin auf mich gerichtet.

«Aber vorher verrätst du mir auch etwas über dich.»

«Oh.» Ich drehe mich rasch weg, meine Gedanken fliegen. Nichts würde ich in diesem Moment lieber tun, als mich diesem erstaunlichen und wunderbaren Mann zu öffnen. Aber ich darf meine wahre Identität nicht preisgeben. Was soll ich tun? Ich möchte ihn nicht anlügen, nicht ihn.

«Ich wäre gern Dirigentin geworden», sage ich zur Straße, die an uns vorüberzieht. «So wie mein Vater. Aber ich wurde an der Musikhochschule für diesen Studiengang abgelehnt.» Nun sehe ihn doch an. Es tut gut, ihm wenigstens einen Teil der Wahrheit sagen zu können. «Meine Eltern und meine Schwestern sind allesamt Musiker und erfolgreich damit. Ich habe immer darunter gelitten, dass ich es nicht geschafft habe. Mein Leben ist bloß zweite Wahl.»

Carlos blickt mich lange an, bevor er antwortet. Dann beißt er sich auf die Lippen. «Ich habe mich an der Columbia in meine Dozentin verliebt. Sie war zehn Jahre älter als ich. Ich war neunzehn, als Ciara geboren wurde, und habe mein Studium abgebrochen, damit ich mich um meine Tochter kümmern kann. Als Ciara vier war, hat ihre Mutter uns verlassen. Von da an war ich mit meiner Tochter allein.»

«Der Vater meiner Kinder hat mich auch verlassen.»

«Mein Bruder ist Diplomat geworden, genau wie mein Vater. Er war ebenfalls an der Columbia, allerdings bis zum Ende und mit guten Noten. Ich habe später bloß Konferenzdolmetschen studiert, und das auch nur in Mexico City. In der Familie bin ich das schwarze Schaf.»

«Ich bin auch das schwarze Schaf in meiner Familie!», rufe ich aus.

«Aber das kann doch nicht sein.» Carlos sieht mich erstaunt an. «Du bist doch total erfolgreich – auch wenn du nicht Dirigentin geworden bist!»

«Du bist doch auch total erfolgreich!», wende ich ein. Richtig müsste es natürlich heißen: *Du* bist total erfolgreich, im Gegensatz zu *mir*.

«Der Plan sah aber eigentlich anders aus …», entgegnet er. Im Schein der Straßenlaternen sieht er sehr jung aus. Jung und wahnsinnig gut.

Und ich bin viel zu alt für ihn, durchfährt es mich. Außerdem bin ich seine Chefin. Zumindest nimmt er das an.

«Ganz egal, wie der Plan war!», lächele ich ihn an. «Du hast eine Tochter allein aufgezogen! Und das, obwohl du gearbeitet hast!»

Carlos hebt die Schultern. «Na ja, ich hatte meine Großeltern. Darum bin ich ja mit Ciara nach Mérida gezogen. Damit sich hier jemand um sie kümmern kann, wenn ich arbeite …»

Wieder blicken wir uns viel zu lange an.

«Und jetzt bist du immer noch hier», stelle ich fest.

«Ja, weil meine Großmutter alt ist. Mein Großvater ist vor drei Jahren gestorben. Jetzt ist Abuelita diejenige, die jemanden braucht.»

«Wo sind denn deine Eltern?»

«In Baja California.» Carlos zuckt mit den Schultern. «Mein Vater hat seine diplomatische Laufbahn beendet. Sie haben dort ein schönes Haus am Meer.»

«Warum nehmen sie deine Großmutter denn nicht zu sich?»

Carlos lächelt. «Eine alte Yamswurzel verpflanzt man nicht.»

Auf einmal spüre ich mich ihm so nah, dass ich den Mund öffne, um ihm alles zu erzählen. Dass er damals am Flughafen die Falsche abgeholt hat. Dass dies das erste große Abenteuer meines Lebens ist und dass ich kein Vorstand bin, sondern bloß Assistentin in einer Hamburger Agentur. Aber dann müsste er sofort die Polizei rufen, um mich wegen Hochstapelei verhaften zu lassen. Und wenn er es nicht täte, so würde er sich als Mitwisser schuldig machen. Also schließe ich den Mund wieder und wende mich ab.

«Soll ich dich nach Hause bringen?», fragt Carlos, als wir wenig später mit der Kutsche wieder halten.

Ich drehe mich zu ihm und schaffe es nicht einmal mehr zu lächeln. Nicht eine Sekunde länger ertrage ich diese Scharade. Carlos belügen zu müssen tut mir in diesem Augenblick fast körperlich weh. «Nein, ich nehme jetzt lieber ein Taxi. Vielen Dank für alles … für diesen wunderbaren Tag.»

Carlos berührt vorsichtig meinen Arm. «Was ist los?»

Diesmal kann ich seinem Blick nicht standhalten. «Nichts, ich … ich bin bloß müde.»

«Natürlich.» Er lässt mich wieder los, und ich höre, wie sich seine Stimme verändert. «Es war ja auch ein langer Tag.»

Das war es wirklich, denke ich, als ich eine Viertelstunde später im Taxi zur Hacienda sitze. Der Fahrer biegt auf den Paseo Montejo ein, aber der Prachtboulevard wirkt durch die Scheiben des Wagens kühler und weniger romantisch als eben aus der Kutsche heraus. Ich bin so erschöpft, dass ich auf der Stelle einschlafen könnte, doch gleichzeitig schwirrt mir der Kopf. Die Besprechung mit dem Schweizer am Morgen, der Hubschrauberflug nach Cancún, die Bratsche und unsere Flucht, unser Tanz, unsere Ausfahrt – wie kann es nur angehen, dass meine Tage hier ungefähr hundertmal so stark angefüllt sind wie meine Tage zu Hause? Ach so, ja. Vielleicht deshalb, weil ich mir hier ein Leben erschlichen habe, das mir nicht zusteht. Ein Leben aus erster Hand.

Ich schließe die Augen und schlafe tatsächlich kurz ein. Als ich wieder erwache, haben wir die Stadt hinter uns gelassen und sind in einer Gegend angelangt, in der nur noch wenige Häuser stehen. Eine Gruppe von Jugendlichen steht an einer Bushaltestelle, dann taucht ein schwach beleuchteter Supermarkt vor uns auf. Ein Paar steht davor und schreit sich an. Die Frau trägt Flip-Flops und Jogginghose, die schwarzen Haare hat sie zu einem Zopf geflochten. Als wir an den beiden vorüberfahren, hebt der Mann drohend die Hand, und die Frau weicht vor ihm zurück. Stefan, blitzt es mir in den Sinn. Ein Ostsee-Urlaub, Streit, Stefans Hand. Es war das einzige Mal gewesen, aber ein Schlag verändert alles. Egal, was man hinterher sagt und wie man sich entschuldigt. Ein Gefühl steigt in mir auf, das ich nicht benennen kann.

«Halten Sie bitte an», sage ich und wundere mich selbst darüber, wie wütend meine Stimme klingt.

Und in diesem Moment passiert es. Der Mann zieht einen Revolver aus der Tasche, richtet ihn auf die Frau – und drückt ab.

«Stehen bleiben!», brülle ich den Fahrer an, aber der tut das Gegenteil, drückt aufs Gaspedal und schießt davon. «Deténgase!», brülle ich noch einmal auf Spanisch. Und dann auf Englisch. «Stop the car! Now!»

Der Fahrer tippt eine Nummer in sein Handy, über Lautsprecher höre ich, dass er die Polizei ruft. Im selben Moment schrillen Sirenen durch die Nacht. Andere Menschen haben wohl auch um Hilfe gerufen. «Kehren Sie um!», rufe ich. «Wir müssen der Frau helfen! JETZT!»

«Nein», entgegnet der Fahrer und fährt einfach weiter. «Die Polizei wird sich um alles kümmern. Das hier geht Sie nichts an!»

Bevor ich darüber nachdenken kann, was ich tue, werfe ich ein paar Scheine auf den Rücksitz, reiße die Tür auf und werfe mich auf die Straße. Etwas an meiner Schulter reißt auf und fängt an zu brennen. Ich reiße mir die Pumps von den Füßen, stopfe sie in die Umhängetasche und renne los. Mein Herz hämmert in meiner Brust. Ich bin nur ein paar Straßen vom Tatort entfernt.

Noch immer höre ich in der Ferne Sirenen heulen, aber sie scheinen nicht näher zu kommen, im Gegenteil, dem Geräusch nach zu urteilen, entfernen sie sich sogar. Aber vielleicht täusche ich mich auch, denn während ich auf den Supermarkt zulaufe, höre ich nur meinen keuchenden, panischen Atem und ein Rauschen im Ohr.

Die Frau liegt am Boden. Die Gruppe Jugendlicher hat sich um sie gestellt. Von dem Mann, der auf sie geschossen hat, keine Spur. Menschen eilen aus ihren Häusern, ein paar alte

Frauen in weißen Kleidern, ein Mann mit Hut auf dem Kopf. Ich schiebe mich zwischen ihnen hindurch und knie mich auf die Straße. Blut sickert aus dem Arm der Frau, aber sie scheint noch zu leben. Vorsichtig greife ich nach ihrem gesunden Arm, um ihren Puls zu fühlen.

Der Herzschlag klopft in ihrem Handgelenk.

Noch immer kein Krankenwagen. Auch keine Polizei. Ich versuche, mich daran zu erinnern, was ich in dem Erste-Hilfe-Kurs mit Sabine Knopfler aus der Buchhaltung gelernt habe. Stabile Seitenlage? Nein, besser ist es, ich bewege die Frau nicht. Aber ich muss unbedingt die Blutung stoppen. Ich will die Umstehenden nach einem Tuch fragen, aber mir fällt das spanische Wort nicht dafür ein. Also mache ich das Zeichen für Knoten, und da endlich versteht jemand – eine der alten Frauen reicht mir ein Taschentuch. In diesem Moment höre ich endlich die Sirenen. Ein Licht flammt auf, das ich zunächst für Blaulicht halte, aber es sind die Jugendlichen, die die Frau mit ihren Handys fotografieren.

Auf einmal wird mir klar, was passieren wird. Die Polizei wird jeden Moment hier auftauchen. Sie wird mich neben der Frau hocken sehen und wissen wollen, wer ich bin. Sie wird eine barfüßige Ausländerin sehen, eine, die nachts bei einer Angeschossenen kniet. Sie werden wissen wollen, was ich hier tue, nicht nur bei dem Opfer, sondern überhaupt in Mexiko. Ob die Bratsche mich schon vermisst gemeldet hat? Und selbst wenn nicht, was soll ich der Polizei sagen? Meine Visitenkarte zücken und die Vorstandsnummer durchziehen? Das kann ich nicht. Ich bin vollkommen aufgewühlt.

So schnell ich kann, springe ich auf. Ich rempele mich durch die Menge und sprinte davon. Es wird hier doch sicher noch andere Taxis geben, die durch die Nacht fahren. Irgendjemanden, den ich anhalten kann. Doch die Straßen sind auf einmal menschenleer.

Nachdem ich etwa zwanzig Minuten gelaufen bin, lasse ich mich auf eine Mauer fallen. Ein Hund bellt hinter mir, irgendwo wird ein Fenster geöffnet, eine Frau schreit, aber ich kann mich nicht mehr bewegen. Meine Knie schmerzen so sehr, dass ich es fast nicht ertrage. Ich müsste einen Taxidienst anrufen, aber ich habe keine einzige mexikanische Nummer parat. Carlos kann ich jetzt auf keinen Fall anrufen, dazu waren wir uns schon viel zu nah an diesem Abend.

Richard nimmt sofort ab. «Wo bleibst du denn, Süße?», fragt er. «Ada und ich haben uns schon solche Sorgen gemacht!»

Die Wärme seiner Stimme treibt mir Tränen in die Augen. «Richard», weine ich. «Ich habe ein Problem.»

Als der Wecker klingelt, habe ich das Gefühl, erst fünf Minuten geschlafen zu haben. Ich bin vollkommen erledigt, doch noch immer schwirrt mir der Kopf. Weil ich meinen Firmenwagen am Vorabend auf dem Parkplatz von BRIS stehen gelassen habe, muss Richard ein Taxi rufen, um mich abzuholen.

Ich schminke mich sorgfältig, um die Spuren der Nacht zu vertuschen, ziehe einen eng anliegenden hellgrauen Rock an, eine weiße Bluse und lege mir die passende Kostümjacke über den Arm. Pumps und Handtasche nehme ich in die Hand.

Die Sonne geht auf, als ich an den Pool gehe, an dem Maria, unsere *Muchacha*, den Frühstückstisch gedeckt hat. Im Schein der frühen Sonne schimmern die Fliesen am Pool orange. Ada hebt den Kopf, als ich mich zu ihr setze, und lächelt mir schüchtern zu.

«Möchtest du eine *Concha* zu deinem Kaffee?», fragt sie und deutet auf ein paar muschelähnliche Gebäckstücke, die mit Zimt bestäubt sind und ganz köstlich duften. Bei dem Geruch muss ich an den friedlichen Morgen an der Tankstelle denken. Was ist nur alles seither passiert! «Danke, Ada. Sehr gern.»

Ada nickt ernsthaft. «Hat Juan uns gebracht.»

Ich nehme noch einen Schluck Kaffee und beiße ein Stück meiner *Concha* ab. Sie schmeckt süß und warm. «Ich will Richard nachher das Geld wiedergeben, das er für mich ausgelegt hat, um mich im Taxi abzuholen», sage ich. «Und dafür sollte es auch reichen. Aber mir schwant, dass auf meinem Konto schon ziemlich Ebbe herrscht. Außerdem haben wir heute den 28. Das ist bei mir immer ein finsterer Tag.»

«Kenne ich», sagt Ada und trinkt hastig einen Schluck.

«Du?»

«Ja, ich.» Ada verzieht den Mund zu einem vorsichtigen Lächeln. «Vor meiner Abreise nach Mexiko habe ich um einen Schuldenschnitt gebeten, aber mein Bankberater hat es abgelehnt mit der Begründung, ich würde mich zwar wie Griechenland verhalten, aber ich wäre ja immer noch eine Person.»

Vor Überraschung vergesse ich zu kauen. Ich weiß nicht, was mich mehr umhaut. Dass Ada einen Witz gemacht hat oder dass sie ebenfalls Geldprobleme kennt. «Das hätte ich nicht von dir erwartet», bringe ich mit vollem Mund heraus. «Ich meine, weil du doch immer so vernünftig bist!»

Ada sieht mich an, und ihr Lächeln verschwindet. «Das denkst du nur deshalb, weil du mich nicht kennst.»

Sie sieht meinen erschrockenen Blick und versucht, mich zu beruhigen. «Ist nichts Schlimmes. Ich habe in Deutschland bloß ein teures Hobby gehabt.»

«Okay, du musst mir jetzt nichts sagen, aber …»

«Flugstunden. Ich wollte Hubschrauber fliegen lernen. Aber ich habe den Schein nicht gemacht.»

«Du weißt schon, dass du die erstaunlichste Frau bist, die ich je getroffen habe, Ada?»

Sie erwidert mein Lächeln. «Sagt die Frau, die sich als Produktionsvorstand ausgibt.»

«Weißt du, ich denke manchmal, dass ich für diesen Job, den ich hier mache, auch bezahlt werden müsste. Findest du nicht?» Ich greife nach einem Stück Mango. «Irgendwie ist es nicht gerecht, dass meine Doppelgängerin das Geld einstreicht, wo sie doch bloß im Koma liegt. Ich meine, wo kämen wir hin, wenn wir für komatöse Zustände Unsummen von Geld kassieren würden? Und ich will ja bloß für die zwei Wochen bezahlt werden, in denen ich tatsächlich was tue. Wenn ich in Deutschland bin, zahle ich die andere Hälfte meines Monatsgehalts auch zurück!»

«Schlechte Idee», sagt Ada. «Ganz schlechte.»

Ich seufze. «Ja, ich weiß. Es steht mir ja auch nicht zu, das Gehalt. Nicht wirklich. Es ist nur manchmal so schön, sich das vorzustellen.»

Die nächsten Minuten verbringen wir in einträchtigem Schweigen. Ich fühle mich so wohl mit Ada. Wie lieb sie ist! Und wie klug! Hubschrauberfliegen also. Ich kann sie mir gut vorstellen im Cockpit. Wie sie Richard und mich zum Landeplatz auf unserer Yacht fliegt, der Yacht meines Vorgängers. Und plötzlich schlage ich mir vor den Kopf. «Aber ja! *Das* ist es! Warum habe ich denn nur nicht gleich daran gedacht?»

Ada lächelt. «Was denn?»

«Ich habe doch ein Kreditangebot hier in Mexiko! Das nehme ich an, und vorbei sind die Sorgen!»

«Wofür hast du denn ein Kreditangebot bekommen?»

«Um eine Yacht zu chartern. Angeblich hat jeder Vorstand mit Firmensitz in der Karibik eine, und es wäre irgendwie merkwürdig und würde nur unnützes Aufsehen erregen, wenn ich *keine* Yacht hätte, findest du nicht?»

Ada sieht mich an, ohne mit der Wimper zu zucken. «Du bist noch verrückter, als ich dachte.»

Wir brechen beide gleichzeitig in Gelächter aus.

«Aber natürlich auf eine sehr gute Art», schiebt sie rasch nach.

Am anderen Ende des Patios kann ich Maria, unsere Haushaltshilfe, sehen, die mit Schrubber, Lappen und Putzmitteln bewaffnet in mein Zimmer geht. Große, bunte Schmetterlinge umflattern sie.

«Ich musste über das nachdenken, was du gestern Abend erlebt hast», sagt Ada und schiebt ihren Teller beiseite. «An die angeschossene Frau.»

«Gibt es da irgendwelche Neuigkeiten?»

«Ja.» Ada greift nach ihrem Tablet. «Sie hat es überlebt. Der Nachrichtenagentur zufolge war eine Unbekannte vor Ort, die die Blutung gestoppt hat. Sie war allerdings schon weg, bevor die Polizei eintraf.» Sie sieht zu mir hinüber. «Die Familie des Opfers sucht diese Frau jetzt, um sich bei ihr zu bedanken. Sie gehen davon aus, dass sie dem Opfer das Leben gerettet hat.»

«Diese Unbekannte», nicke ich, «befindet sich in Mexiko in einer nicht ganz legalen Situation.»

«Mhm. Dann hoffe ich für sie, dass sie von niemandem gefunden wird.» Ada greift wieder nach ihrem Kaffee. «Frauenmorde geschehen hier in Mexiko leider recht häufig.»

«Was heißt häufig? Gibt es Statistiken dazu?»

Ada tippt auf ihrem Tablet herum. Dann zeigt sie mir den Bildschirm. «Hier.»

Ich werfe einen Blick darauf. Und schaue entsetzt wieder hoch. «Aber das ist doch nicht möglich! Wie kann das denn sein?»

Ein Klingeln unterbricht uns. Einer der BRIS-Fahrer ist gekommen, um mich ins Büro zu bringen. Dass ich ausgerechnet jetzt losfahren muss, ärgert mich ein bisschen. Ich würde so gern mit Ada weiterreden. Ich würde sie gern so vieles fragen. Und ich möchte von ihr wissen, was ich ihrer Meinung nach tun soll. Wie ich meine Macht in der verbleibenden Zeit nutzen kann, um etwas nachhaltig Gutes zu tun.

Während ich eine Viertelstunde später auf dem Rücksitz des Wagens meine Unterlagen für den Tag durchsehe, summe ich leise die Brahms-Nummer vor mich hin, die ich für das Frollein-Salon-Orchester eingeprobt habe.

Und auf einmal habe ich eine Idee.

«Sie hätten mir ruhig sagen können, dass Ihre Assistentin heute nicht da ist.» Kellermann steht mit zornig funkelnden Augen vor mir. Die Worte des Putin-Doubles kommen mir wieder in den Sinn. «Waffen an Bord – fragen Sie Kellermann, der kennt sich aus.» Wenn Blicke töten könnten, so bräuchte er diese Waffen jetzt aber nicht. «Wie Ihnen vielleicht nicht vollkommen entgangen sein dürfte», fährt er fort, wobei er mich mit seinem Blick geradezu durchlöchert, «haben wir in einer halben Stunde ein Meeting. Nicht wirklich wichtig, es geht ja nur um die neue Marketing-Strategie und einen Werbeetat von ein paar lächerlichen Millionen.»

Ich schenke ihm ein strahlendes Lächeln. «Guten Morgen, Herr Kellermann, ich freue mich auch immer so, Sie zu sehen. Gut, dass Sie so schnell kommen konnten, ich muss etwas mit Ihnen besprechen, das ziemlich eilt.»

Kellermann versucht tief Luft zu holen, verschluckt sich aber. «Doktor ...», bringt er krächzend heraus.

Ich hebe grüßend die Hand, als Carlos mir entgegenhastet. «Guten Morgen, Herr Rimenez», begrüße ich ihn. Es ist bestimmt nicht gut, wenn Kellermann davon erfährt, dass Carlos und ich uns jetzt duzen. «Sie müssten bitte einen Arzt verständigen, ich glaube, Herrn Kellermann geht es nicht gut.»

«Doktor ...», ächzt Kellermann. «Für Sie bin ich immer noch DOKTOR Kellermann, und nein, verdammt noch mal, ich brauche keinen Arzt!»

«Die Assistentin des Produktionsvorstands hat heute freigenommen?», höre ich eine Stimme auf Englisch sagen. «Ausgerechnet heute? Nein, das halte ich für ein Gerücht!» Die Stimme gehört dem Rothaarigen, der am ersten Tag so freundlich zu mir war. Gerade rechtzeitig fällt mir sein Name wieder ein.

«Hallo Mister Wallace!», begrüße ich ihn.

Er dreht sich lächelnd zu mir um.

So gut es geht, versuche ich ihm in wenigen Sätzen verständlich zu machen, dass ich diejenige war, die Carmen freigegeben hat. «Ihre Tochter wurde angefahren!», sage ich etwas dramatischer, als ich es ursprünglich beabsichtigt hatte. «Sie schwebt immer noch zwischen Leben und Tod!»

«Nun, das ist aber äußerst misslich heute», gibt er zu bedenken. «Schließlich geht es jetzt um eine wichtige Entscheidung. Wie sollen Sie die fällen, wenn Sie überhaupt nicht eingearbeitet sind?»

«Carmen hat alles perfekt vorbereitet!», versuche ich sie zu decken. «Sie wissen doch, wie gründlich und zuverlässig sie ist!»

Er schüttelt den Kopf. «Trotzdem. Sie wissen doch, dass

Ihre Assistentin nur Anspruch auf elf freie Tage pro Jahr hat. Umso misslicher, dass sie ausgerechnet heute einen davon nimmt!»

Ich will etwas entgegnen, aber Carlos nimmt mich beiseite. «Arbeitsrecht in Mexiko», flüstert er. «Im ersten Jahr kein Urlaub, im zweiten Jahr sechs Tage. Carmen hat Anspruch auf elf freie Tage, das ist nun mal so.»

«Aber das ist ja Sklaventreiberei!», zische ich.

«Nein, es ist bloß nicht Deutschland.»

«Misses Meyer?» Wallace räuspert sich. «Das heißt also, dass Sie das Dossier bekommen haben, das die Marketing-Abteilung vorbereitet hat?»

Ich nicke wissend, obwohl ich ums Verrecken nicht weiß, von welchem Dossier er spricht. Mister Wallace (muss dran denken, Carlos mal zu fragen, was für eine Funktion der hier ausübt), nickt mir erleichtert zu, dann geht er weiter, vermutlich in sein eigenes Büro.

«Ich wette, Sie haben keinen blassen Schimmer, worum es hier heute geht!», zischt Kellermann.

«O doch.» Ich versuche, mich zu sammeln. «Heute geht es darum, dass ich so schnell wie möglich wieder einen Termin bei Ihnen bekomme, ich habe da nämlich eine phantastische Idee!»

«Hören Sie auf mit Ihren Ideen!», blafft er. «Machen Sie lieber Ihre Arbeit, so wie alle anderen hier auch!»

Ein paar peinliche Sekunden lang spüre ich tatsächlich, wie Tränen in mir aufsteigen. Muss der Schlafmangel sein. Oder aber der Jahrzehnte währende Frust.

Aber dann siegt die Wut. Was hat der alte Griesgram nur mit mir? Ich habe langsam keine Lust mehr, sein Spielball zu sein, den er nach Lust und Laune wegschießen kann. Ja, ich bin es so was von leid, immer nur angemeckert und herumkommandiert zu werden. Zumindest während dieser zwei Wochen hier verbitte ich es mir!

«Dafür, dass Sie Ideenmanager sind, mögen Sie Ideen nicht besonders, oder?», sage ich und zwinge ein Lächeln in mein Gesicht. «Schade eigentlich, Ihnen könnte glatt was entgehen.»

«Ach ja?» Er kommt mir so nahe, dass ich seinen schlechten Atem rieche. «Was würde mir denn diesmal entgehen? Ein firmeneigener Streichelzoo? Wo all die Tiere leben, die in unserer Kantine nicht mehr gegessen werden?»

Die Wut ist immer noch da. Ich spüre sie so heftig, dass ich meine Fäuste balle. «Würde es Ihnen vielleicht heute nach der Sitzung passen?», frage ich zwischen zusammengebissenen Zähnen.

«Nein!», bellt er.

«Dann vielleicht heute Abend?» Komm schon, du griesgrämiger, alter Mann!

«Nein, dann auch nicht!»

«Wenn Sie ein Golfspiel haben, begleite ich Sie auch.»

«Na, Ihrer Hand scheint es auf ja jeden Fall besserzugehen», sagt er mit Blick auf den fehlenden Verband.

Ich atme tief ein und aus. «Genau, daher auch der Vorschlag.»

«Es ist möglich, dass ich während meines Golfspiels fünf Minuten Zeit für Sie erübrigen könnte», wirft Kellermann mir zu. «Aber ich rate Ihnen dringendst, meine Stellungnahme zu dem Dossier der Marketing-Abteilung zu unterstützen! Sonst ist es endgültig aus mit Ihren Ideen!»

In diesem Moment kommt ein anderer Deutscher vorbei, dessen Namen ich vergessen habe. «Kommt mit, ihr zwei, ihr wollt bestimmt auch mal lachen!», sagt er und zwinkert mir freundlich zu. «Guckt euch mal den neuen Wagen von Mister Wallace an!»

«Danke.» Kellermann wendet sich ab. «Aber wir haben heute schon gelacht.»

Den Wagen des armen Wallace müssen meine Kollegen natürlich trotzdem kommentieren. Wir stehen alle im Konferenzraum im ersten Stock und blicken aus dem Fenster in den Innenhof hinunter. Die Typen von der Marketing-Abteilung nesteln noch an einem Laptop herum, bestimmt gibt es gleich – ich kann ein Gähnen nicht unterdrücken – eine Powerpoint-Präsentation.

Ich habe immer noch keine Ahnung, worum es hier geht, aber ich muss keine Prophetin sein, um zu wissen, dass ich es gleich erfahren werde. Carmen wollte ich nicht stören. Von einer der Sekretärinnen weiß ich, dass sie den Morgen noch im Krankenhaus bei ihrer Tochter verbringt. Letztendlich ist mir diese Sitzung hier auch vollkommen egal. Ich will endlich meine Idee formulieren. Und dann will ich zur Tat schreiten. Verdammt, mir bleiben in Mexiko bloß noch fünf Tage Zeit!

«Ein echter Volvo Jacob aus dem Jahre 1927», fachsimpelt ein Mann in braunem Anzug am Fenster. «Na ja, der Wallace kann es sich ja leisten, den zu fahren.»

Kann er? Ich muss bei Gelegenheit wirklich mal fragen, was genau dieser Wallace bei BRIS eigentlich macht. Andererseits – auch das ist egal, oder? Alle Vorstände bei BRIS können sich ein tolles Auto leisten. Oder eine Yacht. Oder beides. Was mich daran erinnert, dass ich nach der Konferenz einen Termin bei dieser russischen Bank machen muss.

«Von 1927? Mensch, dann ist der Wagen ja fast doppelt so

alt wie ich!», sagt ein Typ aus der Laptop-Gruppe. Er trägt eine Anzugjacke, die ziemlich stark über seinem Bauch spannt.

«Denkt man gar nicht», grinst der im braunen Anzug wieder. «Im Gegensatz zu dir ist der noch gut in Schuss!»

Ich kenne dieses Geplänkel unter Männern so gut aus meiner Agentur in Hamburg, ich könnte es mit geschlossenen Augen und rückwärts mitplänkeln. Sind Bürogespräche überall so auf der Welt? Und kommt irgendetwas wirklich Wichtiges dabei heraus? Eigentlich geht es doch immer nur darum, dass der eine oder andere besser dasteht. Dass einer innerhalb seiner Hierarchie aufsteigt. Und dass man bei den ganzen Spielchen das beruhigende Gefühl von Zugehörigkeit verspürt.

Aber es nützt ja nichts, wie eine weltfremde Gottheit auf das Treiben all dieser anzugtragenden Schäfchen herabzusehen. Ich muss mir Verbündete suchen, wenn ich mit meiner Idee durchkommen will. Verbündete, die stark genug sind, gegen Kellermann zu opponieren. Und die Grund haben, auf Kellermann ebenso wütend zu sein wie ich.

Eine halbe Stunde später ist mir klar, dass das die Leute von der Marketing-Abteilung sind, allen voran der Mann mit dem schlechtsitzenden Anzug. Er hat eine ziemlich bahnbrechende Idee, wie er das Marketing von BRIS verbessern möchte. Und Kellermann ist dagegen. Dabei finde ich die Idee von dem Marketing-Mann gar nicht mal so schlecht.

«Nachdem wir die Agenturen monatelang gegeneinander antreten ließen», führt er abschließend aus, indem er zur letzten Folie klickt, «mussten wir feststellen, dass wir uns in einer Patt-Situation befanden. Die Pitches beider Agenturen waren gleich gut – und zwar weil sich auf beiden Seiten jeweils ein Werber besonders hervorgetan hat. Und darum plädiere ich dafür, dass wir eine firmeneigene Werbeagentur gründen. Mit diesen beiden Werbern als Kopf.»

«Aber das ist doch kompletter Unsinn!», poltert Kellermann los. «Und ich habe meine Einwände dagegen schon in eine Stellungnahme gefasst, die hier für viel Zuspruch gesorgt hat!»

In diesem Moment betritt Carlos den Raum. Augenblicklich beginnt mein Herz zu rasen. Was macht er hier? Die Konferenz ist auf Englisch, ich brauche keinen Spanisch-Dolmetscher in diesem Moment. Er nickt mir kurz zu, dann reicht er mir einen Zettel. «Du hast dein Telefon ausgeschaltet», flüstert er. «Carmen ist jetzt wieder im Büro.» Grapefruit und Gewürze fahren mir in die Nase, und ich fühle, wie mir das Blut in die Wangen steigt. Wann habe ich mich zuletzt so gefühlt? So aufgeregt – so verliebt? Damals bei Stefan? Nein, ich glaube nicht. Aber ich darf mir meine Gefühle jetzt auf keinen Fall anmerken lassen! «Danke schön», sage ich deshalb auch einfach nur und nehme ihm den Zettel aus der Hand.

Um mich herum ist die Diskussion in vollem Gange. Kellermann zählt seine Einwände auf. «Dann binden wir uns dauerhaft an die beiden ... schon wieder eine eigene Abteilung ... neue fixe Kosten ...»

«Aber wenn es doch die beiden Besten sind, die die Branche derzeit zu bieten hat?», fahre ich dazwischen. Wieder einmal wird mir bewusst, dass ich die einzige Frau im Raum bin. Alle Köpfe wenden sich mir zu.

Kellermann ist dunkelrot im Gesicht. «Sie ...!», sagt er mit drohendem Unterton und streckt den Zeigefinger in meine Richtung. «Sie ...!!!»

«Genau, ich. Schön, dass Sie mich von den anderen unterscheiden können, das hilft schon mal ein bisschen in dieser Diskussion.» Das ist ein Spruch, den der Chef manchmal gebracht hat – ich kann ja nicht jeden Tag das Rad neu erfinden.

Kellermann bringt vor Wut keinen Ton mehr hervor.

Aus den Augenwinkeln bemerke ich, wie Marketing-Mann mir amüsiert zulächelt.

«Wir müssen die beiden ja auch nicht dauerhaft an uns binden», fahre ich fort. «Ein Zeitvertrag reicht. Wie sieht deren vertragliche Situation denn derzeit aus?»

«Sie sind Freelancer in ihrer jeweiligen Agentur», sagt Marketing-Mann.

«Na bitte. Dann werden sie auf unser Angebot bestimmt eingehen.»

«Darauf kommt es doch überhaupt nicht an, ob sie auf unser Angebot eingehen!» Kellermann knallt seine Faust auf den Tisch. «Weil wir ihnen ein solches Angebot nämlich nicht unterbreiten werden! Wir haben mit der Agentur *alpha bet* in den vergangenen fünf Jahren hervorragende Erfahrungen gemacht! Und ich fand ihren letzten Pitch zu unserer Silberschmucklinie ausgezeichnet! Ich bin dafür, dass wir uns auch weiterhin an *alpha bet* halten. Damit gehen wir jedenfalls kein Risiko ein!»

«Ach, geht es nur darum, kein Risiko einzugehen?», sage ich sarkastisch. «Das wusste ich bislang nicht. Unglaublich, und das sagt ausgerechnet der Ideenmanager eines multinationalen Unternehmens? Na, dann sind Sie ja genau richtig hier im Club.»

Der rothaarige, freundliche Mister Wallace reißt die Augen auf bei meinen Worten. Aber dann lächelt er mich an.

«Sie können sich Ihre eigene Idee jetzt sonst wohin stecken!», zischt Kellermann mir auf Deutsch zu, während die anderen weiterdiskutieren.

«Sie mich auch», flüstere ich zurück, ohne ihn anzusehen.

«Mittagessen?», fragt mich Marketing-Mann, als die Konferenz endlich beendet ist. Er ist sichtlich guter Laune. Kein Wunder, schließlich hat er gewonnen.

«Gern», gebe ich lächelnd zurück. «Ich habe immer mächtigen Hunger nach solch einem Kampf!»

«Danke übrigens für Ihre Unterstützung», sagt er auf dem Weg in die Kantine. «Kellermann war ja wild entschlossen, sich in dieser Sache durchzusetzen. Aber das hat er dank Ihnen nicht geschafft.»

«Kellermann ist hier ein bisschen der Spielverderber, oder?», frage ich, während ich mein Handy einschalte.

«Ein bisschen?», grinst er. «Habe noch nie so eine Untertreibung gehört!»

Während wir miteinander essen (Salat aus Roter Bete und Avocado für mich, ein riesiger Nudelteller für Marketing-Mann), heize ich die Stimmung gegen Kellermann noch etwas an, bevor ich zum eigentlichen Punkt komme: meiner Idee.

«Und genau deshalb möchte ich ein Firmen-Orchester gründen», sage ich. «Weil ich möchte, dass solche Misstöne wie eben verklingen. Ich möchte die *corporate identity* unseres Unternehmens stärken.»

«Verstehe. Und bei Kellermann rennen Sie da gegen die Wand.»

«Wand?», greife ich sein Witzchen von eben auf. «Habe noch nie so eine Untertreibung gehört!»

Der Marketing-Mann lacht und knöpft sich sein Jackett auf. «Diese Idee mit dem Firmen-Orchester», sagt er, «die haben Sie ja schon bei Ihrem ersten Auftritt hier ausgeführt. Übrigens – die originellste Präsentation, die wir hier bei BRIS je hatten», fährt er mit bewunderndem Nicken fort. «Sollten Sie jemals Lust haben, die Abteilung zu wechseln, so sind Sie in unserer neuen, firmeneigenen Werbeagentur herzlich willkommen!»

«Danke für dieses freundliche Angebot», lächele ich. «Aber meine eigene Abteilung gefällt mir ganz gut.»

Ich warte, bis wir Kaffee trinken, um meine Idee weiter auszuführen. «Es geht mir also nicht nur darum, dass wir alle besser zusammenspielen. Sondern ich möchte mit diesem Orchester auch Benefizkonzerte geben.» Einen Moment lang wird mir schwindelig. Wieder einmal wird mir bewusst, wie vollkommen verrückt das hier alles ist! Nicht nur dass ich mir diese Stelle erschlichen habe und sie ausfülle, als wäre das alles ganz normal – nein, jetzt will ich auch noch ein Orchester gründen, und zwar eines, das nach meiner Abreise weiterbesteht!

«Wem sollen denn die Einnahmen aus den Konzerten zugutekommen?»

Ich nehme all meinen Mut zusammen. «Mexikanischen Frauenhäusern. Oder Kindern, die ihre Mutter verloren haben. Oder Bildungseinrichtungen für Kinder aus gewaltbelasteten Familien. Ich weiß noch nicht so genau.» Ich sehe seinen Blick und rede rasch weiter. «Gestern Abend wurde ich Zeugin eines Angriffs. Ein Mann hat auf offener Straße auf eine Frau geschossen. Wie die Medien heute berichten, war es eine Beziehungstat. In diesem mexikanischen Bundesstaat gibt es jährlich Hunderte von Frauenmorden, und die Zahl nimmt jedes Jahr weiter zu. Warten Sie!», sage ich, weil ich merke, wie der Marketing-Mann mir das Wort abschneiden will. «Ich weiß, was Sie jetzt denken! Eine Frau auf einem Vorstandsposten will ihre feministischen Phantasien durchsetzen! Aber so ist es nicht! Ich denke nur, dass wir etwas zurückgeben sollten, gerade wir, die wir Luxusgüter herstellen. Wir sollten selbst Luxus abgeben! Den größten Luxus von allen: körperliche Unversehrtheit!»

«Aber Sie brauchen mich doch nicht zu überzeugen», lächelt er. «Was haben Sie denn bloß für ein Bild von uns Männern? Frauen und Kindern Gewalt anzutun ist das Feigste, das Mieseste, was es überhaupt gibt! Natürlich unterstütze ich Ihre Idee. Und dafür brauchen wir nicht einmal den alten Griesgram Kellermann zu fragen. Wir gründen das Orchester als Feierabend-Orchester. Es bleibt natürlich immer noch das Firmen-Feierabend-Orchester», fügt er listig hinzu. «Das Frauen und Mädchen in Not unterstützt. Das geben wir so auch an die Presse weiter. DAS nenne ich endlich mal Marketing!»

Als wir aufstehen, sehe ich Carlos mit einem Tablett in den Händen auf mich zugehen. Ich will ihn grüßen, aber mein Mund ist auf einmal wie ausgetrocknet, und mein Herz hämmert wie wild. Sekundenlang verhaken sich unsere Blicke ineinander. Dann geht er wortlos an mir vorbei.

11. Kapitel

Es ist nicht so, dass ich nach Stefan niemanden mehr gehabt hätte. Zu den denkwürdigsten Kreaturen, denen ich mich zeitweise verbunden fühlte, zählt Peter, ein begeisterter Bodybuilder, der jede freie Stunde mit dem Aufpumpen seiner

Oberarme verbracht hat. Das hat der Beziehung naturgemäß nicht so viel Raum gegeben. Auch getränketechnisch haben wir nicht harmoniert. Ich mag auf Partys mein Glas Wein, während sich Peter selbst im geselligen Beisammensein strikt an Proteinshakes hielt. Mit Burkhard, dem Mann unserer Service-Hotline, war das Leben aber auch nicht gerade ein Champagnerrausch. Außerhalb seiner Arbeitszeiten war er nicht oft wach – ein Problem, das Burkhard mit der Schlafkrankheit begründete, die er angeblich hatte. Bis heute halte ich das für ein Gerücht. Napoleon hatte die Schlafkrankheit ja angeblich auch, und der war zweimal verheiratet *und* hat halb Europa erobert. Ach ja, und dann war da noch die stürmische Beziehung zu Peyton, meinem britischen Friseur. Mit ihm fing alles sehr schön und romantisch an, aber nach nur wenigen Monaten hatten wir uns ständig in den Haaren – und das hatte nur bedingt etwas mit meinen störrischen Locken zu tun. Liebe, daran glaube ich mittlerweile, ist nur eine Entschuldigung für extrem unvernünftiges Verhalten. Und darum habe ich mich zu den 11,2 Millionen Deutschen gesellt, die partnerlos sind.

Ja, und jetzt ist da auf einmal Carlos. Und ich bin unvernünftiger denn je. Denn Carlos und ich, das geht natürlich überhaupt nicht. Das würde nie im Leben funktionieren, und zwar aus einer ganzen Reihe von Gründen, angefangen damit, dass ich ihm vorgegaukelt habe, jemand anderes zu sein. Nicht, dass ich glaube, bei ihm überhaupt eine Chance zu haben. Aber angenommen, ich hätte sie, und angenommen, ich würde sie nutzen! Chaos, Kummer und Katastrophen wären vorprogrammiert.

Draußen wird es Abend. Erste Lichter flammen auf. Ich sitze auf der Rückbank eines Firmenwagens, draußen rauscht das abendblaue, palmengrüne Mérida vorbei. Als die Plaza de la Independencia vor uns auftaucht, muss ich erneut an Carlos denken. Hier haben wir vor drei Tagen miteinander getanzt. Noch immer spüre ich seine Nähe und Wärme. Ein Schauer krabbelt über meine Haut. Mein Herz hämmert. Ich weiß nicht, was ich aufregender finde: den Gedanken an Carlos oder den Umstand, dass ich auf dem Weg zu diesem russischen Bankinstitut bin. In der Tat habe ich noch nie angstfrei mit einem Bankberater gesprochen. Und jetzt geht es um solch riesige Summen! Ich habe sofort einen Termin bekommen. Sehr kundenfreundlich, diese Russen. Ich bin versucht, meinem Bankberater in Hamburg die Mail weiterzuleiten, die ich vorhin von einem gewissen Herrn Dimitrov erhalten habe und in der sinngemäß steht, dass er mir gern einen Termin in drei Stunden bestätigt und dass die angeforderte Summe kein Problem darstellt. «*Das* ist Kundenservice, Herr Eisenbrenner!», würde ich am liebsten schreiben. «Nehmen Sie sich *daran* mal ein Beispiel! Mit freundlichen Grüßen Ihre Jule Meyer, die demnächst eine vierstöckige Yacht chartern wird.» Bei dem Gedanken an Eisenbrenners Gesicht beim Lesen der Mail muss ich lachen, bemerke aber, dass mich mein Fahrer beobachtet, und setze augenblicklich wieder einen neutralen Gesichtsausdruck auf.

Wir halten vor einem weißen Kolonialgebäude, dessen Eingang von Säulen eingefasst ist. Fassadenstrahler tauchen den Bau in eindrucksvolles Licht. Mein Fahrer steigt aus, geht um den Wagen herum und hält mir die Tür auf. «Ich warte hier auf Sie, Frau Meyer», sagt er auf Englisch.

«Nicht nötig. Kommen Sie einfach in einer Stunde wieder. Solange können Sie sich ja irgendwo hinsetzen, wo es schön ist, und sich etwas zu trinken bestellen.»

Einen Augenblick lang sieht er aus, als hätte er eine Erscheinung. Sein Kiefer klappt herunter, und er reißt die Augen auf. Dann fängt er sich wieder. «Das war ein Scherz, oder?», fragt er, um ein Lächeln bemüht.

«Nein, nein, ganz im Gegenteil, ich bitte Sie, amüsieren Sie sich!» Und zum Zeichen dafür, dass ich es ernst meine, drücke ich ihm dreihundert mexikanische Pesos in die Hand. Schließlich bin ich gleich reich.

Er starrt mir verwundert nach, während ich die Stufen hinaufschreite. Das geht nicht ganz so hurtig. Ich habe mich noch immer nicht an den Kostümrock gewöhnt. Vielleicht sollte ich mir einen Hosenanzug zulegen, denke ich. Ist doch Murks, als Frau aufsteigen zu wollen und dabei die Beine nicht richtig bewegen zu können.

Drinnen muss ich mich erst einmal bei einer Art Pförtner melden, der an einem Schreibtisch in einer Glaskabine sitzt. Es ist ein sehr modischer Pförtner mit einer TAG Heuer Carrera am Handgelenk, die ich deshalb so genau kenne, weil der Chef sie ebenfalls trägt. «Señora Meyer?», fragt er, wesentlich schlechter gelaunt, als ein Mann im Dienstleistungssektor normalerweise wirkt. «Ich würde gern Ihren Ausweis sehen.»

Mein Herz beginnt wieder zu klopfen, dabei kann mir ja in diesem Moment nichts passieren. Schließlich ist es ja immer noch *mein* Reisepass. Das Bild darauf zeigt ganz eindeutig mich.

Zwei Männer mit einer Waffe am Gürtel bringen mich dann in ein weiteres Büro. Also, einen Banküberfall würde ich hier nicht unternehmen, dazu ist das Personal offenbar zu gut ausgerüstet. Der Rest geht dann ziemlich schnell. Keine langen Wartezeiten, kein vertrackter Papierkram und keine versteckten Vorwürfe (Eisenbrenner hat immer so eine Art, mich an meine zu hohen Ausgaben zu erinnern, die mir überhaupt nicht gefällt). Außerdem spricht Dimitrov Deutsch, was das

Gespräch stark erleichtert. Auf der Minusseite bietet er mir keinen Cappuccino an. Aber das ist ein zu vernachlässigendes Detail, wenn ich bedenke, dass mir gleich eine halbe Million US-Dollar zur Verfügung stehen wird. Seltsamerweise muss ich sofort unterschreiben, dass ich auch die Yacht chartern will. Ich hatte mir da eigentlich noch Bedenkzeit ausbitten wollen, aber Dimitrov wirkt noch schlechter gelaunt als sein Pförtner, als er mein Zögern bemerkt. Er zählt mir noch einmal die Vorzüge der Yacht auf (Privatsphäre, Schutz vor Spionage, hervorragendes Waffenabwehrsystem) und bemerkt, dass das Yachtsegeln von größter Entspannung sei, wie mir sicherlich alle meine Vorstandskollegen bestätigen könnten.

«Selbstverständlich müssen Sie bei uns auch ein Girokonto einrichten, auf das Ihre Gehälter eingehen», sagt er.

«Selbstverständlich», bestätige ich.

Erst als ich ihm meinen Arbeitsvertrag reiche – es war nicht ganz leicht, den in Carmens Abwesenheit zu finden, aber Carmens Sekretärin kennt deren Ordnungssystem –, wird es ungemütlich. «Das ist nicht dieselbe Unterschrift», erklärt er und hält zum Beweis meinen Reisepass neben den Vertrag.

Ich beschließe, seinen Angriff mit einem Gegenangriff zu parieren. «Wollen Sie damit etwa andeuten, dass ich die Unterschrift auf meinem Arbeitsvertrag gefälscht habe?»

Er tippt mit einem schwarz behaarten Zeigefinger auf die beiden Dokumente. «Vergleichen Sie selbst!»

Ich sehe mir die Unterschrift unter dem Vertrag genauer an. Tatsächlich ähnelt sie meiner überhaupt nicht. Die Anfangsbuchstaben und das l in Julia sind viel größer. Auch das y in Meyer hat eine schöne Schleife nach unten. Mein eigener Name ist im Vergleich dazu richtig klein, fast geduckt.

«Na gut», sage ich, einer plötzlichen Eingebung folgend.

«Ich wollte es ja eigentlich nicht ansprechen. Aber ich bin bipolar.»

«Was?!»

«Ja. Manisch-depressiv. Meinen Arbeitsvertrag habe ich in einer manischen Phase unterschrieben, den Reisepass in einer depressiven.»

Dimitrov blickt mich an, als hätte ich nicht mehr alle Tassen im Schrank. Ich kann es ihm nicht verübeln, nach meinen Ausführungen.

«Schon mal von Menschen in einer Chefetage gehört, die keinen Dachschaden haben?», belle ich.

Dimitrov zieht eine Augenbraue hoch. «Ja.»

«Schön für Sie.»

«Frau Meyer, ich kann Ihnen unter diesen Umständen keinen Kredit gewähren.»

«Ach, kommen Sie. Weil ich bipolar bin? Das ist Ausgrenzung! Das ist …» Gibt es ein Wort dafür? «Das ist, als ob man Homosexuelle dafür verfolgen würde, dass sie homosexuell sind!»

Dimitrov blickt mich mit großen Augen an. Zu spät fällt mir ein, dass man in Russland genau das tut. «Ich meine», füge ich hastig hinzu, «es ist einfach nicht fair. Meiner bipolaren Störung habe ich es überhaupt nur zu verdanken, dass ich Karriere machen konnte», führe ich aus. Ich schwitze. «Und nur weil ich an manchen Tagen sehr viel fröhlicher als an anderen bin, heißt das ja nicht, dass ich nicht in der Lage wäre, den Kredit zurückzuzahlen!»

Dimitrov starrt mich an. Er hat ähnlich schräge Augen wie der Yachtenbroker, aber sein Blick ist stahlgrau. «Ich *hoffe*, dass Sie in der Lage sind, den Kredit zurückzuzahlen! Ich hoffe es *für Sie*!»

«Sie müssen das ja nicht gleich so bedrohlich ausdrücken», bemerke ich. Eine kleine Stimme in meinem Hinterkopf sagt mir, dass ich das lassen sollte mit dem Kredit. Irgendwie sind die Bedingungen eigenartig. Und die Folgen möglicherweise schmerzhaft. Aber jetzt ist es zu spät. Jetzt würde es merkwürdig aussehen, wenn ich einen Rückzieher machen würde. Ich würde unnötig Aufmerksamkeit auf mich ziehen. Und außerdem brauche ich das Geld. «Ich zahle das Geld zurück. Verlassen Sie sich drauf!»

«Kellermann hat recht gehabt mit seiner Einschätzung», sagt Dimitrov. «Sie sind eine wirklich bemerkenswerte Frau.»

Seltsamerweise klingt das nicht wie ein Kompliment.

Zwei Tage später haben wir unsere erste Orchesterprobe. Ein Fahrer, den ich nicht kenne, bringt mich im Firmenwagen durch den Feierabendverkehr zum Musikraum der Schule von Carmens Tochter. Dass wir so schnell einen Raum zum Üben finden konnten, habe ich allein meiner Assistentin zu verdanken. Noch so ein Mensch, dem ich während meiner Zeit hier nahegekommen bin.

Wenn ich mir in meiner Jugend das Orchester vorgestellt habe, das ich dereinst mal dirigieren würde, so hatte ich dabei stets eine gutgeordnete Angelegenheit vor Augen: gut ausgebildete Männer und Frauen, die wissen, wo sie sitzen und die ihre genau festgelegten Noten vom Blatt abspielen. Mit Instrumenten, die natürlich allesamt typische Orchesterinstrumente sind. In einem Probenraum für Orchester. Nichts auf der Welt hat mich auf diesen Abend vorbereitet. Es ist ein Schulgebäude in der Innenstadt von Mérida, das avocadogrün gestrichen ist. Den Musikraum zu finden fällt mir nicht schwer. Ich muss nur den Geräuschen folgen, den

Stimmen, dem Klappern, einem spitzen Schrei. Seltsamerweise höre ich kein einziges Instrument. Ein paar Sekunden lang bleibe ich im Türrahmen stehen und blicke auf das bunte Chaos, das sich vor mir ausbreitet. Dann tippt mich jemand von hinten an.

«Bin ich hier richtig bei der *audition* zum Maya-Musical?» Ein Mädchen mit seidig glänzenden schwarzen Haaren lächelt mich nervös an.

«Äh …» Bevor ich etwas sagen kann, ist Carmen an meiner Seite. «Ah, Señora Meyer, phantastisch, dass Sie da sind! Diese Tänzerinnen sind ja so furchtbar aufgeregt!»

«Tänzerinnen?», wiederhole ich ungläubig. «Aber …»

«Ja, es ist so.» Carmen spricht in rasendem Spanisch mit dem Mädchen an meiner Seite und macht ihr dann ein Zeichen, zu einer Gruppe von schlanken, perfekt geschminkten Schönheiten hinüberzugehen. «Es haben sich natürlich ein paar Mitarbeiter von BRIS gemeldet, um ein Firmenorchester ins Leben zu rufen. Aber leider waren es bei weitem nicht genug.»

«Und darum haben Sie noch ein paar Kandidatinnen von Mexico's Next Topmodel dazugeholt?» Die Schönheiten haben in einer Ecke des Probenraums einen beleuchteten Schminktisch aufgestellt, an dem sie sich gegenseitig die Haare auf dicke Wickler drehen, wie ich jetzt feststelle. Ach nein, nicht alle sind mit ihren Frisuren beschäftigt. Ein Tisch mit kleinen bunten Glasflakons, Wattepads und Feilen deutet auch auf ein mobiles Nagelstudio hin.

«Haha, Sie machen immer Scherze, Señora Meyer», lacht Carmen etwas unsicher. «Nein, die Mädchen hat die Praktikantin aus der Marketing-Abteilung mitgebracht, die Mode und Kosmetik studiert.»

«Und in ihrer Freizeit machen sie und ihre Kommilitoninnen Musik?», frage ich hoffnungsvoll.

Carmen beißt sich auf die Lippen. «Also, sie können zumindest alle sehr gut tanzen, insofern müssen sie ja auch musikalisch sein. Und die Praktikantin meinte, sie hatte früher Blockflötenunterricht.»

«Aber die Mädchen wissen schon, dass wir ein Orchester bilden wollen, oder?»

«*Esta bien*. Die Praktikantin hat das wohl so weitergegeben. Aber dann hat irgendjemand was falsch verstanden. Jedenfalls denken die Mädchen jetzt wohl, wir proben für ein Musical.»

Ich lasse meinen Blick über die Menge schweifen. Vom Marketing-Mann einmal abgesehen, der mit seiner Trompete dabei ist, und dem rothaarigen Mister Wallace, der sich anscheinend für das Xylophon interessiert, ist es vermutlich das attraktivste Orchester, das die Welt je gesehen hat. Aber ich argwöhne, dass es auch das unfähigste ist.

«Da bist du ja, Süße!» Richard kommt auf mich zugestürmt. «Ich muss sagen, die Atmosphäre ist phantastisch hier! Du hast genau die richtigen Menschen zusammengebracht! Und diese Mädchen dahinten …», er deutet auf das Frisuren- und Nagelstudio, «sind ja ganz besonders entzückend! Sie wollten mir eben schon eine Typberatung anbieten, aber ich habe ihnen gesagt, ich will so bleiben, wie ich bin!» Er kichert, dann bemerkt er Carmen neben mir, die er zur Begrüßung küsst und umarmt.

Einen Moment lang bleibt mir die Luft weg. Ich weiß überhaupt nicht, wo ich anfangen soll. Vielleicht mit dem Hinweis, dass er meine Kollegin vielleicht mit etwas mehr Anstand begrüßen sollte? So sieht es ja aus, als ob sie seine lang vermisste Geliebte sei.

«Du, Richard, darf ich vorstellen, das ist Carmen, meine Assistentin, du hast sie wahrscheinlich noch nicht …»

«Aber natürlich kenne ich Carmen!», strahlt Richard.

Zu meiner Erleichterung scheint Carmen sich ebenfalls zu freuen, Richard zu sehen. «Wir sind uns im Krankenhaus begegnet», erklärt sie. «Wo meine Tochter nach ihrem Unfall lag.»

«Sie lag auf demselben Flur wie die Frau, die wir zwei kennen», zwinkert Richard mir zu. Und etwas leiser: «Hihi, kennen, na ja. Oder auch nicht!»

«Falls du vorhattest, uns an Ort und Stelle auffliegen zu lassen», zische ich ihm wütend ins Ohr, «dann machst du deine Sache sehr gut! Ist Ada auf der Hacienda?»

«Ja, sag nicht, du hättest erwartet, dass sie heute Abend auf einer Bühne steht!»

Carmen scheint sich für unser Getuschel nicht zu interessieren. Sie sieht recht glücklich aus, stelle ich fest, kein Wunder, ihrer Tochter geht es nach dem Unfall wieder gut.

Zwei Tage sind vergangen, seitdem ich mit dem Marketing-Mann übereingekommen bin, das Firmen-Feierabendorchester zu gründen, und doch ist schon wieder so viel passiert wie zu Hause in zehn Jahren nicht. Ich könnte im Großen und Ganzen zufrieden mit sein, wenn die Sache mit Carlos nicht wäre. Er geht mir aus dem Weg. Und wenn er für mich dolmetscht, dann sieht er mich kaum noch dabei an. Sicher bedauert er es, mit mir ausgegangen zu sein, und ich kann es ihm nicht einmal verübeln. Es war ein Fehler, natürlich. Wir hätten uns niemals so nahekommen sollen, uns nie so viel voneinander erzählen dürfen. Ich bin schließlich seine Vorgesetzte – oder zumindest hält er mich dafür. Nicht darüber nachdenken, ermahne ich mich zum wohl tausendsten Mal an diesem Tag. Nicht an dieses warme Gefühl denken, das ich im Bauch habe, wenn ich nur seinen Namen höre, nicht an seine Augen denken und das Lächeln darin …

Ein elfengleiches Wesen tritt auf mich zu, das sich mir als die Praktikantin aus der Marketing-Abteilung vorstellt. «Wir haben schon über einen Namen für die Band nachgedacht!», wendet sie sich mir zu. «Und ich finde, man muss unbedingt den Namen des Unternehmens darin haben, damit jeder gleich sieht, dass es *unsere* Band ist! Was halten Sie von *there's no business like show BRISness*? Oder – ein bisschen mexikanischer – *la BRISa fresca*?»

Sie ist selbst eine frische Brise, wie sie mich mit ihren großen braunen Augen anstrahlt, und ich kann nicht anders, als ihr Lächeln zu erwidern. «Das sind alles gute Vorschläge», lobe ich pädagogisch wertvoll. «Aber wir wollen hier keine Band bilden, sondern ein Orchester.»

«Ein Orchester? Sicher?», fragt sie zweifelnd.

Mein Blick fällt auf Richard, der sich unter großem Gelächter von den Nagel-Señoritas ein paar Hiphop-Schritte zeigen lässt. «Nein», murmele ich. «So ganz sicher bin ich nicht.»

Am Ende geben die Instrumente den Ausschlag. Wir haben: eine Ukulele (meine), eine Trompete (die des Marketing-Manns), ein Xylophon (war schon da), eine Blockflöte (die der Praktikantin), ein Klavier (war auch schon da, ich habe aber keine Ahnung, ob jemand darauf spielen kann), ein Schlagzeug (hier ist der Fall ähnlich gelagert) und jede Menge Nagellack-Flakons. Carmen hat außerdem ein Paar Maracas mitgebracht – immerhin ein schönes mexikanisches Rhythmusinstrument.

Der rothaarige Wallace beobachtet mich mit seinem verschmitzten Lächeln, wie ich in meinen Noten blättere und eine Möglichkeit nach der anderen verwerfe. Brahms? Nicht mal mit viel gutem Willen. Vielleicht Beethovens «Ode an die Freude» (*a cappella* als Chor)? Ich überlege gerade, das ganze Projekt abzublasen oder vielleicht doch eine Tanzgruppe zu bilden (dann vielleicht ohne Marketing-Mann und Mister Wallace), da öffnet sich die Tür, und Carlos kommt herein, gefolgt von einer Gruppe Männer. Sie tragen Instrumentenkoffer, die verheißungsvoll nach Dingen mit Saiten aussehen. Carlos dreht sich zu mir um, und unser Blick dauert die entscheidende Sekunde zu lang. Dann lächelt er, sodass die kleine Zahnlücke wieder aufblitzt. «Entschuldige», sagt er. «Wir kommen wohl etwas zu spät.»

Ich habe große Mühe, mich zu konzentrieren. Meine Knie sind weich. Das Blut rauscht mir in den Ohren. Und ich bin mir nicht sicher, ob ich meine Gefühle besonders gut verstecken kann.

Entsprechend brumme ich nur kurz angebunden «Hola», als sich seine Bandkollegen bei mir vorstellen, und wende mich dann wieder meinem Stapel mit Noten zu.

«Du musst deinen Kollegen vielleicht nicht gleich zeigen, dass du sie am liebsten erhängen würdest, wenn sie zu spät kommen», raunt Richard mir ins Ohr.

«Es sind nicht *meine* Kollegen, sondern Carlos'!», zische ich zurück. «Und außerdem bin ich nicht wütend, sondern schüchtern!»

«Schüchtern, Jule – willst du mich veralbern?!»

«Nichts läge mir ferner. Aber in seiner Gegenwart fühle ich mich nun mal … ach, egal.» Ich werfe einen Blick zu Carlos hinüber, der mit konzentriertem Blick seinen Bass stimmt. «Tut mir leid. War ich wirklich unfreundlich eben?»

Richard zieht eine Augenbraue hoch. «Nicht im Vergleich zu Kim Jong-Un.»

Ich hole nervös Luft. «Ist aber auch immer so eine Gratwanderung, diese Sache mit der Macht.»

Carlos hat ebenfalls Noten mitgebracht. Es sind die Songs, die er mit seiner Band spielt. Ein paar Cover-Versionen sind auch dabei. Ich habe mich sofort für einen alten Motown-Titel entschieden: «Money (that's what I want)». Als global agierendes Luxus-Unternehmen muss man schließlich auch mal ein bisschen selbstironisch sein. Wer keine Instrumente beherrscht, tanzt oder singt. Eine der Mode- und Kosmetikstudentinnen spielt Xylophon, und das gar nicht mal so schlecht. Während Carlos an seinem Bass zupft, muss ich mich zwingen, nicht andauernd hinzusehen, so sexy sieht das aus. Wallace nimmt lächelnd die Maracas von Carmen entgegen. Währenddessen studiert das schwarzseidene Mädchen, das eigentlich von einem Maya-Musical geträumt hat, eine Choreographie für die Tänzerinnen ein. Zuerst finde ich, dass es überhaupt nicht zur Musik passt, aber nachdem die Mädchen den ersten Durchgang gemacht haben, finde ich sie und ihre Schritte hinreißend. Richard spielt auf seinem Schellentamburin, das er im Schulschrank gefunden hat, tapfer gegen Carlos' Schlagzeuger an. Aber die größte Überraschung für mich ist Carmen: Sie hat sich ans Klavier gesetzt. Und sie spielt wirklich gut.

Die Gänsehaut kommt, als wir «What the world needs now» anstimmen. Diesmal tanzen die Mädchen nicht, ich lasse sie im Chor singen. Ihre Stimmen klingen so rein, so unschuldig, so schön – auch wenn sie nicht immer die Töne treffen. Carmen hält die Augen geschlossen, während ihre Finger die Tasten drücken. Ich bedeute den anderen, ganz leise zu spielen, sodass wir fast nur die hellen Mädchenstimmen hören. Als der Refrain wiederkehrt, sehe ich zu Carlos hinüber. Er hält den Blick fest auf mich gerichtet, so als hätte er mich die ganze Zeit über schon angesehen. Seine Augen sind halb geschlossen, und jetzt lächelt er mich an.

«What the world needs now is love, sweet love / it's the only thing that there's just too little of.»

Ich versuche sein Lächeln zu erwidern, aber ich kann nicht. Mein Herz rast. Die Worte, gesungen von den Mädchenstimmen, jagen mir einen Schauer über die Haut.

In dieser Nacht kann ich nicht schlafen. Ich ertrage den Gedanken nicht, dass meine Zeit in Mexiko schon fast vorbei ist. Dass ich in drei Tagen wieder nach Hause fliegen muss. Vor allem jetzt, wo ich so unfassbar viel Geld habe! Oder kann ich das Geld auch noch zu Hause ausgeben? Nein, besser nicht, das ist die totale Schuldenfalle. Ich werde es den Russen so schnell wie möglich zurückzahlen, jeden Cent. Und die Yachtcharter muss ich auch kündigen. Oder vielleicht kann ich die Yacht untervermieten? Draußen im Hof der Hacienda ist es dunkel. Nur das Licht im Pool strahlt blau. Die Steinplatten unter meinen nackten Füßen fühlen sich kühl an, als ich zum Wasser gehe und mich an den Rand setze. Ich umschlinge meine Knie mit beiden Armen und blicke in den Himmel, zu den Millionen und Abermillionen von Sternen, die da glitzern. Ich habe noch nie in meinem Leben ein solchermaßen leuchtendes Himmelszelt gesehen. Was auch immer passiert, denke ich, ich werde das hier erlebt haben. Ich werde jemand gewesen sein. Jemand, der etwas zu sagen hat, der Dinge zum Besseren wenden kann, der gemocht wird, der liebt. Meine Augen füllen sich mit Tränen.

Obwohl ich in diesem Augenblick doch vollkommen glücklich bin.

Die Wolken treiben dunkelgrau über den Himmel, das Meer tobt in dunklem Türkis. Ein Regentag, kein untypisches Wetterphänomen für Juni an der Ostküste Yucatáns. Die perfekte Einstimmung auf Hamburg, denke ich, während ich mit Carlos eine Straße hinabgehe, deren Bürgersteige aussehen, als wären sie von einem Bildhauer mit Gewaltphantasien bearbeitet worden. Ganze Stücke sind herausgebrochen, sodass ich meine hochhackigen Pumps ausziehe und barfuß weiterziehe. In meinem Alter sollte man Wege vermeiden, die unweigerlich zum Orthopäden führen.

Mit jedem Schritt im Regen fühle ich, wie sich meine Locken stärker kringeln. Ein Blick in die Scheibe eines Restaurants bestätigt meine Ahnung: Es fehlen nur noch die großen Ohrringe, und ich könnte glatt als die deutsche Schwester von Lauryn Hill durchgehen. Also, die etwas ältliche, hellere und mit weniger vollen Lippen gesegnete Schwester der US-amerikanischen Sängerin. Gut, dass wir unseren Termin hinter uns gebracht haben. Diese soulige Frisur ist bestimmt schlecht fürs Vorstandsgeschäft.

Wir sind in Playa del Carmen, knapp dreihundert Kilometer von Mérida entfernt, und es ist mein letzter Tag mit Außentermin. Ein letztes Mal habe ich eine Produktionsstätte besichtigt. Diesmal war es eine Silberwerkstatt. Und wieder ist es gutgegangen. Wieder hat niemand Verdacht geschöpft. Erneut wurde ich empfangen, als sei das, was ich tue, vollkommen normal. *Fake it 'til you make it*, das alte Hochstapler-Mantra schießt mir in den Sinn. Ich habe mich so lange als Produktionsvorstand ausgegeben, bis ich das Gefühl hatte, dass ich es wirklich bin. Nein, nicht dass ich es *wirklich* bin, ich bin ja nicht verrückt. Aber dass ich es kann. Tatsächlich bereitet mir der Job überhaupt kein Kopfzerbrechen mehr. Zwei Wochen haben ausgereicht, um mich an die Arbeitsabläufe zu gewöhnen. Was vor allem an Carlos, Carmen und den Leuten meines Teams liegt. Die Dossiers, die sie mir erstellen, sind ausgezeichnet – es reicht, dass ich sie lese, um zu wissen, wie ich handeln muss.

«Das war dein letzter Termin für heute», stellt Carlos fest, während er mich rasch beiseitezieht. Ein Polizeiwagen mit heulenden Sirenen schießt an uns vorbei.

«Ja.» Ich traue mich kaum, ihn anzusehen. «Wollen wir vielleicht noch etwas trinken gehen, bevor wir zurückfliegen?»

«Das sollten wir sogar, denn bei diesem Sturm würde ich ungern den Hubschrauber starten.»

«Wir sind mitten in der Hurricane-Saison, richtig?»

«Ja. Wobei wir in diesem Jahr Glück hatten. Vor allem du. Der letzte Hurricane ist noch vor deiner Ankunft über Yucatán hinweggefegt.» Er sieht mich an. «Wenn sich der Wind nicht legt, sollten wir uns in Playa del Carmen eine Unterkunft suchen.» Wieder schlägt mein Herz schneller. Nein, ich bilde mir das nicht ein. Er flirtet mit mir.

«Wirst du danach wieder tagelang nicht mit mir sprechen?», lächelt er.

Nicht nur ein paar Tage, denke ich verzweifelt. Ich werde dich vermutlich nie wiedersehen. «Du kannst es dir vielleicht nicht vorstellen», versuche ich zu scherzen. «Aber Schüchternheit hemmt.»

Carlos lacht. «Sagt die Frau, die bei ihrem ersten Vorstandsmeeting *Manche mögen's heiß* spielt.»

«Der Song hieß *Running wild.*»

«Und die einem bei jeder Kleinigkeit widerspricht.»

«Na ja, das wird wohl so von mir erwartet. Stell dir mal eine Chefin vor, die nie widerspricht und total freundlich ist. Die Leute wären doch total irritiert!»

«Soll ich dir mal was im Ernst sagen?» Carlos blickt mich aufmerksam an. «Ich finde, dass du eine sehr freundliche Chefin bist. Die Stimmung hat sich vollkommen verändert, seitdem du da bist. Du lobst deine Mitarbeiter, hörst ihnen zu, bist aufmerksam, ehrlich interessiert und gerecht.»

Ich fühle, dass ich über und über rot werde. «Nein, nein, das glaube ich nicht …», bringe ich leise hervor, aber Carlos hat mich anscheinend nicht gehört.

«Soll ich dir mal sagen, was sie über dich reden bei BRIS? Die Leute aus den anderen Abteilungen, sie wollen alle in dein Team. Und kein Wunder! Wer will nicht zu einem Team gehören, in dem die Chefin barfuß herumhüpft?»

«Ich, oh … hüpfe ich? Hier sind so viele Löcher. Dieses Pflaster eignet sich nicht wirklich für Pumps.»

«Und die ihrer Assistentin was auf der Ukulele vorspielt und mit ihr gemeinsam *Hit the road, Jack* singt.»

«Äh, ja, Carmen und ich waren noch so begeistert von unserer Orchesterprobe gestern und äh …»

«Wer will nicht zu dem Team gehören, das gründlich aufräumt? Das Dinge bewegt, das sich engagiert? Das ein Orchester gründet?»

«Alle Abteilungen bei BRIS leisten hervorragende Arbeit, unsere Abteilung ist da keine Ausnahme …» Ich merke, dass ich mich genau wie Ada anhöre, und schüttele den Kopf. Sei doch mal ein bisschen selbstbewusster!, rufe ich mir selbst zu, aber es nützt nichts. Ich habe in meinem Leben so wenige Komplimente bekommen. Sie fühlen sich sehr angenehm an –

insbesondere, wenn sie von Carlos kommen –, aber ich weiß einfach nicht, was ich mit ihnen anfangen soll.

«Deine Abteilung ist eine Ausnahme, Julia. Das sehen alle so bei BRIS. Na gut, vielleicht nicht Kellermann. Der mag dich irgendwie nicht.»

«Ich wünschte, ich müsste das nicht über Kellermann sagen», lache ich. «Aber das ist endlich mal ein Gefühl, das auf Gegenseitigkeit beruht.»

Ich sehe zu Carlos hinüber, und im selben Moment wird mir klar, wie doppeldeutig meine Worte klingen. Er erwidert mein Lachen nicht, im Gegenteil. Sein Blick ist lang und ernst.

Wir biegen auf eine Straße ein, in der sich Geschäfte für den alltäglichen Touristenbedarf aneinanderreihen. Breitkrempige mexikanische Hüte, bunte Ponchos und Ständer mit Sonnenbrillen, so weit das Auge reicht. Touristen in Strandkleidern, Shorts und T-Shirts schieben sich links und rechts an uns vorbei. Dazwischen patrouillierende Polizisten mit Maschinenpistolen. Es ist jetzt dunkel geworden, und es hat aufgehört zu regnen. In dem Schaufenster einer Apotheke leuchten riesige Lettern in Neonrosa. Das nasse Pflaster spiegelt ihren Schein.

«Drugs open», lese ich laut. «Was die da wohl so verkaufen? Psilocybinhaltige Pilze? Mescalin? LSD?»

Carlos lacht. «*Drugs* ist die Abkürzung für *Drugstore*, also Apotheke. Aber ich freu mich für diesen Einblick in dein Drogenwissen. Du kennst dich beeindruckend gut aus!»

Ich schwenke die Pumps in meinen Händen. «Was soll ich sagen? Ich bin ein Hippie-Kind meiner Zeit!»

«Ich habe mir allerdings sagen lassen, dass die alten Carlos-Castaneda-Sachen nicht mehr so gefragt sind. Heutzutage knallt sich die Jugend mit anderen Substanzen zu.»

Außerdem werden hier heutzutage Kriege um Drogen geführt, denke ich. Menschen sterben, jedes Jahr Tausende. An die genaue Statistik kann ich mich nicht mehr erinnern. Die Zahlen, die ich in Hamburg bearbeitet habe, verschwimmen – so wie überhaupt vieles aus meinem Alltag dort. «Und was nehmen junge Menschen heutzutage so?»

Das Grübchen in seiner Wange blitzt auf. «Keine Ahnung, woher sollte ich das auch wissen? Ich bin ja bloß sieben Jahre jünger als du.»

«Du bist schon zweiundvierzig?» Ich bleibe so plötzlich stehen, dass ich den Strom aufhalte. Eine Gruppe von Amerikanern bahnt sich johlend einen Weg um uns herum.

Carlos runzelt die Brauen. «Nein, ich bin siebenundvierzig.»

«Oh, aber dann bist du doch …» Ich kann mich gerade noch rechtzeitig bremsen. Bloß zwei Jahre jünger als ich, hätte ich fast gesagt. Zum Glück erinnere ich mich an den Wikipedia-Eintrag über meine Doppelgängerin und daran, dass sie schon vierundfünfzig ist.

«Doch noch ganz schön jung», improvisiere ich hastig. «Darfst du bei Wettrennen überhaupt schon in der Seniorenklasse laufen? Und wirst du auch immer respektiert?»

Carlos lacht. «Ja. Aber glücklicherweise ist es auch noch nicht so weit, dass mir die Leute im Bus ihren Platz anbieten!»

«Was vermutlich damit zusammenhängt, dass du dich in Luxus-Autos und Hubschraubern fortbewegst!» Ich mustere ihn von der Seite. «Nein, ehrlich, du siehst überhaupt nicht aus wie siebenundvierzig. Ich hätte dich sehr viel jünger geschätzt!»

Carlos lächelt. «Danke, aber das Kompliment kann ich voll zurückgeben. Dich hätte ich auch auf höchstens Ende vierzig geschätzt!»

Das verstimmt mich jetzt etwas. Aus irgendeinem Grund hatte ich mir eingebildet, sehr viel jünger auszusehen, als ich es bin.

«Aber das mit dem Alter ist egal, oder?», fragt Carlos.

«Mhmm», mache ich. Ich klinge schon genau wie Ada. Warum nur färben Menschen, die mir nahestehen, immer so auf mich ab?

«Weil du alterslos schön bist», sagt Carlos leise. «Du wirst noch mit achtzig atemberaubend aussehen.»

Ich drehe mich zu ihm um und mustere ihn. Seine blauen Augen, die in dem Gefunkel der Läden glitzern. Seinen sinnlichen Mund. Minutenlang stehen wir einfach nur da und sehen uns an. Amerikanische Rockmusik dringt aus einem der Läden und mischt sich mit dem Läuten der Glocke einer kleinen Kirche. Ein paar Geschäfte weiter brandet mexikanische Folklore auf.

«Wir sollten vermutlich nicht so miteinander reden», erwidere ich endlich.

«Nein», stimmt Carlos zu, während er mich weiter ansieht. «Das sollten wir vermutlich nicht.»

Wir gehen schweigend auf den kleinen Platz vor der Kirche. Der Wind hat mittlerweile nachgelassen. Eine flache Mauer steht hier, von der aus man das Treiben auf dem Platz gut beobachten kann. Ich lege die Pumps ab, wische das Regenwasser von der Mauer und setze mich hin. Irgendetwas Aufregendes scheint auf dem Platz zu passieren, und als sich mein Puls so weit beruhigt hat, dass ich in der Lage bin, meine Umgebung in Augenschein zu nehmen, bemerke ich einen Mann in weißem Hemd und roter Hose, der einen Pfahl hinaufsteigt.

Ich lege meinen Kopf in den Nacken. «Was ist da oben los?»

Er lacht. «Auf der Pfahlspitze? Noch nichts. Aber gleich kommen die Voladores. Die werden einen zeremoniellen Tanz aufführen.»

«Auf einem Pfahl?», frage ich ungläubig nach, doch im gleichen Moment sehe ich vier weitere Männer, die genauso aussehen wie der Kletterer. Der hat mittlerweile begonnen, auf der Pfahlspitze Flöte zu spielen.

«Der Flötenspieler dort oben symbolisiert die Sonne», erklärt Carlos. «Die anderen vier stehen für die Winde. Vier ist eine wichtige Zahl in der präkolumbianischen Symbolik. In Städten, die ursprünglich Maya-Städte waren wie Mérida, sieht man das noch. Entschuldige, ich hoffe, ich langweile dich nicht mit so etwas.»

«Ganz im Gegenteil.» Ich bin aufrichtig fasziniert. Allerdings wäre ich das wohl auch, wenn er mir das Telefonbuch von Mexico City vorlesen würde, aber das brauche ich ihm ja nicht zu sagen. Seine Stimme ist so schön.

«Der Zócalo zum Beispiel, an dem du dich immer mit deinen Freunden triffst …»

«Zócalo?» Die vier Männer haben sich jetzt ein Seil um den Körper gewickelt, das der Flötenspieler herabgeworfen hat, und ziehen sich damit empor.

«Der Hauptplatz eines Ortes. In Mérida ist das die Plaza de la Independencia.»

«Ja?»

«Vom Hauptplatz zweigen in der Regel vier Straßen ab. Jede in eine andere Himmelsrichtung.»

Jetzt erst bemerke ich, dass sich die Geräusche auf dem Platz verändert haben. Die Geschäfte haben ihre Musik ausgestellt, sodass man nur noch den Flötenspieler hört. Mittlerweile sind fast hundert Menschen auf den Platz geströmt, um das Spektakel zu betrachten. Ich weiß nicht, ob es Absicht oder Zufall ist, aber Carlos berührt meine Hand.

Ein Raunen geht durch die Menge, und ich lege den Kopf in den Nacken. Die vier Männer sind oben angekommen. «O weh!», stoße ich hervor. «Die seilen sich ja kopfüber ab!» Mir wird auf einmal sehr schwindelig. Keine Ahnung, ob das an dem Anblick liegt oder weil Carlos' Zeigefinger sich an meiner Hand bewegt.

In diesem Augenblick klingelt sein Handy. Carlos blickt auf das Display, und ohne seinen Finger von meiner Hand zu lösen, sagt er: «Das ist Ciara.» Ich nicke ihm zu.

Die Männer haben sich das Seil um einen Knöchel gewickelt. Nun fangen sie an, sich zu drehen. So schnell fliegen sie um den Pfahl, dass sie aussehen wie die Schaukeln eines Kinderkarussells.

Auf einmal krampft sich seine Hand um meine. Und dann kann ich es durch den Hörer des Telefons hören. Ciara weint.

Carlos' Stimme wird zärtlich und tröstend. Noch immer lässt er meine Hand nicht los.

Als er auflegt, traue ich mich nicht, mich zu bewegen oder etwas zu fragen. Ich drehe mich bloß vorsichtig zu ihm um.

«Meine Großmutter ist heute früh gestorben», sagt er endlich. «Die Beerdigung soll in vier Tagen sein.»

Ich öffne den Mund, aber er kommt mir zuvor. «Ich würde dich gern etwas fragen», sagt er. «Aber ich weiß nicht, ob es richtig ist.»

Das Blut rauscht mir in den Ohren. Er weiß Bescheid, schießt es mir durch den Kopf.

«Ich habe dich am Anfang für jemanden gehalten, der nur an sich und seinen persönlichen Vorteil denkt», sagt er. Seine

Stimme klingt leise und gleichzeitig entschlossen. Noch immer lässt er meine Hand nicht los.

Ich schlucke. Meine Kehle ist auf einmal sehr trocken.

«Aber ich habe mich getäuscht. In dir getäuscht, will ich damit sagen.»

«Äh, ja, wenn ich das vielleicht erklären dürfte», bringe ich krächzend hervor.

«Du musst nichts erklären», fährt Carlos fort. «Ich habe dir in den vergangenen zwei Wochen ziemlich genau zugesehen. Und dabei habe ich eine Frau kennengelernt, die in keinerlei Weise so ist, wie sie scheint.»

In meinem Kopf ist auf einmal ein Kreisel angesprungen. Ähnlich dem Männerkarussell vor mir am Pfahl. Während ich meinen Blick auf die Männer gerichtet halte, schießen mir tausend Gedanken gleichzeitig durch den Kopf. Dass ich jetzt auf der Stelle weglaufen sollte. Dass ich mir ein Taxi rufen, meine Sachen auf der Hacienda packen und zum Flughafen fahren muss. Mein Flug geht zwar erst übermorgen, aber ich bin mir ziemlich sicher, dass ich umbuchen kann. Natürlich muss ich Ada und Richard warnen. Es ist schon ziemlich spät, und vielleicht schlafen sie schon, aber das ist jetzt egal. Sie müssen natürlich selbst entscheiden, ob sie fliehen wollen oder ob sie behaupten können, von meinem Betrug nichts gewusst zu haben. Woher Carlos es wohl erfahren hat? Sind Ciara und Louis sich vielleicht in San José begegnet? Und haben sie dabei über ihre Eltern geredet? Hat Louis ihr am Ende die Wahrheit über mein wahres Leben erzählt? O Gott, diese Männer, wie sie sich drehen! Immer weiter wickeln sie sich dabei von ihrem Seil ab. Jetzt fliegen sie mit den Köpfen so dicht über dem Boden, dass die bunten Bänder, die sie um den Kopf tragen, die Steine auf dem Platz berühren.

«Geht es dir gut?», fragt Carlos und löst seinen Finger von meiner Hand.

Noch immer versagt mir die Stimme.

«Jule, sieh mich doch bitte einmal an!»

O Gott. Ich kann ihn einfach nicht mehr anlügen. Dazu empfinde ich mittlerweile zu viel für ihn.

«Möchtest du, dass ich dich nach Hause bringe, Jule? Dein Gesicht ist weiß wie die Wand.»

Ich probiere ein Lächeln. Wie lieb von ihm, dass er sich Sorgen um mich kriminelles Wesen macht!

Carlos sieht mir in die Augen. «Ich möchte dich etwas fragen, das dir jetzt vielleicht komisch vorkommt. Kommst du mit mir auf das Begräbnis meiner Großmutter?»

«Und das andere?», sage ich leise. «Du wolltest mich noch etwas anderes fragen, nicht wahr?»

«Das andere kann warten», flüstert Carlos zurück.

«Das Begräbnis ist in vier Tagen?», vergewissere ich mich.

«Ja. Du solltest mit Carmen sprechen, welche Termine du an dem Tag hast.»

Ich schließe die Augen. Mein Flug zurück nach Deutschland geht übermorgen. In drei Tagen muss ich wieder an meinem Arbeitsplatz sitzen, meinem echten. Ich werde Mittagspause mit Sabine Knopfler aus der Buchhaltung machen. An der Bushaltestelle im Regen stehen. Die leere, stille Wohnung aufschließen. Ein leeres, stilles Leben führen.

Ich öffne die Augen wieder und sehe Carlos' Gesicht vor mir, die Lachfältchen um seine Augen, die Sorgenlinien auf seiner Stirn. Das Herz klopft mir bis zum Hals.

Und dann habe ich auf einmal das Gefühl, neben mir selbst zu sitzen. Ich sehe mir dabei zu, wie ich neben diesem wunderbaren Mann sitze und wie ich dabei bin zu springen. Tu es,

Jule!, rufe ich mir stumm zu. Du hast doch nichts zu verlieren! Spring!

In diesem Moment wirbeln die Voladores in einer Rückwärtsrolle auf den Boden. Die Menschen um uns herum brechen in donnernden Applaus aus. Das Karussell hat aufgehört, sich zu drehen.

Und dann tue ich es. Ich springe ebenfalls.

«In Ordnung», lächele ich ihn an. «Ich werde mit Carmen sprechen. Egal, um wie viel Uhr das Begräbnis stattfindet – ich bin dabei!»

12. Kapitel

«For she's a jolly good fellow, for she's a jolly good fellow ...» Richard trägt ein Tablett mit drei großen Gläsern Margarita an den Pool, komplett mit Salzrand, Limettenscheibe und begeistertem Gesicht. Bei dem letzten *feeellooooow* reißt er das Tablett in die Höhe, wodurch die Gläser in Schieflage geraten. Dann passiert es: Eines der Gläser kippt über den Abgrund. Sein Inhalt ergießt sich in mein Dekolleté.

«Which nobody can deny», kichert Richard mit Blick auf mein nasses T-Shirt, unter dem sich jetzt klar meine Brüste abzeichnen. «Kein Stress, Süße. Ich mixe dir einfach ein neues Glas.»

Ich versuche, mir das Salz vom Shirt zu streichen, aber das klappt nicht, also springe ich so, wie ich bin, in den Pool. In meinem Kopf dreht sich alles. Noch immer kann ich nicht glauben, was in den letzten Stunden passiert ist. Ich habe doch nicht wirklich gerade beschlossen, meinen Job in Hamburg an den Nagel zu hängen, um in Mexiko ein neues Leben zu beginnen? Das Wasser umspült meinen Körper und wäscht alles von mir ab, Sorgen, Tequila und Salz. Noch immer ist mir ein bisschen schwindelig, aber gleichzeitig fühle ich mich so leicht, wie ich mich schon seit Jahren nicht mehr gefühlt habe. Vielleicht sogar so leicht wie noch nie.

«Hier», sagt Richard vom Beckenrand und reicht mir ein neues Glas. «Auf dich, Süße! Darauf, dass du dich entschieden hast zu bleiben! Und auf uns drei!»

Ada beugt sich ebenfalls zu mir herunter, und wir stoßen miteinander an. «Eine für alle!», lächelt sie.

«Und alle für eine!», lache ich zurück.

Zum ersten Mal, seitdem ich hier bin, spüre ich so etwas wie Hoffnung. Es ist gut möglich, dass ich in dem Job überhaupt nicht auffliege. Schließlich bin ich schon so weit gekommen!

«Aber was ich nicht so recht glauben kann», kichert Richard plötzlich, «ist der Grund, warum du hierbleibst. Um an einer Beerdigung teilzunehmen – ich meine … wirklich?! Jule, Schätzchen, du bist ja fast so irre wie ich!»

«*Das* möchte ich dann aber doch stark bezweifeln.» Ich setze eine gespielt empörte Miene auf.

«Entschuldige bitte, das sollte keine Beleidigung sein. Es ist nur so, dass ich auch auf eine Beerdigung gehe.»

«Du *auch*?», fragt Ada.

«Sag bloß, du auch noch!» Richard schlägt entzückt die Hände zusammen.

«Nein, ich nicht. Hoffe auch, dass ich das in absehbarer Zeit nicht muss.»

«Wann ist denn deine Beerdigung?», frage ich Richard. «Ich meine die, auf die du gehen musst?»

«Keine Ahnung.» Richard hebt die Schultern.

«Wie kann man denn das nicht wissen? Haben sich die Bestatter noch nicht geeinigt, oder was?»

«Äh, ja. So kann man es nennen.»

«Und wer ist gestorben?», will Ada wissen.

Richard winkt ab. «Erzähle ich euch ein anderes Mal.»

In der Nacht kann ich nicht schlafen. Zu viele Dinge rasen mir durch den Kopf. Was hat Richard für ein Geheimnis? Und was ist Ada eigentlich für eine Person? Eine ganz liebe, so scheint es zumindest, aber auch eine beängstigend intelligente, die in Informatik promoviert hat, Spanisch und Maya spricht und Hubschrauber fliegen kann. Erst jetzt wird mir bewusst, dass sie so gut wie nichts Persönliches von sich erzählt hat.

Auf einmal setze ich mich auf. Kannten sich Ada und Richard vielleicht schon vorher? Ist das, was hier passiert, ein abgekartetes Spiel?

Ich schlafe ein, nur um nach zehn Minuten wieder aufzuwachen. Diesmal denke ich über Carlos und mich und unseren Abend nach. Wir sitzen wieder auf der Mauer und berühren uns an den Händen. Die Voladores kreisen über unseren Köpfen durch die nächtliche Luft.

Dann wenden sich meine Gedanken wieder einmal der Yacht zu, die ich gechartert habe. Und ich denke an den unfassbar hohen Kredit der russischen Bank: eine halbe Million US-Dollar! «Geld ist nicht alles», pflegte mein Chef immer zu sagen, aber er hat gut reden. Schließlich ist er nicht arm. Mir ist ja auch klar, dass Geld nicht alle Sorgen löst. Aber doch eine ganze Menge! Es macht einen Riesenunterschied, ob man mit viel oder wenig Geld durchs Leben geht.

Allen Naturgesetzen zufolge müsste ich vor Erschöpfung bald umkommen. Mein bisheriger Aufenthalt in Mexiko ist die reinste Schlafentziehungskur. Doch mein Kopf kommt einfach nicht zur Ruhe. Vorsichtig, um niemanden zu wecken, greife ich nach meiner Ukulele und schleiche mich in den Patio. Mondhell leuchten die Steine auf dem Boden. Es riecht nach Jasmin. Ich lege mich in eine der bunten, handgeknüpften Hängematten, die Juan zwischen den Säulen aufgespannt hat, und spiele ein paar Akkorde. Und endlich werde ich ruhig.

Der nächste Tag ist ein Sonntag. Eigentlich müsste ich auch an diesem Tag arbeiten gehen – wie die meisten Vorstände bei BRIS. Aber ich bin vollkommen erschöpft, als ich am späten Vormittag aufwache. Die Sonne strahlt von draußen durch die weißen Musselinvorhänge. Jeden Abend lässt die Muchacha die schweren Jalousien vor meinen Fenstern herunter, und jedes Mal vor dem Schlafengehen mache ich sie wieder auf. Das Sonnenlicht stört mich nicht, im Gegenteil. Ich hatte neunundvierzig Jahre lang viel zu wenig Sonne, ich habe etwas nachzuholen. Von draußen dringt nur Vogelgezwitscher, ansonsten ist alles still.

«Ada! Richard!», rufe ich, während ich durch den Patio gehe. Keine Antwort. Ich rufe noch mal, diesmal lauter. Das Gelände ist schließlich nicht ganz übersichtlich. Immer noch nichts. Sie müssen in die Stadt gefahren sein.

Es ist ein merkwürdiges Gefühl, wieder allein zu sein, aber ich muss zugeben, dass ich es auch genieße. Die Stille hilft mir, meine Gedanken zu ordnen. Ich wandere über die heißen

Steine in die Küche, um mir einen Espresso zu kochen. Um ein Haar hätte ich dabei schon wieder nach Richards geheimnisvoller Kaffeedose gegriffen. Ich überlege kurz, ob ich sie mal öffnen sollte, denn diese Geheimnistuerei macht mich neugierig, aber dann lasse ich es doch. Es ist Richards Privatsphäre, und die muss ich respektieren. Stattdessen öffne ich den Firmen-Laptop und lese meine Mails. Der Chef hat auf mein Kündigungsschreiben noch nicht reagiert, klar, es ist ja auch Sonntag. Bei BRIS ist dagegen schon ordentlich was los. Der deutsche Finanzvorstand hat vor einigen Tagen verkündet, dass er eine (ebenfalls deutsche) Beraterfirma eingeschaltet habe, um das Unternehmen neu zu strukturieren. Daraufhin hat sein großenteils deutschsprachiges Team den Regenabend zum Brainstorming genutzt und sich im Anschluss eine Mailschlacht geliefert. Irgendein Trottel hat mich dabei in Kopie gesetzt, und da anscheinend jeder die E-Mail-Funktion «allen antworten» genutzt hat, habe ich jetzt zweihundert neue Mails. Ich überfliege sie, während ich am Küchentresen hocke und meinen Espresso trinke. «Projekt zum nächsten Level pushen, auf jeden Fall noch vor der Aktionärsversammlung … das pdf asapissimo beautifyen … Zollbestimmungen sind ein echter thumbstopper … Geschäftsbereich nach Indien verlegen, ja, ich bin dafür, quicke 80/20 decision und dann durchsteuern …»

Ich klicke mich von Mail zu Mail und vergesse dabei vor lauter Fassungslosigkeit zu trinken. Irgendwelche Idioten haben die deutsche Sprache geteert und gefedert und ihre unkenntlichen Überreste in Stücke gehackt! Ohne lang nachzudenken, tippe ich mein Lieblingsgedicht von Robert Gernhardt ab:

«Fünf Männer seh ich inhaltsschwer;
Wer sind die fünf?
Wofür steht wer?
Des ersten Wams strahlt blutigrot;
das ist der Tod
das ist der Tod
Der zweite hält die Geißel fest;
das ist die Pest
das ist die Pest
Der dritte sitzt in grauem Kleid;
das ist das Leid
das ist das Leid
Des vierten Schild trieft giftignass;
das ist der Hass
das ist der Hass
Der fünfte bringt stumm Wein herein;
Das wird der Weinreinbringer sein.»

Kichernd klicke ich auf «senden», dann trinke ich meinen Kaffee aus.

Es dauert keine zwei Minuten, bis ich eine E-Mail von einem Herrn Wipschinger aus Potsdam bekomme: «Guten Abend Frau Meyer, wenn Sie mich bitte dazu abholen könnten, warum Sie hier mit Goethe kommen? Wir brauchen bei dieser toughen Taktung keinen Lyrik-Approach! Best, Frank Wipschinger.»

Dreißig Sekunden später eine Antwort von einem Herrn Turner: «Alter, kannst du dich mal aufschlauen, das ist doch nicht Goethe! Verzeihung nach Mexiko, Frau Meyer, der Wipsche hat nicht gewusst, mit wem er da talkt! Und jetzt back zum Workflow, was ist mit dem Business Case von Schmidt?»

Ich muss lachen und klicke mich weiter zu den Mails, die Carmen mir weitergeleitet hat. Die Leute in meinem Team machen sich Sorgen, welche Folgen die Neustrukturierung auf ihren Arbeitsbereich haben wird, und das zu Recht, wie ich finde. Ich gieße mir ein großes Glas Wasser aus unserem Wasserspender ein und versuche, Antworten zu formulieren. Ich will sie nicht über die Maßen beunruhigen, aber ich darf sie auch nicht in falschen Hoffnungen wiegen. Tatsächlich sieht es so aus, als ob die Umgestaltung des Unternehmens auch zum Stellenabbau in meinem Bereich führen wird.

Eine neue Mail blinkt auf, diesmal von Kellermann. Das verheißt nichts Gutes, und an einem Sonntag schon mal gar nicht. Einigermaßen alarmiert öffne ich die Mail.

«Frau Meyer, ich weiß ja, dass Sie es schätzen, sich ins Licht der Öffentlichkeit zu setzen, aber diesmal sind Sie zu weit gegangen. Kellermann.»

Was zum Teufel meint der Griesgram denn jetzt schon wieder? Mein Hals wird trocken, und ich gieße mir erneut ein großes Glas Wasser ein. Pling! Eine neue Nachricht, diesmal von einem mexikanischen Fachmagazin. Eine Interviewanfrage zum Thema Management und Moral. Bitte was?! Pling! Noch eine Nachricht. Diesmal von La Reforma, einer der großen mexikanischen Zeitungen. «Wir würden gern in der morgigen Ausgabe ein Porträt über Sie bringen», schreibt mir ein Bruno Morena auf Englisch. «Sie erreichen mich unter der folgenden Telefonnummer. Über Ihren Anruf würde ich mich sehr freuen.»

Ratlos greife ich nach einer der *Conchas*, die Ada und Richard vom Frühstück übrig gelassen haben, und gieße mir eine neue Tasse Kaffee ein. Aus einem plötzlichen Impuls heraus klicke ich mich zu der Facebook-Seite, die Ada mir eingerichtet hat.

Als sie sich öffnet, zucke ich zusammen. Gut fünfzehntausend Menschen haben meine Seite mit «Gefällt mir» markiert. Und dann erstarre ich. Der letzte Eintrag besteht aus einem Foto, das ich nicht kenne. Es zeigt mich, wie ich bei der angeschossenen Frau knie und ihren Puls fühle. Darunter hat Ada in meinem Namen geschrieben: «Frauenmorde – es reicht!» Mehrere hundert Menschen haben das Bild kommentiert.

Ich vergrabe das Gesicht in meinen Händen. Ich scheine im Mittelpunkt einer Gruppe zu stehen, die ich nicht einschätzen kann. Warum nur hat Ada das Bild da reingestellt? Ich bin nicht Administratorin meiner Seite, darum kann ich jetzt auch nichts ändern. Das Bild und der Kommentar darunter stehen da und lassen sich nicht entfernen, nicht bewegen, gar nichts. Ich habe keine Ahnung, ob die Presse mir gut oder feindlich gesinnt ist. Ich weiß nur, dass jetzt bohrende Fragen nach meiner Person kommen werden.

In diesem Moment blinkt eine Nachricht auf meinem Handy auf. Ada: «Hallo Jule, bitte sag mir Bescheid, wenn du wach bist. Wir haben ein Problem.»

«Ich verstehe einfach nicht, warum du das Foto auf meine Seite gestellt hast!» Ich reiße das Tor auf und lasse ihr nicht mal richtig Zeit, den Helm abzusetzen. Sie steigt vom Motorroller ab und sieht mich mit einem merkwürdigen Blick an, den ich nicht richtig einordnen kann. «Können wir das bitte drinnen besprechen?»

«Ja, natürlich», sage ich und lasse sie eintreten. Dann schließe ich das Tor hinter uns. «Es ist nur so … ich habe mich eben fürchterlich aufgeregt, und ich verstehe einfach nicht …»

Adas dünne braune Haare fliegen elektrisch in die Höhe. «Ich habe mich auch fürchterlich aufgeregt», sagt sie. «Aber es gab nur diese eine Möglichkeit. Ich musste für dich die Flucht nach vorn antreten, nachdem diese ganzen Lokalblätter das Foto abgedruckt haben. Hier.» Sie reicht mir einen Stapel Zeitungen. «El diario de Yucatán, Por Esto, Diario Respuesta Quintana Roo. Jemand hat dich auf dem Foto erkannt. Es sind bislang nur kleine *noticias*, kleine Meldungen, aber die großen Blätter werden nachziehen …»

«Ich weiß», unterbreche ich sie. «Ich habe schon Interviewanfragen bekommen.»

«Bislang haben wir noch keinen Grund zur Sorge. Du hast ja nichts Unrechtes getan, im Gegenteil. Niemand wird sich die Mühe machen, deine Identität zu überprüfen. Du bist eher so etwas wie eine Heldin. Eine Europäerin mit hohem sozialem Status, die sich um eine Frau aus der mexikanischen Unterschicht gekümmert hat.»

«Aber …»

«Wenn sie dich fragen, woher du wusstest, wie man einer Angeschossenen hilft, dann sagst du nichts, was man nachprüfen könnte. Nichts von wegen Erste-Hilfe-Lehrgang oder so. Du hast irgendwo gelesen, wie man eine Blutung stoppt. Okay?»

«Okay», sage ich und klappe auf einem der weißen Polstermöbel zusammen.

«Es wird jetzt ein bisschen Presse geben, und du wirst ein paar Tage lang im Licht der Öffentlichkeit stehen, aber dann wird sich das wieder legen, okay?»

«Okay.»

«Und wir denken uns auch gleich ein neues Wort für Okay aus, okay?»

«Okay», sage ich, und wir müssen gleichzeitig lachen.

«O Gott, Ada, ich weiß nicht, ob ich das alles durchstehe. Es gibt so vieles, was ich bedenken muss, ich konnte letzte Nacht kaum schlafen, weil mir der Kopf so schwirrt!»

Sie sieht mich aufmerksam an. «Früher oder später musste es so kommen, oder? Ich meine, du konntest nicht davon ausgehen, dass das hier alles die ganze Zeit über glattgehen würde.» Sie legt ihren Helm beiseite und lässt sich neben mich auf das Outdoorsofa fallen.

«Nein, natürlich nicht», sage ich leise.

«Was macht dir denn sonst noch Sorgen?», fragt sie.

«Alles. Nein, das stimmt nicht. Die meisten Sachen packe ich an, ohne groß darüber nachzudenken. Aber in dieser Situation ist das anders. Ich meine, wenn sich so viele Leute für mich interessieren, dann werden sie vielleicht was finden, oder? Und dann ist da noch der Kredit. Ich hätte ihn nicht aufnehmen dürfen. Ich meine, wenn ich ihn nicht zurückzahlen kann, werden die doch Nachforschungen anstellen, wer ich bin?»

Ada reißt ihre Augen auf. «Du hast den Kredit aufgenommen?»

«Ja. Und, äh, ich fürchte … die Yacht gleich dazu.»

«Verstehe.»

«Ehrlich gesagt haben mich die Russen quasi dazu gezwungen.»

Ada blickt mich mitfühlend an. «Ist auch nicht jedermanns Sache, eine halbe Million US-Dollar und eine Yacht abzulehnen.»

Ich seufze. «Also, meine Sache ist es nicht.»

«Meine wäre es auch nicht gewesen.»

«Ja, und dann habe ich den Russen auch noch versprechen müssen, dass ich mein Vorstandsgehalt auf ein Konto ihrer Bank überweise.»

«Okay, Jule, ganz ruhig. Lass uns nachdenken.» Ada knetet ihre Nasenwurzel zwischen Daumen und Zeigefinger. «Du darfst das Gehalt dieser Julia Meyer nicht annehmen. Damit machst du dich strafbar. Also kannst du den Kredit auch nicht zurückzahlen. Und darum musst du den Vertrag mit dieser russischen Bank wieder lösen, und zwar so schnell es geht.»

«Habe ich mich nicht schon längst strafbar gemacht? Indem ich vorgebe, jemand zu sein, der ich nicht bin?»

«Dafür kannst du nichts! Die haben dich bei BRIS für die andere Julia Meyer gehalten! Und die andere Julia Meyer ist verhindert! Eine musste den Job aber erledigen! Und das warst netterweise du.»

«So formuliert, klingt es irgendwie ganz in Ordnung …»

«Klar! Auch wenn das die Aufsichtsräte, die die andere Julia Meyer gewählt haben, vermutlich anders sehen. So oder so musst du den Kreditvertrag aber schnell wieder kündigen. Sag einfach, du bist gezwungen, dein Konto bei einer anderen Bank zu eröffnen oder so.»

Wir sehen uns an, und dann seufzen wir gleichzeitig.

«Es ist natürlich ziemlich ärgerlich, eine halbe Million US-Dollar einfach so wieder abzugeben», gibt Ada stirnrunzelnd zu.

«Das sehe ich ganz genauso!», ereifere ich mich. «Vor allem, wenn man bedenkt, was man mit einer halben Million alles anfangen kann!»

Wir lächeln uns an und seufzen wieder. «Was würdest du mit einer halben Million US-Dollar machen?», frage ich sie endlich.

«Ich? Oh. Ich würde endlich meinen Hubschrauber-Pilotenschein machen. Und du?»

«Ich würde zu einer wirklich umfassenden Krebsvorsorge gehen!»

«Für eine halbe Million US-Dollar, bist du sicher?»

«Nein, natürlich nicht, ich würde auch ein paar andere Ärzte aufsuchen.»

«Was denn für Ärzte?»

«Ich würde gern meine Knie untersuchen lassen. In einer richtig guten Privatklinik oder so.»

«Du hast … Mit deinen Knien stimmt was nicht, oder? Ich habe dich ein paarmal humpeln gesehen.»

«Ich hatte einen Unfall. Vor einem Jahr.» Ich schließe die Augen, und die Bilder stürzen wieder auf mich ein. Die vermaledeite Radtour durch Hessen. Der Milseburgtunnel. Wie ich gestürzt bin. Wie ich stundenlang dort lag.

«Jetzt erinnere ich mich wieder», sagt Ada leise. «Als Juan dir an unserem ersten Abend etwas über dich erzählt hat – da hat er auch den Unfall erwähnt.»

«Ich finde Juan manchmal etwas unheimlich.»

Ada zuckt mit den Schultern. «Er ist eben Schamane. Und wofür würdest du das Geld noch ausgeben?»

«Für eine Gesichtsstraffung», lache ich.

«Bist du wahnsinnig? Das hast du doch überhaupt nicht nötig! Du wirkst so hübsch – und so jung!»

«Danke», strahle ich sie an. «Das ist sehr lieb, dass du das sagst!»

«Also, wenn ich so viel Geld hätte …», überlegt Ada. «Und meinen Pilotenschein gemacht hätte … und wenn ich mich an der Computerfront so richtig ausgetobt hätte, dann …» Sie wird ein bisschen rot.

«Ja?» Ich lächele sie aufmunternd an.

«Dann würde ich vielleicht auch was an mir machen lassen.»

«Was denn?»

«Aber bitte nicht auslachen, Jule!»

«Niemals!»

Sie zieht an einer Haarsträhne. «Ich, äh … habe mal über Extensions nachgedacht.»

«Also, ich mag deine Haare», sage ich ehrlich.

«Danke. Ist ja auch nur so eine dumme Idee.»

«Man muss manchmal auch dumme Ideen haben. Ich zum Beispiel würde mir gern ein Kleid kaufen, das ich in Amsterdam im Schaufenster gesehen habe. So ein schönes Kleid! Aber vor allem würde ich meinen Kindern gern ein tolles Auslandsstudium finanzieren», träume ich weiter. «Private Hochschule. Irgendwo ganz exklusiv!»

«Und ich würde meinen Pflegeeltern ein Haus kaufen.»

«Deinen Pflegeeltern?»

«Ja.» Ada weicht meinem Blick aus. «Ich bin bei Pflegefamilien aufgewachsen. Bei unterschiedlichen. Ich war … nie lange in einer Familie. Weil ich … anscheinend schwierig war.»

Auf einmal wird es ganz still im Patio. Nur die Vögel zwitschern. Eine leichte Brise kräuselt das Wasser im Pool. Ich habe Angst, etwas Falsches zu sagen. Auf einmal sehe ich Ada als kleines Mädchen vor mir. Ein kleines, hochbegabtes Kind. Verschlossen, schüchtern und ungeliebt. Das herumgereicht wird. Ein Kind, das zeigen will, dass es trotzdem etwas wert ist. Das Höchstleistungen bringt.

«Und dann bin ich doch noch zu einer Familie gekommen, bei der es gut lief», sagt sie leise. «Mama ist eine Maya und in diesem Bundesstaat aufgewachsen, Yucatán. Papa ist Deutscher. Ich bin elf Jahre bei ihnen geblieben, bis ich an die Uni ging.»

«Daher sprichst du Maya?»

«Ja. Mama hat mir immer Lieder in ihrer Muttersprache vorgesungen, und als sie gemerkt hat, dass ich die Lieder mitsingen kann, hat sie mir die Sprache beigebracht. Es war Mamas und meine Geheimsprache.» Sie kichert. «Die anderen Pflegekinder haben uns nicht verstanden, das war irgendwie cool.»

«Ich kann dir auch jederzeit was vorsingen, wenn du möchtest», lächele ich.

Ada blickt mich an, und ihre großen blauen Augen leuchten. «Ich weiß. Ich liebe es, wenn du singst.»

Ich nehme sie in den Arm. «Wir kriegen das schon hin hier. Diese Sache mit dem Foto …»

«Und den Zeitungen.»

«Und unsere Jobs.»

«Und das mit den russischen Bankern.»

«Und wenn nicht: Wir haben ja immer noch uns.»

Ada lächelt. «Ja. Wir haben immer noch uns.»

Der Cementerio General an der 81. Straße sieht aus wie eine bunte, arg überfüllte Stadt. Die Gräber stehen so dicht aneinander, dass die Toten allen Grund hätten, in Massenpanik auszubrechen – wären sie nicht schon tot. Die Billighostels unter den Ruhestätten bestehen aus schlichten Platten, in die die Namen der Toten geritzt wurden, als der Zement noch nass war. Andere sind bedeckt mit Fliesen, die mich an die Farben unserer Hacienda erinnern, Türkis, Rosa und immer und überall Grün. Doch am beeindruckendsten sind die Mausoleen. Sie tragen Dächer in allen Stilrichtungen, Runddächer, Spitzdächer, Dächer, die wie Pyramiden geformt sind, mit Fenstern, ohne Fenster, gotisch geformten, romanischen – gerade so, als ob ein zeitreisender Architekt den Auftrag bekommen hätte, all seine Sinneseindrücke auf diesem einen Friedhof in Stein zu meißeln. Und dann das Leben auf diesen Mausoleumsdächern! Engel, Schutzheilige und Kreuze, alle zum Sterben schön.

Wir sind eine Gruppe von fünfzig oder sechzig Menschen, und ich kenne hier niemanden außer Carlos, aber das macht mir gar nichts. Carlos hat mich vor dem Trauergottesdienst seinen Eltern, seinem Bruder, seinen Cousins und Cousinen und den Nachbarn seiner Großmutter vorgestellt, und ich habe so vielen fremden Menschen die Hand geschüttelt und mich auf die Wangen küssen lassen wie in meinem ganzen Leben noch nicht. Ich habe auch seine Tochter kennengelernt, aber abgesehen von der Begrüßung noch kein Wort mit ihr gewechselt, denn sie hat ununterbrochen geweint. Ich betrachte sie von der Seite, ihre langen, seidigen Haare, das unglückliche Gesicht. Wie habe ich sie damals auf dem Zocalo für seine Freundin halten können? Sie sieht ihrem Vater so ähnlich. Und sie ist fast noch ein Kind.

«Meine *Abuelita* und Ciara standen sich sehr nahe», flüstert mir Carlos zu. Wir müssen uns ein bisschen aneinanderquetschen, denn der Pfad, auf den die Sargträger jetzt einbiegen, ist recht eng. Die Berührung seiner Haut elektrisiert mich, und ich fühle, wie mich ein Schauer der Erregung durchfährt. Nicht schicklich auf einem Friedhof, und vollkommen unangebracht bei der Beerdigung seiner Großmutter. Aber ich kann nichts dagegen tun.

Die letzten Tage waren die vielleicht aufregendsten meines Lebens. Ich musste fünf Interviews geben, eines davon dem Time Magazine. Keine Ahnung, warum die Journalisten dort die Sache so hochgehängt haben, aber vielleicht trifft meine Aktion einen Nerv. Ada meinte, das läge daran, dass so viele

Menschen Leute in Chef-Etagen hassen würden. Und jetzt kommt da plötzlich ein Vorstand um die Ecke und zeigt ein menschliches Gesicht. Für unser Firmenorchester ist das natürlich die beste Werbung. Wir wurden bereits für ein großes Konzert in Playa del Carmen gebucht, und zwar ausgerechnet an meinem fünfzigsten Geburtstag in sechs Wochen. Bis dahin müssen wir zwar noch ordentlich proben, aber ich bin mir sicher, dass wir auf einem guten Weg dahin sind. Und dann müssen wir die Stiftung gründen. Carlos kümmert sich darum.

Claudia, die Bratsche, hat mir noch etliche Nachrichten geschickt, von denen einige etwas bedrohlich klangen, aber ich habe mittlerweile meine SIM-Karte ausgetauscht. In Mexiko brauche ich ohnehin bloß eine mexikanische SIM-Karte. Und nur Lotte, Louis, Eva-Maria und meine Eltern kennen die neue Nummer. Der Rest ist mir egal.

Endlich weiß ich auch, wer der nette rothaarige Wallace ist. Er ist der Vorstandsvorsitzende, und ich muss ihn jedes Mal fragen, ob er die Interviews genehmigt. Ärgerlich – ich dachte, ich hätte jetzt überhaupt keinen Chef mehr. Aber Wallace ist ausgesprochen freundlich zu mir, im Gegensatz zu Kellermann. Der fragt mich jetzt immer, wenn wir uns begegnen, ob ich heute schon ein Schaf gestreichelt hätte. Oder ein Tier gerettet. Oder eine Frau.

Das Einzige, was mir Sorgen bereitet, ist die Sache mit der Arbeitserlaubnis. Carmen drängt mich, mein Sechs-Monats-Visum in ein einjähriges Visum zu verwandeln. Dazu muss ich mit meinem Arbeitsvertrag (der auf eine Frau meines Namens ausgestellt ist, die fast fünf Jahre vor mir geboren ist und die mir nur mit einiger Phantasie ähnlich sieht) zum deutschen Konsulat und zur Einwanderungsbehörde. Dieses Problem konnte ich bislang erfolgreich vor mir herschieben, aber ewig werden die Behörden vermutlich nicht die Ausrede schlucken, dass ich als vielbeschäftigte Managerin keine Zeit für diese Behördensperenzchen aufbringen kann.

Mein alter Chef hat auf meine Kündigung geantwortet, dass er es sehr bedaure, mich ziehen zu lassen, und ob ich es mir nicht noch einmal überlegen würde. Auch eine kleine Gehaltserhöhung wäre drin. Ich habe freundlich, aber bestimmt abgelehnt, ein unglaublich befreiendes Gefühl. Mit Lotte und Louis habe ich geskypt. Die beiden sind aus allen Wolken gefallen, als ich ihnen erzählte, dass ich in Mexiko bleiben würde. Was ich denn da genau in Mexiko tun würde. Worauf ich antwortete, ich hätte einen neuen Job, mehr nicht. Lotte wollte noch wissen, ob es mir gutginge, und als ich das bejahen konnte, war sie beruhigt.

«Du lässt den Rückflug einfach so verfallen?!», war Eva-Marias Reaktion.

«Ja, genau das ist der Plan.»

«Bist du jetzt vollkommen durchgedreht, Jule?»

«Habe nicht den Eindruck.»

«Und was soll das für ein Job sein, den du da jetzt machst? Bist du wenigstens in einem Büro angestellt, oder musst du kellnern gehen?»

Ich ließ meinen Blick über die Stadt hinter den Panoramafenstern der Vorstandsetage schweifen. «Büro.»

«Hast du dir eine Auslandskrankenversicherung besorgt? Man kann sich in Mexiko ganz schnell was einfangen! Außerdem gibt es da Schlangen und Skorpione! Und Haifische!»

«Ja, aber ich gehe ja nicht jeden Tag in den Zoo.»

«Jetzt sei doch *einmal* ernsthaft, Jule! Du kannst doch nicht einfach so dein Leben aufgeben! Du hattest einen guten und sicheren Job in Hamburg! So was findest du in deinem Alter nicht mehr!»

«Okay, es reicht, Evi. *Du* bist doch immer diejenige gewesen, die gesagt hat, ich solle mein Leben ändern. *Du* fandest es doch immer ein bisschen peinlich und merkwürdig, dass ich nichts aus mir gemacht habe. Dass ich mich zu wenig traue im Leben. Dann freu dich doch jetzt für mich!»

«Ist es ein Mann?», wollte Eva-Maria wissen.

«Kalt.»

«Es ist wegen dieses Callboys, richtig?»

«Noch kälter. Können wir das Ratespiel jetzt wieder aufgeben?»

«Du hast die Midlife-Crisis! *Das* muss es sein!»

«Wohl kaum, ich werde demnächst fünfzig.»

«Man hört schlimme Dinge über die Midlife-Crisis! Schnelle Autos, junge Männer, teure Klamotten …»

«Klingt super so weit!»

«Und darf ich dich mal darauf hinweisen, dass du die Einzige in der Familie bist, die sich zu solchen Aktionen in ihrer Lebensmitte hinreißen lässt? Mama und Papa hatten sich da besser im Griff. Und unsere Schwestern und ich auch.»

«Na prima, da habe ich meinen Ruf als schwarzes Schaf wohl endlich gefestigt. Und jetzt noch mal zurück zu den Grundrechenarten, Evi. Ich meine, ich hoffe ja auch, dass ich hundert werde, aber ich stecke in keiner Midlife-Crisis. Es ist einfach nur der Wunsch nach Veränderung.»

Die Träger lassen den Sarg nieder. Auf den umliegenden Gräbern stecken Blumengebinde in Plastikgefäßen und Blechdosen. Nesquik, Arabica und Maggi steht in bunten Buchstaben darauf. Weil so wenig Platz ist, stellen die Träger den Sarg auf einem anderen Grab ab. Es ist so heiß, dass die meisten Trauergäste ihre Jacketts ausgezogen haben und sich Luft zufächeln. Ich trage ein einfaches schwarzes Kleid.

Und dann ist es so weit. Die Männer schieben den Sarg in die Gruft. Ich sehe, wie Ciara sich nach Carlos umdreht. Er macht einen Schritt auf sie zu und nimmt ihre Hand. Ich halte mich im Hintergrund und sehe ihnen zu. Ciara legt weinend ein Päckchen mit Schokokonfekt auf die Gruft, Carlos zieht ein Bündel Chili aus der Tasche, sein Bruder eine bunte Zeitschrift mit riesigen Lettern, die aus dieser Entfernung aussieht wie eine Programmzeitschrift. Es müssen die Dinge sein, die Carlos' Großmutter geliebt hat, begreife ich. Der Priester spricht ein paar Worte, die ich nicht verstehe, und weil ich mich in diesem Augenblick ein bisschen verloren fühle, schweift mein Blick umher. Ein paar Meter weiter findet ein anderes Begräbnis statt. Es wirkt vollkommen anders als dieses hier. Als ob etwas fehlen würde – nur was? Ich betrachte die schwarzen Anzüge der Männer, ihre Sonnenbrillen, die teuren Uhren an ihren Handgelenken, die in der Sonne blitzen, und plötzlich sehe ich es: Es sind überhaupt keine Frauen dabei. Ich nehme die Männer in Augenschein, weil sie mir irgendwie bekannt vorkommen. Einer von ihnen trägt eine TAG Heuer Carrera am Handgelenk. Es ist der Pförtner der russischen Bank! Und da! Der Yachtenbroker, der mich auf meiner Yacht herumgeführt hat! Und Dimitrov, mein Banker! Und der Chef der Werbeagentur *alpha bet*, mit dem Kellermann unbedingt weiter zusammenarbeiten wollte! Sie alle stehen breitbeinig und mit verschränkten Händen vor ihrem Geschlecht um die Gruft herum und starren auf den Sarg, der in diesem Moment in die Erde hinabgelassen wird. Keiner verzieht eine Miene, niemand sagt ein Wort, niemand singt. Und dann erkenne ich plötzlich weiter hinten Kellermann. Ich will mich schnell umdrehen, denn irgendwie ist es mir unangenehm, ihn hier auf dem Friedhof zu treffen. Ich bin mir sicher, dass er inkognito hier ist. Oder dass er zumindest nicht von mir gesehen werden will. Doch es ist zu spät. Gerade als ich mich wieder abwenden will, dreht er sich ein Stück in meine Richtung. Und da sehe ich, dass auch er mich erkennt.

Nach der Trauerfeier, die in einem traditionellen Restaurant in der Innenstadt von Mérida stattfindet, bietet Carlos mir an, mich nach Hause zu fahren, aber ich habe mich zum ersten Mal seit meiner Ankunft wieder mit Richard in unserem Lieblingslokal auf der Plaza verabredet. Als ich ankomme, kann ich ihn nirgendwo entdecken. Dafür eilt Juan aus dem Schatten der Arkaden auf mich zu.

«Ist etwas passiert?», frage ich, als ich seinen erschrockenen Gesichtsausdruck sehe.

Er schüttelt den Kopf. «Nein», antwortet er auf Spanisch. «Aber das wird es bald.»

«Ich verstehe nicht, was du meinst.»

«Da!» Juan deutet auf meinen Kopf und meine Brust. «Deine Chakren! Sie sind schon viel besser! Die Verwandlung hat begonnen! Und hier.» Er deutet auf einen Punkt unter meinem Bauch. «Auch dein Sex-Chakra! Ganz toll!»

«Oh, äh, danke.» Ich lächele entschuldigend zu einem Ehepaar hinüber, das am Nebentisch sitzt und mich empört mustert. «Aber vielleicht sprichst du etwas leiser, Juan?»

Er beugt sich an mein Ohr und flüstert hinein. «Du bist stärker geworden, und du brauchst die Kraft jetzt auch. Erinnerst du dich an die Gefahr, von der ich neulich sprach? Sie ist jetzt da.»

An meinen Unterarmen richten sich die Härchen auf. Aber

ich habe keine Zeit nachzuhaken, was er meint, denn in diesem Moment stürzt Richard herbei. Seine Wangen leuchten feuerrot, und er atmet schwer. «Hallo Jule, gut, dass du schon da bist, ich muss dir etwas sagen! Weißt du noch, wie ich dir von Lola erzählt habe, der Krankenschwester aus dem Krankenhaus, in dem deine …» Er senkt seine Stimme zu einem Flüstern. «In dem deine Doppelgängerin liegt?»

«Äh, ja.» Ich blicke unruhig zwischen Juan und Richard hin und her, die jeweils an einem meiner Ohren Stellung bezogen haben.

«Wir waren eben zusammen tanzen.»

«Fein. Das scheint ja eine feurige Angelegenheit gewesen zu sein.»

«Entschuldige, ich bin gerannt, weil ich wollte, dass du es so schnell wie möglich erfährst.» Richard presst sich eine Hand auf die Rippen. «Deine Doppelgängerin ist heute aus dem Koma erwacht. Und sie erinnert sich an alles.»

«Was?» Ich springe auf. Mein Herz hämmert. «Wo ist sie? Ist sie schon auf dem Weg in die Firma? Oder zu mir?»

«Das ist es ja gerade. Sie heißt nicht Julia Meyer. Und sie ist auch keine Geschäftsfrau. Sie macht bloß Urlaub hier.»

13. Kapitel

«Das kann jetzt mehrere Dinge bedeuten.» Ada hat ihren Laptop am Küchentisch aufgeklappt und fliegt mit den Fingern über die Tasten. «Zunächst einmal können wir aufatmen. Jules

Doppelgängerin ist nicht in der Nähe. Vermutlich ist sie nicht einmal in Mexiko.»

Wir haben uns nicht mehr lang mit Drinks am Zócalo aufgehalten. Stattdessen bin ich auf dem Soziussitz des Motorrollers mit Richard nach Hause gefahren.

«Aber, Schätzchen, das macht es doch gerade so unheimlich! Wo ist die andere Julia Meyer, wenn nicht hier? Welchen Ort können wir jetzt bewachen? Worauf müssen wir uns einstellen?»

«Ich sehe das genauso wie Richard», sage ich. «Wenn meine Doppelgängerin nicht sicher und gemütlich im Koma liegt, dann könnte sie jederzeit hier aufkreuzen!»

«Das glaube ich nicht.» Ada blickt uns mit ihren riesigen Augen an. «Das hätte sie doch schon längst getan, wenn sie nicht ernsthaft verhindert wäre. Jule, tust du mir einen Gefallen und kochst mir einen Kaffee? Ich muss jetzt noch mal ganz neu recherchieren, wenn wir über den Verbleib deiner Doppelgängerin Gewissheit haben wollen. Das kann dauern. Und es ist schon so spät.»

«Klar.» Ich greife nach der Kaffeedose, die über der Spüle steht. «Oder wir blasen die Sache endgültig ab. Das ist jetzt wieder so ein Moment, in dem ich denke, dass ich das alles nicht mehr aushalte.»

«Bist du wahnsinnig?» Richard fällt mir so heftig in den Arm, dass ich fast zur Seite kippe.

«Hoppla!», lache ich. «Also, Richard möchte schon mal so weiterleben wie bisher.»

«Nein, bist du wahnsinnig, diese Dose da anzurühren!» Er ist hochrot im Gesicht. «Ich habe euch doch gesagt, dass die tabu für euch ist!»

«Entschuldige bitte», sage ich leicht pikiert. «Aber vielleicht könntest du sie dann so stellen, dass sie einen nicht immer anlacht? Ich knall dir ja auch nicht abends ein Glas Margarita vor die Nase und sage, wehe, du rührst es an!!!»

«Ommmmm, wir beruhigen uns jetzt alle mal wieder.» Ada tippt weiter herum. «Haben wir denn noch ein Kaffeepulver, das nicht zur Kaste der Unberührbaren gehört?»

Ich öffne den Schrank und begutachte sein Inneres. «Wir haben hier noch einen Kaffee, der edel und reich ist. Zumindest steht das dadrauf.»

Richard funkelt mich böse an, als ich die Mokkakanne aufschraube. «Fertig mit den Witzchen?»

«Nee», lächele ich. «Kommen vielleicht noch zwei oder drei. Stell die Kaffeedose doch zu dir ins Zimmer, wenn dir so viel daran liegt.»

«Nein, das geht nicht.» Richard stellt die Kaffeedose zurück auf ihren Platz über der Spüle. «Habe ich jemandem versprochen, dass ich das so mache. Es soll ein Ort sein, an dem regelmäßig Menschen verkehren.»

Ada blickt von ihrem Monitor auf. «Ich finde, du sagst uns jetzt einfach, was in dieser Kaffeedose drin ist und was es damit auf sich hat, und dann fragen wir auch nicht mehr!»

Ich klatsche in die Hände. «Das ist eine sehr gute Idee!»

«Ist es überhaupt nicht!»

«Mann, Richard, jetzt hab dich doch nicht so!»

Mein Handy piept.

«Um diese Uhrzeit?», fragt Ada und sieht von ihrem Tablet auf.

«Verdammt.» Ich öffne die E-Mail. «Von Wallace. Dann muss es etwas Wichtiges sein.»

«Wer ist Wallace?», fragt Richard.

«Der Vorstandsvorsitzende. Sozusagen der Chef der

Chefs.» Ich überfliege die Nachricht. «Das darf doch nicht wahr sein!»

«Deine Doppelgängerin?»

«Nein. Ich muss nach Deutschland fliegen.»

«Wie bitte?», rufen Ada und Richard wie aus einem Mund.

«Hier.» Ich übersetze Ihnen die Nachricht. «Sie sind übermorgen zu einem Fernsehauftritt in Berlin eingeladen. *Mächtige Frauen und Moral* ist das Thema. Fliegen Sie dahin, Misses Meyer! Reden Sie über unser Unternehmen! Erwähnen Sie BRIS in jedem zweiten Satz! Reden Sie von Ihren guten Taten! Und erzählen Sie von den phantastischen Aufstiegschancen in unserem Unternehmen, gerade auch für Frauen!»

«Aufstiegschancen für Frauen?», wiederholt Ada. «Was für ein Schwachsinn. Wir beide sind doch die einzigen hier!»

«Warum melden die sich denn nicht direkt bei dir?», will Richard wissen.

Jetzt kommt es mir wieder in den Sinn. Ich hatte eine Nachricht von einem deutschen TV-Sender und habe sie gelöscht, weil ich sie für Werbung hielt. Haben die also an meinen Chef geschrieben. Dann musste es ja wohl wirklich dringlich sein.

In diesem Moment klingelt mein Handy. Wallace schon wieder. «Sagen Sie Ihrer Assistentin, dass sie Ihnen jetzt einen Flug nach Berlin buchen soll.»

«Guten Abend, Mister Wallace!»

«O ja, ich vergaß. Die deutsche Höflichkeit.» Leises Lachen dringt aus dem Hörer.

«Ich habe keine Ahnung, ob Carmen noch wach ist.»

«Dann schicken Sie ihr eine Nachricht! Und Meyer?»

«Ja?» Ich rolle mit den Augen in Richards und Adas Richtung.

«Seien Sie gut in dieser deutschen TV-Show! Zeigen Sie den Europäern, was BRIS für ein tolles Unternehmen ist!»

«Ist mir ein Vergnügen», brumme ich.

Zweiunddreißig Stunden später habe ich die Zeitzone gewechselt, den Kontinent – und auch das Aussehen, allem Anschein nach. Der Blick in den hell erleuchteten Spiegel bringt mich zu der Erkenntnis, dass ich wie ein Kaninchen vor der Schlange aussehe. Ein ziemlich altes und verängstigtes Kaninchen. Was zum Teufel tue ich nur hier?

Ich sitze in der Maske des Berliner Fernsehsenders und versuche tief Luft zu holen. Was nicht gerade einfach ist, wenn man das Gefühl hat, dass einem ein Tonnengewicht auf dem Brustkorb lastet. Es ist alles so schnell gegangen, dass ich nicht mal Zeit hatte, richtig nachzudenken. Die Suche nach meiner Doppelgängerin mussten wir einstellen, zumindest ich. Ada hat noch weitergesucht, allerdings ohne Ergebnis. Und dann habe ich mich auch schon in den Flieger gesetzt. Was, wenn ich gleich jemandem begegne, der früher mit der anderen Julia Meyer zusammengearbeitet hat? Schlimmer noch: Was, wenn *mich* jemand im Fernsehen erkennt? Sabine Knopfler zum Beispiel. Sie sieht jeden Sonntagabend fern, das weiß ich aus unseren Gesprächen in der Mittagspause, erst den Tatort, dann die Talkrunde. Wenn Sabine Knopfler die Sendung guckt, dann wird sie mich erkennen!

Vor mir ist eine Palette mit Lidschatten, Cremes, Puderdosen und Lippenstiften ausgebreitet. Auf dem Schrank daneben kleben Autogrammkarten von Moderatorinnen, Schauspielerinnen und einer französischen Sängerin mit schwarz gefärbter Frisur. Und über uns hängt ein Fernseher mit leise geschaltetem Ton. Noch eine knappe Stunde bis zur Aufzeichnung.

Mein Herz rast. Ich bin todmüde und gleichzeitig unendlich aufgeregt. In Deutschland zu sein ist ein total unwirkliches Gefühl.

«Muffensausen?», fragt die Maskenbildnerin, eine freundliche, mollige Blondine, die jetzt den Raum betritt und sich mir als Jennifer vorstellt.

«Blankes Entsetzen trifft es besser», gebe ich mit einem Augenrollen zurück.

«Is dit Ihr erster Fernsehauftritt, Frau Meyer?»

«Ja, und bestimmt auch mein letzter, so wie es aussieht.» Ich deute mit dem Finger auf die hektischen roten Flecken, die sich zwischen meinen Augen- und Nasolabialfalten ausgebreitet haben. Ich bin ein kosmetisches Wunder: Alles, was bei Frauen doof aussieht, sitzt jetzt in meinem Gesicht. Zu allem Überfluss fällt mir ein, dass ich soeben wahrscheinlich gelogen habe, und zwar ganz offensichtlich gelogen. Julia Meyer, die echte Vorstandsfrau, war vermutlich schon ziemlich oft im Fernsehen. Wie oft und in welchen Sendungen, das habe ich aber dummerweise nicht geprüft.

Jennifer lacht. «Allet in Butter. Ick ha schon Backfeifenjesichta jesehn, da denkste, da hat eena hinjeault.»

«Wirklich?», meldet sich mein früheres, promizeitschriftenlesendes Selbst zu Wort. «Sie meinen, wenn die ganz ungeschminkt sind, die Berühmtheiten? Wer denn zum Beispiel so?»

Jennifer beugt sich verschwörerisch an mein Ohr. «Ick hatte da heute eene, also, dit war velleicht 'n Mieselpriem! Hat in eener Tour rumjenölt, von wegen dit sieht allet scheiße aus, wat ick hier tu.»

«O weh, nichts draus machen! War das ein … ein Mieselpriem, den man kennen muss?»

«Ja», lacht Jennifer, und ich versuche mitzulachen, vergeblich. Werde vermutlich gleich selbst ein Mieselpriem. Denn das, was ich hier tue, ist der hellste Wahnsinn. Es ist mehr als wahrscheinlich, dass ich heute Abend auffliege, vor laufender Kamera natürlich, so wie ich mein Glück kenne. Und dann? Abstreiten? Zugeben? Den Betrug, den ich jetzt seit knapp zwei Monaten lebe, irgendwie begründen? Auch das habe ich mir noch nicht überlegt.

«Halleluja, wenn man vom Deibel spricht!» Jennifer deutet auf den Fernseher. «Da isses, dit Frollein, dit sojenannte. Warte, ick dreh dit ma uff!»

Ich erschrecke mich so sehr, dass ich zusammenzucke. Auf dem Monitor erscheint ein Bild von Claudia, der Bratsche. Und jetzt sieht man das gesamte Fernsehstudio und darin die vier anderen. Das Frollein-Salon-Orchester spielt ein mir sehr bekanntes Stück von Brahms.

«Mist!», entfährt es mir. «Verfluchter Mist, verdammter!»

Jennifer kichert. «Dit find ick jut, dass Sie dit so klar sagen!»

«Nein, das … Kommen die gleich zurück in die Maske?» Mein Herz hämmert. «In diese Maske hier?»

«Na, dit will ick nich hoffen! Dit is 'ne Uffzeichnung. Der Mieselpriem is schon vor zwei Stunden wieder von hier abjehauen! Auwacka.» Jennifer beugt sich vor, um die roten Flecken zu betrachten, die sich jetzt wie überdimensionierte Windpocken auf meinem Gesicht ausgebreitet haben. «Dit is ja wirklich … Aber machen Se sich ma nich so Sorgen. Ick ha Krems, dit is een Wunder! Hier!» Sie deutet auf einen Tiegel und dann noch auf einen anderen Tiegel und eine Puderquaste, in der verschiedene Rosa- und Beigetöne ineinander verlaufen. «Dit ha ick ma selba ausklamüsat! Dit wirkt! Wernn Se vor Freude durch de Botanik hopsen!»

Wenn doch auch nur mein Sprachzentrum gleich durch die Botanik hopsen würde, flehe ich innerlich. Oder zumindest ein paar gewichtige Schritte täte! Aber ich bin vor Aufregung wie gelähmt. Zwei Stunden eher in der Maske, und ich wäre Claudia und den anderen hier begegnet. Während Jennifer mein Gesicht abtupft, blicke ich erneut zum Fernseher. Das Frollein-Salon-Orchester sieht ernst aus beim Musizieren. Und Claudia – da muss ich Jennifer recht geben – guckt wie ein echter Mieselpriem. Aber ich darf mich jetzt nicht ablenken lassen. Ich muss mich auf das Thema der Sendung konzentrieren. Schon auf dem Flug von Mérida nach Berlin habe ich mir das Hirn zermartert, was ich dazu zu sagen habe: zum Thema «mächtige Frauen und Moral». Am Ende habe ich eine kleine Rede geschrieben, so wie ich es seit Jahren für den Chef tue. Ich hoffe, dass keine schwierigen Nachfragen kommen, aber eigentlich müsste durch meine Rede zu dem Thema alles gesagt sein. Die Rede ist etwa fünfzehn Minuten lang.

«Die Trudi Bluhm, die nachher ooch kommt, die hat ja immer ihre eijenen Visaschisten», erklärt Jennifer, während sie mein Gesicht betupft. «Da kann ick dit nun nich sagen, wie die in echt aussieht, die ha ick noch nie unjeschminkt jeglubscht …»

«Trudi Bluhm?», hake ich nach. «Das deutsche Model, das in den USA Karriere gemacht hat? Die mit der eigenen Fernsehshow?»

«Jenau die.»

Das muss ich Ada und Richard texten, denke ich aufgeregt. Dass ich meine Rede heute Abend vor Trudi Bluhm halte! Ada kennt die vielleicht noch nicht mal, aber Richard wird ausflippen vor Glück!

«Wie ist die denn so, die Trudi?», frage ich. «Im Fernsehen wirkt die ja immer so ein bisschen kühl.»

Jennifer will gerade den Mund öffnen, da betritt eine junge Frau mit Klemmbrett den Raum.

«Schön, dass Sie schon da sind, Frau Meyer!», ruft sie und reicht mir die Hand. «Hatten Sie einen guten Flug?»

Ich will antworten, werde aber davon abgehalten, denn in diesem Moment tupft Jennifer eine Paste auf meinen Mund.

«Sie sind Langstreckenflüge wahrscheinlich gewohnt, oder?», fährt die muntere Frau fort. «Im Gegensatz zu mir! Ich bin immer schon aufgeregt, wenn ich nur nach Mallorca rübermach! Entschuldigen Sie bitte, ich habe mich gar nicht vorgestellt, ich bin die Kimberley und bringe Sie gleich ins Studio! Einige der anderen Gäste sind übrigens schon da.»

«Hallo Kimberley!», sage ich, als Jennifer meine Lippen wieder freigibt. «Ich bin Julia. Wer von den Gästen ist denn schon da?»

Kimberley prüft ihre Liste. «Also, die Professorin für Wirtschaftsethik und der Präsident des Deutschen Arbeitgeberverbands. Die sitzen beide im Aufenthaltsraum und reden langweiliges Zeug miteinander.» Sie kichert und hebt den Knopf in die Höhe, der an einem Kabel über ihrer linken Schulter hängt. «Hab sie eben über mein Headset gestalkt.»

«So, ran an de Buletten, Frau Meyer», sagt Jennifer. «Wat wolln Se denn für 'n Make-up?»

Mir schießt in den Sinn, was Ada mir eingeschärft hat. Dass die andere Julia Meyer in Deutschland total bekannt sei, zumindest unter Wirtschaftsleuten. Und dass ich die Maskenbildnerin bitten müsse, mir einen anderen Look zu verpassen. Einen, der dem Stil meiner Doppelgängerin ähnelt. Doch in diesem Moment kommt mir noch eine andere Idee in den Sinn.

«Ich würde heute gern mal so richtig rassig aussehen!», lächele ich Jennifer an. «So ein bisschen Frida-Kahlo-mäßig, wenn es geht! Wo ich doch jetzt in Mexiko lebe! Aber vielleicht ohne die Blumen auf dem Kopf ...»

«Ick mach Se janz glamerös!» Jennifer reißt einen tiefroten Lippenstift vom Tisch. «Glamerös, dit kann ick aus'm FF! Und wissen Se wat, Frau Meyer? Ick sach dit ja nich zu jedem. Aber Se sind echt 'ne Nette. Dit is dit reine Vagnüjen mit Ihnen!»

«Mit Ihnen aber auch!», gebe ich zurück. «Ich fühle mich echt besser! So viel besser als eben! Vielen Dank, dass Sie so lieb zu mir sind!»

Kimberley sieht mich mit großen Augen an. «Es stimmt, was die Presse über Sie schreibt! Sie sind wirklich anders als die anderen Wirtschaftsbosse! Sie sind überhaupt nicht hochnäsig! Wenn ich nicht wüsste, dass Sie was Wichtiges wären, würde ich denken, Sie sind eine von uns.»

Jennifer fährt mit den Fingern durch meine Locken. «Und wat Se für Haare haben! Da mach ick nüscht mit. Wenn de so knorke Haare hast, denn kannste dit ooch zeijen, sach ick imma. Is dit Natur?»

«Ja, leider», seufze ich.

«Leider?», wiederholen Jennifer und Kimberley wie aus einem Mund. Kimberley öffnet sogar ihr Haargummi und stellt sich neben mich, sodass ihr Gesicht im Spiegel neben meinem erscheint. «Jetzt vergleichen Sie mal bitte, Frau Meyer! Hätten Sie etwa lieber diesen Schnittlauch?»

«Oda dit hier?», fragt Jennifer und hält eine Strähne ihrer Haare hoch.

Ich muss lachen. Keine Viertelstunde mit den beiden, und ich fühle mich rundum erneuert. Am liebsten würde ich bei ihnen bleiben. Aber das geht natürlich nicht.

«Oogen zu», befiehlt Jennifer. «Denn können Se sich ooch besser entspannen!»

Als Kimberley mich eine halbe Stunde später abholen kommt, öffne ich die Augen wieder. Jennifer hat ganze Arbeit geleistet. Ich bin nicht wiederzuerkennen.

Die Scheinwerfer strahlen mir so grell entgegen, dass ich vollkommen geblendet bin. Kimberley führt mich in das Studio, in dem wir gleich miteinander diskutieren sollen und das ich in dem gleißenden Licht nur mit Mühe erkennen kann. Neben der Quasi-Blindheit macht mir eine weitere Unpässlichkeit zu schaffen: Meine Zunge ist auf das Doppelte ihrer Originalgröße angeschwollen. Ich habe den Durst des Jahrhunderts. Wie ich unter diesen Umständen gleich ein vernünftiges Wort herausbringen soll, ist mir vollkommen schleierhaft. Ich sehe schon die Schlagzeilen morgen vor mir: «Zungenmonster legt Talkrunde lahm», «Verwirrter Moderator kämpft mit stummem Talkgast», «Germany's next Topzunge». «'n Abend», nuschele ich und ergreife die Hand, die sich mir aus einer Art Spiralnebel entgegenstreckt. Ein großer Mann mit einem kleinen Gewichtsproblem erhebt sich aus seinem Sessel und schüttelt mir die Hand. «Frau Meyer?», fragt er zögernd. «Ich hätte Sie ja fast nicht wiedererkannt!»

«Iß miß eben auch niß», kämpfe ich mich durch die Konsonanten. Ach, würde ich doch nur so schön reden können, wie ich aussehe! Als ich mich in meinen Sessel sinken lasse, fällt mein Blick auf den Monitor: Da bin ich, zwischen dem großen Dicken, der mich soeben begrüßt hat, und einer grauhaarigen und intelligent wirkenden zierlichen Dame. Es kommt mir jetzt etwas angeberisch vor, das zu sagen, aber ich sehe absolut hinreißend im Vergleich zu den anderen beiden aus.

Meine Augen sind dunkel umrandet und wirken riesig groß, meine Haut ist vollkommen glatt, und mein Mund schimmert dunkelrot, sodass meine Zähne, wenn ich die Lippen öffne, richtig schön weiß sind. Ich bemerke, wie mich die intelligent wirkende Dame dabei beobachtet, wie ich die Lippen bei aufeinandergepressten Zähnen öffne und wieder schließe und meine, ein leichtes Kopfschütteln zu sehen.

«Möchten Sie was trinken?», fragt Kimberley, die plötzlich wieder neben mir steht. Diese Beleuchtung ist echt trickreich. Menschen tauchen darin auf und verschwinden wieder. Ich muss an Adas Vortrag neulich am Pool über Sterne, die Lichtstraße und fremde Galaxien denken, und einen irren Moment lang frage ich mich, ob der große Dicke, der da neben mir leuchtet, nicht vielleicht schon ein toter Stern ist, dessen Licht nur deshalb bei mir ankommt, weil er so wahnsinnig weit entfernt von mir ist.

«Danke, ja, unglaubliß gern!» Ich stürze das Glas Wasser wie eine Verdurstende herunter und frage, ob ich vielleicht eine ganze Flasche bekommen könnte.

«Klar», sagt Kimberley und verschwindet wieder in der Studiogalaxie.

Langsam gewöhnen sich meine Augen an die Lichter, und jetzt nehme ich auch den Rest des Raumes wahr. Vor mir sitzt eine junge Frau, die unablässig ihre Hände knetet und vermutlich mindestens so nervös ist wie ich.

«Dann doch lieber Wurzelbehandlung, oder?», lächele ich ihr entgegen.

«Ich verstehe nicht», sagt sie leise.

«Wurzelbehandlung. Zahnarzt.»

«Oh», lacht sie. «Ja.»

Während ein kahlköpfiger Mann an meinem Ausschnitt

nestelt, um ein Mikrophon dort anzubringen, betritt der Moderator die Bühne. Er wirkt so entspannt, als ginge er geradewegs durch sein Wohnzimmer. Dem Wasser sei Dank ist meine Zunge wieder ein wenig abgeschwollen, doch noch immer rast mein Herz. Im Kopf probe ich noch einmal meine kleine Rede.

«Und nicht vergessen», sagt der Moderator. «Möglichst kurze Redezeiten. Jeder will ja einmal zu Wort kommen. Monologe sind tödlich in einer Talksendung.»

«Wie lang dürfen die Reden denn so sein?», frage ich. «Meine ist so etwa fünfzehn Minuten.»

Zu meiner Überraschung brechen alle in der Runde in Gelächter aus.

Auch der Moderator lächelt. «Behalten Sie Ihren Witz gleich, Frau Meyer», sagt er. «So was kommt an!»

«Dreißig bis vierzig Sekunden lang dürfen wir was sagen», flüstert mir die junge Frau zu. «Habe ich vorhin gehört.»

«Dreißig bis vierzig ...! Wollen die uns veralbern?!», zische ich zurück.

Die junge Frau grinst und hebt die Schultern, aber sie kommt nicht mehr dazu, was zu erwidern, denn nun betritt eine neue Lichtgestalt den Raum: Trudi Bluhm. Ihre blonden Haare funkeln geradezu, ebenso wie ihre Zähne. Sie stöckelt auf hohen Schuhen zu ihrem Platz hinüber und lässt sich dann so graziös in ihren Sitz fallen, als wären die Kameras schon an.

Ich kann die Erleichterung in Kimberleys Augen lesen. «So, dann wären wir ja jetzt vollzählig», lächelt der Moderator, und kurz darauf wird es hektisch. Ein sehr dünner junger Mann kommt hereingelaufen, um Trudis Lippen noch einmal nachzuziehen – nicht, dass da etwas verrutscht wäre, für mich sieht alles perfekt aus, aber ich bin keine Expertin –, und dann bekommt der Moderator noch einen Zettel hereingereicht, die

Kameraleute verschwinden, der kahlköpfige Mann nestelt noch einmal an meinem Ausschnitt, angeblich weil ich raschle, dann ertönt Musik.

«Herzlich willkommen, meine Damen und Herren», sagt der Moderator in die Kamera, und sofort bekomme ich wieder schrecklichen Durst. «Heute Abend geht es um die Frage, ob Frauen in Spitzenpositionen besser sind als Männer.»

Der große dicke Mann runzelt skeptisch die Stirn.

«Da haben wir zunächst einmal Julia Meyer, Produktionsvorstand bei BRIS in Mexiko und aufgrund ihres ehrenamtlichen Engagements vom amerikanischen Time Magazine kürzlich zum Vorstand des Jahres gewählt.»

Ich fühle, wie mir das Blut in die Wangen schießt, und möchte am liebsten im Boden versinken. In rascher Abfolge schenke ich mir zwei neue Gläser Mineralwasser ein.

«Wolfgang Hanzinger, Präsident des Deutschen Arbeitgeberverbandes.» Der große Dicke nickt majestätisch. «Er vertritt die These, dass die Einführung der Frauenquote falsch sei. Bewerber sollten aufgrund ihrer Leistung aufsteigen und nicht aufgrund ihres Geschlechts.»

Jetzt wendet sich der Moderator der klug wirkenden grauhaarigen Dame neben mir zu. «Hildegard Brunner ist Professorin für Wirtschaftsethik. Sie sagt, dass Unternehmen mit gemischter Führung besser und produktiver arbeiten als rein männlich dominierte Unternehmen.»

Nun lächelt er die nervöse junge Frau mir gegenüber an, und ich bin gespannt. «Janine Holzberg wurde jahrelang von ihrer weiblichen Vorgesetzten gemobbt und hat nach ihrer Kündigung ein Buch darüber geschrieben. Ihre These: Frauen in Machtpositionen verhindern den Aufstieg anderer Frauen.»

Janine Holzberg lächelt mich entschuldigend an, und ich

mache ihr ein Handzeichen, das ihr bedeuten soll «Halb so wild, ich mag dich trotzdem». Sie lächelt erleichtert zurück.

«Und last but noch least Trudi Bluhm, der deutsche Exportschlager, Selfmadewoman mit eigenem Modelabel und eigener Fernsehshow, auf den Laufstegen dieser Welt unterwegs.» Trudi Bluhm entblößt ein strahlendes Lächeln und streicht ihre blonden Haare zurück.

«Bitte fang nicht mit mir an!», bete ich inständig. Aber die Reihenfolge, in der der Moderator seine Gäste vorgestellt hat, lässt mich Böses ahnen.

«Heute Abend sind Sie in der Minderheit», nickt der Moderator in Richtung des großen Dicken. «Aber in Wirklichkeit sieht es genau andersherum aus. Zumindest was die deutschen Führungsetagen anbelangt, nicht wahr, Frau Meyer?»

Ich nicke bloß, weil mein Mund voller Mineralwasser ist. O Gott, ich muss auf die Toilette! Was mach ich jetzt bloß?

«Wir sind hier beide in der Minderheit», lächelt der Dicke, und der Moderator lächelt in dieser verschwörerischen Weise zurück, die Männer manchmal haben, wenn sie mit ihresgleichen zusammen sind.

«Wie schwer war es, Frau Meyer, dort zu sein, wo Sie jetzt sind?»

«Es ist …» Ich schlucke das Wasser hinunter und versuche die richtigen Worte zu finden. Die Worte, die mich in dieser Runde als in sich ruhende, starke, eloquente Frau auszeichnen werden. «… einfach so geschehen.»

«Typisch weiblich!», ruft die Professorin neben mir aus. «Immer spielen Frauen ihre eigenen Leistungen herunter! Diese Bescheidenheit bringt uns alle noch ins Grab! Ohne Beförderung, versteht sich.»

«Nun, Sie sind einen langen, aufregenden Berufsweg gegangen», lächelt der Moderator, ohne die Professorin zu beachten. «Der war bestimmt nicht immer einfach für Sie.»

Wallace fällt mir wieder ein. Ich soll den Namen des Unternehmens erwähnen, und zwar sooft ich kann. «Das ist richtig. Aber BRIS war von Anfang an sehr aufgeschlossen. Die Firma hat mich mit offenen Armen empfangen. Unser Motto ist Lux in Tenebris, also Licht im Dunkeln.» Ich fühle mich allmählich etwas mutiger. «Und das Licht bringe jetzt wohl ich als Frau.»

Meine Worte versinken in tosendem Applaus. Wo kommt der denn nur her? Aha, da gibt es noch ein Publikum, jenseits des ganzen Lichts.

«Würden Sie also sagen, dass die Amerikaner da schon weiter sind? Hinken wir in Deutschland mal wieder hinterher?»

«Ich möchte Deutschland jetzt nicht schlechtmachen», sage ich. «Ich mag meine Heimat. Aber ja, hier gibt es sicher noch eine Menge zu tun.»

Das Publikum applaudiert erneut.

«Nun haben Sie Ihr Unternehmen ja auch gründlich umgekrempelt.» Der Moderator blickt auf seinen Zettel. «Sie haben in der Kantine vegetarische Gerichte eingeführt, und das in einem Land, dessen Fleischkonsum von Jahr zu Jahr steigt.»

«Das war nicht meine Idee, sondern die der Leiterin der IT-Abteilung, Ada Richter. Die kompetenteste Frau des ganzen Unternehmens übrigens, promovierte Informatikerin, spricht mehrere Sprachen, kann Hubschrauber fliegen …»

«Nun hören Sie doch endlich mal auf, immer die anderen zu loben!», ruft die Professorin. «Sprechen Sie doch auch mal über *Ihre* Leistungen! Genau das ist es, was Frauen noch lernen müssen», wendet sie sich in die Runde. «Sich nicht immer kleiner zu machen, als sie sind!»

«Dazu kommen wir gleich noch», sagt der Moderator.

«Sie hat ja recht», unterstütze ich sie.

«Gut, dann reden wir jetzt über Ihre Leistungen, Frau Meyer. Sie haben ein Firmenorchester gegründet, und die Einnahmen aus den Konzerten fließen in eine Stiftung, die bildungsferne Kinder mit Nachhilfeunterricht unterstützt. Mädchen und Jungen profitieren gleichermaßen?»

«Ja, das ist richtig», sage ich, und jetzt fühle ich wieder die Begeisterung in mir aufwallen. «Wir haben lange darüber diskutiert, wofür genau wir die Einnahmen verwenden wollen.» Ich überlege kurz, ob ich sagen soll, dass wir ja bislang noch kein Konzert hatten und somit auch noch keine Einnahmen – aber dann sagt die Professorin bestimmt wieder, ich soll mein Licht nicht unter den Scheffel stellen. Dann fahre ich fort: «Jungen müssen ja genauso von Bildung profitieren. Wir von BRIS erhoffen uns dadurch einen Rückgang der männlichen Gewalt. Es ist natürlich noch ein sehr langer Weg, aber irgendwo muss man schließlich anfangen.» Ich fange an, von den Frauenmorden in Mexiko zu reden, und während ich spreche, vergesse ich, dass ich hier eine Vorstandsfrau darstellen soll, und rede nur noch wie ich selbst. «Und wir haben ganz viele Kinder und Jugendliche dazu bringen können, bei uns mitzumachen! Am Anfang dachte ich, ach du meine Güte, die können ja gar nicht spielen, aber dann habe ich gemerkt, die können total gut tanzen! *Richtig* gut! … Manchmal, wenn ich mit den Kids spiele, da könnte ich heulen. Weil es einfach wahnsinnig mitreißend klingt!»

Ein paar Sekunden lang herrscht Stille, dann bricht ein Applaus aus, dass ich zusammenzucke. Das Publikum klatscht und johlt.

«Für Ihr Unternehmen ist das eine gute Werbung, richtig?»,

fragt der Moderator und hat auf einmal so einen Bedenkenträgerblick im Gesicht.

«Ja, kann sein», sage ich, «aber deshalb mache ich es ja nicht. Ich mache es, weil es Spaß bringt. Weil es was Sinnvolles ist. Ich hab einen Großteil meines Berufslebens damit verschwendet, sinnlose Sachen zu tun.» Und jetzt vergesse ich komplett meine Rolle. «Ich habe mit Zahlen und Statistiken hantiert, Reden geschrieben, Excel-Tabellen ausgefüllt, Kaffee gekocht ...»

«Sie kochen Ihren Kaffee selber?», fragt Trudi Bluhm verblüfft.

«Klar. Nur die Margaritas lasse ich mixen», lache ich.

Alle bis auf den Dicken lachen mit.

«Kommen wir jetzt zu Ihnen, Frau Holzberg.» Der Moderator nickt der nervösen jungen Frau mir gegenüber zu. «Frauen in Führungspositionen blockieren andere Frauen, schreiben Sie. Und: Wer sich ein Unternehmen mit vielen leistungsstarken jungen Männern wünscht, sollte eine Frau an die Spitze setzen, so Ihre These.»

Frau Holzberg wird rot. Aber dann erzählt sie eine fürchterliche Geschichte. Vor ein paar Jahren wechselte die Spitze ihres Unternehmens, und sie bekam eine Chefin. Die anfängliche Begeisterung darüber wurde bei ihr von Monat zu Monat kleiner. «Am Ende bekam ich jeden Tag von ihr mehrere Mails, in denen sie mich beleidigte und meine Arbeit herabsetzte. Irgendwann wurde ich krank. Mein Arzt hat ein Burnout festgestellt. Ich habe Antidepressiva eingenommen, aber es hat nichts geholfen. Morgens kam ich nicht mehr hoch. Meine Chefin hat mich daraufhin beschuldigt, die Krankheit bloß vorzutäuschen, damit ich nicht arbeiten müsste. Ich ... Es war mir so peinlich. Ich wollte so nicht sein. Ich war immer sehr ... leistungsstark ...» Sie bedeckt ihr Gesicht mit beiden Händen.

«Aber das muss doch mal ein Ende haben!» Ich springe vor Aufregung auf. «Wir können uns doch nicht von einer Handvoll psychotischer Menschen in unseren Unternehmen so tyrannisieren lassen! Ich fordere ein psychiatrisches Gutachten für Vorgesetzte!»

Der Moderator und Janine Holzberg blicken mich überrascht an.

«Menschen wie die Chefin von Frau Holzberg dürfen einfach nicht arbeiten, zumindest nicht in solchen Positionen!!!»

Diesmal ist der Applaus ohrenbetäubend. «Bravo!», erheben sich einzelne Stimmen über das Klatschen und Fußetrampeln. «Richtig!» – «Ganz genau!» – «Schluss mit den Psycho-Chefs!»

Der Rest der Sendung vergeht wie in einem Nebel. Die restlichen Gäste tragen ihre Argumente vor, Trudi Bluhm erzählt mit aufgerissenen Augen und Fistelstimme von ihren Erfolgen, die Professorin sagt sehr kluge Sachen, der Dicke ist ziemlich verstimmt. Als die Sendung vorbei ist, fragt Jennifer, ob sie mich abschminken soll, aber ich lache: «Nee, das ist jetzt mein neues Gesicht!» Wir verabschieden uns wie gute Freundinnen, und Kimberley nimmt mich sogar in den Arm.

An diesem Abend steige ich auf Kosten von BRIS in dem Hotel ab, das in meinen Augen für unendlichen Luxus steht. Es wird vermutlich die einzige Nacht meines Lebens sein, die ich in einer solchen Unterkunft verbringe, darum habe ich mir das Adlon ausgesucht. Wir fahren durch die bunte, funkelnde Berliner Nacht. Von Ada und Richard habe ich Nachrichten bekommen. Sie haben meinen Auftritt via Live Stream in Mexiko gesehen. «Du warst so toll! Ich bin wahnsinnig stolz auf dich!», schreibt Ada. «Schätzchen, du warst umwerfend!», lautet Richards Nachricht. «Wenn ich der Sender wäre, ich würde dich von nun an jeden Monat buchen! Du hast ordentlich Schwung da reingebracht! Und was war das für ein Lippenstift? Den musst du dir unbedingt kaufen! Dicke Umarmung. Ada und ich vermissen dich!» Selbst von Wallace kommt ein Glückwunsch. Er habe zwar nichts verstanden, aber das Wort BRIS sei doch reichlich gefallen, und ich habe sehr «committed» gewirkt.

Carlos hat mir mehrere Foto-Nachrichten geschickt. Ein Selfie, das ihn mit gespielt traurigem Ausdruck unter einem Firmenschild von BRIS zeigt. Darunter die drei Worte: «Hier fehlt was.» Dann ein Selfie, das ihn vor einem Fernseher zeigt und auf dem er den Daumen nach oben reckt. Im Hintergrund erkenne ich die Studiokulisse und darin in Großaufnahme das Gesicht von Trudi Bluhm. «Falsche Frau», schreibt er darunter. «Die meinte ich gar nicht ...» Und dann ein Bild vom Fernsehbildschirm, auf dem ich selbst zu erkennen bin. Ich sehe fremd und merkwürdig gut auf dem Bild aus, wie eine übertrieben optimierte Ausgabe meiner selbst, wenn man mal davon absieht, dass ich gerade den Mund aufreiße und dabei nicht besonders intelligent wirke. Die letzte Nachricht enthält nur zwei Worte: «... sondern die!!» Zwei Ausrufezeichen.

«Jute Nachrichten?», fragt der Taxifahrer, der im Rückspiegel erkennt, das ich über das ganze Gesicht strahle.

«Ja», nicke ich und spüre zu meiner eigenen Verwunderung, dass sich meine Augen plötzlich mit Tränen füllen. «Sehr gut.»

Keine Nachricht von meinen Eltern, meinen Schwestern, meinen Kindern oder Freundinnen. Nichts vom Chef und nichts von Sabine Knopfler oder anderen Kollegen. Entweder hat keiner von ihnen die Sendung gesehen, oder sie haben mich nicht erkannt. Ich hoffe von Herzen, dass es Ersteres ist.

Als wir das Brandenburger Tor erreichen, bitte ich den Taxifahrer, mich rauszulassen. Ich möchte den Weg von hier zum Adlon zu Fuß gehen. Es ist mein zweiter Besuch in Berlin, der erste liegt lang zurück, in einer Zeit mit Mann und kleinen Kindern. Unter dem Tor bekomme ich Gänsehaut, und ich weiß nicht, was mich in diesem Moment mehr überwältigt, die deutsche Geschichte oder meine eigene der letzten Monate. Der Nachthimmel ist viel heller als der in Mérida, stelle ich fest, während ich die Straße Unter den Linden hinaufwandere. Überall strahlen Lichter, doch ich kann keine Sterne über mir erkennen. Was da so gleißt, sind bloß die Lichter der Stadt. Ich friere ein bisschen, dabei ist hier doch Sommer, und die Knie tun mir auf einmal wieder weh. Ein blonder Mann kommt mir entgegen und sieht mich mit großen Augen an. Mir wird bewusst, dass ich immer noch mein Fernsehgesicht trage. «Sie sind sehr schön», raunt er mir mit polnischem Akzent zu, und ich muss lachen. Und dann gehe ich ins Hotel, an der Lobby vorbei in mein Zimmer hinauf. Die Teppiche sind so dick, dass sie meine Schritte verschlucken, leise ist es hier drinnen, ganz leise, und meine Gedanken viel zu laut. In meinem Zimmer schiebe ich die Vorhänge beiseite und blicke hinaus auf die Straße. Jemand hat ein Sofa auf die Straße gestellt, zwei Frauen und ein Mann sitzen darauf und stoßen mit Bierflaschen an. Dann sehe ich ein nicht mehr ganz junges Paar, das sich leidenschaftlich küsst, und ich muss an Carlos denken. Mein Herz klopft. Ich habe schreckliche Sehnsucht nach ihm.

Die ganze Nacht möchte ich so sitzen und hinaussehen. Ein stilles Glück durchzieht mich. Das Leben ist schön.

Irgendwann siegt die Erschöpfung, und ich falle auf mein

Bett, ein festes Bett mit einer dicken, blütenweißen Daunendecke, und dann schlafe ich zehn Stunden durch.

Als ich zum Flughafen fahre, bin ich immer noch glücklich. Tatsächlich muss ich schon wieder in Amsterdam umsteigen, wie damals auf meiner ersten Reise. Zwei Monate ist das erst her, was für ein Wahnsinn, zwei Monate, in denen ich eine vollkommen andere geworden bin.

In Mérida holt mich ein Fahrer ab, den ich nicht kenne. Es ist neunzehn Uhr abends, ich komme also rechtzeitig zur Cocktailstunde nach Hause. Ada und Richard erwarten mich schon am Pool mit einem Tisch voller Leckereien und fertig gerührten Margaritas. Sie fallen mir beide um den Hals, Ada ganz sachte, Richard dafür umso stürmischer. Ich soll alles erzählen, befiehlt Richard. Alles über Trudi Bluhm! Ich erzähle aber lieber von Jennifer und Kimberley und davon, dass ich fast der Bratsche begegnet wäre. Und dass ich während der Talkrunde schrecklichen Durst hatte und meine Gläser Wasser hinuntergeschüttet habe wie ein Wüstenopfer und dass ich mich am Ende kein bisschen mehr konzentrieren konnte, so dringend musste ich aufs Klo. Wir lachen so sehr, dass ich mir einen Bauchmuskel zerre, und am Ende kann ich nur lachen, indem ich den Muskel festhalte, was uns noch mehr zum Lachen bringt.

Es passiert, als Richard gerade die zweite Runde Margaritas gemixt hat und sie auf einem Tablett in Richtung Pool balanciert. Die Muchacha löst sich aus einem Schatten und tritt auf mich zu. «Señora Meyer», sagt sie auf Spanisch. «Da ist eine Frau am Eingang, die Sie sprechen möchte. Es ist seltsam – sie heißt genau wie Sie!»

14. Kapitel

Es kommt mir so merkwürdig vor, ihr gegenüberzusitzen. Über zwei Monate, seit meiner Ankunft in Mexiko, habe ich mir das vorgestellt. Nach allem, was ich über sie gelesen habe, nach all der Zeit, in der ich vorgegeben habe, *sie* zu sein, erscheint sie mir tatsächlich vertraut.

«Wir sehen uns nicht einmal besonders ähnlich», sagt sie, und ich muss ihr zustimmen. Auch ihre Stimme klingt anders, härter irgendwie.

Wir sitzen drinnen im sogenannten Arbeitszimmer, das ich noch nie genutzt habe, weil ich entweder im Büro arbeite oder mit einem Laptop am Pool. Und wir sind allein, ohne Ada, ohne Richard. Das hat Julia Meyer so angeordnet, ganz natürliche Autorität.

«Wie sind Sie darauf gekommen, sich für mich auszugeben?», fragt sie, nachdem sie mich lange gemustert hat.

Ich hebe die Schultern. «Ehrlich gesagt – keine Ahnung. Es ist einfach so passiert.»

«Das haben Sie auch im Fernsehen gesagt. In der Talkshow.»

Ich schweige.

«Ich habe Ihre Geschäfte eine Weile beobachtet», fährt sie fort. «Habe zugesehen, wie Sie Entscheidungen treffen. Sie haben vieles erstaunlich richtig gemacht.»

«Danke.»

«Natürlich ist es zu früh, nach zwei Monaten verlässliche Aussagen zu machen. Aber die Menschen in Ihrer Abteilung scheinen ihre Arbeit gern zu machen. Und zufriedene Mitarbeiter sind der Schlüssel zum Erfolg.»

«Sehe ich auch so, aber woher …»

Sie unterbricht mich. «Wussten Sie, dass die Aktie von Unternehmen mit zufriedenen Mitarbeitern mehr Kursgewinne erzielt und sich doppelt so gut wie der Gesamtmarkt entwickelt? Das geht aus einer kürzlich veröffentlichten Studie hervor.»

«Nein, das wusste ich nicht, aber ich finde …»

«Ja, ja. Sprechen wir jetzt über Ihre anderen Aktivitäten. Dass Sie zum Beispiel die Stellen in Ihrer Abteilung retten wollen, ist absolut lächerlich! Das ehrt Sie zwar. Aber Sie können nichts gegen den Abbau tun.»

«Doch», widerspreche ich. «Ich habe sogar schon einen Plan!»

Julia Meyer schüttelt langsam den Kopf. «Ich habe keine Ahnung, woher Sie kommen und wie viel Erfahrung Sie mitbringen. Aber wenn ich mir Ihren Idealismus so ansehe, würde ich sagen, Sie sind noch neu im Geschäft.»

Ich öffne den Mund, aber sie unterbricht mich. «Sehen Sie, Sie haben einer ganzen Reihe von Produktionen grünes Licht gegeben. Keine Kinderarbeit. Klar – ist nicht schön. Für die Verpackung Biokunststoff anstelle von Plastik. Die Stoffe für die Polstermöbel chemikalienfrei und aufwändig mit Pflanzenfarben gefärbt. Dann haben Sie in der Kantine teure vegane Gerichte und Fleisch vom Biobauern durchgesetzt. Biobauern – ich bitte Sie, in Mexiko! Das alles ist ziemlich kostenintensiv. Und höhere Kosten bedeuten immer, dass das Unternehmen an anderer Stelle einsparen muss – zum Beispiel im Bereich Personal.»

Auf einmal komme ich mir klein vor. Und unwissend. Ich weiß nicht, ob meine Doppelgängerin recht hat mit dem, was sie sagt. Aber mir wird bewusst, wie wenig ich über den Job, den ich da seit zwei Monaten mache, eigentlich weiß. Zu wenig auf jeden Fall, um ihr Paroli zu bieten.

«Woher wissen Sie eigentlich all diese Sachen über mich und meine Entscheidungen?», frage ich sie endlich.

Sie hat die kältesten Augen, die ich je gesehen habe. Nicht ein Fünkchen Wärme liegt drin, keine Regung, gar nichts. «Ich habe meine Informanten.»

«Kellermann?»

Ihr Blick durchbohrt mich weiter. «Doch nicht diesen Verbrecher! Nein, ich habe gute Beziehungen zur Finanzabteilung. Frank Wipschinger – sagt Ihnen der Name etwas?»

Der E-Mail-Verkehr von vor ein paar Wochen schießt mir durch den Kopf. «Quicke 80/20 decision und dann durchsteuern.» Wipschinger ist der Mann, der Gernhardt mit Goethe verwechselt hat, der Mann mit dem furchtbaren Deutsch!

«Frank Wipschinger hat mir eine Mail an meinen Privataccount geschickt, in der er sich über mich lustig gemacht hat, weil ich in einer Firmenmail angeblich Gedichte rezitiert hätte. Er hat auch behauptet, dass mich der Bereich Finanzen in Kopie gesetzt hätte, damit ich über die Veränderungen bei BRIS informiert wäre. Da wurde mir zum ersten Mal klar, dass jemand anderer meinen Platz bei BRIS belegt. Eine Frau, die sich für mich ausgibt und meinen Namen benutzt.»

«Ich habe nicht Ihren Namen benutzt», fahre ich empört auf. «Es ist auch immer noch *mein* Name!»

Sie zieht eine Augenbraue in die Höhe. «Das bleibt sich jetzt wohl gleich.»

Ich stehe auf und gehe durch den Raum. So viele Fragen drängen sich mir in den Kopf, dass ich nicht weiß, wo ich anfangen soll. «Aber dieser Frank Wipschinger ist bestimmt nicht allwissend», bemerke ich. «All die anderen Sachen –

das mit der Kantine, zum Beispiel! Wer hat Ihnen das erzählt?»

Sie lächelt, aber es sieht nicht fröhlich aus. «Ganz einfach. Mail an die Service-Hotline von BRIS. Hab mein Passwort vergessen. Und zack.»

«Und dann haben Sie all meine E-Mails gelesen.»

Sie lächelt weiter. «Genau das habe ich dann getan.»

Ich überlege eine Weile. «Sie sagen, dass Ihnen erst mit der Mail von Frank Wipschinger bewusst wurde, dass eine andere Ihren Platz eingenommen hat. Was war vorher? Warum haben Sie sich vorher nicht dafür interessiert, was mit Ihrem Vorstandsposten passiert?»

Sie sieht mich an, und erst jetzt fällt mir auf, dass sie sehr viel älter aussieht als ich. Es sind nicht so sehr die Falten, die sich durch ihr Gesicht ziehen. Es ist vielmehr der Ausdruck von Erschöpfung, den sie trägt. Der reglose Blick. «Ich hatte ein Burn-out», sagt sie.

Ich setze mich ihr wieder gegenüber. «Das tut mir leid.»

«Das passiert manchmal bei Menschen in unseren Jobs. Es ist alles nicht so einfach, wie man sich das vorstellt.»

«Nein», sage ich höflich. «Natürlich ist es das nicht.» Aber dann denke ich daran, wie viel ich früher als Assistentin gearbeitet habe. Wie hart Carmen arbeitet. Bitterkeit wallt in mir auf. Wir arbeiten alle schwer, denke ich. Aber einige leisten sich ein Burn-out und andere eben nicht. Weil Kinder da sind zum Beispiel. Weil man dann eben nicht umfallen *darf.*

«Wo waren Sie die ganze Zeit?», frage ich sie.

«Oh, in Indien.» Tatsächlich ist ihre Haut ziemlich gebräunt. «Ich bin in einen Schweige-Ashram gegangen. Hat mir gutgetan. In den letzten Wochen bin ich gereist. Südindien. Hab über ein paar Dinge nachgedacht.»

Ich traue mich nicht, noch mehr Fragen zu stellen, obwohl sie mir unter den Nägeln brennen. Aber Julia Meyer spricht auch so weiter. «Und dann bin ich eines Abends in einem Hotel in Rajasthan, das über eine Satellitenschüssel verfügt, und beschließe fernzusehen. Wie früher in Deutschland. Einen guten Tatort und anschließend vielleicht noch die Talkrunde. Und was sehe ich da? Die Frau, die sich für mich ausgibt. Da habe ich gedacht: Es reicht. Und jetzt bin ich also da.»

«Eines noch: Sie haben Kellermann eben einen Verbrecher genannt. Warum?»

Sie seufzt. «Das mit Kellermann und mir ist eine lange Geschichte. Wir sind Konkurrenten, solange ich zurückdenken kann. Wir haben uns regelmäßig um dieselben Posten beworben.» Ein Lächeln tanzt um ihre Augen. «Aber meistens habe ich sie bekommen.»

«Das macht Kellermann noch nicht zum Verbrecher.»

«Nein», sagt sie. «Das nicht.»

«Was dann?»

«Hören Sie, ich kann das nicht beweisen, und Ihnen kann es auch egal sein. Weil ich jetzt die Polizei benachrichtigen werde. Wissen Sie, was auf Betrug in Mexiko steht?»

Mit Mühe kämpfe ich die Panik nieder, die in mir aufsteigt. «N… nein.»

«Nun, Sie werden es recht bald herausfinden. Ich will meinen Platz zurückhaben. Gucken Sie nicht so ängstlich, Julia, oder wie auch immer Sie heißen mögen. Sie hatten zwei Monate, um sich auszutoben. Zwei Monate, um bei den Großen mitzuspielen. Jetzt ist der Kindergarten aber wieder geschlossen. Packen Sie Ihre Musiksachen. Im Gefängnis haben Sie mit Glück etwas Zeit dafür.» Sie greift nach ihrem Handy.

«Geben Sie mir vierundzwanzig Stunden!»

«Warum sollte ich das tun – *Julia?*»

Ich hole tief Luft, und dann rede ich, ohne über meine Worte nachzudenken. «Weil Sie ein Herz haben! Weil Sie in der Lage sind, mit jemand anderem mitzufühlen! Weil Sie das schon immer konnten. Nicht erst seit Ihrer Zeit im Ashram! Sie sind eine Frau, die ... begreift!»

Sie öffnet den Mund, will etwas sagen, aber dann nickt sie. «In Ordnung. Vierundzwanzig Stunden. Tick, tack.»

Nachdem sie gegangen ist, sitze ich eine Weile einfach nur da. Ich fühle mich vollkommen betäubt. Schließlich kommen Richard und Ada in den Raum.

«Oh, Schätzchen», sagt Richard und nimmt mich in den Arm. Ada setzt sich mir gegenüber und sieht mich mit ihren großen blauen Augen an.

«Es ist vorbei», sage ich. «Ich muss gehen.»

«Wir gehen mit dir», sagt Ada ruhig.

«Nein, nein, das müsst ihr nicht, das ist meine Sache, ich muss da alleine durch.»

«Was redest du denn da, Süße?», sagt Richard zärtlich. «Haben wir nicht gesagt, dass wir das hier gemeinsam durchziehen? Eine für alle und alle für eine?»

Ich fühle, wie sich meine Augen füllen. «Aber ... ich habe keinen blassen Schimmer, was jetzt aus mir wird!»

«Dann werden wir das gemeinsam herausfinden. Ganz abgesehen davon, dass Freunde sich nicht im Stich lassen, schulden wir dir das.» Ada wechselt einen Blick mit Richard. «Wir sind ja auch nicht ganz unschuldig daran, dass du diesen Job angenommen hast.»

Richard nickt. «Wir haben dir ziemlich zugesetzt.»

«Aber nein!», rufe ich. «Ihr habt mir nicht zugesetzt! Ihr

habt mich ermutigt! Ohne euch hätte ich mich niemals getraut, das zu tun, was ich in den vergangenen zwei Monaten getan habe! Und es war so eine unglaubliche Erfahrung! Das Beste, was mir im Leben passiert ist – von meinen Kindern einmal abgesehen.»

Ich spiele gedankenverloren mit der Post, die sich auf dem Tisch türmt. Ein schwarz-goldener Umschlag macht mich neugierig. Ich reiße ihn auf.

«Was Interessantes?», fragt Ada.

«Nein.» Ich runzele die Stirn. «Es ist eine Einladung zu einer Party.» Ich werfe die Karte weg.

«Whoa, nicht so hastig», sagt Richard und fischt die Karte aus dem Papierkorb. «Die Isla Blanca – phantastisch! Die soll sehr schön sein! Und Gastgeberin ist … nein! Das glaube ich jetzt nicht!»

«Kim Kardashian», lese ich über seine Schulter. «Kenne ich nicht.»

«Weil du nicht die richtigen Zeitschriften liest, Süße!», ruft Richard aus und fuchtelt mit den Händen. «O mein Gott! Kim Kardashian! Lädt dich zu einer Party auf der Isla Blanca ein! Wie unglaublich cool!»

«Richard, dir ist klar, dass wir da nicht hinfahren können, oder?», sagt Ada.

Richard lässt die Karte wieder sinken. «Natürlich. Vollkommen klar.»

Ich fühle mich noch immer wie betäubt. Aber hinter diesem Wattegefühl lauert jetzt noch etwas anderes. Etwas, das groß ist und schwer wiegt. Traurigkeit.

Wie mir das alles fehlen wird, denke ich. Der morgendliche Kaffee mit Ada. Die Arbeit im Büro, die Konferenzen, die Termine draußen. Unsere Abende am Pool und auf der Plaza.

Und da erst wird es mir bewusst. Das Schlimmste von allem: Ich werde Carlos nie mehr wiedersehen.

Er hat beim ersten Klingeln abgenommen. Ich weiß nicht, ob er die Veränderung in meiner Stimme hört. Ich bemühe mich, so mit ihm zu sprechen, als sei nichts geschehen. Ob wir uns auf der Plaza treffen könnten, vielleicht etwas trinken oder tanzen.

«Bist du nicht müde?», fragt er. «Du musst doch müde sein nach deinem langen Flug?»

Ich zwinge mich zu einem Lachen. «Ich bin topfit.»

Ada fährt mich mit dem Motorroller in die Stadt. «Ruf mich an, wenn du fertig bist, ja? Egal, wann! Egal, was los ist. Sag mir einfach Bescheid.»

Auf der Plaza spielt die Mariachi-Kapelle. Gonzo Gonzalez ist auch schon da. Heute hat er eine kleine Maya-Frau in den Armen. Sobald sie still stehen, zwischen zwei Liedern, sehen sie unförmig aus und unscheinbar, aber wenn die Musik einsetzt und sie sich bewegen, werden sie wunderschön.

Auf einmal steht Carlos vor mir. Ich möchte ihm am liebsten um den Hals fallen und ihm alles erzählen, aber das geht nicht. Er sieht mich an, und dann nimmt er meine Hand und zieht mich auf die Tanzfläche.

Wir tanzen viel enger als beim letzten Mal. Ich spüre seinen Körper von Kopf bis Fuß. Wieder steigt mir sein Geruch in die Nase, aber diesmal löst er mehr als nur bloßes Herzklopfen in mir aus. Ein Schauder durchläuft mich. Jede Faser in mir sagt ja. Während wir uns drehen, presse ich mich noch enger an ihn. Er antwortet auf meine Bewegung, indem er mich mit seiner Rechten an sich zieht. Mir wird bewusst, dass mein Atem unregelmäßig geht.

Kein Wort fällt zwischen uns, während wir die Tanzfläche verlassen. Wir schweigen, als wir die Straße hinuntergehen. Und dann dreht er mich so zu sich um, dass ich ihm in die Augen sehe. Seine Pupillen sind sehr groß. Ich stelle mich ein bisschen auf die Zehenspitzen. Und dann fühle ich seinen Mund auf meinem. Seine Lippen sind so weich, so weich. Und dann küssen wir uns.

Es ist so, als könnte ich nie wieder aufhören. Nie in meinem Leben bin ich so geküsst worden. Noch nie habe ich auf diese Weise geküsst. Ich bin mir schwach bewusst, dass Passanten vorübergehen. Carlos nimmt mich an die Hand und zieht mich weiter. Ich habe keine Ahnung, wohin, aber ich hoffe, dass er mich zu sich mit nach Hause nimmt, wo auch immer das sein mag, hoffentlich nicht zu weit.

Und dann fängt es urplötzlich an zu regnen. Kein Nieselregen wie in Playa del Carmen, sondern Wassermassen, die auf die Straße stürzen, so mächtig, dass sie selbst die Tanzmusik übertönen, die aus einem Café an der Ecke dringt. Sekunden später tragen wir keinen trockenen Faden mehr am Leib. Ich reiße mir die Pumps von den Füßen, Carlos nimmt mich an die Hand, und dann rennen wir los. Schon sind die Straßen überflutet. Sturzbäche rauschen den Asphalt hinab. Mit einem Schrei springen wir hinein. Das Wasser reicht mir bis zu den Waden. Ich beuge mich vor und bespritze Carlos, wobei mich ein unbändiges Gelächter überkommt. Carlos' weißes Hemd ist durchsichtig vom Wasser, seine dunkel behaarte Brust zeichnet sich unter dem dünnen Stoff ab. Mit einer schnellen Bewegung greift er nach meinen Armen, um sie festzuhalten. Aber ich bin schneller und sprinte durch das Wasser davon. Ich höre sein Lachen, wie er hinter mir herläuft, höre das Platschen und die strömenden Wassermassen, dann ist er bei mir angelangt, und ich schlinge meine Arme um ihn, und wir küssen uns erneut.

Nach mir die Sintflut, denke ich.

Seine Wohnung ist dunkel und kleiner, als ich sie mir vorgestellt hätte. Sehr viel mehr sehe ich aber nicht, denn Carlos macht kein Licht an. Er fragt auch nicht, ob ich etwas trinken möchte oder was man sonst in solchen Situationen vielleicht tut. Stattdessen schließt er sein Smartphone an ein Paar Boxen und spielt Musik.

Es ist ein Lied, das ich nicht kenne, aber es verstärkt alles, was in diesem Moment ist. Ich habe von Kopf bis Fuß Gänsehaut. Carlos hilft mir, aus meinem Kleid zu schlüpfen, und ich knöpfe sein Hemd auf. Als wir uns nur noch in Unterwäsche gegenüberstehen, nimmt er meine Hand und beginnt, mit mir zu tanzen. Das Regenwasser tropft aus meinen Haaren und läuft mir den Rücken hinab. Im Schein der Straßenlaternen sehen wir uns in die Augen, während wir uns drehen. «Du bist wunderschön», flüstert er.

«Du auch», flüstere ich zurück.

Und dann zieht er mich in sein Schlafzimmer.

«Ich musste also neunundvierzig Jahre alt werden», denke ich, während ich neben ihm liege und seinen nackten Körper spüre. «So lang musste ich warten für ein solches Glück.»

Die Laken fühlen sich warm und feucht an, eine Mischung aus Regen und Schweiß und Lust. Und während ich vielleicht so glücklich bin wie nie zuvor in meinem Leben, fühle ich gleichzeitig eine unendliche Traurigkeit. Denn ich weiß ja, dass ich ihn nie wiedersehen werde. Unsere erste Nacht wird auch die letzte gewesen sein. Und ich kann ihm nicht einmal meine echte Identität enthüllen, ihm keine Telefonnummer hinterlassen, keine Adresse, gar nichts. Gleich morgen früh werde ich meine SIM-Karte wegwerfen. Ich werde unter meiner bisherigen Nummer nicht mehr zu erreichen sein. Niemand darf mich orten, schon gar nicht Carlos, den ich damit nur in Gefahr bringe. Sie werden ihn bestimmt verhören. Und dann soll er guten Gewissens sagen können, er habe von meinem Betrug nichts gewusst.

Ich merke erst, dass ich weine, als Carlos mich zu sich heranzieht. Wir streicheln über unsere Wangen, unsere Haare, unseren Hals. Wir sehen uns in die Augen, während meine Tränen weiter fließen. Noch immer sprechen wir kein einziges Wort.

Was auch immer geschieht, ich werde das hier gehabt haben, denke ich, als das Morgenlicht durch die Vorhänge schimmert. Eine Nacht voller Leidenschaft, in der ich nicht geschlafen habe. Nur geliebt. Eine Nacht, in der ich mich vollkommen geborgen gefühlt habe, vollkommen begehrt. Eine Nacht, in der ich niemandem etwas vormachen musste, in der ich einfach nur so sein konnte, wie ich bin. Eine Nacht mit einem schönen, liebevollen Mann. Es ist vielleicht eine etwas magere Ausbeute für eine Frau, die ein halbes Jahrhundert lang gelebt hat. Aber in diesem Moment, fühle ich, wiegt es alles auf.

Carlos schläft tief und fest, als ich mich erhebe. Ich bewege mich ganz leise, um ihn nicht zu wecken. Klaube mein nasses Kleid vom Wohnzimmerboden auf. Wasche mir im Bad das Gesicht und fahre mir durch die zerstrubbelten Locken. Ziehe mich hastig an.

Als ich sicher auf der Rückbank eines Taxis sitze und zur Hacienda zurückfahre, fange ich wieder an zu weinen. Aber auch das tue ich so leise, wie ich kann.

«Oh, Schätzchen.» Mehr muss Richard nicht sagen, als er mich zum zweiten Mal innerhalb von zwölf Stunden in die Arme nimmt. Mehr muss ich auch nicht erklären. Ich lasse mich an seine Brust fallen und spüre, wie er mir über die Haare fährt.

«War es schön?», fragt er endlich.

«Ja», weine ich.

«Schätzchen, wir haben jetzt keine Zeit mehr zu verlieren, die Muchacha wird gleich kommen.»

Ich nicke. «Ich weiß. Wir müssen augenblicklich los.»

Als ich mich von Richard löse, steht Ada neben mir. «Wird es gehen, Jule?», fragt sie mich.

Ich nicke.

«Dann los. Richard und ich haben schon gepackt, auch deine Sachen.»

«Wir können nicht alles mitnehmen», sage ich.

Es ist merkwürdig, wie ich hier stehe und das sagen kann. Dass ich tatsächlich in der Lage bin, klar zu denken, dass ich nicht zusammenbreche vor Verzweiflung und Sehnsucht und Angst.

«Ich weiß», sagt Ada. «Wir haben das Gepäck unterteilt, in Dinge, die wir wirklich brauchen, und das, was wir entbehren können. Ich nehme an, dass du deine Business-Kostüme nicht mehr benötigst, aber dass du deine Ukulele mitnehmen willst.»

Ich starre den Ukulele-Kasten an, ohne mich zu bewegen. Auf einmal fühle ich mich wie gelähmt. Ich werde nie mit dem Firmenorchester auftreten. Keinen der anderen Musiker werde ich jemals wiedersehen. Ich werde nicht dirigieren. Nicht die Choreographie sehen, die die Mädels eingeübt haben. Nicht Carmen am Klavier, Wallace an den Maracas. Nicht Carlos am Bass. Das Konzert, das wir an meinem fünfzigsten

Geburtstag spielen wollten! Auch das wird es nicht geben. Jedenfalls nicht mit mir.

«Danke», sage ich und klammere mich an den Kasten. Als sei das Instrument mein Rettungsring.

Ein letztes Mal drehen wir eine Runde über die Hacienda. Ein letztes Mal blicke ich in die Räume, in denen ich so glücklich gewesen bin.

Dann tragen wir unser Gepäck durch das Foyer, in dem die Schmetterlinge um die Vasen mit den Orchideen tanzen, und treten durch das Tor. Ada hat noch in der Nacht einen Mietwagen bestellt. Wie ferngesteuert nehme ich den Fahrersitz ein und schnalle mich an. Warte, dass auch Ada und Richard sich angeschnallt haben. Wie ein Roboter drehe ich den Schlüssel im Zündschloss. Und dann fahren wir los.

15. Kapitel

Es passiert, als wir auf der Küstenstraße 307 unterwegs sind. Sirenen kommen näher. Und auf einmal ist überall zuckendes Blau.

Knapp drei Stunden sind wir ohne Zwischenfall unterwegs gewesen, erst in Richtung Cancún Airport, aber dann, bei dem Gedanken an die Sicherheitsvorkehrungen am Flughafen, habe ich den Wagen gewendet und bin in Richtung Süden gefahren.

Die Sirenen kommen noch näher. Ohrenbetäubend ist das Geräusch.

«Ich mag jetzt paranoid klingen», ruft Richard. «Aber ich glaube, die meinen uns.»

Sind die vierundzwanzig Stunden also um, denke ich. Eine Frau, ein Wort. Ich drücke den Fuß auf dem Gaspedal durch, aber es nützt nichts. Der Polizeiwagen hinter uns holt beständig auf.

«O Gott, Schätzchen, du musst schneller fahren!», schreit Richard von hinten.

«Wie soll das gehen, ich fahre doch schon 230!», ächze ich.

«Wo ist deine Abenteuerlust geblieben?»

«Abenteuerlust ist eine Sache.» Ich trete das Pedal bis zum Boden durch. Der Wagen beschleunigt auf 260. «Todessehnsucht eine andere.»

«Sie kommen näher!», ruft Ada. «Wir müssen den Wagen verlassen! Da vorne rechts ist eine Parkbucht! Los, du musst bremsen! Fahr da rein!»

Der Wagen schlingert, als ich ihn nach rechts lenke. Ich versuche zu bremsen, aber wir sind einfach zu schnell. Richard schreit auf. Plötzlich sehe ich einen Baum auf mich zurasen, ich trete auf die Bremse, aber wir sind immer noch viel zu schnell. In der allerletzten Sekunde reiße ich das Steuer herum, wir schlittern einmal um die eigene Achse, dann bleiben wir stehen. So schnell es meine zitternden Knie erlauben, greife ich nach meiner Tasche und dem Ukulele-Kasten und reiße die Autotür auf. Ada und Richard springen ebenfalls nach draußen. Ohne ein weiteres Wort sprinten wir los.

Das Gebüsch zerkratzt mir die Beine, Dornen vermutlich, aber ich spüre sie nicht. Immer tiefer laufen wir in das Dickicht. Die Sonne ist so mächtig, dass ich das Gefühl habe, gegen eine dicke, heiße Wand anzurennen, aber seltsamerweise habe ich in diesem Moment Riesenkräfte. Schon haben wir den Sandweg verlassen, der durch die Büsche führt, hier ist nichts als dichtes Gestrüpp und Steine. Auf einmal bleibt Ada stehen. «Hört ihr das?», flüstert sie.

«Was denn?» Richard und ich bleiben stehen.

«Die Sirenen. Sie werden wieder leiser. Sie entfernen sich.»

Ich lausche. Und dann sehen Ada und ich uns entsetzt an. Die Sirenen werden wieder lauter. Der Wagen hat kehrtgemacht.

«Weiter!», stoße ich hervor, und wir beginnen erneut zu rennen.

Jetzt wird das Dickicht lichter. Sollten wir von einem Hubschrauber verfolgt werden, so könnte man uns hier leicht finden. Ich versuche das Geräusch von Rotorblättern auszumachen, aber außer den Polizeisirenen, meinem eigenen stoßweisen Atem und unseren Laufschritten höre ich nichts.

Doch. Da ist doch etwas. Stimmen. Aber sie klingen nicht bedrohlich, eher fröhlich, es sind sogar Kinderstimmen dabei. Und dann stehen wir plötzlich vor einem riesigen Schild.

«Cenotes Dos Ojos», liest Ada. «Phantastisch, ein unterirdischer See mit Besichtigungsprogramm für Touristen, da gehen wir jetzt rein, ein besseres Versteck gibt es gar nicht!»

Richard dreht sich mit aufgerissenen Augen zu Ada um. «Cenotes Dos Ojos? Sagtest du *Cenotes Dos Ojos*?! Ein unterirdischer *See*?!»

«Na gut, du hast recht.» Ada presst die Lippen aufeinander. «Das war jetzt keine besonders exakte Übersetzung. *Cenote* stammt vom Maya-Wort *dznot* ab, zu Deutsch *heilige Quelle*, aber es ist eigentlich ein Kalksteinloch, das mit Süßwasser gefüllt ist und …»

«Leute», unterbreche ich, «jetzt ist keine Zeit für lange

Exkurse in die Sprachwissenschaft. Kommt weiter, Ada hat recht, wir müssen da rein!»

Er greift nach meinem T-Shirt. «Wartet bitte, ihr beide! Ich muss euch die Geschichte von dem Zahnarzt erzählen!»

«Richard.» Ich balle die Fäuste. «Wir müssen da rein!»

«Einen Moment bloß!» Richard knallt seine Tasche auf den Boden, hockt sich daneben und kramt darin. «Ah, hier ist sie!» Er zieht triumphierend eine Kaffeedose daraus hervor.

«Was denn jetzt noch?», frage ich entsetzt. «Ein gemütliches Päuschen, während wir auf unsere Verfolger warten? Glaubst du an mildernde Umstände wegen Schonkaffee?»

«Mein ehemaliger Chef», stößt Richard hervor. «Ich habe euch von ihm erzählt. Der Mexikaner. Mein Capoeira-Partner. Der beste Chef, den ich je hatte. Mein Freund.»

«Ich glaube, Jule hat recht, wenn sie sagt, dass für unsere Erinnerungen jetzt keine Zeit ist», sagt Ada. «Lass uns bitte weitergehen, auch wenn ich es sehr schön finde, dass du so loyal ihm gegenüber bist.»

«Er ist viel zu jung gestorben», fährt Richard unbeirrt fort. Seine Augen füllen sich mit Tränen. O Gott, denke ich, auch das noch. Richard dreht durch.

«Und zwar mit 52 Jahren. An Lungenkrebs. Obwohl er nie geraucht hat. Er war so fit, so ausdauernd. Wahnsinnig muskulös. Wir haben zweimal in der Woche zusammen trainiert … Ich war der Letzte, der ihn im Krankenhaus besucht hat. Er kam aus Yucatán, müsst ihr wissen, und er hatte in den letzten Wochen vor seinem Tod großes Heimweh …»

«Richard!»

«Und ich musste ihm versprechen, ihn an dem Ort zu begraben, an dem er am glücklichsten war», sagt er jetzt etwas schneller. «Dem Ort seiner Kindheit. Wo er jeden Tag gespielt hat, wo er geschwommen und geschnorchelt ist. Den Cenotes Dos Ojos.»

«Das klingt ganz toll, und den Rest kannst du uns ja drinnen erzählen!»

«Aber den Leichnam konnte ich ja schlecht transportieren.» Nun redet Richard noch schneller. «Also habe ich ihn einäschern lassen.» Er hebt die Kaffeedose in die Höhe. «Und hier ist er nun.»

Ada und mir verschlägt es die Sprache. Wir sehen uns fassungslos an.

«Dein Zahnarzt …», bringe ich endlich hervor und deute auf die Kaffeedose. «Er stand die ganze Zeit bei uns auf der Hacienda über der Spüle! Er … ist dadrin?»

Richard nickt. «Ja, und wir müssen seine Asche begraben. Das habe ich ihm versprochen. Und zwar hier. Und am besten jetzt, denn wir kommen doch bestimmt nicht mehr hierher zurück.»

Die Sirenen haben jetzt aufgehört zu heulen. Autotüren schlagen. Männerstimmen werden laut.

Ich schultere meine Tasche und meinen Ukulele-Kasten. «Das fürchte ich auch.»

«Drei Erwachsene bitte», sagt Ada in breitestem US-Amerikanisch. Wir sind übereingekommen, dass wir uns nicht als Deutsche zu erkennen geben dürfen, schließlich müssen wir davon ausgehen, dass die Polizei gleich nach uns fragen wird.

«Kurze oder lange Tour?», fragt die Frau an der Rezeption.

«Lang.» Ada versucht, sich ihre Nervosität nicht anmerken zu lassen, wir alle versuchen, möglichst lässig auszusehen, aber ich höre die Rufe der Männer immer näher kommen. So viel zu altersgemäßer Degeneration beim Gehör.

«Bueno, chicos. Euer erstes Mal?»

«Ganz bestimmt nicht.» Ada tut so, als kaue sie Kaugummi. «Bei uns daheim in Texas haben wir auch Kalksteinhöhlen. Da waren wir schon tausendmal.»

«Verstehe. Und wollt ihr schnorcheln oder tauchen?»

Ich dränge mich neben Ada. «Schnorcheln. Und zwar ganz schnell!»

Die Frau rollt unmerklich mit den Augen und reißt drei Tickets ab. «*Gringos*», murmelt sie leise, so leise, dass man es fast nicht hören kann. «Das macht dann siebenunddreißig Dollar pro Person.»

Wir blicken erwartungsvoll zu Richard hinüber, der unser Geld bei sich trägt. «Dreimal siebendunddreißig Dollar, Richard», zische ich ihm ins Ohr.

Richard kramt hektisch in unserem Portemonnaie. «Also, zweiundfünfzig, oder was?»

Ich unterdrücke ein hysterisches Lachen.

«Wir machen später Witze, okay?», sagt Ada auf Englisch und trommelt mit den Fingern auf den Holztresen der Rezeption.

«Ich mache keine Witze!» Richard starrt uns panisch an. Dann flüstert er mir ins Ohr. «Ich weiß wirklich nicht, was dreimal siebenunddreißig ist, Jule, Mann, ich hab doch Dyskalkulie!!»

«How much you said?», wende ich mich an die Frau. «In all?»

«Dreimal siebenunddreißig», wiederholt sie schadenfroh.

Ada entreißt Richard das Portemonnaie und zählt einhundertelf Dollar ab.

Ein kleiner, sehr freundlich aussehender Indio-Mann, der sich mit dem Namen Pedro vorstellt, macht uns Zeichen, ihm zu folgen. «Spricht einer von euch Spanisch?», fragt er auf Spanisch.

Wir verneinen einträchtig. «American only!», sagt Ada in ihrem breitesten amerikanischen Akzent.

Er bedeutet uns in einfachen Sätzen und mit weitausholenden Gesten, dass er uns mit dem Auto zum Höhleneingang fahren werde. Von da an werde er mit uns schnorcheln gehen. Ich sende Ada einen fragenden Blick zu. Wieso brauchen wir jemanden, der uns zum Schnorcheln in einer Höhle begleitet? Sie hebt die Schultern und zieht die Brauen hoch.

Erst als wir in Pedros Wagen sitzen, fange ich an, mich ein bisschen zu entspannen. Wir rumpeln über einen unbefestigten Weg durch ein Stück Urwald. Riesige Palmen ragen links und rechts von uns auf.

«What about some … coffee?», zischt mir Richard laut ins Ohr.

«We'll have your coffee later!», zische ich genauso vernehmlich zurück.

«Quieres tomar una taza de café?», fragt Pedro freundlich.

Ich bedanke mich und verneine im Namen aller. «Wir finden schon eine Möglichkeit, deinen Zahnarzt zu bestatten», flüstere ich Richard ins Ohr, der aus dem Fenster blickt und sich auf die Lippen beißt.

Wir halten vor einer Ansammlung von einfachen Strohhütten. Touristen in Bikinis und Badehosen schlendern auf den Wegen oder schaukeln in den Hängematten, die zwischen den Bäumen aufgespannt sind. Die Szenerie sieht so friedlich aus nach den Ereignissen der letzten Stunden, dass sie fast irreal wirkt. Pedro nimmt uns mit in eine Hütte, in der wir unser Gepäck abstellen und uns umziehen können. Außerdem bekommen wir von ihm eine Schnorchelausrüstung, eine Taschenlampe, mit der wir unter Wasser leuchten können, und Neoprenanzüge, weil es in der Höhle sehr kalt werden könne, wie er sagt.

Der Eingang zu den Cenotes ist leicht zu erkennen. Es ist eine Öffnung im Felsen, in der das Wasser türkis leuchtet – ein kleines Wunder in einer karstigen, heißen Welt. Wir müssen eine glitschige Holzleiter hinabsteigen, um hineinzugelangen. Ada und Richard klettern zuerst hinunter. Ich bleibe kurz auf dem Holzsteg stehen und lausche. Es klingt so, als hätten wir die Polizisten abgehängt. Nun müssen wir einfach so lang wie möglich hier unten bleiben und darauf warten, dass sie sich verziehen. Es sollte uns eigentlich gelingen, schließlich haben wir eine Tageskarte gekauft. Ich ziehe mir die Flossen über die Füße und setze mir die Schnorchelmaske auf. Es ist ein vertrautes Gefühl, wenn auch keines, das besonders tolle Erinnerungen in mir weckt. Stefan wollte jeden verdammten Sommer in der Ostsee schnorcheln – zu welchem Zweck, das ist mir bis zum Schluss ein Rätsel geblieben, man kann da nichts erkennen, die Ostsee ist so grau wie toter Fisch.

In diesem Moment sehe ich ein blaues Funkeln. Ich brauche ein paar Sekunden, um festzustellen, dass es nicht das Wasser aus den Cenotes ist, das an den Baumstämmen reflektiert. Und dann höre ich auch schon das Auto, das sich nähert.

Polizei. Das Martinshorn haben sie ausgestellt. Nur das Blaulicht ist noch an.

Mit einem Satz lasse ich mich hintenüberfallen.

Keine Sekunde zu spät, denn jetzt hält der Wagen, und eine Autotür geht auf. Männerstimmen. Ein Wortwechsel, den ich nicht verstehe, mit Ausnahme der Wörter *tres alemanes*. Pedro antwortet. Ich schwimme zu Ada hinüber. Mein Puls rast. Jetzt, denke ich … Jetzt! Ich schiebe mir die Schnorchelmaske über den Kopf. «Kannst du verstehen, was die sagen?», flüstere ich aufgeregt.

Ada lauscht. «Sie suchen uns», gibt sie leise zurück. «Aber Pedro sagt, dass hier keine Deutschen wären, nur Franzosen und Amerikaner. Warte … die Polizisten sagen … dann warten wir halt.»

«Sie warten?», frage ich entsetzt. «Hier?»

«Ganz ruhig», sagt Ada. «Wir haben nichts zu befürchten. Unser Maya-Mann wird uns jetzt in die Cenotes hineinführen. Das kann ein paar Stunden dauern, die Cenotes Dos Ojos sind Teil eines sechzig Kilometer langen Höhlensystems, und sie sind unterirdisch mit anderen Cenotes verbunden. Bis wir zurückkommen, ist die Polizei bestimmt wieder weg.»

In diesem Moment wird mir bewusst, was das bedeutet. Und da erst sehe ich den Tunneleingang, der in das Innere der Cenotes hineinführt. Stalaktiten hängen bis an die Wasseroberfläche. Dahinter gähnt ein enges tiefschwarzes Loch. Die Angst schlägt so heftig über mir zusammen, dass es mir die Luft nimmt. Voll Entsetzen klammere ich mich an Richard fest.

«Du musst keine Angst haben», flüstert Ada, die meinen Blick falsch deutet. «Wenn man irgendwo in Mexiko untertauchen kann, dann hier.»

«Was ist los mit dir?», fragt mich Richard, der mein Zittern spürt.

«Ich habe … entsetzliche Platzangst», erkläre ich. «Ich kann da nicht rein. Es ist …» Ich schlage die Hände vor mein Gesicht.

Sie umschlingen mich beide gleichzeitig. Ich spüre sie von beiden Seiten, vier Arme, die mich halten und trösten. Ich höre ihre beruhigenden Stimmen, wenn ich auch nicht verstehe, was sie mir sagen, so sehr rauscht mir das Blut in den Ohren.

«Es ist vor einem Jahr passiert», stoße ich hervor. «Es war ein Unfall. In einem Tunnel. Ich war als Radfahrerin bei einer Tour durch Hessen unterwegs. Dann wurde ich von einem anderen Radfahrer angefahren und bin gestürzt. Der Mann ist geflüchtet. Ich lag viele Stunden in diesem Tunnel, niemand hat mir geholfen. Später habe ich erfahren, dass ich mir die Hand gebrochen habe, eine Gehirnerschütterung hatte und dass meine Knie kaputtgegangen sind. Ich ... Ich konnte mich nicht mehr bewegen. Ich dachte, ich komme da nie wieder raus ...»

«Schsch», höre ich Richard. Noch immer spüre ich die vier Hände, die mich streicheln. «Das ist jetzt vorbei. Dir kann nichts mehr passieren. Wir sind bei dir. Du bist nicht mehr allein.»

Jetzt weine ich noch mehr. «Ich bin nicht mehr allein?»

«Nein», bestätigt Ada. «Du bist nicht mehr allein. Nie mehr.»

Auf einmal ist Pedro an unserer Seite. «Alles in Ordnung?», fragt er besorgt.

Ich wische mir die Tränen von den Wangen. «Yeah ... sorry for that.»

Nein, ihm täte es leid, dass er aufgehalten wurde, erklärt Pedro lächelnd. Die Polizei wollte ihn sprechen, sie würde hier jemanden suchen, aber das sei geklärt und jetzt ginge es los. Dann deutet er auf den Tunneleingang. «Kennt ihr das Wort Klaustrophobie?», fragt er auf Englisch.

Wir nicken.

«Wenn einer von euch unter Klaustrophobie leidet, dann sollte er lieber nicht hineinschwimmen», erklärt er.

Ich bemerke, dass Ada und Richard mich erwartungsvoll und auch ein bisschen ängstlich ansehen. Ich blicke von einem zum anderen. Dabei fällt mein Blick auf die Polizisten, die immer noch suchend am Eingang zur Höhle stehen. Das entscheidet die Sache. «Wird schon gehen.»

«Also, wenn ihr Panik bekommt», sagt Pedro, «dann schwimmen wir zurück.»

«Wie lang ist denn der Gang bis zur nächsten Höhle?», frage ich.

«Fünfzig Meter», entgegnet Pedro. «Aber nach unten ist er mehrere hundert Meter tief.»

Mir wird schwindelig, aber ich lasse mir nichts anmerken. «In Ordnung», nicke ich und hole tief Luft.

Ich schwimme in den Gang hinein, aber im selben Moment spüre ich, wie mich die Angst erneut überwältigt. Die Stalaktiten hängen so tief, dass ich aufpassen muss, nicht mit dem Kopf daran zu stoßen. Jetzt ist das Tageslicht verschwunden. Wir schwimmen so langsam, dass ich die eisige Kälte des Wassers an meinen Beinen spüre, dort, wo die Haut nicht vom Neopren bedeckt ist. Der Tunnel ist dermaßen eng, dass wir nacheinander schwimmen müssen, Pedro vorneweg, dann Richard, dann ich und hinter mir Ada. Instinktiv spüre ich, dass sie mich in die Mitte genommen haben, um mich zu beschützen, um mir zu zeigen, dass es stimmt, was sie eben gesagt haben, dass ich nicht mehr allein bin, aber ich kann kaum denken vor Angst. Links und rechts von unserem Gang zweigen weitere Gänge ab, ein unendliches, labyrinthisches Höhlensystem. Unsere einzige Lichtquelle ist der Strahl aus unseren Taschenlampen. Ich leuchte nach unten. Mehrere Meter unter mir erkenne ich weitere Höhlen. In einer dieser Höhlen schwimmen schwarze Schatten, Taucher mit

Flaschen auf dem Rücken. Wie sind sie dort hingekommen, frage ich mich mit einem Schauder, und wie finden sie wieder hinaus? Die Passage wird nun so eng, dass ich froh bin, es mit den mexikanischen Süßigkeiten nicht übertrieben zu haben. Ich richte den Strahl meiner Taschenlampe wieder nach vorn und beleuchte damit Richards Po. Weil mir das irgendwie unpassend vorkommt, richte ich mich etwas auf und stoße mir damit an einem der herabhängenden Stalaktiten den Kopf. Dass ich durch die Schnorchelmaske meinen eigenen Atem hören kann, macht die Sache nicht besser, ich höre selbst, wie panisch ich bin. Von dem Tunnel selbst bekomme ich praktisch nichts mit, so sehr bin ich damit beschäftigt, meine Atmung und meinen Herzschlag zu kontrollieren. Aber es will mir nicht gelingen, nicht nach dieser Nacht, mit dieser Erschöpfung. Nicht auf dieser Flucht, nicht mit meiner Sehnsucht. Nicht wenn das Leben nicht mehr im entferntesten so ist, wie es einmal war.

Wir sind jetzt mitten in der Höhle, kein Schimmer dringt mehr zu uns durch. Von den Lichtkegeln unserer Taschenlampen einmal abgesehen, sind wir von kompletter Finsternis umhüllt. Immer wieder biegt Pedro um eine Ecke und in eine neue Abzweigung hinein. Jetzt geht es für mich nur noch um Vertrauen: in Pedro und darin, dass er uns hier sicher durchführt. Dass er nicht weiß, dass wir gesuchte Verbrecher sind. Vertrauen in meine Freunde. Und in mich.

Auf einmal habe ich das Gefühl, neben mir selbst zu schwimmen. Ich sehe mich und meine langsamen, vorsichtigen Bewegungen, wie ich mich unter den Stalaktiten hindurchbewege, wie ich die Zähne zusammenbeiße, wie konzentriert ich bin. Endlich sind wir in der Höhle angelangt, von der Pedro gesprochen hat, und ich hole erleichtert Luft.

Doch ich sehe noch immer kein Tageslicht. Wir schwimmen ein wenig auseinander, und ich erkunde mit dem Strahl meiner Lampe die Höhlenwände. Da höre ich Pedro sagen: «Und jetzt kommt die engste Passage. Hier müsst ihr extrem vorsichtig sein!»

Die Panikwelle schlägt so heftig über mir zusammen, dass ich schreien will, aber es kommt kein Ton aus meinem Mund.

«Schaffst du das?», fragt Ada leise.

Ich kann nicht sprechen, kann nicht einmal atmen. Verzweifelt reiße ich mir die Maske vom Gesicht. Im Nu ist Richard an meiner Seite, hält mich, auch Ada hält mich fest.

«Durch die Nase atmen, Jule», sagt Richard leise. «Das schaffst du. Komm. Ich atme mit dir mit.»

«Ich ...» Tränen springen mir in die Augen, ich schlage wild um mich, habe Angst unterzugehen. «Ich kann nicht mehr ... atmen ... Ich ... ich bekomme keine Luft!»

Wieder spüre ich die Hände meiner Freunde auf meinen Armen, meinem Rücken. Und dann sehe ich, wie Richard den Mund öffnet und zu singen beginnt.

«Selig sind, die da Leid tragen, denn sie sollen getröstet werden.»

Seine Stimme hallt von den Felswänden wider. Sie übertönt das Rauschen in meinem Ohr. Richard singt das Gleiche, was ich ihm im Flugzeug vorgesungen habe, es muss hundert Jahre her sein.

«Die mit Tränen säen, werden mit Freuden ernten.»

Das Deutsche Requiem.

Die Töne vermischen sich mit dem Klatschen des Wassers gegen die Felswände. Und dann springt er zum sechsten Vers, meinem liebsten, und schmettert vivace in C-Dur: «Tod, wo ist dein Stachel? Hölle, wo ist dein Sieg?»

Ich muss weinen, und gleichzeitig muss ich lachen. Noch immer schlägt mir das Herz bis zum Hals, doch mein Atem wird ruhiger. Der Schein unserer Lampen malt schimmernd blaue Kreise ins Wasser, und zum ersten Mal, seitdem wir hier drinnen sind, nehme ich die Schönheit um mich herum wahr. Stalaktiten hängen von einer riesigen, hohen Decke, wie Säulen in einer Kathedrale.

«Was war das für eine Sprache?», hören wir Pedro auf Spanisch fragen. Es ist zu dunkel, um seinen Gesichtsausdruck zu erkennen.

Richard antwortet, ohne nachzudenken. «Deutsch.»

Schweigen breitet sich in der Höhle aus. Von irgendwo fällt ein Tropfen herab.

«Amerikaner, die deutsch singen», sinniert Pedro. «Gibt es wohl auch nicht so oft.»

«Wir sind kulturell sehr offen», beeile ich mich zu sagen.

Und Ada fügt hinzu: «Vor allem, was deutsche Opern anbetrifft.»

Wieder langes Schweigen.

«Für uns Maya ist Musik auch sehr wichtig», bemerkt Pedro schließlich. «War sie immer und ist es heute noch.»

Der Gang ist so eng, dass wir uns an einer Stelle seitlich hindurchquetschen müssen. Wir schwimmen in derselben Formation wie eben, aber irgendwas ist geschehen dadrinnen in der Höhle, als Richard gesungen hat, meine Angst hat sich in Luft aufgelöst. Wir schwimmen und schwimmen, die Zeit löst sich auf, ich habe keine Ahnung, wie lange wir jetzt schon so unter der Erde sind, aber es macht nichts, ich nehme jetzt meine Umgebung wahr, die verzweigten Tunnel, die Stalagmiten unter mir, dieses unfassbar riesige unterirdische Wegesystem.

Und dann sehe ich das Licht am Ende des Tunnels, ein glitzerndes Hellblau, Grün und Türkis. Ich fange an zu schreien, ich bin so glücklich, dass ich nicht anders kann.

Richard schreit ebenfalls, und jetzt schreit auch Ada, und dann liegen wir uns einfach nur in den Armen, planschen herum in der Höhle und schreien uns an.

Pedro sieht uns lächelnd dabei zu. «Wenn ihr wollt», sagt er, «bleibt ruhig noch eine Weile hier drin.»

Das tun wir. Ich schiebe mir meine Schnorchelmaske herunter, schließe die Augen und schwimme. Spüre den Geschmack von Süßwasser in meinem Mund. Dann setze ich mir die Maske auf, hole einmal tief Luft und tauche nach unten auf den Boden der Höhle. Ich greife nach einem Stein, dem erstbesten, und umschließe ihn mit meiner Hand. Ich habe keine Ahnung, ob ich jemals wieder einen festen Wohnsitz haben werde, geschweige denn ein Büro, aber wenn ja, dann soll mein Stein dort einen Ehrenplatz erhalten. Zum Beweis dafür, dass ich es geschafft habe: Ich habe meine Angst überwunden. Bin über meinen Schatten gesprungen. Ab jetzt wird er mein Glücksstein sein.

Als wir das Wasser verlassen, ist die Polizei verschwunden. Ich fühle mich vollkommen berauscht. Das Glücksgefühl durchpulst meinen Körper, während wir zu unserer Hütte zurückkehren, und ich singe vor mich hin. Zu Pedro sagen wir, dass wir gern noch etwas bleiben würden. Er entgegnet, das sei in Ordnung, und wir vereinbaren, dass er uns kurz vor Schließung der Cenotes wieder abholen kommt.

«Wo hast du denn eigentlich so gut singen gelernt?», frage ich Richard, während wir uns umziehen.

«Unter der Dusche», lacht er. «Aber diese Höhle war viel

besser als mein Badezimmer – die hat so einen schönen Halleffekt.»

«Und ist es in Ordnung, dass wir nicht in Schwarz gekleidet sind?», frage ich ihn, als wir eine halbe Stunde später mit der Kaffeedose durch den Palmenwald wandern. Ich trage wieder mein rotes Kleid, Ada ist in Shorts und T-Shirt geschlüpft, und Richard mit seiner Jeans, dem weißen Hemd und einer grünen Lederhandtasche sieht auch nicht gerade nach Beerdigung aus.

«Das hätte Antonio nicht gestört», lächelt er. «Im Gegenteil. Er mochte es gern bunt.»

«Die Frage ist vielmehr, wie wir es schaffen wollen, ein Loch für ihn zu schaufeln», bemerkt Ada. «Der Boden hier ist extrem trocken und hart.»

Ich sehe sie an, und auf einmal geht mir auf, wie sehr sie sich in den letzten Wochen verändert hat. Sie geht viel aufrechter, ihre hellblauen Augen strahlen, und sie stottert überhaupt nicht mehr.

Richard bleibt stehen. «Verdammt, Ada. Du hast recht!»

Ich ziehe meinen Glücksstein aus der Tasche und klopfe die Erde am Fuß einer Palme auf. «Also, an dieser Stelle geht es ein bisschen. Vielleicht müssen wir ja gar nicht so tief bohren?»

Richard verzieht den Mund. «Klar, es muss nicht *immer* eine Wurzelbehandlung sein. Ha, ha.»

«O Gott, Richard, entschuldige bitte! Das sollte kein Kalauer von mir sein!»

«Auf jeden Fall sollten wir jetzt einen Zahn zulegen.» Ada blickt nachdenklich in den Himmel. «Die Sonne steht schon ziemlich tief. Oh.» Sie schlägt sich die Hand vor den Mund. «Tut mir leid, Richard, das sollte jetzt auch kein Kalauer sein!!»

Richard droht uns mit seiner Handtasche. «Das wird gleich ein bisschen weh tun, ihr beide!»

Der Lachanfall steigt so plötzlich in mir auf, dass ich nicht mal einen Ton hervorbringe. Ich knicke einfach nur in die Knie und schüttele mich.

«O weh, das sind die Nerven!» Ada blickt besorgt auf mich herab. «Kein Wunder, die liegen wohl bei uns allen ein bisschen frei. Ich meine, blank.»

Ich falle rückwärts auf den Boden und wälze mich vor Gelächter hin und her.

«Ähm, Jule? Geht es dir gut?»

Ich wische mir die Tränen von den Wangen, bringe aber noch immer keinen Ton hervor.

«Also, Jule braucht schon mal keine Betäubung, so wie es aussieht», grinst Richard. «Meine Diagnose, wenn ich sie mir so ansehe: zugedröhnt bis obenhin. Jule, kann ich auch was von dem Lachgas haben?»

«Entschuldigt bitte!», japse ich. «O Gott, Richard, es tut mir so … so …!»

Richard winkt ab. «Ja, ja, wir gehen dann schon mal vor.»

«Halt, nein!» Ich versuche aufzustehen. Meine Güte, wann hatte ich zuletzt einen solchen Lachanfall?! Muss in der achten Klasse gewesen sein. Ich folge den beiden weiter in den Urwald hinein und drehe mich nach hinten, wenn ich merke, dass ich erneut mit dem Lachen kämpfen muss.

Endlich finden wir eine Stelle im Dickicht, die weit genug vom Hauptweg entfernt liegt und an der die Erde von zahlreichen dünnen Wurzeln durchzogen ist. Als hätten wir uns abgesprochen, knien wir uns gleichzeitig hin und fangen an, mit den Händen zu buddeln. Nach etwa einer halben Stunde stiller, konzentrierter Arbeit ist das Loch so tief, dass Richard die Kaffeedose hineinlegen kann. Dann kramt er in seiner Handtasche und zieht zwei glänzende Gegenstände und ein Stück Plastikschlauch hervor. «Halt», sagt er, als er sieht, dass Ada die Dose schon wieder mit Erde bedecken will. «Die hier müssen auch noch mit rein.»

«Ein Strohhalm?», fragt Ada ungläubig mit Blick auf den schmalen Schlauch. Das irre Gelächter steigt erneut in mir auf.

«Gesundheit», sagt Richard höflich, der mein Glucksen für einen Nieser hält. «Das ist kein Strohhalm, das ist ein Schlürfi.»

Ich lege mir schnell die Hand auf den Mund.

«Ein was bitte?», fragt Ada.

«Ein Speichelzieher. Auch *Schlürfi* genannt. Der hängt im Mundwinkel und zieht Wasser und Speichel ab.»

«Okaaay?», fragt Ada gedehnt.

Jetzt ist sicher der Moment gekommen, Richard ein, zwei Fragen zu stellen, aber ich traue meiner Stimme gerade nicht über den Weg.

«Antonio wollte mit Dingen bestattet werden, die ihn im Alltag begleitet haben», sagt Richard trotzig. «So stand es in seinem letzten Willen!»

«Klar», sagt Ada. «Und da hast du eben einen Schlürfi für ihn ausgesucht.»

Ich wende mich hastig ab.

«Nicht nur den Schlürfi», höre ich Richard protestieren. «Ich habe auch eine Sonde und einen Turbinenbohrer dabei! Jule, du kannst dich wieder umdrehen, ich weiß genau, dass du lachst!»

«Es tut mir so … es tut mir …»

«Machst du das eigentlich immer so, wenn du auf Beerdigungen bist?», faucht Richard mich an.

«Okay», sagt Ada. «Ich schlage vor, wir beruhigen uns jetzt alle wieder. Es war ein langer und aufregender Tag. Jule, vielleicht drehst du einmal eine Runde ums Gebüsch. Und Richard, ja, ich verstehe, dass du Antonio mit Bohrer und Schlürfi bestatten willst, das mit den Alltagsgegenständen als Grabbeigabe ist eine alte Maya-Tradition.»

Auf einmal fällt mir wieder die Bestattung von Carlos' Großmutter ein. Wie Carlos ihr Chilischoten auf ihr Grab gelegt hat. Ich höre seine schöne, sonore Stimme: «Die mochte sie immer so gern.» Die Gewissheit, dass ich Carlos nie wiedersehen werde, macht mich so traurig, dass ich auf der Stelle in Tränen ausbrechen könnte. Aber ich reiße mich mit aller Macht zusammen. Hier geht es um Richard und seinen Zahnarzt, einen freundlichen und kompetenten Mann. Einen, an dem Richard sehr gehangen haben muss, sonst hätte er nicht diese Reise auf sich genommen, und was tue ich? Ich schwanke zwischen irrem Gelächter und Geheule. Schade, dass ich mich nicht mit den Hormonen herausreden kann. Das war einmal. «Ist das sein Bohrer?», frage ich.

«Nein.» Richard lächelt so breit, dass seine Zähne in der untergehenden Sonne blitzen. «Das ist der Bohrer meines letzten Chefs.»

«Du hast ihn diesem Dummkopf geklaut, der dich schlechtgemacht hat?» Ich lege Richard einen Arm um die Schulter. «Na, dann hat der selbst Schuld.» Ada kommt von der anderen Seite, und so halten wir Richard in unserer Mitte.

«Wie kommt es, dass es keine anderen Trauergäste gibt?», flüstert Ada.

«Antonios Eltern sind schon vor einigen Jahren gestorben. Und er hatte kaum Freunde in Deutschland.» Richard schluckt. «Wenn ihr ihn doch nur gekannt hättet! Antonio war so ein lebensfroher, kontaktfreudiger Mensch! Seine Praxis war immer voll, die Leute kamen gern zu ihm. Weil er vorsichtig, humorvoll und einfühlsam war. Aber Freunde, richtige Freunde, die hatte er nicht.» Er schweigt eine Weile, dann fügt er hinzu: «Genauso wenig wie ich.»

«Du hast uns», sage ich leise.

«Ja.» Richard blickt zwischen Ada und mir hin und her. «Ich habe jetzt euch.»

Wir legen Turbinenbohrer, Sonde und Schlürfi vorsichtig auf die Kaffeedose, und dann wirft Richard etwas Erde auf das Grab. «Asche zu Asche», sagt er.

«Erde zu Erde», ergänzt Ada.

«Und Staub zum Staube.»

Und dann singe ich. Brahms' Deutsches Requiem erklingt an den Cenotes Dos Ojos zum zweiten Mal an diesem Tag.

«Und wohin jetzt?», frage ich die beiden. Das Abendlicht wirft dunkelblaue Schatten in den Wald. Zum ersten Mal, seitdem wir unsere Flucht angetreten haben, geht mir auf, wie planlos wir sind.

«Wir gehen zurück zur Straße und nehmen einen Bus in die nächstbeste Ortschaft», schlägt Ada vor. «Die Nacht draußen zu verbringen wäre keine gute Idee.»

«Der nächste Ort ist Playa del Carmen», sage ich und fühle einen Stich bei der Erinnerung. Nicht an Carlos denken, nicht an unseren Abend auf der Mauer, die Voladores, den Sprung. «In Playa del Carmen ist ziemlich viel Polizei.»

«Aber der Ort ist schön groß und voller Touristen, Schätzchen», hält Richard dagegen. «Da fallen wir drei nicht so auf!»

«Ich weiß nicht.» Es ist mittlerweile so dunkel geworden, dass ich ihre Gesichter nicht mehr erkennen kann. «Wäre es nicht besser, wenn wir Richtung Süden reisen und bei Belize über die Grenze gehen? Ich denke, wir sollten uns von Menschen erst mal fernhalten.»

«Also, meine Pflegemutter meinte immer: *Einen* Tod musst du sterben», bemerkt Ada.

«Das ist eine Feststellung, die mich jetzt irgendwie nicht beruhigt.»

«Also, was ist?», drängt Richard. «Playa del Carmen oder Belize? Macht schon, die Zeit fliegt!»

«Die Zeit … oh, Richard, du bist phantastisch!», rufe ich. «Jetzt habe ich eine Idee!»

16. Kapitel

«Aber du hast doch Hubschrauberstunden genommen, Ada! Dann kannst du das Ding auch fliegen!»

«Zum hundertsten Mal, Jule, ich habe keinen Schein.»

«Du sollst den Hubschrauber ja auch gar nicht weit fliegen! Du musst ihn nur von der Yacht herunterbekommen!»

«Also, ihr Süßen, wenn ich das richtig verstanden habe, könnten wir uns mit einer Yacht absetzen, ohne dass das jemand groß mitbekäme. Einfach so.»

«Das ist der Plan, Richard.»

«Und warum nehmen wir den Hubschrauber dann nicht einfach mit? Wenn er ohnehin auf dieser Yacht draufsitzt? Dann muss Ada ihn nicht umparken, wäre doch viel praktischer!»

«Weil mir der Hubschrauber nicht gehört», versuche ich geduldig zu erklären, aber ich spüre, dass eine gewisse Irritation in meiner Stimme ist. Wir stehen immer noch an der Bushaltestelle in Richtung Playa del Carmen, zusammen mit ein paar tätowierten Jugendlichen, es ist stockfinster, und immer, wenn in der Ferne ein blaues Licht aufschimmert, zucke ich zusammen. «Ich möchte nicht, dass man mir hinterher auch noch vorwirft, dass ich den Hubschrauber gestohlen hätte. Diebstahl, Betrug, Hochstapelei – weißt du, so langsam kommt ein bisschen viel zusammen.»

«Mhm.» Richard wirkt unbeeindruckt. «Aber was ist mit der Yacht? Die können wir dann ja auch nicht so einfach benutzen!»

«Doch, können wir. Weil sie mir gehört.»

«Wie bitte?», schreit Richard. «Dir gehört eine Yacht?!»

«Vielleicht kannst du dir beim nächsten Mal noch ein Megaphon nehmen?», zische ich. «Oder mir ein Schild ankleben? Damit es auch wirklich *jeder* erfährt?» Ich deute mit dem Kopf auf die tätowierten Jugendlichen, die sich jetzt zu uns umgedreht haben und uns interessiert mustern.

«Aber … aber …» Richard ist fassungslos. «Warum hast du uns nie gesagt, dass du eine Yacht besitzt?»

«Ich hab's vergessen, okay? Ich hatte vielleicht noch ein, zwei andere Dinge zu tun!»

«Wie bitte schön kann man denn vergessen, dass man eine Yacht besitzt?» Richard schüttelt noch immer den Kopf.

«Jule hat die Yacht bloß gechartert», erklärt Ada. «So eine russische Bank hat ihr einen Kredit aufgeschwatzt, und jetzt hat sie die halt.»

«Du wusstest das?» Richard wirbelt zu ihr herum.

«Ja. Ich hatte es aber auch vergessen.»

«O Gott, Frauen.» Richard vergräbt den Kopf in seinen Händen. «Vollkommen hoffnungslos!»

In diesem Moment kommt der Bus. Zumindest halten wir ihn dafür. Es ist ein weißer Transporter, er blinkt ordentlich, und als wir einsteigen, sehen wir etwa sechs Mexikaner darin sitzen. Ada überreicht dem Fahrer einen Geldschein, und dann quetschen wir uns zwischen die tätowierten Jugendlichen und die anderen Leute und fahren los.

«Bitte, Ada, nimm den Hubschrauber von der Yacht runter!», flüstere ich ihr zu, als wir wieder auf der Autobahn sind. «Ich möchte einfach nichts Unrechtes mehr tun!»

«Einen fremden Hubschrauber ohne Flugschein zu fliegen, *das* wäre unrecht!», wispert Ada zurück.

«Du musst ihn ja nur ein paar Meter fliegen. Auf das Dach eines Gebäudes zum Beispiel!»

«Wie kommt es überhaupt, dass du einen Hubschrauber auf deiner Yacht hast?», will Richard wissen – nach meinem Dafürhalten immer noch viel zu laut.

«Ich habe den Platz zur Verfügung gestellt», sage ich leise. «Für meinen Kollegen Kellermann. Er hat mich darum gebeten, weil ich ihm angeblich noch was schuldig war. Oder mein Vorgänger. Jedenfalls hängt das irgendwie mit der Yacht zusammen.»

«Dieser Kellermann», flüstert Ada. «Ist das nicht irgendwie ein schräger Bursche?»

«Julia Meyer hat ihn einen Verbrecher genannt.»

«Hmmm. Und hast du nicht auch erzählt, er hätte das Waffensystem in die Yacht einbauen lassen?»

«Ja. Keine Ahnung, wozu er eine Nebenbeschäftigung braucht, wo er doch ein Vorstandsgehalt hat.»

«Hmmm», macht Ada. «Hmmmmm.»

«Hey Chicas», flüstert Richard so laut, dass sich ein altes mexikanisches Mütterchen zu ihm umdreht. «Was ist denn jetzt der Plan?»

«Der Plan ist», gibt Ada leise zurück, «dass wir uns heute Abend in Playa del Carmen einnisten und ich in ein Internetcafé gehe. Denn das, was ich gleich vorhabe, möchte ich besser nicht von meinem Laptop oder Tablet aus tun.»

«Was hast du denn vor, Ada?», will ich wissen.

Sie blickt vorsichtig zu den tätowierten Jugendlichen und dem mexikanischen Mütterchen hinüber. «Kann ich nicht so laut sagen.»

Sie beugt sich zu mir herüber, ich lehne mein Ohr an ihren Mund.

«Ich werde Kellermanns PC hacken …»

«Wirklich? Aber … aber … wenn du was finden solltest … wie sollen wir das gegen ihn verwenden? Wer glaubt uns denn noch?»

«Ich weiß es nicht.» Ada presst die Lippen aufeinander. «Aber auf einen Versuch käme es an.»

Eine Stunde später haben wir uns in einer Pension eingemietet, in der ganz normale Touristen wohnen. Die Pension besteht aus mehreren kleinen Apartments, einem dazugehörigen Balkon mit Hängematte und einem Pool. An der Rezeption sitzt ein Junge namens Diego. Wir könnten ihn jederzeit ansprechen, falls es Probleme gebe oder wir Fragen hätten, sagt er. Er sei in Yucatán aufgewachsen und kenne sich hier aus. Ada fragt ihn nach einem Internetcafé in der Nähe. Richard geht hinunter an die Strandpromenade. Dort soll es eine Capoeira-Schule geben, deren Kurse auch für Nichtmitglieder offen sind. Ich bleibe allein zurück, weil ich vollkommen erschöpft bin. Die Idee ist, dass ich mein Handy ausstelle und ohne weitere Verzögerung ins Bett gehe. Und das tue ich auch.

«Wach auf, Schätzchen!», sagt jemand in der Ferne, noch während ich versuche, die Machete anzuheben. Etwas Seltsames ist auf einmal passiert, die Machete scheint eine Tonne zu wiegen. Ich nehme all meine Kraft zusammen und probiere es noch einmal. Das verflixte Ding rührt sich keinen Zentimeter. Währenddessen hat sich die Würgeschlange immer weiter aufgerichtet. Sie wird mich beißen. Und dann zudrücken. Mich erwürgen. Noch wenige Augenblicke, dann werde ich keine Luft mehr bekommen. «Ada! Richard!», schreie ich, bevor mir einfällt, dass ich ja wieder allein bin. Na gut, dann eben Diego. «Diego! Hilfe! Komm schnell!»

«Wer ist Diego?», höre ich.

Ich öffne die Augen. Neben mir auf dem Bett sitzt Richard und sieht mich besorgt an. «Was?», frage ich verwirrt.

«Wer ist Diego?», wiederholt Richard. «Du hast eben nach einem Diego geschrien!»

«Diego ist der nette Junge an der Rezeption. Er hat mir eine Machete gegeben, damit ich die Würgeschlange töten kann, die sich in meinem Shampoo geaalt hat.»

«O Gott, Süße, jetzt ist es passiert!» Richard nimmt meine Hände. «Ich wusste, dass das früher oder später kommen würde. Ein Nervenzusammenbruch! Ist aber auch kein Wunder bei dem ganzen Stress!»

Ich richte mich auf. «Danke, aber ich hatte bloß einen Albtraum. Eine Schlange war hier in unserem Zimmer. Sie wollte mich erwürgen. Und Diego hatte mir eine Machete gegeben, aber die war auf einmal tonnenschwer.» Ich wische mir ein paar schweißnasse Locken aus der Stirn.

«Genau das, was ich jetzt brauche, solche Bilder im Kopf! Außerdem habe ich immer noch Jetlag, und mein Backenzahn tut mir auf einmal weh …»

«Soll ich mal nachgucken?», fragt Richard besorgt.

«Ich weiß deine Hilfsbereitschaft zu schätzen, aber … nein.» Das fehlte gerade noch, eine Not-OP an meinem Backenzahn durch einen Zahnarzthelfer! «Und dann habe ich in drei Tagen auch noch Geburtstag! Ich werde fünfzig. Fünfzig! Hör dir mal bitte diese Zahl an!»

Ich vergrabe den Kopf in meinen Händen. Wann immer ich in den vergangenen Jahren über meinen fünfzigsten Geburtstag nachgedacht habe, habe ich mir eine große Party vorgestellt. Eine Feier mit meiner Familie, aber vor allem mit meinen Kindern. Ich hatte überlegt, in Hamburg einen Raum zu mieten. Mit meinen Schwestern zu musizieren. Mich von meinem Sohn auf die Tanzfläche führen zu lassen. Zu tanzen und mich zu freuen, dass ich immer noch am Leben bin. Stattdessen werde ich mich irgendwo verstecken müssen. Und von meinen Kindern habe ich schon wieder seit Wochen nichts gehört.

Wie auf ein Stichwort klingelt mein Telefon. Richard und ich sehen uns erschrocken an. Vorsichtig blicke ich auf das Display. «Eva-Maria» steht dort. «Meine Schwester», flüstere ich.

«Willst du da nicht rangehen?», flüstert Richard ebenso leise zurück.

Ich schüttele entschlossen den Kopf. Das Klingeln hört sich wütend an. «Sie versucht schon seit einer ganzen Weile, mich zu erreichen», wispere ich. So, als ob Eva-Maria mich hören könnte. Das Schrillen verstummt, nur um in der nächsten Minute von neuem zu beginnen.

«Vielleicht solltest du doch rangehen», sagt Richard leise. «Du kannst doch nicht dein ganzes Leben Angst vor deiner großen Schwester haben.»

«Ich habe keine Angst vor ihr.»

«Dann geh ran.» Richard nimmt meine Hand.

Ich drücke sie, während ich mich melde. Richard drückt zurück.

«Na endlich, Julia, da bist du ja!» Eva-Marias Stimme ist ein einziger Vorwurf. «Weißt du, wie lange ich jetzt schon versuche, dich zu erreichen? Mama und Papa machen sich solche Sorgen! Angeblich warst du neulich im Fernsehen und hast dich für jemand anderen ausgegeben! Ich meine, du leitest doch nicht wirklich einen multinationalen Konzern?! Hast du eigentlich eine Ahnung, wie wir uns hier fühlen? Was machst du da eigentlich für einen Mist?»

Richards Druck auf meine Hand verstärkt sich. Ich drücke das Kreuz durch, wie früher beim Klavierspielen. Rücken gerade, Schultern runter! «Hallo Eva-Maria», sage ich *molto adagio*. «Ich wünschte, du würdest mir Fragen stellen, ohne gleichzeitig zu versuchen, mir ein schlechtes Gewissen einzureden. Ich hätte gern, dass du dich wirklich für mich interessierst. Ohne mich zu gängeln. Und ohne auf mich herabzusehen. Ich bin mir sicher, dass wir das irgendwann hinbekommen. Aber jetzt ist es gerade ganz unpassend. Ich melde mich bei dir, sobald ich kann.»

Richard lächelt mich an, als ich das Gespräch beende. «Das hast du gut gemacht», sagt er.

Ich vergrabe mein Gesicht in den Händen. «Warum?», stöhne ich. «Warum ich?»

Richard streicht mir beruhigend über den Rücken. «Vielleicht wollen die Götter dich prüfen.»

«Mich von der mexikanischen Polizei verfolgen zu lassen hat den Göttern nicht gereicht? Da muss ich mich auch noch mit meiner großen Schwester anlegen? Die wollen es wohl ganz genau wissen, wie?»

Richard zieht meinen Kopf an seine Brust. «Ach, komm her, Süße. Das wird schon wieder. Wir kriegen das hin!»

«Wie denn?», murmele ich in sein Hemd.

Darauf gibt Richard keine Antwort.

«Ich glaube, das Beste ist, ich stelle mich der Polizei.»

«Ja, bist du wahnsinnig?» Er nimmt meinen Kopf und rückt ihn wieder von sich ab. «Du kannst doch jetzt nicht so einfach aufgeben! Außerdem haben wir doch einen Plan! Wir nehmen deine Yacht, und dann verstecken wir uns eine Weile auf See, so wie du es vorgeschlagen hast. Bestimmt finden wir eine einsame Insel, die Karibik ist schließlich voll davon, und dann ...»

«Ach, Richard», quetsche ich hervor. Es ist ein bisschen schwierig, normal zu sprechen, denn er hält meinen Kopf noch immer fest. «Es gibt doch auch die Wasserpolizei. Und Grenzen auf See.»

«Verdammt, jetzt sei doch nicht so mutlos! Wo ist die tapfere, unerschrockene Jule geblieben? Die Frau, die ein internationales Unternehmen leitet! Die ihre eigenen Ängste in unterirdischen Höhlen überwindet? Die mich damals im Flieger davon abgehalten hat, Schlaftabletten zu nehmen? Wo ist sie hin?»

Ich nehme seine Hände von meinem Gesicht. «Du wolltest doch nicht wirklich Schlaftabletten nehmen? Ich meine, nicht alle – oder?»

«Nein, nicht alle.» Richard weicht meinem Blick aus. «Aber ich war ziemlich down zu der Zeit.»

«Aber du hast so fröhlich gewirkt in Amsterdam, als ich dich zum ersten Mal gesehen habe! Du hast mit fremden Leuten geredet! Du hast getanzt!»

«Fake it 'til you make it», lächelt er. «Die Methode kennst du ja.»

«Ja, aber ich kann sie nicht weiterempfehlen.» Ich schlucke. «Am Ende hat man nur Kummer damit.»

«Ach, Jule, Süße», sagt er, als ich zu weinen beginne. «Bitte nicht.»

«Er war der beste Mann, dem ich begegnet bin», schluchze ich. «Und ich werde ihn nie wiedersehen!»

«Vielleicht ja doch. Du hast seine Adresse. Seine Telefonnummer. Schreib ihm, wenn das hier alles vorbei ist. Oder ruf ihn an. Erkläre es ihm.»

«Was gibt es denn da zu erklären?», weine ich weiter. «Ich habe ihn belogen und betrogen. Das wird er mir nicht verzeihen!»

«Jule, da ist noch etwas, das du wissen solltest», sagt er, als ich mich wieder etwas beruhigt habe. «Es betrifft deinen Geburtstag.»

«Meinen fünfzigsten. Den ich ohne meine Familie feiern werde. Auf der Flucht vor der Polizei in Mexiko. Nee, ich glaube, da ist nichts mehr, was ich wissen muss.»

«Ada und ich haben deine Kinder eingeladen.»

«Meine … was …?»

Richard lächelt. «Du hast mir so viel von ihnen erzählt. Und dann habe ich sie auf deiner Facebook-Seite entdeckt. Der normalen, nicht der, die Ada für dich eingerichtet hat. Keine Sorge», fügt er hastig hinzu. «Deine Kinder wissen nicht, was du getan hast. Ich habe sie bloß gefragt, ob sie zu dem Konzert kommen wollen, das du hier gibst.»

Ich starre Richard an. Kein Wort kommt über meine Lippen.

«Sie haben sofort einen Flug gebucht», sagt er. «Alle beide. O Jule, nicht weinen!»

Ich verberge den Kopf in meinen Händen.

«Wenn du wüsstest, wie sehr sie dich lieben. Deine Kinder lieben dich! Auch wenn sie sich mal nicht melden. Sie sind Kinder, weißt du? Große Kinder, die jetzt ihr eigenes Leben führen. Aber sie lieben dich!»

Ich kann kaum sprechen vor Weinen. «Was macht dich denn da so sicher?»

Richard lächelt. «Wir haben uns ein bisschen geschrieben, Lotte, Louis und ich.»

Die Erkenntnis trifft mich wie ein Schlag. «Aber ich werde sie nicht sehen können! Ich kann doch jetzt nicht mehr zu dem Konzert gehen! Meine Kinder fliegen umsonst nach Mexiko!»

Richard antwortet nicht darauf. Er hält mich bloß fest, während mir die Tränen über die Wangen laufen.

«Kann ich ihnen noch absagen?», frage ich endlich.

Richard schüttelt langsam den Kopf. «Lotte steigt in diesen Momenten in den Flieger. Louis' Flug von Costa Rica geht morgen früh.»

Ein Zittern überfällt meinen Körper. Meine Kinder fliegen zu mir. Und ich werde sie nicht sehen.

«Schsch», macht Richard in dem Versuch, mich zu beruhigen. Aber ich beruhige mich nicht. Die Tränen strömen mir über das Gesicht auf meine Beine. Ich beuge mich vornüber und weine so heftig, dass es weh tut. Richard nimmt mich erneut in seine Arme und hält mich ganz fest.

Es ist mitten in der Nacht, als sich die Tür öffnet und Ada

endlich hereinkommt. Ich bin irgendwann eingeschlafen. Neben mir liegt Richard und schläft ebenfalls.

«Hast du was gefunden?», frage ich.

Ada knipst die Nachttischlampe an und schüttelt den Kopf. «Der Typ hat alles doppelt und dreifach verschlüsselt. Tut mir leid, keine Chance. Ich komm da nicht durch.»

Ich versuche, wieder einzuschlafen, aber vergeblich. Die Tränen quellen durch meine geschlossenen Lider. Irgendwann dämmert der Morgen in den Raum.

Als ich kurze Zeit später ins Badezimmer trete, sehe ich mich erst einmal um. Der Traum von der Würgeschlange steht mir noch immer deutlich vor Augen. Vorsichtig suche ich den Raum ab, hebe den Toilettendeckel und öffne den kleinen Schrank. Dabei fällt etwas mit Poltern zu Boden. Ein Reiseführer zu den Cayman Islands. Einen kurzen Moment lang halte ich inne, weil ich mich an etwas erinnert fühle. Natürlich, meine Yacht. Ich sehe die Flagge wieder vor mir mit dem Union Jack in der linken oberen Ecke und dem bunten Wappen auf blauem Grund. Das ist es. Unsere wahrscheinlich einzige Hoffnung. Wenn die Yacht unter der Flagge der Cayman Islands segelt, dürften wir mit etwas Glück ohne größere Probleme in die Inselgruppe einreisen. Sie gehört zum britischen Commonwealth, da benötigen wir drei nicht einmal ein Visum. Die Cayman Islands beschützen Steuerhinterzieher, Betrüger und Banker. Bestimmt werden wir dort fürs Erste sicher sein.

Eine Dreiviertelstunde später stehen wir am Busbahnhof von Playa del Carmen und reihen uns in die Schlange derjenigen ein, die nach Cancún fahren wollen. Die meisten von ihnen sind amerikanische und europäische Touristen, die mit großen Koffern und schwerem Handgepäck reisen und deren

Ziel vermutlich Cancún Airport ist. Ich trage einen breitkrempigen Sonnenhut und eine Sonnenbrille, die Ada mir am Vorabend im Ort gekauft hat. Unter normalen Umständen wäre die Sonnenbrille die perfekte Tarnung, aber an diesem Tag ist die Sonne hinter dicken Wolken verschwunden. Ein Wind ist aufgezogen, und die ersten Tropfen beginnen zu fallen.

Auch am Busbahnhof stehen Polizisten, doch sie beachten uns nicht. Wir haben uns verteilt: Ada steht vorn in der Schlange, ich in der Mitte, Richard am Ende. Für den Fall, dass einer von uns nicht mitkommen sollte, haben wir einen Treffpunkt in Cancún vereinbart, aber es geht alles gut. Ada hat eine Karte aufgeschlagen und prägt sich vermutlich das Seegebiet östlich der Küste ein. Auch sie ist der Meinung, dass wir auf den Cayman Islands gut aufgehoben sein werden, zumindest in den nächsten Wochen. Danach müssen wir weitersehen.

Wenig später sitzen wir in einem klimatisierten Bus und sehen auf Monitoren, die zwischen den Sitzreihen hängen, die spanisch synchronisierte Fassung von «Ziemlich beste Freunde». Der Film läuft mit voller Lautstärke, und meine Sitznachbarin, die die ältere Schwester des mexikanischen Mütterchens von gestern sein könnte, lacht so heftig, dass sie sich den Bauch halten muss. Ich mustere sie heimlich von der Seite, ihr zerfurchtes Gesicht, die langen grauen Haare, die sie zu einem Knoten im Nacken geschlungen hat, die knorrigen Hände, die sie auf einen Gehstock gestützt hält und ihr weißes bunt besticktes Kleid. Als sie meinen Blick bemerkt, lacht sie mich an.

Draußen hat es mittlerweile zu schütten begonnen. An einer Ampel stehen zwei Mädchen in Shorts und T-Shirts und halten sich aufgeschnittene Plastiktüten über den Kopf. Ihre Münder verziehen sich, doch der Bus ist ja schalldicht, und so kann ich ihre Stimmen nicht hören. Ich denke an die Kosmetikstudentinnen im Firmenorchester, und ein Stich durchfährt mich bei dem Gedanken daran, dass ich sie nie wiedersehen werde. Dann denke ich an Lotte, die in diesem Moment über den Atlantik fliegt. Und an Louis auf dem Weg zum Flughafen von San José. Tränen schießen mir in die Augen, und ich wende mich rasch ab.

Als wir Cancún erreichen, setze ich den Hut und die Sonnenbrille wieder auf. Auch an diesem Busbahnhof stehen jede Menge bewaffnete Polizisten, aber sie scheinen mich nicht zu sehen. Ohne mich nach Ada oder Richard umzublicken, schultere ich mein Gepäck, verlasse den Busbahnhof und schlage den Weg in Richtung Taxistand ein. Draußen auf der Straße spüre ich den Wind, der mir entgegenbläst. Aus den Augenwinkeln sehe ich Ada und Richard, die mir in einigem Abstand folgen.

Wir bestellen uns drei getrennte Wagen, um in die Marina zu fahren. Mein Herz klopft heftig, und je mehr wir uns dem Hafen nähern, desto aufgeregter werde ich. Was, wenn die Polizei dort schon auf mich wartet? Der Wagen hält an einer roten Ampel, und jetzt bleibt mir die Luft weg. Vor mir rennt ein Mann in schwarzem Anzug über die Straße. Carlos. Ich fange an zu zittern. Dann sehe ich, dass er es doch nicht ist. Ein Ast kracht auf die Windschutzscheibe des Wagens. Das Zittern bleibt.

Wo Carlos jetzt wohl ist? Weiß er schon von meinem Betrug? Wird er mich anrufen? Ich werde es nie erfahren, denn ich habe meine SIM-Karte weggeworfen und mir im Kiosk am Busbahnhof eine Prepaid-Karte gekauft. Ich werde für ihn nicht mehr erreichbar sein. Für keinen meiner alten Kontakte mehr.

Die Marina wirkt wie ausgestorben, als wir ankommen. Kein Yachtbesitzer, keine blondierte Schönheit, nur ein schwankender Mastenwald. Ich bezahle den Taxifahrer und laufe mit meinem Gepäck zu der Absperrung, hinter der die großen Yachten liegen, die Spielzeuge der Mächtigen, die Billion-Dollar-Toys. Mein Herz hämmert, während der Wächter meine Personalien überprüft. Der Sturm tost mittlerweile so heftig, dass ich ihn kaum verstehe. Wieder kracht es. Irgendetwas Schweres ist ins Wasser gerauscht. Durch das Pfeifen und Brausen höre ich Schritte herannahen. Ada und Richard. Der Wächter lässt uns durch.

Ada legt den Kopf in den Nacken. Dabei kippt sie fast zur Seite. Der Wind bläst jetzt so stark, dass wir kaum stehen können. Wir sind vollkommen durchnässt. «Nettes Schiff», bemerkt sie, als wir vor meiner Yacht stehen. «Und netter Hubschrauber auch. Aber du hast recht, dass wir den herunternehmen sollten. Mit so einem Geschoss auf dem Dach zu fahren fällt definitiv auf.»

«Ob ich wohl mal das Bad benutzen dürfte?», ruft Richard durch das Heulen des Windes.

«Klar.» Wir springen an Bord, erst ich, dann Ada und zum Schluss Richard. Die Yacht schwankt ordentlich, aber es gelingt mir, den Zahlencode einzutippen. Die Tür zu den Aufbauten springt auf.

Ada fragt, wohin sie den Hubschrauber fliegen soll, und ich rufe auf ihrem Tablet die Stadtkarte von Cancún auf und zeige ihr das Haus, auf dessen Dach ich mit Carlos damals gelandet bin.

Dann sehen wir uns an.

«Du musst das nicht tun», sage ich schließlich. «Ehrlich gesagt – je länger ich darüber nachdenke, desto schlechter finde ich die Idee. Vor allem bei dem Wetter da draußen. Das ist ja schon ein richtiger Sturm!»

Ada greift nach einem Geschirrtuch, das in der Kombüse hängt, und rubbelt sich damit die Haare trocken. «Ist tatsächlich nicht ganz ohne. Aber was haben wir für eine Wahl?»

Ich erwidere ihren Blick, ohne zu blinzeln. «Wir haben eine Wahl. Ich könnte mich stellen.»

«Also, *die* Idee finde ich noch schlechter.»

Wir lächeln. In diesem Moment springt Richard die Treppe herunter. «Mein Gott, was sind das denn für Waschräume?!», ruft er.

«Denkwürdig, oder?»

«Als Heteromann wären sie das Zentrum meiner nassen Träume.» Er droht mir neckisch mit dem Finger. «Jule, Jule! Hätte ich ja nicht von dir gedacht!»

«Richard meint die Armaturen», erkläre ich in Adas Richtung. «Die sind nämlich wie Brüste geformt.»

«Und die Wasserhähne wie Muschis», kichert er.

«Okay, Leute, ich finde es gut, dass sich die Stimmung bei euch wieder bessert.» Ada wirft das Handtuch über einen Stuhl. «Aber ich muss noch einen Hubschrauber wegbringen. Jule, du hast die Zugangsdaten und die Schlüssel?»

Ich krame in meiner Handtasche. «Alles dabei.»

«Und weißt du zufällig, was für ein Triebwerk der Heli hat?»

«Ich fühle mich extrem geschmeichelt, dass du denkst, ich könnte dir eine solche Frage beantworten», lächele ich. «Aber ich weiß ja nicht mal, was ein Triebwerk *ist*.»

«Ein Triebwerk hat jedes Fahrzeug», erklärt Ada. «Beim Heli gibt es das Turbinentriebwerk, da ist das mit dem Kraftstoffregler kein Thema, oder eben das Kolbentriebwerk, da muss ich den Sprit per Gasdrehgriff zuführen, ähnlich wie beim Motorradfahren.»

«Fein, je länger du diese Sachen ausführst, desto zuversichtlicher bin ich, dass du Ahnung vom Hubschrauberfliegen hast!»

Ada seufzt. «Ahnung allein aber reicht nicht. Na gut, ich schlage vor, dass ich das Schätzchen da oben jetzt mal bewege. Und ihr zwei wartet auf der Yacht so lange auf mich! Richard, ist dein Handy eingeschaltet? Kann ich dich erreichen, wenn was ist?»

«Handy ist eingeschaltet!», bestätigt Richard.

«Gut, Jule, dann bring mich jetzt mal nach oben und mach die Zugänge frei.»

Wir bringen sie beide nach oben. Ich bin nervös und fühle, wie ich anfange zu schwitzen. Was, wenn Ada unterwegs kontrolliert wird? Was, wenn der Sturm noch stärker wird? «Lass uns mit einsteigen!», schlage ich aus einem Impuls heraus vor.

«Bist du wahnsinnig?», rufen Richard und Ada gleichzeitig.

«Das ist nicht ganz ungefährlich, was ich jetzt tue», erklärt Ada. «Wenn mich irgendein Tower anfunkt oder wenn ich wegen des Sturms an einer unvorhergesehen Stelle landen muss, dann haben sie dich, Jule. Dann bist du dran!»

«Unglaublich, dass du das überhaupt vorschlägst!» Richard ist weiß geworden. «Hast du vergessen, dass ich Flugangst habe?»

Die Rufe der Männer hören wir im Sturm nicht. Als Ada den Motor startet, wird das Heulen und Brausen ohrenbetäubend. Der Rotorwind bläst uns entgegen, und ich muss mich an der Reling festhalten. Mein Strohhut fliegt davon. Richard brüllt etwas, das ich nicht verstehe. Erst als er nach unten zum Steg deutet, begreife ich, was er meint.

Sechs bewaffnete Polizisten laufen in Richtung der Yacht.

«Ada!», brülle ich. «Ada!!!»

Der Hubschrauber hebt leicht vom Boden ab.

«Ada!!!», schreien Richard und ich aus vollem Hals und fuchteln mit den Armen. Ich springe einen Schritt zurück, sodass sie mich sehen kann. Aber sie scheint mich noch immer nicht zu bemerken. Der Hubschrauber hebt seine Schnauze. Von unten knallt der erste Schuss.

«O Gott!» Richard geht neben mir in die Deckung.

In diesem Moment öffnet sich eine Tür im Heli. Und eine Leiter fällt heraus. «Ada hat uns gesehen!», schreie ich über den Lärm der Rotorblätter. Richard hat sich wie eine Kugel auf dem Boden zusammengerollt. Ich packe ihn am Arm und deute auf die Leiter über uns. Wieder fällt ein Schuss. Und noch einer. «Richard, wir müssen da rauf!»

«Ich kann nicht», presst Richard hervor. «Geh du, Süße! Ich kann das nicht!»

«Wenn du glaubst, dass ich dich jetzt hier zurücklasse», brülle ich, «dann hast du dich geirrt! Los jetzt!» Ich nehme meine ganze Kraft zusammen und ziehe ihn empor. Er ist schwerer, als ich gedacht hätte, aber kein Wunder. Richard ist ein ausgewachsener, muskulöser Mann. «Du zuerst! Ich klettere hinterher!»

Ada öffnet das Fenster und schreit zu uns herunter: «Wo bleibt ihr denn? Jetzt macht schon, verdammt!»

Richard zittert am ganzen Körper. «Ich muss mich übergeben», bringt er hervor.

«Nein, du musst dich nicht übergeben, Richard! Komm schon, du schaffst das! Ich weiß, dass du das schaffst!»

Ich sehe, wie er die Augen zusammenpresst, während er nach der Leiter greift. Auf der Yacht fällt eine Tür zu.

«Beeil dich!» Ich schiebe Richard die Leiter hoch, und bevor er noch richtig im Hubschrauber verschwunden ist, schwinge ich mich selbst die Sprossen hinauf und werfe mich hinterher. Keine Sekunde zu spät, denn in diesem Moment reißt jemand die Tür zum Deck auf. Wir können uns gerade in den Hubschrauber hineinretten, da reißt Ada einen Hebel zu sich heran. Der Hubschrauber gewinnt an Höhe, kippt aber gleichzeitig zur Seite. Ich werde gegen Richard geworfen, der die Augen weiterhin fest geschlossen hält. Noch weiter seitlich kippt der Hubschrauber. Dabei schleudert es mich zum Fenster. So schräg fliegt der Heli, dass ich auf dem Fenster fast aufliege. Nur wenige Meter unter mir stehen die Polizisten mit ihren Maschinenpistolen im Anschlag. «Höher, Ada!», brülle ich. Der Hubschrauber schießt nach oben. Aber wir fliegen immer noch schief, so schief, dass ich es nicht schaffe, mich zu meinem Platz hinüberzukämpfen und mich anzuschnallen. Richard ist auf den Boden gesunken, hält die Hände gefaltet und bewegt seine Lippen. Dann öffnet er die Augen und schreit: «Wie viel Prozent?»

«Was meinst du?», rufe ich zurück.

«Wie viel Prozent Wahrscheinlichkeit, dass wir das hier überleben?», brüllt er.

«Hundert!», rufe ich.

Ein ohrenbetäubender Knall erschüttert den Hubschrauber. Und dann noch einer und noch einer. Die Kugeln der Polizisten treffen auf Metall.

Richard hält sich die Ohren zu. Immer höher steigt der Heli. Immer schräger fliegen wir.

Richard wird zur Seite geschleudert, versucht sich festzuhalten und rutscht. «Du lügst, Jule!», schreit er.

Ich halte mich fest, so fest, dass die Knöchel in meiner Hand weiß hervortreten. «Ich weiß», mache ich mit den Lippen. «Tut mir leid.»

Höher und immer höher steigen wir. Die Yacht unter uns sieht wie ein Spielzeugschiff aus, ein kleines Bötchen, auf dem Spielzeugpolizisten stehen und mit ihren Spielzeuggewehren schießen. Ada tritt in eine der Pedale, und endlich kippt der Heli wieder in die andere Richtung. «Wir müssen uns anschnallen», rufe ich zu Richard hinüber. «Setz dich auf den Platz dort! Wir fliegen gerade! Nutz das aus!»

Wir rasen über das Meer. Selbst aus dieser Höhe kann ich sehen, wie gewaltig sich die Wellen auftürmen. Gischt schießt uns entgegen. Wolken ziehen in rasender Geschwindigkeit an uns vorbei. Schon ist Cancún hinter uns verschwunden. Vor uns liegt ein unruhiger, unendlicher Horizont. Und hoffentlich auch die Cayman Islands. Ich habe keine Ahnung, wie lange wir fliegen müssen, um sie zu erreichen. Ob Ada es überhaupt schafft, durch den Sturm zu navigieren. Und was passiert, wenn wir dort sind. Neben mir sitzt Richard und bewegt immer noch die Lippen. Erst denke ich, dass er betet, aber als ich meinen Namen höre, begreife ich, dass er mit mir spricht. Ich beuge mich vor, um ihn zu verstehen.

«Sing mir was vor, Jule», sagt er. «Sing. Und wenn es das Letzte ist, was du tust.»

Also fange ich an zu singen. Der Motor und die Rotorblätter dröhnen so laut, dass meine Stimme untergehen würde, also bleibe ich in meiner gebeugten Haltung und singe Richard in sein Ohr. Das Lied von den Schlangen, das ich Lotte und Louis immer vorgesungen habe und das mir in der vergangenen Nacht wieder im Traum erschien. Und dann das Lied, das ich mit dem Firmenorchester einstudiert habe: What the world needs now.

Ich singe so lange, bis ich selbst ruhig werde, obwohl sich der Hubschrauber in einem fort hin und her und auf und ab bewegt. Wir sind draußen auf dem Meer, es ist dunkel geworden, die Küste ist verschwunden und mit ihr jegliche Orientierung. Die Wolken sind schwarz und rasend schnell.

Da dreht sich Ada zu uns um, mit weit aufgerissenen Augen, und noch bevor sie etwas sagen kann, erkenne ich die Verzweiflung darin.

«Unter uns!», ruft sie. «Ein Helikopter! Notwasserung!»

Ich rutsche auf meinen Platz zurück und blicke aus dem Fenster. Ein Heli treibt in den Wellen. Nein, er treibt nicht, er wird geworfen. Eine riesige dunkelgraue Welle rollt auf ihn zu.

Ada drückt ein paar Knöpfe. Lautes Rauschen erfüllt den Raum. «Ich versuche sie anzufunken!», schreit sie. «Aber sie reagieren nicht!»

«Dann musst du runterfliegen, Ada!», brülle ich. «Wir müssen denen helfen! Wir lassen die Leiter hinab!»

Sie schüttelt den Kopf und fliegt weiter. «Ich kann nicht. Es stürmt zu stark.»

«Ada!», schreie ich. «Da unten sind Menschen, die werden sterben!»

Als Ada sich diesmal umdreht, ist sie kalkweiß im Gesicht. «Gut. Du hast es so gewollt!»

Die Welle hat den Helikopter fast erreicht. Gleich. Jetzt schlägt sie über ihm zusammen. Ada geht in den Sinkflug. So schnell geht sie runter, dass ich den Druck nicht ausgleichen kann. Ein stechender Schmerz durchbohrt mein Ohr.

Ein paar Sekunden lang ist der Hubschrauber unter uns verschwunden. Dann taucht er unter gurgelnden grauen Wassermassen erneut auf. Ada fliegt eine Schleife. «Hey!», ruft sie auf Englisch zu dem fremden Piloten hinunter und fuchtelt mit den Händen, um ihm zu bedeuten, was sie meint. «Ich lasse jetzt eine Leiter runter!»

Wieder eine Welle, diesmal größer als die vorherige. Ich kann den Mann im Cockpit nicht erkennen, kann ihn nicht verstehen, höre bloß Ada. «Wir holen Hilfe!», schreit sie und zieht den Hubschrauber wieder nach oben. «Haltet durch!»

Nach einer Weile, die mir wie eine Ewigkeit erscheint, taucht eine wasserumtoste Fläche vor uns auf. Es ist eine Insel, wenngleich eine sehr kleine. Immer wieder rollen Wellen über sie hinweg. Wir landen auf einer menschenleeren Straße, die vollkommen unter Wasser steht. Die Palmen an der Uferseite biegen sich so stark im Sturm, dass ihre Wedel den Boden berühren. Ich reiße mein Handy aus der Tasche, stelle aber fest, dass ich keinen Empfang habe. Eine riesige Welle rollt auf den Hubschrauber zu.

«Die warten wir ab, und dann raus!», schreit Ada. Als wir hinausspringen, reicht mir das Wasser bis zu den Waden. Wohin jetzt? Vor uns funkeln Lichter. Ich schultere meine Tasche und renne geduckt darauf zu.

Augenblicklich habe ich das Gefühl, in eine nasse Wand zu laufen. In der Ferne ertönen Schreie. Adas Atem klingt laut und panisch in meinem Ohr. Nur Richard scheint die Kraft nichts auszumachen, die sich uns entgegenstemmt, kein Wunder, schließlich treibt er als Einziger von uns Sport. Endlich erreichen wir die Lichter. Es ist ein Hotel. Aber irgendwie kein normales. Vier Security-Männer stehen davor.

«Sind Sie akkreditiert?», will einer von ihnen wissen.

«Hören Sie», keucht Ada. «Wir wollen da nicht rein. Wir … da draußen ist ein Unfall geschehen. Ein Helikopter musste notlanden. Auf dem Wasser. Wir haben kein Netz, können niemanden erreichen, wir brauchen jetzt Ihre Hilfe, sonst ertrinken die da!»

«Das ist ein Trick, oder?», gibt der Mann unfreundlich zurück und starrt Adas klitschnasse Haare an.

Hinter ihm geht eine Tür auf und gibt den Blick auf eine Party frei. Eine Feier mit lauter Männern in eleganten Anzügen und Frauen in Kleidern, alle wunderbar zierlich und schlank. Bis auf eine, die ein ausgesprochen ausladendes Hinterteil hat. Es ist bestimmt nicht einfach, auf so einer Party das adipöse schwarze Schaf zu sein. Aber noch schlimmer ist es zu ertrinken. Und genau das passiert vermutlich in diesem Moment.

«Rufen Sie Helfer, Küstenwache, was auch immer!», sage ich mit fester Stimme. Die Autoritätsperson der vergangenen zwei Monate ist wieder da.

«O mein Gott!» Richard zeigt mit zitterndem Finger auf den dicken Hintern. «Kim Kardashian! Wir sind auf der Isla Blanca gelandet! Auf der Party von Kim Kardashian!»

«Richard, das ist jetzt egal», zische ich ihn an.

Die Männer werfen einen Blick auf unsere Klamotten, auf Adas abgewetzte Turnschuhe, ihren gehetzten Blick. «Wir müssen Sie bitten, jetzt zu gehen!» Einer der Männer tritt drohend auf uns zu.

Richard lächelt und greift in seine Tasche. «Aber wir sind doch eingeladen», sagt er unschuldig.

Ich starre auf die schwarz-goldene Karte, die er in die Höhe hält. «Du hast die Einladung aufgehoben?»

Richards Lächeln wird noch breiter. «Natürlich. Meinst du, ich werfe eine Einladung von Kim Kardashian weg?»

Dann geht alles sehr schnell. Die Männer überprüfen unsere Einladung, meinen Pass, streichen meinen Namen auf der Liste ab und lassen uns eintreten. Ich stürme auf die nächstbeste

Besucherin zu, eine abgemagerte Blondine mit seltsam großen Brüsten, die in ein juwelenbesetztes Telefon redet. «Ich dürfte mal – danke. Ada, wie lautet in Mexiko die Notruf-Nummer?»

«911», antwortet sie.

Die Blondine schreit empört auf und versucht, sich ihr Telefon zurückzuholen. «Richard, könntest du bitte? Danke! Hola, buen día, esto es una emergencia …» Mit einer schnellen Bewegung macht sich die Blondine aus Richards Umklammerung los und krallt sich in meinen Arm, aber ich bin noch schneller und werfe das Telefon Ada zu. Ada setzt das Gespräch fort, als wäre nichts geschehen. Nach einer knappen Minute klickt sie das Gespräch weg, macht mir das Daumen-hoch-Zeichen und gibt der Frau ihr Handy zurück. «Meinen allerherzlichsten Glückwunsch, Sie haben mit Ihrem Telefon soeben Leben gerettet. Ich wusste es – Sie haben ein goldenes Herz.»

Die Blondine starrt uns mit geöffnetem Mund an, offenbar unschlüssig, ob sie geschmeichelt oder empört sein soll.

In diesem Moment sehe ich Kellermann. Und Kellermann sieht mich.

17. Kapitel

«Das Julia-Meyer-Double», lächelt er, während er auf mich zugeht. «Und so durchnässt! Heute mal einen Delfin gerettet? Oder die armen Thunfische?» Er schnippt und deutet mit dem Zeigefinger auf mich. Plötzlich treten von zwei Seiten Männer in dunklen Anzügen und Headsets auf mich zu.

Mein Mund wird trocken. Aus den Augenwinkeln sehe ich, wie Ada zu dem Tisch hinübergeht, an dem Kellermann noch vor wenigen Sekunden gesessen hat, dann verschwindet sie aus meinem Blickfeld. Richard hingegen rückt ein wenig dichter an mich heran.

«Irgendwie fühle ich mich ja auch geschmeichelt», fährt er fort. «Sie laufen mir immer so nett hinterher.»

Ich kann nicht sprechen. Das Herz hämmert mir bis zum Hals.

«Nordic Stalking», wirft Richard hastig dazwischen. «Neuer Trendsport bei uns.»

«Ach, sieh an, noch so ein Witzbold!»

«Ich bin kein Witzbold!» Richards Stimme klingt vor Empörung ganz hoch.

«Bin kein Witzbold», höhnt Kellermann. «Los, Namen, du schwuler Clown!»

«Hey!», stoße ich empört hervor. «So reden Sie nicht mit meinem Freund!»

Kellermann reißt den Mund auf und lacht. Der Anblick bannt mich. Ich habe Kellermann tatsächlich noch nie lachen gesehen. «Ach, Julia-Meyer-Double!», lacht er. «Amüsant sind Sie ja.»

Er schnippt noch einmal, und augenblicklich fühle ich einen Griff an meinem Oberarm. Einer der Männer in den schwarzen Anzügen hält mich gepackt. Und in diesem Augenblick passiert etwas Erstaunliches. Richard wirft sich nach vorn, sodass er auf seinen Händen landet. Dabei spreizt er die Beine und tritt den beiden Anzugträgern nacheinander in die Brust, dass es kracht.

Ich sehe, wie der Mann an meiner Seite erst zurücktaumelt, um dann blitzschnell nach seiner Waffe zu greifen, aber Richard ist noch schneller. Mit einem Salto springt er nach vorne. Sein Tritt trifft den Mann gezielt an der Kehle. Er taumelt, verdreht die Augen – und kippt um.

«Nur ein Betäubungsschlag», erklärt Richard in meine Richtung. «Will ja niemanden umbringen hier!»

«Richard!!!», schreie ich, denn der andere Anzugträger hat sich aufgerappelt und tastet an seinem Pistolenhalfter herum. Richard springt und reißt dabei sein linkes Bein in die Luft. Mit seiner Wade trifft er dabei den Mann am Hals. Erfolgreich, denn der Mann kippt um wie ein Sack Reis.

«Drehschlag», erläutert Richard. Dann greift er mit seiner Linken nach meiner Hand, während er mit der rechten Kellermann zurückstößt, der sich auf mich werfen will. «Rennen, Jule!»

«Wo zum Teufel ist Ada?», keuche ich, während wir uns zum Ausgang kämpfen. Auf einmal kommen Menschen von allen Seiten auf uns zu. Nur die Frau mit dem dicken Hintern ist verschwunden. Auch Blondie mit ihrem Handy ist nirgendwo mehr zu sehen. Wieder versucht einer der Security-Leute, nach uns zu greifen. Richard lässt mich los, biegt seinen Oberkörper nach hinten und versetzt dem Mann einen Tritt. Dabei holt er mit dem rechten Arm aus und erledigt einen weiteren, der von der rechten Seite auf uns zugehechtet kommt.

Ich sehe sie aus den Augenwinkeln. Männer, die zuvor woanders postiert waren, auf der Terrasse vielleicht, in anderen Räumen. Richard wehrt sie ab, und ich sehe seine unendlich graziösen Bewegungen, sehe, wie er tanzt. Später denke ich, dass er minutenlang getanzt hat, mal überschlägt er sich, mal hebt er ein Bein, mal einen Arm. Rund und geschmeidig sind seine Bewegungen, wie bei einer Schlange, die wütend und hungrig ist. Immer schneller windet er sich, immer heftiger kämpft er. Und dann knallt ein Schuss.

«Hands up!», brüllt uns einer der Security-Typen an. Ich hebe langsam die Hände und sehe dabei zur Seite. Richard scheint nicht verletzt zu sein. Er hat sich aufgerichtet, blickt um sich – und hebt seine Hände ebenfalls. Wir müssen uns nebeneinanderstellen, mit dem Gesicht zur Wand. Jemand greift nach meinen Armen, verdreht sie auf den Rücken, dann klickt es. Ich trage Handschellen.

Ich kann mich an keinen einzigen Gedanken erinnern. Während uns die Männer abführen, bin ich wie betäubt. Draußen auf der Straße sehe ich nur den weißen Wagen. Policia steht in grüner Schrift darauf. Ich spüre die Hand auf meinem Kopf, die mich auf den Rücksitz drückt. Der Sturm ist abgeflaut, es hat sogar aufgehört zu regnen. Neben mir sitzt Richard und blickt starr geradeaus. Dann startet der Polizist am Steuer den Wagen. Wir fahren die Straße entlang, auf der wir eben noch gelaufen sind. Ich fühle mich vollkommen leer.

«Verdammt, Jule, guck mal!», höre ich Richard plötzlich sagen. «Der Hubschrauber ist weg!»

Ich blicke aus dem Fenster und tatsächlich. «Das gibt es doch wohl nicht! Ada?»

Richard hält ein paar Sekunden lang meinen Blick, dann nickt er. «Hat sich schön ohne uns aus dem Staub gemacht.»

Ich nicke müde. «Es sei ihr vergönnt.»

«Und das ist alles, was dir dazu einfällt?», faucht Richard.

«Silencio!» Der Polizist auf dem Beifahrersitz funkelt uns wütend durch das Gitter an.

«Ja. Sie hat das Recht, sich zu retten. Hättest du das nicht gemacht?»

«Ich?» Jetzt wirkt Richard noch wütender. «Willst du mich beleidigen? Natürlich nicht!»

«Shut the fuck up!» Der Polizist schlägt mit der Faust gegen das Gitter.

«Ich wäre bei dir geblieben», fährt Richard unbeeindruckt und in derselben Lautstärke fort. «Ich *bleibe* bei dir. Das haben wir uns doch geschworen, oder? Eine für alle!»

«Und alle für eine», lächele ich. «Du warst unglaublich eben, Richard. Das werde ich dir nie vergessen. Wie du gekämpft hast!» Ich spüre, wie mir die Kehle eng wird. «Ich bin so wahnsinnig stolz auf dich!»

Der Wagen bremst vor einem flachen weißen Gebäude.

«Und ich bin wahnsinnig stolz auf dich!», ruft Richard, während jemand die Tür aufreißt und Richard hinauszerrt. «Du bist eine phantastische Frau, Jule, lass dir von niemandem das Gegenteil einreden!»

Als er schon fast im Eingang verschwunden ist, dreht er sich noch einmal um. Wir können uns nicht zuwinken, weil unsere Hände gefesselt sind, aber ich sehe den Abschied in seinen Augen. «Das waren die schönsten zwei Monate meines Lebens!», ruft er. «Ich werde dich nie vergessen! Solange ich lebe, denke ich an dich!» Dann schubsen ihn die Beamten ins Innere des Gebäudes. Und ich bin allein.

Drei Stunden später habe ich immer noch nichts gesagt. Außer diesem einzigen Satz: «Ich will einen Anwalt! Quiero un abogado! I want a lawyer!» Immer und immer wieder sage ich diesen Satz, in allen drei Sprachen. Nichts ist passiert. Ich habe keine Papiere, kein Handy, kein Geld, und ich habe auch kein Gepäck mehr. Selbst meine Ukulele habe ich verloren. Ich sitze in einer Zelle und warte darauf, dass ich verhört werde.

Oder abgeholt. Nach Cancún vermutlich. Ins Gefängnis. Oder ins örtliche Kommissariat. Die Zelle ist eng und stickig. Kein Fenster und keine Klimaanlage hier drin.

Immer wieder denke ich an meine Kinder. Lotte und Louis müssen mittlerweile gelandet sein und sitzen jetzt wohl im Bus nach Mérida. Sie werden sich vom Busbahnhof in Mérida vermutlich ein Taxi hinaus zur Hacienda nehmen, um mich zu überraschen. Aber sie werden mich nicht antreffen. Sie werden versuchen, mich auf dem Handy zu erreichen, und auch das werden sie nicht können. Und irgendwann werden sie alles erfahren.

Ich bekomme keine Luft mehr. Die Luft in der Zelle ist verbraucht, und es wird immer heißer. Ich setze mich aufrecht auf meine Pritsche, knete meine Hände und starre vor mich hin.

Und dann muss ich an Richard denken. Richard, von dem ich höchstens ein paar Meter getrennt bin. Denn besonders groß kann die Polizeistation auf dieser kleinen Insel ja nicht sein. Und dann, obwohl ich es nicht will, denke ich auch an Ada. Warum hat sie sich davongeschlichen? Und warum hat sie sich ohne uns im Hubschrauber aus dem Staub gemacht? Was für ein Spiel hat sie die ganze Zeit gespielt? Mir fällt ein, dass ich nicht besonders viel über sie weiß. Dass sie Informatikerin ist, wird wohl stimmen, schließlich wurde sie als Leiterin der IT-Abteilung bei BRIS eingestellt.

Das hat nichts zu sagen, flüstert eine kleine Stimme in meinem Kopf. Auch du hast eine Lüge gelebt.

Ich schließe die Augen. Alles dreht sich. Ich habe fürchterliche Angst. Und fühle mich unendlich erschöpft. Irgendwann lege ich mich hin und strecke mich aus. Und dann schlafe ich ein.

Es ist noch genauso hell, als ich geweckt werde. Das Neonlicht hier drin war die ganze Zeit angeschaltet.

«Haben Sie gut geschlafen?», fragt mich ein freundlicher Polizist. «Sie haben sicherlich Durst.»

Ich starre ihn an. Das ist jetzt versteckte Kamera, oder? «Ja, ein Glas Wasser und ein Kaffee wären phantastisch», sage ich mit kaum verhohlener Ironie.

«Mit Milch und Zucker oder schwarz?», fragt mich der Polizist. Er wirkt noch sehr jung, vielleicht Anfang zwanzig, und er hat ein hübsches Gesicht. Ich bin sicher, dass eine große Verarschung im Gange ist.

«Hören Sie, was auch immer Sie mit mir vorhaben, tun Sie es gleich», sage ich.

Er wird ein bisschen rot. «Bueno.» Dann hält er die Tür auf. «Wollen Sie mit nach vorne durchkommen?»

Ich schüttele den Kopf. Ist das jetzt schon wieder ein Traum? So ein ganz realistischer? Wie der mit der Schlange?

«Nun kommen Sie schon», lächelt der Junge. «Sie sind frei.»

«Wo ist mein Freund?», frage ich.

«Ich weiß nicht, wen Sie meinen.»

«Der andere Deutsche? Richard Bergmann?»

«Ah, si.» Er deutet hinter sich. «Wartet auf Sie.»

Richard und ich werden zu einem Polizeiboot gebracht, das uns nach Cancún bringen soll. Auch unser Gepäck bekommen wir zurück. Die Polizisten an Bord betrachten uns misstrauisch und viel weniger freundlich als der junge Polizist. Und sie tragen Maschinenpistolen. Aber immerhin legen sie uns keine Handschellen an.

«Verstehst du irgendetwas von dem, was hier vorgeht?», frage ich Richard, als wir ablegen.

Er schüttelt den Kopf. «Mir haben sie gesagt, ich sei frei.»

«Mir auch, aber warum bringen sie uns dann mit einem Polizeiboot zum Festland zurück?» Ich mustere ihn. Richard sieht nicht gut aus. Seine sonst so sorgfältig gepflegten dunkelblonden Wellen sind zerstrubbelt und platt gelegen, Falten zerfurchen sein Gesicht. «Ich meine, das ergibt doch alles keinen Sinn!»

Richard blickt über das türkisblaue Meer. Der Sturm hat sich verzogen. «Wo zum Teufel ist Ada?», fragt er nur.

Auf der Polizeistation in Cancún erwartet uns eine Überraschung. Wallace ist da.

«Misses Meyer!», ruft er, als er mich sieht. «Ich darf Sie doch Misses Meyer nennen?» Er schüttelt mir kräftig die Hand.

«Sicher, das ist ja mein Name.» Ich sehe zu Richard hinüber, der genauso verwirrt wirkt wie ich.

«Misses Meyer, bevor wir uns eingehend miteinander unterhalten, möchte ich mich erst einmal ganz herzlich bei Ihnen bedanken.»

Ich blicke in die Reihe der Gesichter um mich herum. Die Polizisten auf der Wache sehen ernst aus, aber nicht feindselig. Richard starrt Wallace mit offenem Mund an.

«Wofür?», frage ich zurück.

Wallace wirft den roten Schopf in den Nacken und lacht. «Wofür – haha, Sie sind so witzig! Dafür, dass Sie uns Kellermann geliefert haben natürlich. Sie haben hervorragende Arbeit geleistet, Ihre Kollegin und Sie.»

«Meine … Kollegin?»

«Ja, Ihre Kollegin Miss Richter. Dass sie in der IT-Abteilung gearbeitet hat, wo sie Kellermanns Aktivitäten beobachten konnte, war ein kluger Schachzug. Obwohl – als Leiterin war sie da natürlich in einer verdammt exponierten Position.»

«Was ist mit …» Ich hätte fast gefragt, was ist mit Ada, aber ich kann mich gerade noch zurückhalten. «Was ist mit Kellermann?»

Wallace lächelt. «Verhaftet. Ich hatte ihn ja schon seit einiger Zeit im Auge, konnte ihm aber nie etwas nachweisen. Na, das haben Sie ja jetzt geschafft. Waffengeschäfte, Menschenhandel, Geldwäsche. Also, ich würde sagen, der ist jetzt erst mal weg.»

«Wo ist Ada?», platzt Richard heraus.

«Miss Richter? Müsste jeden Augenblick da sein. Aber erst einmal brauchen wir Ihre Zeugenaussage, Misses Meyer. Wie lautet eigentlich Ihr echter Name?»

«Meyer», sage ich.

«Ein sehr verbreiteter Name in Deutschland, habe ich mir sagen lassen.»

«Mister Wallace», sage ich zögernd. «Das mit meiner Namensvetterin. Der anderen Julia Meyer …»

«Ja.» Er runzelt für einen Moment die Stirn. «Ich fürchte, dass ich lieber Sie auf dem Vorstandsposten sehen würde. Sie haben Ihren Job hervorragend gemacht. Aber ich kann Sie nicht weiterbeschäftigen.»

«Vermutlich», stimme ich zu.

«Wenn ich es recht verstehe, haben Sie auch gar keine Erfahrung im Management.» Er sieht mich aufmerksam an. «Na, Sie werden mir das sicher alles noch mal ausführlich erklären, hoffe ich. Jetzt brauchen wir erst einmal Ihre Aussage. Kellermann hat auch Sie gezwungen, ein Konto bei dieser russischen Mafiabank zu eröffnen.»

«Gezwungen wäre zu viel gesagt. Die Bank hat mir sehr viel Geld geboten. Und da ich das Vorstandsgehalt ja nicht anrühren konnte …»

«Na, die haben ihre Methoden, diese Banditen.» Wallace schüttelt den Kopf und erhebt sich. «Also, bis heute Abend dann.»

«Heute Abend?»

«Aber ja, heute Abend! Schon vergessen? Das Konzert!»

«Das Benefizkonzert mit dem Firmenorchester in Playa del Carmen», souffliert mir Richard.

«Das … das steht noch?», frage ich erstaunt.

Wieder lacht Wallace. «Aber sicher. Die Tickets sind schon ordentlich weggegangen. Also tun Sie mir einen Gefallen und beeilen Sie sich mit den ganzen Formalitäten. Wir brauchen Sie nachher.»

«Aber ich verstehe das alles nicht», sage ich zum vielleicht zwanzigsten Mal. Ada, Richard und ich sitzen in einem klimagekühlten Wagen, den Wallace uns geschickt hat. Wir fahren nach Playa del Carmen. Es ist früher Nachmittag, draußen wiegen sich die Palmen in der Brise. Die Hitze wabert über den Asphalt.

«Weil es sehr komplex ist», sagt Ada. «Obwohl es auf der anderen Seite auch sehr einfach ist. Als Richard angefangen hat, auf der Party von Kim Kardashian wie ein junger Capoeira-Gott zu kämpfen …»

Richard strahlt. «Oh, danke!»

«… waren die Security-Leute so abgelenkt, dass ich mir Kellermanns Laptop schnappen konnte, der auf dem Tisch stand. Ich hatte ja die halbe Nacht davor versucht, an seine Daten zu kommen, weil ich mir dachte, dass das unsere einzige Chance ist. Ich wollte, dass wir so tun, als hätten wir uns absichtlich infiltriert, um ihn zur Strecke zu bringen. Aber der Typ hat alles so verschlüsselt, dass ich nur an unwichtige

Informationen gekommen bin. Der Laptop war meine große Chance. Also habe ich ihn mir geschnappt und bin abgehauen.»

«Ja, aber wo bitte schön hast du die Daten dann ausgewertet?», will ich wissen. «In dem Orkan draußen? Auf der Insel? Es war doch alles im Nu voller Polizei!»

«Ich bin zum Hubschrauber zurückgelaufen», erklärt sie strahlend. «Damit bin ich nach Cancún zurückgeflogen. Dort habe ich mich in einer Pension eingemietet. Der Laptop war ein Volltreffer. Da waren sämtliche Kontobewegungen drauf. Und Schriftverkehr. Das habe ich dann am Morgen der Polizei übergeben und Wallace angerufen. Und gesagt, dass du und ich Detektivinnen sind, die sich bei BRIS eingeschleust haben, um Kellermann zu überführen.»

«Und das haben die dir geglaubt?»

«Was sollten sie denn sonst tun? Schließlich hatte ich Kellermann ...» Sie kichert. «Wie sagt man immer in so Action-Filmen? An den Eiern gepackt.»

«O Gott, Ada, es tut mir so leid.» Ich beiße mir auf die Lippen. «Ich habe gedacht, dass du uns verlassen hättest. Dass du abgehauen wärest, um deine eigene Haut zu retten. Ich ... ich habe nicht an dich geglaubt.»

«Das habe ich auch nicht von dir erwartet.» Ada sieht mich mit ihren großen blauen Augen ernst an. «Ich war mir sogar sicher, dass ihr schlecht über mich denkt.»

Ich nehme sie in den Arm.

«Oh, Süße.» Richard umarmt sie von der anderen Seite. «Ich hab dich auch verflucht heute Nacht in meiner Zelle. Verdammt. Ich schäme mich so.»

«Hauptsache, wir kriegen gleich noch zwei Zimmer», sagt sie, als sie sich wieder frei macht. «Playa del Carmen ist ziemlich voll heute. Du musst dich nämlich noch umziehen und dich hübsch machen, Jule.»

«Ach ja», sage ich. «Das Konzert.»

«Das Konzert ist nicht der einzige Grund», kichert Ada. «Du hast heute Geburtstag. Happy birthday, Jule! Ich glaube übrigens, du kriegst gleich Besuch ...»

Er sitzt auf der Mauer, genau wie vor sechs Wochen. Und er sieht genauso phantastisch aus. Nur die Voladores sind nicht da. Mein Herz hämmert, während ich auf ihn zulaufe. Er dreht sich zu mir um, und ein strahlendes Lächeln breitet sich auf seinem Gesicht aus. So breit und so strahlend, dass die kleine Zahnlücke aufblitzt. Kein Wort sagen wir, als wir uns in die Arme fallen. Seine Hände sind auf meinem Rücken, meinem Po und meinen Brüsten. Und dann küssen wir uns.

Später, sehr viel später, als wir nebeneinander im Sand liegen, streicht er mir über die Haare. «Wie heißt du?», fragt er mit heiserer Stimme.

«Julia Meyer.»

Er runzelt die Stirn. «Nein, jetzt wirklich. Deinen echten Namen.»

«Julia Meyer», wiederhole ich und krame in meiner Handtasche. «Warte, ich habe doch meinen Pass dabei.»

Er legt eine Hand auf meine. «Ich will deinen Pass nicht sehen.» Und dann, nach einer Pause: «Ist aber schon ein ziemlicher Zufall, oder?»

«Ja», sage ich. «Ein Zufall, mit dem alles begann.» Ich beiße mir auf die Lippen. «Es tut mir so leid. Kannst du ... kannst du mir verzeihen?»

«Was verzeihen?», fragt er.

«Na, dass ich dich getäuscht habe.»

Er lacht. «Das glaubst du immer noch? Dass du mich getäuscht hast? Nein, Julia Meyer. Du hast mich nicht getäuscht!»

Ich sehe ihn verwirrt an. «Nicht?»

«Nein.» Er streicht mir eine sandige Locke aus der Stirn. «Nicht.»

«Aber … aber … ab wann hast du es gewusst? Dass ich nicht die Julia Meyer bin, für die mich alle hielten?»

Seine Augen blitzen. «Sehr früh. Eigentlich von Anfang an.»

«Aber …»

«Ich sehe ihn noch genau vor mir, deinen ersten Auftritt bei BRIS.» Er lacht. «Dein kleines Ukulele-Konzert.»

Ich lege mir beide Hände über die Augen. «O Gott.»

«In dem Moment hatte ich schon einen ersten leisen Zweifel.» Er nimmt mir die Hände vom Gesicht und sieht mich zärtlich an. «Aber als du dann urplötzlich aus dem Hotel ausgecheckt bist, in das ich dich gebracht hatte, da habe ich es gewusst.»

«Warum hast du nichts gesagt?»

Er sieht mich lange an und fährt mit dem Finger über meine Lippen. «Warum wohl?», flüstert er.

Ich schlucke.

«Du bist die wunderbarste und ungewöhnlichste Frau, der ich je begegnet bin, Jule. Ich wollte nicht riskieren, dass du so einfach wieder aus meinem Leben verschwindest. Ich habe mich in dich verliebt.»

«Und ich habe mich in dich verliebt», sage ich. «Mehr als das. Ich …»

Er küsst mich. «Ich dich auch.»

«Übrigens habe ich heute Geburtstag», lache ich.

«Herzlichen Glückwunsch! Wie alt bist du denn geworden?»

«Fünfzig», sage ich. «Ich bin zwei Jahre älter als du.»

«Das ist schön.» Er küsst mich noch mal. «Ich mag ältere Frauen.»

Der Platz ist schwarz vor Menschen. Sie stehen dicht gedrängt vor der Bühne und über den ganzen Platz verteilt. Über tausend müssen es sein.

«Wie soll ich unter all diesen Menschen meine Kinder finden?», frage ich Richard verzweifelt.

«Mach dir keine Sorgen», sagt er. «Ich habe schon mit ihnen gesprochen. Sie kommen nach dem Konzert hinter die Bühne. Ist alles schon geklärt.»

«Ich würde sie *jetzt* schon so gerne sehen! Es macht mich *wahnsinnig* zu wissen, dass sie hier irgendwo sind und dass ich sie nicht anrufen kann!»

«Ruhig, Jule.» Richard legt mir einen Arm um die Schulter. «Jetzt geht es erst einmal ums Konzert.»

«Und Wallace macht tatsächlich auch mit?», frage ich, während ich das Banner betrachte, das an einem Fahnenmast neben der Bühne flattert und auf dem in riesigen Lettern «BRISa fresca» steht.

«Ja», kichert Richard. «Der Vorstandsvorsitzende von BRIS spielt Maracas! Schon witzig irgendwie.»

«Aber woher kommen all diese Menschen?», frage ich. «Ich meine, ich weiß ja, dass die Marketing-Abteilung bei BRIS gut ist. Aber *so* gut?»

«Ada hat das Konzert auf der Julia-Meyer-Facebook-Seite angekündigt», erklärt Richard und zieht mich um die Menge herum zu einem Seiteneingang der Bühne. «Du hast knapp zweihunderttausend Menschen, denen du gefällst.»

Eine schwarzhaarige Frau stürmt mir entgegen. Sie ist so

schnell, dass ich sie erst knapp vor ihrer Umarmung als Carmen identifiziere.

«Qué historia loca! Wir sind durchgedreht!», ruft sie, während sie mich so fest drückt, dass mir die Luft wegbleibt. «Plötzlich steht da eine andere Frau und gibt sich für *Sie* aus! Und dann noch die Sache mit Kellermann! Die Firma steht Kopf! Erst heute Morgen habe ich erfahren, dass die andere Julia Meyer angeblich doch die richtige Julia Meyer ist – oh, es ist alles so verwirrend!»

«Ja, also, es ist so», beginne ich und wundere mich im selben Moment, wie der Satz wohl weitergeht. Zum Glück muss ich nicht sehr lange darüber nachdenken, denn eine Gruppe von Mädchen stürzt auf mich zu. Ich erkenne die Praktikantin aus der Marketing-Abteilung. «Oh, es hieß auf einmal, dass Sie nicht kommen würden, Frau Meyer!», ruft sie. Um dann verwirrt zwischen Carmen und mir hin- und herzusehen. «Sie sind doch Frau Meyer, oder nicht?»

«Du kannst mich Julia nennen», lächele ich sie an.

«Bueno, Julia!», strahlt sie und deutet auf die Mädchen hinter sich, deren schwarze Haare in den Strahlen der Abendsonne glänzen. «Und was sagen Sie zu unseren Tänzerinnen?»

«Muy bonitas!», lache ich. «Vor allem der Nagellack!»

«Nicht wahr? Wir haben auch den anderen Musikern die Fingernägel lackiert! Wenn sie auf ihren Instrumenten spielen, sieht das besser aus, dachten wir.»

Carmen hebt ihre Hände und wackelt kichernd mit allen zehn Fingern.

Jetzt tritt der Marketing-Mann auf mich zu. Er trägt einen Smoking, der seinen Bauch kaschiert, und hat bereits die Trompete in der Hand. Hinter ihm sehe ich Carlos und seine Bandkollegen ihre Instrumente stimmen. Vom Platz werden erste Rufe laut. Und dann sehen mich auf einmal alle aufmerksam an. Ich zupfe mir das schwarze Kleid zurecht, das Richard mir eben noch rasch gebracht hat, und räuspere mich.

«Liebe Orchestermitglieder, liebe Tänzer, liebe Mitstreiter», sage ich, und im Nu steht Carlos neben mir und übersetzt meine Worte ins Spanische. «Es waren sehr aufregende Wochen mit euch. Ehrlich gesagt waren es die aufregendsten Wochen meines Lebens. Ich bin wahnsinnig glücklich, dass ich euch kennengelernt habe. Jeden Einzelnen von euch.»

Sie sehen mich an. Niemand spricht mehr ein Wort.

«Heute ist ein ganz besonderer Tag», fahre ich fort. «Nicht nur weil wir heute zum ersten Mal zusammen auftreten werden. Sondern auch weil ich …» Ich blicke zu Richard hinüber, der mir zulächelt. «Weil ich heute fünfzig Jahre alt geworden bin.»

Eine der Tänzerinnen steckt Daumen und Zeigefinger in den Mund und stößt einen durchdringenden Pfiff aus. Die anderen jubeln. Carlos dreht sich zu mir um und strahlt mich an.

«Ich hätte mir nie vorstellen können, einmal so alt zu werden», lächele ich. «Früher dachte ich, dass man mit fünfzig fast tot ist. Aber die Wahrheit ist …» Ich stocke, denn in diesem Moment sehe ich Ada auf die Bühne schlüpfen. Sie nickt mir zu, und ich blicke von ihr zu Richard und dann zu Carlos. Da ist so viel Liebe in ihren Augen, so viel Strahlen. «Die Wahrheit ist: Ich fühle mich lebendiger denn je!»

Sie klatschen. Alle Musiker, die Tänzerinnen, Ada – sie alle applaudieren und rufen mir etwas zu. Das Rufen geht in ein Singen über, aber ich kann es nicht richtig verstehen, denn in meinen Ohren rauscht es. Einen Moment lang habe ich das Gefühl, ohnmächtig zu werden. Es ist die Erschöpfung der letzten Wochen, die Ängste, das Glück. Und das Wissen, dass da draußen in der Menge meine Kinder stehen. Und hier die Menschen, die mir so ans Herz gewachsen sind.

«Cumpleaños feliz», singen die Musiker und Tänzerinnen im Chor. «Te deseamos a ti, cumpleaños Julia Meyer, ¡que los cumplas feliz!»

«Danke», sage ich leise, denn mehr gibt meine Stimme nicht her. «Gracias. Muchas gracias.»

Der Gesang verebbt, und sie sehen mich an. Ich gebe mir einen Ruck und klatsche in die Hände. «Und jetzt gehen wir da raus und rocken die Welt!»

Lotte umarmt mich. «Oh, Mama! Das war so schön! Vor allem das letzte Lied: What the world needs now! Wie ihr das gespielt habt! Ich hab Gänsehaut gekriegt!»

Der Applaus klingt mir immer noch in den Ohren. Nie in meinem Leben werde ich das vergessen: all die Menschen vor der Bühne, das Abendlicht, das ihre Gesichter warm färbt, mein Herzklopfen, als ich den Ukulele-Song zupfe, den die Monroe zu Anfang des Films im Zug spielt, da, wo ihr der Flachmann aus dem Strumpfhalter fällt. Die erhitzten, strahlenden Gesichter der anderen auf der Bühne. Und wie nach dem Konzert die Tür aufgerissen wird, und plötzlich stehen meine Kinder vor mir.

«Mann, Mama.» Jetzt schlingt Louis seine Arme um uns beide. Täusche ich mich, oder ist er noch größer geworden? «Was hast du denn nur für Dinger gedreht?»

«Tut mir leid.» Meine Augen füllen sich mit Tränen. «Ihr habt euch Sorgen gemacht. Das war nicht in Ordnung von mir. Es war nur so … Mein altes Leben. Ich wollte das nicht mehr.»

Louis drückt mich und seine Schwester ganz fest an sich. Und da ist er wieder, der Geruch meiner Kinder, ihre Berührung, ihre Haut. «Du musst uns versprechen, dass du immer gut auf dich aufpasst», sagt er und drückt mir einen Kuss auf die Wange. «Eines solltest du nämlich wissen, Geburtstags-Mama: Lotte und ich, wir sind wahnsinnig stolz auf dich. Und wahnsinnig glücklich, dass es dich gibt.»

Drei Monate später

Er ist nicht kalt, der Herbst in Costa Rica. Ich stehe auf der Veranda unseres neuen Hauses und blicke in den sternenübersäten Himmel. Richard hat uns eine Margarita gemixt. Aus der Küche duftet es nach frischgebratenen Zwiebeln und etwas anderem, das ich noch nicht kenne. Gleich ist Abendessenszeit.

Ich habe einige Job-Angebote bekommen, nachdem ich aufgehört habe, bei BRIS zu arbeiten. Mein Fall ist ordentlich durch die Presse gegangen. Natürlich herrschte große Verwirrung darüber, ob ich mich bei BRIS eingeschlichen habe, um gewisse Mitarbeiter mit Verbindung zur russischen Mafia zu Fall zu bringen. Oder ob ich schlicht eine Hochstaplerin bin. Meine Namensvetterin besteht auf Letzterem.

Das Firmenorchester bei BRIS gibt alle paar Wochen ein Konzert. Keines hat mehr so viele Zuhörer angezogen wie das in Playa del Carmen an meinem fünfzigsten Geburtstag, aber trotzdem. Es ist schon ordentlich Geld zusammengekommen für die Stiftung, die Carlos ins Leben gerufen hat.

Nach Costa Rica sind wir gegangen, weil ich mich am

Ende für das Angebot einer NGO entschieden habe, einer regierungsunabhängigen Organisation, die sich dafür einsetzt, Kinder mit Musik in Berührung zu bringen. Ich habe nicht eine Sekunde gezögert, die Leitung zu übernehmen. Ich weiß ja jetzt, dass ich es kann.

Louis ist in Costa Rica geblieben, um sein Studium hier zu beginnen. Lotte will uns über Weihnachten mit ihrem Freund besuchen. Unser erstes Weihnachtsfest unter Palmen.

Richard hat Arbeit bei einem Zahnarzt in San José gefunden. Ada arbeitet wieder als Informatikerin. Aber die Sache mit Kellermann muss ihr Spaß gemacht haben, denn sie erwägt, eine Detektei zu gründen. So als kleine Nebenbeschäftigung.

Von der halben Million US-Dollar, die mir die russische Bank geliehen hat, habe ich nicht besonders viel ausgegeben. Die Bank existiert formell nicht mehr, und das ist wohl auch der Grund, warum ich bislang noch keine Mahnungen bekommen habe. Aber ich bereite mich darauf vor, das Geld demnächst zurückzuzahlen. Nach allem, was ich gehört habe, verschickt Dimitrov seine Mahnungen gern im Doppelpack mit körperlichen Bedrohungen, und das brauche ich definitiv nicht.

Unser Pool ist viel kleiner als der Pool auf unserer alten Hacienda – wie überhaupt alles viel kleiner hier ist. Aber wer braucht schon äußere Größe, sagt Richard immer, wenn er innere hat?

«Kommst du, Liebling? Das Essen ist fertig!» Carlos steht auf einmal neben mir und legt seine Hand auf meine Hüfte. Er sieht so glücklich aus seit unserem Umzug. Er genießt es, in der Nähe seiner Tochter zu leben. Und ich glaube, er genießt das Leben mit uns. Wir sind eine merkwürdige Wohngemeinschaft, Richard, Ada, Carlos und ich. Aber eine, die gut funktioniert.

«Du riechst phantastisch», flüstere ich. «Habe ich dir das eigentlich schon mal gesagt?»

Er lächelt, dass die Zahnlücke aufblitzt. «Höchstens zwei- oder dreimal.»

«Es kann sein, dass ich dir das noch ein paar weitere Male sagen werde.»

Er lacht und zieht mich enger an sich. «Damit kann ich leben, denke ich.»

«Lass uns noch ein paar Minuten hier draußen bleiben, mein Liebling. Der Himmel ist so schön!»

«Natürlich», lächelt er und schließt mich in seine Arme. «Du hast die Macht, Julia Meyer. Zumindest über mich.»

Danksagung

Ein Buch über Widerstände und Verletzungen wäre nicht zustande gekommen ohne die Menschen, die mich in meinem Leben entmutigt und demotiviert haben. Mein unendlicher Dank gilt aber all jenen, die mir die Größe gaben, darüber hinwegzusehen: meinen Eltern, meinen Freundinnen und Freunden und dem Mann an meiner Seite.

Namentlich erwähnen möchte ich an dieser Stelle meine Lieblingsmitreisende Morgaine Nielsen. Anke Schoppe für ein Vierteljahrhundert Freundschaft und eine unvergessliche Mexiko-Reise. Heike Stepprath für ihre klugen Anmerkungen aus Mexiko. Meine Freundin Kati Meyer. Meine Kollegin und Freundin Susanne Dobke. Meine Agenten Roman Hocke und Markus Michalek. Katharina Naumann und Tanja Schwarz vom Rowohlt Verlag.

Danke, dass es euch gibt!

MIX
Papier aus verantwortungsvollen Quellen
FSC® C083411

FSC
www.fsc.org

Das für dieses Buch verwendete Papier ist FSC®-zertifiziert.